Base Vénus
1

J'AI LU

ARTHUR C. CLARKE

LA CITÉ ET LES ASTRES	
LES ENFANTS D'ICARE	*J'ai lu* 799/3*
2001, L'ODYSSÉE DE L'ESPACE	*J'ai lu* 349/2*
S.O.S. LUNE	
NAUFRAGÉS DE LA LUNE	
ÎLES DE L'ESPACE	
L'EXPLORATION DE L'ESPACE	
L'ÎLE DES DAUPHINS	
RENDEZ-VOUS AVEC RAMA	*J'ai lu* 1047/3*
TERRE, PLANÈTE IMPÉRIALE	*J'ai lu* 904/4*
AVANT, L'EDEN	*J'ai lu* 830/3*
DEMAIN, MOISSON D'ÉTOILES	
LES SABLES DE MARS	
PRÉLUDE À L'ESPACE	
LES PRAIRIES BLEUES	
LUMIÈRE CENDRÉE	
L'ÉTOILE	*J'ai lu* 966/3*
LES FONTAINES DU PARADIS	*J'ai lu* 1304/3*
2010 : ODYSSÉE DEUX	*J'ai lu* 1721/3*
CHANTS DE LA TERRE LOINTAINE	*J'ai lu* 2262/4*
BASE VÉNUS-1 : POINT DE RUPTURE	*J'ai lu* 2668/4*
BASE VÉNUS-2 : MAELSTRÖM	*J'ai lu* 2679/4*
BASE VÉNUS-3 : CACHE-CACHE	*J'ai lu* 3006/4*
2061 : ODYSSÉE TROIS	*J'ai lu* 3075/3*

ARTHUR C. CLARKE

Base Vénus

Point de rupture

PAUL PREUSS

TRADUIT DE L'AMÉRICAIN
PAR JEAN-PIERRE PUGI

ÉDITIONS J'AI LU

Collection créée et dirigée
par Jacques SADOUL

Titre original :

ARTHUR C. CLARKE'S VENUS PRIME
Vol. 1 : BREAKING STRAIN

REMERCIEMENTS

J'exprime ma reconnaissancc à Kristina Anderson, artiste et relieuse de San Francisco, qui m'a initié à l'art de la fabrication des livres. Carol Dawson, écrivain, et Lenore Coral, bibliothécaire à Cornell, ont quant à elles rafraîchi mes souvenirs de Londres et plus particulièrement de la salle des ventes de chez Sotheby's. Ma fille, Mona Helen Preuss, s'est chargée de compulser d'anciens catalogues de ventes aux enchères à la bibliothèque de l'Université de Berkeley, Californie. Les membres du personnel de la salle des ouvrages rares de la Bibliothèque publique de San Francisco ont été pour leur part efficaces et serviables. Je remercie toutes ces personnes et tiens à assumer seul la responsabilité des erreurs que j'ai pu commettre.

Paul PREUSS

PREMIÈRE PARTIE

LE RENARD ET LE HÉRISSON

1

– Le mot Sparta évoque-t-il quelque chose de particulier, pour vous ?

La jeune femme assise sur une chaise de pin verni regardait par la haute fenêtre et la clarté blafarde réverbérée par le paysage hivernal dépouillait son visage de toutes ses couleurs.

En attendant une réponse, l'homme qui l'interrogeait tiraillait sa courte barbe poivre et sel et la lorgnait par-dessus ses lunettes. Ce personnage débonnaire installé derrière un bureau de chêne plus que centenaire ne manifestait pas la moindre hâte et semblait avoir l'éternité devant lui.

– Évidemment.

La fille avait un visage ovale, avec des sourcils bien marqués et des yeux bruns. Sous son nez retroussé, l'absence de fard apportait de l'innocence à ses lèvres pleines. Sa chevelure brune qui tombait en mèches raides sur ses joues et sa robe de chambre informe ne parvenaient pas à atténuer sa beauté.

– Que signifie-t-il ?

– Quoi ?

– Le mot Sparta. Que représente-t-il pour vous ?

– C'est mon nom.

Elle ne le regardait toujours pas.

– Et Linda ? Ce prénom vous est-il familier ?

La fille secoua la tête.

– Et Ellen ?

Elle ne prit pas la peine de répondre.

– Savez-vous qui je suis ?

– Je ne crois pas que nous nous soyons déjà rencontrés, docteur.

Elle gardait les yeux rivés sur la fenêtre, plongée dans la contemplation d'une chose lointaine.

– Mais vous savez que je suis médecin.

Elle modifia sa position sur le siège inconfortable puis parcourut la pièce du regard. Elle prit le temps d'étudier les diplômes et les rangées de livres avant de reporter son attention sur son interlocuteur et de lui adresser un semblant de sourire. Les lèvres de l'homme s'incurvèrent à leur tour. S'ils s'étaient en fait régulièrement rencontrés tout au long de l'année écoulée, elle venait de marquer un point... une fois de plus. Oui, tout individu sain d'esprit aurait pu reconnaître un cabinet médical. Elle redevint grave et tourna la tête à nouveau vers la fenêtre.

– Savez-vous où vous vous trouvez ?

– Non. On m'a conduite ici pendant la nuit. Jusqu'à présent, je vivais au centre où l'on poursuit le... programme.

– Où est-ce ?

– Dans le... Maryland.

– Quel est le nom du programme en question ?

– Je...

Elle hésita. Un froncement de sourcils plissa son front.

– Je ne peux pas vous le dire.

– L'auriez-vous oublié ?

La colère embrasa brusquement les yeux de la fille.

– Ce n'est pas du domaine public.

– Vous voulez dire qu'il s'agit d'un projet top secret ?

– Oui. Je ne suis pas autorisée à aborder ce sujet avec des étrangers.

– Je participe au programme, Linda.

– Vous vous trompez de prénom. En outre, comment pourrais-je être certaine que vous me dites la vérité ? Je ne vous en parlerai que si mon père me le permet.

Il lui avait fréquemment répété que ses parents étaient décédés. Chaque fois qu'il lui tenait de tels propos, elle accueillait la triste nouvelle avec stupéfaction pour s'empresser de l'oublier dès qu'il parlait d'autre chose. S'il insistait, cependant, s'il tentait de la convaincre, elle cédait à la confusion et au chagrin – et retrouvait peu après sa sérénité et sa passivité coutumières. Mais cela appartenait au passé. Il avait cessé de la faire souffrir ainsi.

De tous ses patients, c'était à cette fille qu'il devait ses plus grandes frustrations et la majeure partie de ses regrets. Il souhaitait ardemment lui rendre ce qu'elle avait perdu et estimait qu'il aurait pu y parvenir, si on lui avait laissé les coudées franches.

Par dépit, ou encore par lassitude, il renonça à poursuivre cet entretien de la façon habituelle.

– Que voyez-vous, là-bas ? s'enquit-il.

– Des arbres. Des montagnes.

Sa voix feutrée vibrait de désir contenu.

– Un manteau de neige sur le sol.

S'il s'en était tenu au protocole établi – une série de questions qu'il connaissait par cœur mais qu'elle avait pour sa part oubliées –, il lui aurait demandé de résumer la journée précédente et elle aurait alors narré avec force détails des événements s'étant produits plus de trois ans auparavant. Il se leva brusquement... ce qui eut pour effet de le surprendre, car il ne lui arrivait que rarement de modifier son emploi du temps.

– Aimeriez-vous prendre l'air ? demanda-t-il.

Ce qui parut également la sidérer.

*

En marmonnant, les infirmières s'affairèrent autour d'elle pour l'emmitoufler dans un pantalon de laine, une chemise de flanelle, une écharpe, des bottes de cuir doublées de fourrure, un épais manteau gris à carreaux... une garde-robe coûteuse qu'elle ne s'étonnait pas de posséder. Elle était parfaitement capable de se vêtir seule, mais oubliait presque toujours de se changer. Le personnel de cet établissement jugeait plus simple de la laisser en robe de chambre et en pantoufles. Les infirmières l'aidaient, à présent, et elle n'émettait pas la moindre protestation.

Le médecin l'attendait à l'extérieur, sur les marches du porche de pierre couvertes d'une fine pellicule de glace, occupé à étudier l'encadrement écaillé des portes à la française et les pigments de peinture jaune rendus pulvérulents par l'air vif et sec. Il s'agissait d'un homme de grande taille dont la forte corpulence était encore accentuée par un imposant pardessus de ville noir agrémenté d'un élégant col de velours. Ce vêtement, qui coûtait probablement aussi cher qu'un logement de type standard, était révélateur des compromissions auxquelles il s'était abaissé.

La fille fut poussée à l'extérieur par les infirmières et l'agression brutale de la froidure la fit hoqueter. Sur ses joues, deux taches roses s'épanouirent sous la surface translucide de son épiderme livide. Elle n'était ni grande ni élancée, mais la grâce désinvolte et la précision de ses mouvements indiquaient qu'il s'agissait d'une danseuse. Entre autres choses.

Ils s'éloignèrent dans la propriété en contournant le bâtiment principal. Ils se trouvaient en altitude et le paysage s'étendait sur plus de cent kilomètres : un patchwork de plaines brunes et blanches à l'est, un désert de poussière dû au surpâturage et aux cultures intensives. Toutes les taches de blancheur n'étaient pas attribuables à la neige, cependant; il y avait aussi le sel. Le soleil se reflétait sur un magnéplane qui filait vers le sud, trop loin d'eux pour qu'ils puissent le voir, et des brins d'herbe soudés par la glace se brisaient sous leurs pieds.

Le parc était délimité par des rangées de cotonniers dénudés plantés le long d'un vieux mur de grès. La clôture électrifiée de trois mètres dressée au-delà de cet obstacle était à peine visible, contre le flanc de la montagne. Dans les hauteurs de cette dernière quelques congères aux reflets bleutés subsistaient à l'abri de petits genévriers rabougris.

Ils s'assirent sur un banc, au soleil. L'homme sortit un échiquier de voyage de la poche de son pardessus et l'ouvrit entre eux.

– Une partie vous tente-t-elle ?

– Êtes-vous un bon joueur ? s'enquit-elle simplement.

– Disons... que je suis acceptable. Moins bon que vous, cependant.

– Comment le savez-vous ?

Il hésita. S'ils s'étaient fréquemment affrontés aux échecs, il n'éprouvait plus le moindre désir de la confronter sans cesse à la vérité.

– Je l'ai lu dans votre dossier.

– J'aimerais pouvoir un jour le consulter.

– Je crains de ne plus y avoir accès, mentit-il.

Les documents auxquels elle se référait étaient cependant d'une nature différente.

L'échiquier lui attribua les blancs et elle procéda à une ouverture classique. Puis elle prit le médecin au dépourvu en plaçant un pion en fou trois au quatrième mouvement. Pour s'accorder un délai de réflexion, il lui demanda :

– Vous ne souhaitez rien d'autre ?

– Rien d'autre ?

– Y a-t-il quelque chose que nous pourrions faire pour vous ?

– J'aimerais voir mon père et ma mère.

Sans prendre la peine de répondre, il continua d'étudier l'échiquier. Comme la plupart des dilettantes, il essayait d'analyser les implications de deux ou trois mouvements successifs mais se trouvait dans l'incapacité de garder à l'esprit toutes les possibilités. Comme la plupart des grands maîtres, la fille pensait à des ensembles de mouvements et si elle venait déjà d'oublier quelle avait été son ouverture c'était sans importance. Des années plus tôt, avant la perte de sa mémoire à court terme, d'innombrables tactiques avaient été enregistrées dans son esprit.

Il pressa les touches pour déplacer une pièce et elle riposta instantanément. Au tour suivant, elle immobilisa un fou de son adversaire. Il eut un sourire sans joie. Une autre défaite en perspective. Il faisait malgré tout de son mieux pour se hisser à son niveau et rendre la partie intéressante. Tant que les gardiens de sa patiente ne lui laisseraient pas les mains libres, ce serait pratiquement tout ce qu'il pourrait lui offrir.

Une heure s'écoula... le temps n'avait aucune signification pour la fille..., puis elle dit « échec » une dernière fois. Il n'avait plus de reine depuis longtemps et sa situation était désespérée.

– Vous avez gagné, reconnut-il.

Elle sourit et le remercia. Il glissa l'échiquier dans sa poche.

Dès que l'objet eut disparu, elle se replongea dans la contemplation du paysage.

Ils effectuèrent un dernier tour de l'enceinte. Les ombres s'étiraient et l'air qu'ils expiraient gelait devant leur bouche. Dans le ciel bleu embrumé, des milliers de traînées de condensation glacées s'entrecroisaient. Une infirmière les attendait à la porte, mais le médecin n'entra pas. Lorsqu'il lui dit au revoir, la fille l'étudia avec curiosité. Elle avait déjà oublié de qui il s'agissait.

*

Attisées, les braises d'un profond désir de rébellion le poussèrent à effectuer un appel.

– Je veux parler à Laird.

Le visage de la personne visible sur l'écran du vidéocom conserva son expression d'indifférence polie.

– Je regrette, mais je crains que M. le directeur ne puisse modifier son emploi du temps.

– C'est urgent et personnel. Veuillez l'informer de mon appel. J'attendrai.

– Croyez-moi, docteur, il est absolument impossible…

Il resta en ligne très longtemps, exposant ses désirs à une longue série d'assistants auxquels il parvint finalement à arracher une promesse : Laird le rappellerait dans la matinée. Cette succession de joutes verbales alimenta encore son besoin de révolte, et il éprouva même de la colère lorsque son dernier interlocuteur coupa la liaison.

Sa patiente souhaitait consulter son dossier – le fichier qui contenait tout ce qui se rapportait à sa personne et s'interrompait un an avant son admission à l'hôpital. Il voulait demander l'autorisation de le lui communiquer, mais était-ce bien nécessaire, après tout ? S'il ne faisait aucun doute que le directeur et les autres responsables en seraient mécontents, la fille se trouverait dans l'impossibilité d'utiliser les informations dont elle prendrait connaissance, et donc d'en faire mauvais usage. Elle les oublierait presque instantanément.

Il monta au premier étage et frappa à la porte

de sa chambre. Elle vint lui ouvrir, toujours vêtue des bottes, de la chemise et du pantalon qu'elle avait portés pendant leur promenade.

– Oui ?

– Vous avez demandé à voir votre dossier.

Elle le dévisagea.

– C'est mon père qui vous envoie ?

– Non. Un membre de l'I.M.

– Je ne suis pas autorisée à le consulter. Seuls les responsables ont ce droit.

– Une… exception a été faite pour vous. Mais la décision vous revient. Seulement si cela vous intéresse.

Sans un mot, elle le suivit le long d'un corridor dont les parois répercutaient leurs pas, puis vers le bas d'une volée de marches qui craquaient sous leur poids.

Ils se retrouvèrent dans une pièce du sous-sol chauffée et brillamment éclairée, au sol dissimulé par une épaisse moquette. Ces lieux n'avaient aucun point commun avec les salles et les couloirs parcourus de courants d'air des autres sections de cet ancien sanatorium. Le médecin lui désigna un box.

– J'ai déjà entré le code d'accès. Je resterai ici, au cas où vous auriez des questions à me poser.

Il alla s'asseoir de l'autre côté de l'étroite allée, deux cabines plus loin, lui tournant le dos. Il voulait lui offrir une certaine intimité, sans lui faire pour autant oublier sa présence.

Elle étudia le terminal pendant un instant, puis ses doigts effleurèrent avec dextérité les touches du clavier. Des signes alphanumériques apparurent sur l'écran : « ATTENTION : la consultation de ce dossier par une personne non autorisée est passible d'une amende et/ou d'une peine d'emprisonnement, conformément aux dispositions de la Loi sur la Sécurité Nationale. » Quelques secondes plus tard un logo apparut, l'image stylisée d'un renard. Il disparut et fut aussitôt remplacé par des mots et des nombres. « Cas L.N. 30851005, Projet de Développement et d'Évaluation des Aptitudes Spécifiques. Accès formellement interdit, hormis pour le personnel dûment autorisé des services de l'Intelligence Multiple. »

Elle pressa une touche.

De l'autre côté de l'allée le médecin attendait en fumant avec nervosité une cigarette... une vieille habitude exécrable... le regard rivé sur l'écran se trouvant devant lui. La façon de procéder et le système de notation seraient familiers à la fille. Tout était resté enchâssé, engrangé dans sa mémoire à long terme, pour la simple raison que la majeure partie de tout cela ne relevait pas du domaine de la simple information mais du développement...

Elle se vit se remémorer des choses qui étaient devenues des parties intégrantes de son être. Elle avait assimilé des langues... un grand nombre, la maternelle incluse... en conversant et en lisant à haute voix, acquérant un vocabulaire bien plus étendu que celui considéré comme normal pour une personne de son âge. Elle avait appris à jouer du violon et du piano dès sa plus tendre enfance, bien avant que ses doigts puissent s'étirer suffisamment pour former des accords, et on lui avait enseigné de la même manière la danse, la gymnastique et l'équitation, par la pratique d'un entraînement intensif, en exigeant d'elle l'impossible. Elle avait colorié des images sur un ordinateur et découvert le dessin et la sculpture sous la direction de grands artistes; elle avait été immergée dans une matrice sociale tourbillonnante avant même de savoir parler; elle avait été initiée à la théorie des ensembles, à la géométrie et à l'algèbre, dès qu'il lui avait été possible de différencier ses orteils et de manifester les conduites intellectuelles supérieures de Piaget. Sur son dossier, un nombre interminable suivait les initiales « L.N. », mais elle avait été le premier cobaye du projet SPARTA, cette expérience qu'il convenait d'attribuer à son père et à sa mère.

Ses parents avaient essayé de ne pas influer sur les résultats obtenus par leur fille, mais ses capacités étaient évidentes, même lorsque le protocole de double notation en aveugle ne pouvait être appliqué. Elles lui étaient révélées sur cet écran, pour la première fois, et leur étendue l'émut au point de la faire pleurer.

Le médecin fut aussitôt à son côté.

– Ça ne va pas ?

Elle essuya ses larmes et secoua la tête, mais il insista avec douceur :

– J'ai pour mission de vous aider.

– C'est seulement... J'aimerais qu'*ils* puissent le dire de vive voix. Je voudrais les entendre me confirmer qu'ils sont fiers de moi.

Il rapprocha une chaise et s'assit près d'elle.

– Ils ne manqueraient pas de le faire, s'ils le pouvaient. Mais c'est impossible, en raison des circonstances.

Elle hocha la tête en silence, puis reprit la consultation de son dossier.

Le médecin se demanda comment elle réagirait à ce qu'elle lirait ensuite et il l'étudia avec une curiosité et un intérêt qu'il espérait purement professionnels. Si le fil des souvenirs de la fille se brisait brusquement au cours de sa dix-septième année, ce fichier ne s'interrompait pas pour autant. Et elle aurait bientôt vingt et un ans...

Elle fronça les sourcils, le regard rivé à l'écran.

– De quoi s'agit-il ? « Programmation cellulaire ». Je n'ai jamais étudié cette matière. J'ignore même ce que signifient ces termes.

– Oh ? fit l'homme en se penchant. Quelle est la date ?

Elle eut un rire.

– Vous avez raison. C'est sans doute un sujet qu'ils projettent de me faire étudier le printemps prochain.

– Mais regardez, ils vous ont déjà attribué des notes. Une série complète.

Elle rit à nouveau.

– Ils estiment probablement que c'est le score que je *devrais* atteindre.

Cette réponse ne surprit pas le médecin – et l'étonnement n'avait pas sa place dans l'esprit de sa patiente. Quelques nombres affichés sur un écran étaient insuffisants pour drainer le flot de réalités imaginaires trouvant leur source dans son cerveau.

– Ils croient bien vous connaître, déclara-t-il sèchement.

– Je les surprendrai peut-être.

Et cette possibilité parut la rendre joyeuse.

Le dossier s'achevait brusquement à la fin de sa formation, trois ans plus tôt. Il n'y avait plus sur l'écran que le logo des services de l'Intelligence Multiple : un renard. Le renard roux rusé. Le renard qui connaissait un grand nombre de choses...

Le médecin nota que la gaieté de la fille subsistait plus longtemps que de coutume, alors qu'elle continuait de fixer l'image stylisée. Cette dernière établissait peut-être un lien de continuité avec son passé.

– C'est possible, murmura-t-il.

*

Après l'avoir laissée devant la porte de sa chambre... elle commençait déjà à l'oublier et ce qu'ils venaient tous deux de voir s'était partiellement effacé de son esprit..., il descendit à pas lourds les marches vermoulues de l'escalier menant à son bureau. Le bâtiment de brique aux plafonds élevés et continuellement parcouru de courants d'air... bâti sur le flanc des montagnes Rocheuses à la fin du XIXe siècle en tant que sanatorium destiné aux tuberculeux... avait deux cents ans plus tard obtenu un statut d'asile privé pour aliénés appartenant à des familles aisées. Si le praticien s'efforçait de faire tout son possible pour l'ensemble des malades internés dans cet établissement, le cas L.N. 30851005 était différent des autres et finissait par l'obséder.

Il utilisa son terminal personnel pour consulter le dossier clinique ouvert lors de l'admission de cette patiente dans l'institution. Il éprouva alors une sensation étrange... Lorsqu'une décision s'impose à un esprit, fût-il normal, le processus est la plupart du temps si rapide qu'il efface ses propres traces... et la certitude de pouvoir accéder à la vérité s'accompagna d'une onde de chaleur frémissante qui se répandit dans tout son être.

Il leva la main vers son oreille droite et colla l'index à son auricom afin d'entrer en liaison avec le personnel soignant.

– Je crains que Linda n'ait un sommeil agité, cette nuit.

– Vraiment, docteur ? répondit l'infirmière d'une voix qui traduisait de la surprise. Désolée. Nous n'avons pourtant rien noté d'inhabituel.

– Eh bien, vous n'aurez qu'à lui administrer du penthiobarbital, ce soir. Deux cents milligrammes.

La femme n'hésita qu'un instant, avant d'acquiescer.

– Certainement, docteur.

*

Il attendit que tous se soient endormis, à l'exception des deux personnes chargées d'assurer une permanence. L'homme devait parcourir les couloirs afin de parer à d'éventuels problèmes, et surtout de lutter contre ses insomnies. La femme sommeillait devant les écrans des moniteurs du poste des infirmières, au rez-de-chaussée.

Il la salua d'un signe de tête au passage, tout en gravissant déjà l'escalier.

– Je vais m'assurer que tout est en ordre, avant d'aller me coucher.

Elle releva brusquement la tête, vigilante à retardement.

Tout le matériel dont il aurait besoin avait pris place dans son pardessus sans augmenter notablement sa corpulence. Il gravit les marches, s'engagea dans le corridor du premier étage, et prit la peine de se pencher dans les salles communes et les chambres privées.

Il atteignit celle de L.N. 30851005 et y entra. S'il pouvait dissimuler ses faits et gestes en tournant le dos à la caméra qui montait discrètement la garde dans les hauteurs d'un angle de la pièce, toute personne qui passerait dans le couloir verrait ses agissements. C'est pourquoi il repoussa partiellement la porte derrière lui, avec une nonchalance feinte.

Il se pencha vers le lit et releva la tête de sa patiente, dont la respiration était profonde et régulière. Il sortit en premier lieu de sa poche un microscanner qu'il posa sur les yeux clos de la fille. Une image de son crâne et de son cerveau apparut sur l'écran, comme si sa tête avait été débitée en tranches. Des coordonnées digitales s'inscrivirent dans un angle de la vidéoplaque. Il modifia le réglage de profondeur afin d'obtenir une représentation de la matière grise de l'hippocampe.

Sans se redresser, il sortit de sa manche une longue seringue hypodermique : un instrument primitif rendu terrifiant par l'usage qu'il se proposait apparemment d'en faire. Mais dans la cavité centrale de l'aiguille d'acier se nichaient d'autres tubes imbriqués les uns dans les autres, de plus en plus petits. Le dernier était aussi fin qu'un cheveu, pratiquement invisible. Après avoir plongé l'extrémité de la seringue dans une fiole de désinfectant, il pinça l'arête du nez de la fille entre le pouce et l'index et la serra pour dilater ses narines. Avec des gestes précis… tout en étudiant la progression des tubes télescopiques sur l'écran miniature…, il entreprit ensuite de guider l'aiguille interminable dans le dédale de son cerveau.

2

Les lobes olfactifs sont probablement les éléments les plus anciens du cerveau humain. Tout laisse supposer qu'ils ont fait leur apparition dans le système nerveux des vers aveugles qui se frayaient un chemin au sein des boues opaques des mers du Cambrien. Pour avoir une quelconque utilité, cependant, ils doivent se trouver en étroit contact avec leur environnement et c'est pour cette raison que sous l'arête du nez la matière cérébrale n'est pratiquement pas protégée contre les agressions du monde extérieur. Occuper un tel emplacement n'est pas sans danger. Le système immunitaire du corps ne peut lui assurer aucune protection – hormis dans les fosses nasales où les muqueuses sont les seules défenses du cerveau, et où le moindre rhume hivernal déclenche un combat dans le cadre duquel tout doit être mis en œuvre pour assurer sa sauvegarde.

Lorsque ces mesures s'avèrent inefficaces, le cerveau ne peut le percevoir, car le système nerveux central est lui-même privé de nerfs. Mais si la micro-aiguille qui poursuivait sa progression au-delà des lobes olfactifs de L.N. et pénétrait dans son hippocampe n'engendrait pas la moindre sensation, elle déclenchait une infection à la propagation rapide…

*

Dès son éveil tardif, la femme qui pensait se nommer Sparta éprouva des démangeaisons dans la partie supérieure de son nez, au-dessous de l'œil droit.

La veille seulement, elle s'était trouvée dans le Maryland, au cœur des installations du centre où se poursuivait le programme, au nord de la capitale. Comme chaque soir, elle avait regagné le dortoir en regrettant sa chambre de la maison familiale, à New York, tout en étant consciente qu'elle n'aurait pu y vivre compte tenu des circonstances. Ici, tous faisaient preuve d'une extrême gentillesse à son égard. Elle aurait dû se sentir… elle s'y efforçait… *honorée* de se trouver en ce lieu.

Mais, ce matin-là, le cadre était différent. Cette pièce possédait un haut plafond sur lequel se superposaient un siècle de couches de laque blanche, et les bulles d'air emprisonnées dans les vitres des fenêtres démesurées transmuaient le soleil en galaxies d'or en fusion entre des rideaux de dentelle poussiéreux. Elle ignorait où elle se trouvait, mais ce n'était pas une nouveauté pour elle. Ils avaient dû procéder à un nouveau transfert à la faveur de la nuit. Elle trouverait son chemin, ainsi qu'elle l'avait déjà fait en bien d'autres endroits.

Elle éternua à deux reprises et se demanda un bref instant si elle n'avait pas pris froid. Le goût désagréable qui s'accentuait dans sa bouche commençait à effacer toutes les autres sensations; elle goûtait aux restes de son dîner de la veille, comme si les plats se trouvaient encore devant elle. Toutes les saveurs étaient simultanées, cependant : haricots verts et crème anglaise, bouts de steak haché en ébullition dans sa salive. Des formules vaguement appréhendées d'amines, d'esthers et de glucides dansaient dans son esprit avec une viscosité familière, bien qu'elle ignorât leur signification.

Elle se leva rapidement, enfila sa robe de chambre et ses pantoufles... en supposant simplement que ces effets lui appartenaient..., puis elle se mit en quête d'un lieu où il lui serait possible de se brosser les dents. L'odeur du couloir parcouru de courants d'air était entêtante : cire et urine, ammoniaque et bile, térébenthine – des senteurs qui évoquaient des spectres de suppliants et de bienfaiteurs décédés, d'employés et de pensionnaires, de visiteurs et de surveillants, toutes les personnes qui avaient emprunté ce corridor depuis un siècle. Elle éternua encore et encore, et la puanteur finit par s'atténuer.

Elle découvrit bientôt un cabinet de toilette où il lui serait possible de procéder à quelques ablutions. Elle s'étudiait dans le miroir de l'armoire, lorsqu'elle fut brusquement projetée hors de son être : l'image parut se dilater et elle eut devant elle une représentation fortement agrandie de son œil, un iris brun foncé et vitreux. Mais elle pouvait également voir son reflet ordinaire; cet œil géant se superposait simplement à ses traits familiers. Elle ferma une paupière et ne vit plus que sa face. Elle ferma l'autre, et son regard plongea dans les ténèbres insondables des profondeurs aqueuses d'une immense pupille dilatée.

Son œil droit lui semblait... étranger ?

Elle cilla à deux reprises et ce phénomène de double exposition s'interrompit. Son visage était redevenu normal. Elle se remémora qu'elle souhaitait se laver les dents. Après quelques minutes, les vibrations de la brosse la bercèrent et la firent sombrer dans un état de rêverie éveillée...

*

Les ronflements sonores de l'hélicoptère qui se posait sur la pelouse ébranlèrent les fenêtres, et les membres du personnel furent brusquement affairés. L'arrivée inopinée d'un tel appareil annonçait presque toujours une inspection.

Lorsque le médecin monta de ses appartements et entra dans son bureau, un des assistants du directeur l'y attendait. S'il éprouva de l'inquiétude, il fit de son mieux pour ne pas le laisser paraître.

– Nous vous avions pourtant répondu que nous vous contacterions, déclara poliment l'homme.

Il s'agissait d'un individu de petite taille, avec des cheveux orange vif dont les boucles serrées se collaient à son crâne.

– Je vous croyais à Fort Meade ?

– Le directeur m'a chargé de venir vous délivrer son message de vive voix.

– Il aurait pu me contacter par vidéocom.

– Il vous demande de m'accompagner au quartier général. Immédiatement, je le crains.

– C'est impossible.

Le médecin gagna le vieux siège en bois et s'y assit avec une raideur attribuable à sa tension nerveuse.

– Nous nous en doutions, déclara le visiteur en libérant un soupir. Telle est la raison de ma venue.

Le visiteur avait gardé son pardessus en poil de chameau et son écharpe de laine péruvienne assortie à sa chevelure. Ses chaussures de cuir verni à hauts talons étaient également orange. Il ne portait que des vêtements d'origine organique, révélateurs de l'importance de son salaire. Il ouvrit avec soin son manteau et sortit du holster visible sous son aisselle un Colt Aetherweight calibre .38 muni d'un silencieux de dix centimètres. Cet homme était une palette de diverses tonalités d'orange, mises en relief par l'acier bleui du pistolet. Il braqua le canon de cette arme sur le ventre proéminent du médecin.

– Veuillez me suivre immédiatement.

Alors qu'elle revenait vers sa chambre, Sparta fut ébranlée par une brusque souffrance dont le point d'origine se situait dans son oreille gauche. La douleur était si aiguë qu'elle trébucha et dut se retenir à la cloison. *Les bourdonnements et les gémissements d'un courant de soixante périodes qui se propagent à travers les lattes et le plâtre, le fracas des marmites qu'on lave dans les cuisines, les plaintes d'une personne âgée...* la vieille femme du 206, sut-elle immédiatement tout en ignorant de quelle manière elle avait appris l'identité de la personne qui occupait cette chambre..., *encore d'autres pièces, d'autres bruits, deux hommes qui discutent quelque part et dont les voix paraissent vaguement familières...*

*

Le médecin hésita. S'il n'était pas véritablement surpris par la tournure des événements, la situation avait évolué plus rapidement qu'il n'aurait pu le supposer.

– Et si...

Il ravala sa salive, avant de reprendre sa phrase :

– Et si je refuse de vous accompagner ?

Il lui semblait assister à cette scène en simple spectateur, et il regrettait seulement que ce ne fût pas effectivement le cas.

– Docteur... (Son interlocuteur secouait la tête avec tristesse.) Le personnel de cet établissement est d'une loyauté absolue. Quoi qu'il puisse se passer dans cette pièce, personne n'en parlera. Vous pouvez me croire.

Convaincu, il se leva et se dirigea lentement vers la porte. L'individu aux cheveux orange l'imita sans le quitter des yeux et parvint même à exprimer de la déférence tout en le menaçant avec son arme.

Le médecin gagna le portemanteau et prit son

pardessus. Il entreprit de l'enfiler, et s'emmêla dans son écharpe.

L'autre homme lui adressa un sourire compatissant, avant de dire :

– Désolé.

Sans doute voulait-il lui indiquer qu'en d'autres circonstances il n'eût pas manqué de l'aider. Après être finalement parvenu à mettre le pardessus, son prisonnier lança un regard derrière lui. Ses yeux étaient humides et il tremblait. La peur déformait ses traits.

– Après vous, je vous en prie.

Le médecin tourna le bouton de la porte et ouvrit le battant. Il s'avança vers le couloir et trébucha en franchissant le seuil, en proie à ce qui semblait être le prélude à une crise de panique. Déséquilibré, il tomba sur un genou et l'individu aux cheveux orange s'avança vers lui, la bouche incurvée par un rictus de mépris.

– Il n'y a vraiment pas de quoi être bouleversé à ce point...

L'envoyé du directeur tendit la main au médecin accroupi, qui se redressa d'un bond et le repoussa contre l'encadrement de la porte d'un coup d'épaule. Puis son poing droit s'éleva rapidement, avec force, et fit dévier le bras gauche de son adversaire avant de percuter violemment son torse, sous le sternum.

– Aaahhh... ?

C'était moins un cri de souffrance qu'un hoquet de surprise. Sidéré, l'homme à la chevelure orange baissa les yeux sur son estomac. Le cylindre d'une grosse seringue hypodermique dépassait du pardessus en poil de chameau, au niveau du diaphragme.

Il n'y avait pas la moindre goutte de sang. L'hémorragie était interne.

Mais il vivait encore. Compte tenu de l'épaisseur du vêtement, l'aiguille était trop courte pour atteindre son cœur. Les tubes télescopiques internes continuèrent cependant de se déployer à la rencontre de son muscle cardiaque, lorsqu'il braqua le canon du Colt vers son adversaire et que son index se crispa sur la détente...

*

Les *phtt, phtt, phtt, phtt* de l'arme munie d'un silencieux furent comparables aux sifflements d'un lance-fusées, pour l'ouïe hypersensible de Sparta. Elle recula en titubant le long du corridor, en direction de sa chambre. Les cris et les hoquets d'agonie résonnaient à l'intérieur de son crâne et le grondement des pas des personnes qui couraient à l'étage inférieur l'ébranlait comme une secousse sismique.

Dans son esprit, telle une diapositive projetée sur un écran, elle vit apparaître l'image du propriétaire d'une des voix qu'elle venait d'entendre – celle d'un petit homme aux vêtements trop coûteux et voyants; un individu aux cheveux orange bouclés, un être qui lui inspirait de l'aversion et de la crainte. Alors que ce portrait se formait, le phénomène d'amplification des sons diminua progressivement.

D'autres pensionnaires de l'asile privé erraient désormais dans le couloir, rasant les murs sous l'effet de la peur. Il n'était plus nécessaire de posséder une ouïe très développée pour entendre le fracas qui s'élevait de l'étage inférieur, désormais. Arrivée dans sa chambre, Sparta se dépouilla de son peignoir et se hâta d'enfiler les vêtements plus chauds qu'elle trouva dans un placard; des effets qu'elle ne reconnut pas mais qui devaient de toute évidence lui appartenir. Pour des raisons que sa mémoire défaillante refusait de lui révéler, elle savait qu'elle devait prendre la fuite le plus rapidement possible.

Le corps du médecin gisait sur le seuil de son bureau. Il était allongé sur le dos et sa nuque baignait dans une mare de sang. Sur le sol, près de lui, l'homme à la chevelure orange se contorsionnait et tentait de retirer un objet planté dans son estomac.

– Aidez-moi, aidez-moi ! râlait-il en s'adressant aux infirmières qui tentaient de le secourir.

Une femme portant un uniforme de pilote repoussa les personnes regroupées autour du blessé afin d'entendre ses paroles, mais ces dernières furent brusquement couvertes par les mugissements d'une sirène.

– Retrouvez-la ! Capturez-la... murmura l'homme.

La souffrance fit crisser ses dents. Il venait de réussir à retirer la seringue hypodermique, mais en partie seulement...

– Conduisez-la au directeur !

Sa voix grimpa dans les aigus et il hurla :

– Oh ! Aidez-moi, aidez-moi...

Puis le dernier tube télescopique, celui qui était fin comme un cheveu, transperça son cœur, dont les battements s'interrompirent aussitôt.

*

Une infirmière pénétra en trombe dans la chambre de L.N. et la trouva déserte. Un des montants du lit reposait sur le sol. Le châssis de la fenêtre était remonté et un courant d'air glacé provenant de l'extérieur agitait les rideaux de dentelle jaunie. Comparable à un épieu, une barre de fer empalait l'épais grillage tendu au-delà et le repoussait de côté. Ce levier improvisé avait jusqu'alors constitué un des éléments du lit de la patiente.

La femme se précipita vers la fenêtre en entendant les gémissements aigus des turbines de l'hélicoptère s'amplifier brusquement. La machine noire fuselée qui se découpait sur la pelouse brunie par le gel s'élevait en effectuant du surplace et son nez, semblable à la tête d'une vipère, semblait renifler son chemin sous les pales du rotor.

La femme pilote se rua dans la chambre, pistolet au poing. Elle gagna à son tour la fenêtre et écarta brutalement l'infirmière, pour voir l'engin tactique s'élever de deux mètres, s'incliner vers l'avant, puis s'éloigner en rase-mottes et franchir la clôture entre deux peupliers.

– Merde !

Elle ne pouvait en croire ses yeux et savait qu'il eût été inutile de gaspiller des munitions en tirant sur l'appareil blindé.

– Qui diable a pris les commandes de mon hélico ?

– Elle, répondit l'infirmière.

– Mais de qui parlez-vous, bon sang ?

– De la personne que nous cachions ici. Celle que vous deviez conduire au directeur.

L'autre femme suivit l'appareil du regard jusqu'au moment où il descendit dans un arroyo situé au-delà de l'autoroute pour ne plus réapparaître. Après avoir grommelé un dernier juron, elle s'écarta finalement de la fenêtre.

*

Sparta pilotait l'hélicoptère sans trop savoir comment. Un ou deux mètres en contrebas du train d'atterrissage le sol gelé défilait rapidement, et les berges boueuses et rocailleuses du cours d'eau oscillaient un peu trop près des extrémités tournoyantes des pales, alors qu'elle se familiarisait avec le manche à balai et les pédales. Un patin heurta des galets et l'appareil donna de la bande, effectua de lui-même un rétablissement, et poursuivit son vol.

Une carte holographique du terrain se déroulait

dans les airs et se superposait au paysage réel, sous les yeux de Sparta. Elle grimpait à présent vers le haut de la colline – les rails du magnéplane inter-États qu'elle avait croisés avant de découvrir l'arroyo réapparurent devant elle, juchés sur des chevalets d'acier et barrant son chemin. Elle passa sous l'obstacle. Le grondement des moteurs fut répercuté pendant une fraction de seconde et une pale se mit à vibrer en libérant une plainte assourdissante et suraiguë après avoir grignoté un pylône au passage.

Le cours d'eau se rétrécissait et ses berges devenaient plus abruptes et élevées. L'érosion avait creusé... paresseusement, au fil des siècles... un cône de déjection alluvial dans les montagnes qui se dressaient devant elle, ouvrant dans la roche rougeâtre une entaille en V rappelant la mire d'un fusil.

Elle était toujours en pilotage manuel et chaque seconde passée dans les airs lui apportait de l'assurance. Elle s'interrogea sur son aptitude à piloter un engin si compliqué et dont elle tenait pour la première fois les commandes, à en croire ses souvenirs, tout au moins. Elle connaissait d'instinct l'utilité de chaque chose, sa logique, l'emplacement des instruments de bord et de contrôle, les capacités de tous les sous-systèmes.

Elle en déduisit qu'elle avait reçu une formation de pilote. À partir de ce fait, elle arriva à la conclusion que les causes de son amnésie devaient être très importantes.

Elle leur attribua la crainte que lui inspirait l'homme à la chevelure orange, cette terreur qui l'avait poussée à prendre la fuite. Elle comprit... parce qu'elle se remémorait tout ce qui venait de se produire depuis qu'elle s'était éveillée en éprouvant un impérieux besoin de se brosser les dents, y compris les nombreuses anomalies relevées au fil des heures... qu'on avait sciemment effacé un épisode de son existence, qu'il s'agissait de la raison pour laquelle elle se trouvait en danger, et qu'il devait exister un rapport entre l'individu aux cheveux flamboyants, la disparition de plusieurs années de ses souvenirs, et le péril qu'elle courait actuellement.

Sparta... elle prit conscience que ce n'était pas son véritable nom mais une identité d'emprunt qu'elle avait assumée pour des motifs importants mais pour l'instant inconnus... s'adressa à l'hélicoptère.

– Snark, mon matricule est L.N. 30851005. Reconnais-tu mon autorité ?

Après une brève pause, l'ordinateur de bord lui répondit :

– Je me place sous votre commandement.

– Alors, cap sur Westerly. Altitude minimale et vitesse maximale, conformément aux protocoles de vol furtif. Mode automatique.

– Mode auto confirmé.

Les murailles jurassiques de grès rouge de Flatiron défilaient rapidement de chaque côté de l'appareil, le surplombant d'une hauteur vertigineuse. Le sol de la gorge asséchée qui devait servir de lit à un cours d'eau torrentiel pendant les orages de la fin de l'été était jonché de blocs de granite érodés et s'élevait en formant des marches irrégulières. L'engin frôla les branches dénudées rosâtres des saules qui s'entrelaçaient sur la berge puis s'éleva presque à la verticale vers le haut de la montagne, en esquivant des arbres inclinés et des falaises basaltiques en surplomb. Finalement, le canyon se rétrécit brusquement et se changea en un couloir peu profond qui traversait une forêt de pins, alors que le relief s'aplanissait en prairies où se dressaient quelques tremblaies.

Sparta modifia l'échelle de la représentation holographique du terrain qui défilait sous ses yeux et l'étudia jusqu'au moment où elle trouva un lieu dont les caractéristiques correspondaient à ses besoins.

– Snark, cap à quarante degrés nord; cent cinq degrés, quarante minutes et vingt secondes ouest.

– Quarante nord; un zéro cinq, vingt ouest. Confirmé.

L'appareil ralentit brusquement et parut hésiter à l'orée d'un bosquet de trembles. Son mufle frémissait, comme s'il était occupé à renifler une trace.

Un instant plus tard, il accélérait au-dessus du terrain dégagé et enneigé, en direction d'une chaîne lointaine de pics élevés que le soleil faisait miroiter.

*

– Nous avons une acquisition visuelle.

Sur un des écrans d'une salle souterraine, à deux mille kilomètres de là, quelques personnes regardèrent l'hélicoptère qui filait en rase-mottes. Ou plus exactement l'image agrandie retransmise par un satellite espion se trouvant en orbite six cents kilomètres plus haut.

– Pourquoi n'utilise-t-elle pas les protocoles de vol furtif ?

– Elle ignore sans doute comment procéder.

– Elle sait piloter cet engin, en tout cas.

L'homme qui venait de parler, un quinquagénaire aux cheveux gris argenté coupés court, portait un costume de laine anthracite et une cravate de soie grise unie sur une chemise de coton couleur perle : une tenue civile qui évoquait un uniforme militaire.

Il eût été impossible de rétorquer quoi que ce soit à l'accusation lancée par cet homme, et elle ne suscita aucune réponse.

Une femme toucha sa manche, retint son regard, et désigna du menton les ombres de la salle. Ils s'y réfugièrent, pour parler sans témoins.

– Que se passe-t-il ?

– Si McPhee a effectivement restauré sa mémoire à court terme à l'aide d'implants cellulaires synthétiques, elle peut recouvrer ses capacités acquises avant l'intervention, murmura-t-elle.

Il s'agissait d'une belle femme, aussi sévère, autoritaire et grisonnante que lui, avec des yeux noirs qui faisaient penser à deux mares de ténèbres au sein de la pénombre.

– Vous êtes parvenue à me convaincre qu'elle ne pourrait jamais se remémorer ce qu'elle avait vu ou fait au cours de ces trois dernières années, lui rappela-t-il avec irritation.

Il était évident qu'il devait prendre sur lui pour ne pas hausser la voix.

– La permanence... autrement dit le degré... de l'amnésie rétroactive due à la perte de la mémoire à court terme est rarement prévisible...

– Et c'est *maintenant* que vous me le dites ?

Cette fois, il avait parlé d'une voix assez forte pour inciter toutes les autres personnes présentes à se tourner vers lui.

– Mais nous pouvons être absolument certains qu'elle ne se remémorera jamais ce qui s'est passé *après* l'intervention.

Elle fit une pause, avant de conclure :

– Jusqu'à la réintervention. Jusqu'à ce jour.

Puis ils sombrèrent tous deux dans un profond silence, et pendant un instant nul ne dit mot à l'intérieur de la salle obscure. Tous étudiaient l'hélicoptère qui semblait fuir son ombre au-dessus des tertres enneigés et des étangs gelés, entre les pins et les trembles, au fond de défilés abrupts, suspendu sous ses rotors qui scintillaient comme les ailes membraneuses d'une libellule captive des mailles du réseau de balayage du satellite d'observation.

L'image vacilla un instant avant de se stabiliser sous un angle légèrement différent. Un autre satellite venait de prendre la relève.

– Monsieur Laird, cria un des opérateurs. J'ignore si c'est important, mais...

– Dites toujours.

– Au cours des deux dernières minutes, l'appareil a graduellement pivoté en sens inverse des aiguilles d'une montre. Il suit à présent un cap sud-est.

– Elle s'est perdue ! s'exclama avec enthousiasme un des assistants. Elle vole à l'aveuglette !

L'homme en gris n'en fit pas cas.

– Montrez-moi l'ensemble du secteur.

L'image visible sur l'écran principal s'amenuisa pour englober les Grandes Plaines qui se dressaient tel un océan pétrifié au pied de la Front Range et les cités qui s'y étaient échouées, telles des épaves. Cheyenne, Denver, Colorado Springs, fondues par leurs faubourgs en une unique métropole étirée. À cette échelle, l'hélicoptère était microscopique, invisible, mais l'intersection des fils du réticule indiquait toujours sa position.

– La cible semble désormais garder le même cap, annonça l'opérateur.

– Malédiction, elle se dirige vers le Space Command, grommela l'homme en gris.

Il regarda son pendant féminin avec amertume.

– Pour y chercher refuge ? hasarda-t-elle d'une voix hésitante.

– Il faut abattre cet appareil, lança l'assistant, auparavant enthousiaste et désormais paniqué.

– Avec quoi ? Notre seul engin armé se trouvant dans un rayon de huit cents kilomètres autour de la cible est justement celui-là.

Il se tourna vers la femme et lui lança sans prendre la peine de baisser la voix :

– Si seulement j'étais resté sourd à vos arguments spécieux...

Il se pencha vers la console, sans achever sa phrase, et de colère grinça des dents.

– Elle ne respecte pas les protocoles de vol furtif. Quelles sont les possibilités de brouillage ?

– Il est impossible de perturber les systèmes de

navigation et de contrôle, monsieur. Ils bénéficient d'une protection totale.

– Et le brouillage de ses transmissions ?

– C'est réalisable.

– Faites-le immédiatement.

– Ce genre d'intervention ne peut avoir une précision chirurgicale, monsieur. L'Air Defense Command risque de ne pas apprécier.

– Exécutez mes ordres. Je me charge de l'ADC.

Il se tourna vers un assistant.

– Établissez une liaison prioritaire avec le Commandant en chef du NORAD. Mais fournissez-moi au préalable le profil de ce type.

L'homme lui tendit un communicateur.

– Le responsable du NORAD est un certain général Lime, monsieur. Tout ce que nous savons sur lui s'affiche sur l'écran B.

L'homme en gris marmonna quelques paroles dans le communicateur, puis mit l'attente de la réponse à profit pour lire rapidement les renseignements concernant le militaire et préparer le discours qu'il lui tiendrait, avant de reporter son attention sur l'écran principal.

Le réticule du satellite espion se rapprochait inexorablement du quartier général de l'Air Force Command, à l'est de Colorado Springs. Une voix sèche crépita dans le communicateur et l'homme en gris se hâta de répondre :

– Général, ici Bill Laird...

Sa voix était à la fois pleine d'assurance, de chaleur humaine et de déférence.

– Je suis sincèrement désolé de vous importuner, mais je suis confronté à un sérieux problème et je crains de n'avoir laissé la situation m'échapper... À tel point, en fait, que mes ennuis sont devenus également les vôtres. Ce qui explique les interférences électromagnétiques que vous devez capter sur les fréquences de combat...

*

Cet entretien téléphonique épuisa ses réserves d'amabilité et de persuasion. Et ce ne fut pas le seul appel que Laird dut passer, le général Lime ayant refusé d'agir sans avoir préalablement reçu une confirmation du supérieur hiérarchique de son interlocuteur.

Des mensonges furent transmis dans l'éther et, lorsque le directeur raccrocha finalement le combiné, son sourire tendu ne parvenait plus à dissimuler le tremblement de ses lèvres. Il tirailla la manche de la femme en gris puis la guida à nouveau vers les ombres.

– Tous nos projets s'effondrent, à cause de vous, fit-il avec colère. Et nous aurons perdu toutes ces années de travail. Croyez-vous que je pourrai conserver mon poste après un échec aussi cuisant ? Nous devrons nous estimer heureux si nous ne faisons pas l'objet de poursuites.

– Je doute que le Président…

– *Vous !* Je vous entends encore me conseiller de la garder en vie !

– Elle était extraordinaire, William. Aux premiers stades. Elle a été une adepte dès sa naissance.

– Elle ne s'est *jamais* abandonnée à la Connaissance.

– Ce n'était qu'une enfant !

Une quinte de toux sèche servit de réplique. L'homme fit les cent pas en ruminant de sombres pensées, avant de s'immobiliser brusquement et de secouer la tête.

– Oui, nous devrons dissoudre notre groupe et aller nous fondre dans l'anonymat du reste du troupeau.

– William…

– Oh ! Nous resterons en contact. Je suis même

certain qu'on nous confiera des postes importants dans des services gouvernementaux. Mais tout sera à refaire.

Il croisa les doigts et fléchit leurs jointures.

– Ce sanatorium doit disparaître. Nous sommes contraints de nous disperser. Le moment est venu de tout arrêter.

La femme en gris estima préférable de ne pas émettre la moindre objection.

*

– L'appareil non identifié serait donc en pilotage automatique ?

Le sergent semblait sceptique. Avec une dextérité attribuable à une longue pratique, elle fournit les coordonnées de l'hélicoptère en approche au SGCA : le Système de Guidage des Catapultes Anti-aériennes.

– Il s'agit en fait d'un engin expérimental qui a perdu la boule, répondit le capitaine. Selon les postes d'observation, ceux qui le testaient l'ont laissé filer et il fonce en direction de nos installations au sol.

Hors du périmètre de la base du quartier général du Space Command, des batteries valsèrent sur leurs affûts.

– Les intercepteurs ne pourraient pas s'en charger ?

– Bien sûr que si. Un F-14 n'aurait qu'à décoller, grimper, se placer au-dessus de la cible, et la descendre. Mais avez-vous assisté à une démonstration de ces nouveaux hélicos militaires, sergent ? Ces machines peuvent voler en rase-mottes à six cents kilomètres à l'heure. Et qu'est-ce qu'on trouve sur le sol, entre nous et les montagnes ?

– Oh !

– Tout juste. Des maisons, des écoles, ce genre de trucs. Voilà pourquoi ce sera à nous de jouer dès que la cible entrera dans le périmètre de défense.

Le sergent regarda l'écran du radar.

– Eh bien, nous serons fixés dans une vingtaine de secondes. Il approche toujours.

Elle arma le SGCA avant même que le capitaine lui en eût donné l'ordre.

*

Le Snark filait en grondant au ras des toits des ranches des faubourgs, au-dessus des piscines et des jardins de rocaille, des larges boulevards et des lagons artificiels, soulevant des tuiles, ébranlant les dernières feuilles mortes des trembles, terrifiant les passants, aspirant la poussière et la fange des plans d'eau dans son sillage. Les antennes de l'hélicoptère qui se ruait vers la base émettaient sans discontinuer des appels sur toutes les fréquences militaires et civiles, mais elles ne captaient aucune réponse. L'étendue plate et dénudée du périmètre de défense se rapprochait rapidement...

*

Quand l'hélicoptère franchit en grondant les clôtures et passa au-dessus des véhicules des pompiers, des ambulances et des voitures de police, quelques observateurs notèrent... et plus tard témoignèrent... que l'appareil ne semblait pas se diriger vers la forêt d'antennes orientées vers l'espace constituant le trait le plus caractéristique du quartier général du Space Command, mais plutôt vers les bâtiments du centre tactique devant lesquels se trouvait une aire d'atterrissage. Il s'agissait cependant d'une distinction subtile – bien trop subtile pour être prise en considération lorsqu'il fallait se décider en une fraction de seconde.

Trois missiles bondirent dans les airs à l'instant où le Snark pénétrait à l'intérieur de la base. Ces engins n'étaient que des cylindres d'acier fuselés sans la moindre charge explosive, mais leur impact pouvait être comparé à celui d'une météorite ou d'un bulldozer volant. Deux dixièmes de seconde après avoir quitté leurs lanceurs, ils perforèrent le blindage de l'hélicoptère. Il ne se produisit aucune explosion, cependant. Les fragments de l'appareil désintégré se disséminèrent simplement sur le terrain de manœuvre comme une poignée de confettis en feu et les bouts de métal plus importants s'éloignèrent en fumant, tels de vieux journaux roulés en boule, consumés par les flammes.

3

Sparta se dissimulait derrière les trembles dénudés qui bordaient l'étendue gelée, attendant que le halo doré du soleil couchant eût abandonné le ciel moucheté de nuages. Le froid engourdissait ses orteils et ses doigts, les lobes de ses oreilles et l'extrémité de son nez. Son estomac grondait. La basse température ne l'incommodait guère, lorsqu'elle marchait, mais elle frissonnait depuis qu'elle avait dû s'arrêter pour guetter la venue des ténèbres. À présent que la nuit était tombée, elle pouvait repartir.

Elle venait de glaner une information importante... au cours de la fraction de seconde pendant laquelle le Snark avait effectué une pause et calculé sa nouvelle trajectoire... juste avant de sauter de l'appareil qui demeurait en vol stationnaire à quelques dizaines de centimètres au-dessus du sol et de laisser celui-ci voler au-devant d'une destruction inévitable. Elle connaissait désormais la date exacte. Le jour, le mois et l'année. Cette dernière révélation l'avait fortement ébranlée. Si les souvenirs qui tourbillonnaient dans son esprit devenaient plus nombreux au fil des minutes, elle savait à présent que les plus récents d'entre eux se rapportaient à des faits s'étant produits une année auparavant. Et depuis l'abandon de son appareil, alors qu'elle cheminait péniblement dans la neige, elle n'avait cessé de s'interroger sur l'étrange phénomène d'extension de ses sens.

Elle savait de façon viscérale que pendant la dernière heure... bien qu'elle ne se fût pas accordé le loisir de tester ses nouvelles capacités... ses facultés extraordinaires en plein développement s'étaient en partie placées sous le contrôle de son esprit. Elle était même parvenue à se remémorer à quoi *servaient* certains de ces pouvoirs... ce qui lui permettait de moduler la sensibilité de ses sens – goût, odorat, ouïe, toucher, et surtout vision.

Mais il lui arrivait encore d'en perdre momentanément la maîtrise. La senteur à la fois douce et âcre des aiguilles de pin parsemant la neige la plongea dans une ivresse étourdissante qui menaça à plusieurs reprises de la terrasser. La nacre fondante du soleil couchant métamorphosa le monde en un kaléidoscope tournoyant parcouru de pulsations, une débauche de lumières. Elle attendait la fin de ces crises, consciente que ces dernières finiraient par s'atténuer et qu'il lui serait alors possible de recouvrer sa lucidité au prix d'un simple effort de volonté. Ensuite, elle reprenait sa lente progression.

Elle comprenait désormais une partie des raisons de son épreuve. Elle avait conscience que si l'on venait à apprendre quels étaient ses étranges pouvoirs, cela pourrait lui être fatal. Elle savait également qu'elle connaîtrait un sort identique si elle se livrait aux autorités, quelles qu'elles fussent.

Finalement, l'obscurité fut assez profonde pour dissimuler son approche et elle traversa le champ enneigé en direction d'une lointaine grappe de points lumineux apparaissant à l'intersection de deux étroites routes goudronnées. Sur une enseigne suspendue à l'avant-toit de tôle ondulée d'une des bâtisses de bois délavé par les éléments, la clarté jaunâtre d'une ampoule nue révélait les mots : « BOISSONS. REPAS. »

Elle dénombra une demi-douzaine de véhicules garés devant la taverne rustique, des voitures de sport et des 4x4 aux toits garnis de porte-skis. Elle s'arrêta à l'extérieur et *tendit l'oreille*...

Elle entendait les tintements et les claquements des bouteilles, les miaulements plaintifs d'un chat qui réclamait son repas, les craquements des chaises et des lattes du plancher, le grondement d'une chasse d'eau au-delà de la salle et, couvrant tout cela, les beuglements d'une sono réglée juste en deçà du seuil de la souffrance auditive. Sous cette musique... les invectives violentes d'un chanteur, les roulements de tonnerre d'une basse, les plaintes modulées d'une suite d'accords plaqués sur un synthékord et les martèlements de trois types de percussions différentes..., elle capta quelques conversations.

– *Seulement des pierres et de l'herbe sèche,* grommelait une fille. *Ceux des télésièges ont un sacré culot d'oser vendre des billets.*

Ailleurs, un adolescent tentait de soutirer des notes de cours à ses camarades de collège. En un autre endroit... le bar, supposa-t-elle..., un homme parlait de son travail. Elle écouta un moment et accorda son ouïe sur la fréquence de sa voix, jugeant ses propos plus prometteurs que ceux des autres clients...

– ... et cette fille aux cheveux qui descendaient *jusque-là* et qui restait plantée devant moi, uniquement vêtue d'un minuscule bout de soie rose transparente comme ceux qu'on voit dans les pubs des grands magasins. Mais comme si je n'existais pas.

– Elle était probablement camée. Ils le sont tous,

là-bas. Tu connais leur super-console de montage sensorielle, le truc qui est censé permettre de rentabiliser le studio. Eh bien, le type qui s'en occupe est tellement défoncé à longueur de temps que je me demande comment il peut encore éprouver quelque chose...

– Mais les filles. Voilà ce qui me fait de l'effet. Où je veux en venir, c'est qu'on passe son temps à trimbaler des décors d'un côté et de l'autre, pas vrai ? Avec toutes ces blondes, ces brunes et ces rousses qui sont assises, debout ou couchées autour de nous...

– La plupart de ceux qui débarquent dans ce trou perdu prétendent qu'ils veulent louer le studio, mais c'est seulement pour magouiller, mon vieux. Ils achètent et ils vendent...

Sparta écouta jusqu'au moment où elle obtint la confirmation qu'elle attendait, puis elle s'isola du brouhaha provenant de la salle et reporta son attention sur les véhicules garés à l'extérieur.

Elle accorda le spectre de sa vision sur les infrarouges afin de voir les empreintes laissées sur les poignées des voitures. Les plus rougeoyantes venaient d'être déposées et elle s'intéressa à ces dernières, jugeant improbable de voir leurs propriétaires ressortir aussitôt de l'établissement. Elle étudia l'intérieur d'un cabriolet maculé de boue et les marques incandescentes de deux paires de fesses dans les sièges-baquets. Une couverture de voyage roulée en boule sur le plancher, devant la place du passager, dissimulait un autre objet irradiant de la chaleur. Sparta espéra avoir trouvé ce qu'elle cherchait.

Elle retira son gant droit. Des extensions chitineuses apparurent sous les ongles de son index et de son majeur et elle les fit doucement pénétrer dans la fente de l'Idcarte, du côté passager. Elle sentit le léger picotement des électrons qui suivaient les polymères conducteurs; des images de nombres dansèrent au seuil de sa conscience; les molécules de surface de ces sondes s'autoprogrammèrent si rapidement que seule l'intention fut perçue, non le processus. Ces extentions se rétractèrent à l'intérieur de ses doigts dès qu'elle les écarta de la portière. Cette dernière s'ouvrit, sa serrure-alarme désactivée.

Elle renfila son gant et souleva le plaid. L'objet qu'il dissimulait était un sac à main récemment manipulé. Elle y trouva une Idcarte qu'elle subtilisa avant de remettre le sac à sa place – sous la couverture de voyage qu'elle replia comme auparavant en se basant sur l'image de l'habitacle qu'elle avait temporairement stockée dans sa mémoire. Elle repoussa doucement la portière.

Sparta battit des pieds sous le porche pour faire tomber la neige qui adhérait à ses bottes, puis elle poussa les doubles portes branlantes et fut assaillie par une explosion de fumée et de musique amplifiée au-delà du seuil de distorsion. La plupart des clients étaient des couples et des collégiens de retour des stations de sports d'hiver. Quelques mâles locaux, reconnaissables à leurs jeans déchirés et à leurs chemises à carreaux en flanelle, s'agglutinaient à l'extrémité du comptoir d'acajou. Tous rivèrent leurs yeux sur Sparta qui se dirigeait effrontément vers eux.

Le charpentier dont elle avait un peu plus tôt suivi la conversation était facile à identifier, grâce à une règle laser glissée dans un étui de cuir râpé pendant sur sa hanche. Elle se hissa sur le tabouret le plus proche du sien et lui adressa un regard condescendant avant de reporter son attention sur le serveur.

Les cheveux orange bouclés de ce dernier la firent sursauter. Son angoisse fut brève, cependant – il avait également une barbe frisée.

– Qu'est-ce que ce sera, pour vous ?

– Un verre de rouge. Auriez-vous quelque chose d'acceptable à manger ? Je meurs de faim.

– La tambouille habituelle de l'autochef.

– Zut... Alors, un cheeseburger. Moyen. Avec une garniture complète et des frites.

Le barman se dirigea vers une console d'acier inoxydable striée de traînées de graisse figée installée derrière le comptoir et pressa quatre boutons. Puis il prit un verre sur l'étagère située au-dessus de sa tête et le plaça sous un tuyau, d'où s'écoula un vin pétillant ayant la couleur du jus d'airelle. Sur le chemin du retour, il arracha de la gueule nickelée de l'autochef le hamburger et les frites, transporta les deux assiettes en équilibre dans sa large main droite, puis fit glisser le tout sur le bar en direction de sa cliente.

– Quarante-trois dollars. Service compris.

Elle lui tendit l'Idcarte, qu'il posa sur le comptoir après avoir enregistré la transaction. Sparta ne la ramassa pas immédiatement, se demandant laquelle des femmes présentes dans l'établissement venait de lui offrir à dîner.

Le barman, le charpentier et les autres hommes qui l'entouraient semblaient à court de sujets de conversation; tous la regardaient manger sans rien dire.

Les sensations olfactives et gustatives procurées par la mastication et la déglutition étaient intenses au point de surcharger ses systèmes internes avides. La graisse figée, les sucres carbonisés et les protéines prédigérées suscitaient à la fois sa convoitise et son écœurement. Pendant quelques minutes, la faim fut plus forte que le dégoût.

Lorsqu'elle eut terminé son repas, elle se lécha les doigts puis releva les yeux.

Elle porta à nouveau sur le charpentier un long regard lourd de mépris, sans faire cas du barbu qui se trouvait derrière lui et l'étudiait avec fascination.

– Je vous ai déjà vue quelque part, dit le charpentier.

– J'en doute, rétorqua-t-elle.
– Si, je vous connais. Vous ne faisiez pas partie de ces filles qui sont montées à Cloud Ranch, ce matin ?
– Ne me parlez pas de ce trou perdu. Je ne veux plus jamais entendre mentionner son nom.
– Je ne m'étais donc pas trompé.
Il hocha la tête avec satisfaction puis adressa au barman un clin d'œil entendu. Son compagnon barbu l'imita, mais le sens de sa mimique resta un mystère pour toutes les autres personnes présentes. Le charpentier pivota à nouveau vers Sparta, afin de l'étudier lentement de la tête aux pieds.
– J'ai su que c'était vous à la façon dont vous m'avez regardé. Naturellement, vous avez plutôt changé.
– À quoi ressembleriez-vous, si vous aviez dû marcher dans la neige pendant toute une demi-journée ?
Elle tirailla une mèche de ses cheveux bruns emmêlés, paraissant blessée dans sa fierté.
– Personne ne vous a proposé un passage ?
Sparta haussa les épaules et regarda droit devant elle, feignant de boire une petite gorgée de ce vin infect.
Il insista :
– J'ai l'impression que vous en avez ras le bol, non ?
– Vous vous prenez pour qui ? Un de ces connards de psys ? gronda-t-elle. Je suis violoniste. Et quand on m'engage pour jouer du violon, je manie mon archet et rien d'autre. Comment se fait-il que les seuls qui arrivent à se faire du fric dans cette profession soient les lèche-cul ?
– Vous avez mal interprété mes paroles, fit son interlocuteur en passant la main dans ses cheveux blonds emmêlés. Ils ne tournent pas que des sensies *musicaux*, là-haut. Tout le monde le sait, ici.

– Je ne suis pas d'ici.

– Ouais.

Il but pensivement une gorgée de bière, imité par son compagnon.

– Eh bien... désolé.

Tous entreprirent de contempler le contenu de leurs verres; un groupe de philosophes plongés dans des méditations profondes. Le barman prit un chiffon et essuya pensivement le comptoir.

– Et d'où venez-vous ? demanda le charpentier, avec espoir.

– De l'Est. Et je regrette d'en être partie. Annoncez-moi qu'un car doit partir pour New York dans dix minutes et vous aurez droit à toute ma reconnaissance.

Le barbu eut un rire, mais pas le charpentier.

– Il ne passe aucun car, ici.

– Ça ne m'étonne pas.

– Ne vous trompez pas sur mes intentions, mais je compte aller à Boulder, ce soir. Là-bas, vous pourrez trouver un moyen de transport.

– Et vous, ne vous méprenez pas sur le sens de mes paroles. J'ai seulement dit que vous auriez droit à ma reconnaissance.

– Rassurez-vous, m'dame.

S'il manifestait de l'humilité, il n'en était pas moins un homme et sans doute comptait-il tenter sa chance auprès d'elle. Sparta n'y voyait aucun inconvénient, dès l'instant où cela lui permettrait de se rapprocher de la civilisation.

*

Le charpentier finit par se laisser convaincre de la conduire jusqu'à l'aéroport de Denver, à cent cinquante kilomètres de là. Il ne l'importuna pas pendant les soixante-dix minutes de trajet, se contentant du semblant de conversation qu'elle acceptait d'alimenter, et ce fut sans paraître dépité outre mesure qu'il prit congé d'elle avec une poignée de main énergique.

Elle entra dans le terminal et libéra un soupir en se laissant choir dans le fauteuil de chrome et de plastique noir le plus proche. La salle était bondée et Sparta se sentait apaisée par les bruits, les clignotements des néons, les écrans lumineux des panneaux d'affichage, les reflets verdâtres diffus renvoyés par toutes les surfaces polies. Elle ferma son manteau à carreaux et s'abandonna à sa lassitude et à son soulagement. Elle avait regagné la civilisation et l'anonymat de la foule, et elle disposait d'un accès aux moyens de transport et de communication, aux services financiers, à l'ensemble de l'immense système nerveux électronique qui assurait la cohésion de ce pays, de la Terre et des colonies spatiales. En ce lieu, il lui serait possible d'obtenir ce qu'elle désirait sans se faire remarquer. Et pendant quelques minutes il lui fut loisible de rester assise, à découvert, et de prendre du repos sans devoir se dissimuler, certaine que rien dans son aspect banal ne pourrait attirer l'attention.

*

Elle rouvrit les yeux sur un vigile qui l'étudiait avec suspicion, le doigt levé vers l'oreille droite, sur le point d'utiliser son auricom.

– Vous dormez depuis une demi-heure, m'dame. Vous avez besoin de repos, et vous devriez vous rendre dans la ruche du Cinq.

Il tapota son oreille.

– Mais vous préférez peut-être que je contacte le refuge ?

– Seigneur, monsieur l'agent, je suis affreusement désolée. Je n'avais pas conscience de...

Elle porta le regard vers l'écran sur lequel les vols étaient annoncés.

– Oh non ! Ne me dites pas que je vais également rater *celui-là* !

Elle se leva et courut vers le plus proche des tapis roulants menant vers les aires de lancement.

Elle attendit d'être entourée d'autres passagers pour regarder derrière elle. Les voyageurs en tenues de vacances de plastique et de métal semblaient moroses, sans doute parce que leurs congés étaient terminés et qu'ils se trouvaient sur le chemin du retour. Elle feignit de fouiller dans ses poches avec panique, avant de descendre du tapis roulant à la première correspondance et de rebrousser chemin en direction des salles d'attente.

Elle entra dans les toilettes pour dames, s'étudia dans un miroir et eut un choc. Banale n'était certainement pas le mot qui convenait pour la décrire; elle était crottée, dépenaillée. Ses cheveux bruns, sales et graisseux, pendaient sur ses joues en formant des mèches qui évoquaient des serpents; des cernes sombres soulignaient ses yeux; de la boue rougeâtre séchée maculait ses bottes et son pantalon, ainsi que les pans de son manteau.

Que le flic l'eût suspectée d'être une non-Id n'était guère surprenant. Il avait vu juste, naturellement... un seul service gouvernemental avait un fichier sur elle... mais l'homme avait sauté sur cette conclusion pour d'autres raisons. Elle devait remédier rapidement à cette situation.

Elle se lava le visage, l'aspergeant d'eau glacée jusqu'au moment où elle fut pleinement éveillée. Puis elle partit à la recherche des boxes télématiques les plus proches.

Elle se glissa dans la cabine et étudia le terminal. Le petit écran éteint et le clavier permettaient de joindre presque instantanément toute personne se trouvant sur Terre ou dans l'espace et souhaitant être accessible (contacter des gens qui refusaient d'être importunés prenait un peu plus de temps).

C'était l'accès à d'immenses banques de données publiques (consulter des fichiers protégés réclamait également de la patience). C'était le moyen de procéder à des emprunts ou à des placements, de régler ses dettes, d'investir, de parier, d'acheter n'importe quel article ou service légal (procéder à des transactions illicites entraînait aussi une attente supplémentaire). Il suffisait pour cela que le client eût une Idcarte en cours de validité et un compte personnel suffisamment approvisionné.

Sparta s'était débarrassée de celle qu'elle avait subtilisée dans le cabriolet en la laissant tomber dans la neige, à côté de la porte de la taverne, afin de ne pas laisser la moindre trace de ses déplacements. Mais dans l'intimité d'un box télématique… le genre d'isolement que seul un lieu cerné par la foule pouvait lui offrir…, cela ne constituait pas un obstacle insurmontable.

Comme dans le cadre de la compétition incessante opposant les techniciens qui conçoivent les blindages et ceux qui mettent au point des projectiles à même de les perforer, l'interminable combat des créateurs de logiciels et des pirates de l'informatique formait une spirale évolutive sans fin. En ces jours de la fin du XXIe siècle, accéder à certains programmes n'était pas chose aisée, même pour un expert.

Sparta était certaine d'avoir reçu une formation approfondie en ce domaine, sans pouvoir pour autant se remémorer dans quel but. Elle inséra ses sondes digitales dans la fente du récepteur d'Idcarte et se passa du clavier pour accéder directement au système…

Dans l'univers de l'informatique, cependant, on ne trouve aucun paysage miroitant, nulle structure de données cristalline, nul nodule rutilant d'inférences et de signification. Le courant électrique… tout comme la lumière… ne transporte en lui aucune image, si ce n'est celles qui y ont été encodées.

Mais elles doivent alors être filtrées et traduites par des multiplexeurs analogiques, des faisceaux dirigés, du phosphore luminescent, des diodes excitées, des suspensions liquides magnétisées en ébullition, la trame d'un écran. S'il n'y a pas la moindre structure visible au sein de l'électricité, les relations y sont par contre nombreuses. Des formes organisées, des harmoniques, des ensembles.

Les flots de données en question sont des nombres interminables qui se décomposent en valeurs plus petites, des bits à l'infini. Tenter de visualiser ne serait-ce que d'infimes fragments de ce raz de marée numéral dépasse les capacités de tout système pluridisciplinaire jamais mis au point. L'odorat et le goût sont différents. Le toucher est différent, de même que la perception de l'harmonie. Tous les sens sont sensibles aux structures et, parce qu'il existe des processus analogues à des niveaux supérieurs, certains individus trouvent de la beauté aux nombres. Chaque époque a eu ses calculateurs prodiges – des génies ou des *débiles savants*. Pour créer à dessein un tel personnage, il est indispensable de disposer d'une connaissance parfaite de l'étrange système nerveux de ceux qui savent manipuler les nombres. À ce jour, un tel exploit n'avait été accompli qu'une seule fois.

Sparta l'ignorait. Comme tous les calculateurs prodiges, elle était fascinée par les nombres premiers, avec lesquels elle jonglait sans la moindre difficulté. Contrairement à celui des personnes précitées, cependant, le lobe droit de son cerveau abritait des extensions neurales artificielles qui augmentaient considérablement ses capacités de calcul, des structures dont elle ignorait l'existence alors même qu'elle les mettait à contribution. Si les systèmes d'encryptage de données avaient fréquemment pour clé de grands nombres premiers, ce n'était pas le fait d'une simple coïncidence.

Paisiblement assise dans ce box télématique du terminal de Denver, le regard rivé à l'écran, Sparta semblait étudier la danse des signes alphanumériques. Mais elle n'accordait aucune attention aux symboles qui défilaient rapidement devant ses yeux, car ses sens s'étendaient bien au-delà de l'interface. Ils suivaient la piste laissée par la senteur âcre d'une clé familière dans le système de communications, tel un saumon remontant la trace de son ruisseau natal dans les profondeurs de la mer – hormis que Sparta ne nageait pas et que l'océan d'informations s'enflait pour former un raz de marée à l'intérieur de son esprit. Immobile, elle se rapprochait de son but.

Le financement des organismes gouvernementaux dont l'existence n'est pas officielle ne peut figurer dans le budget d'un État mais est divisé et disséminé dans celui de nombreux autres services, passé dans des postes insignifiants avant d'être détourné sous le couvert de transactions effectuées avec des responsables d'entreprises et des banquiers compréhensifs. S'il se produit parfois un retour de flamme... par exemple lorsqu'un parlementaire qui n'a pas été mis dans la confidence par ses collègues demande publiquement pourquoi les forces armées ont réglé une facture de plusieurs millions de dollars pour des « pièces de rechange d'hélicoptère » et ne peuvent en contrepartie exhiber qu'une poignée de rondelles et de boulons..., la plupart du temps, seuls quelques initiés savent, ou se soucient de savoir, quelle est la destination véritable de ces sommes.

L'argent était devenu électronique, de simples nombres en changement constant, des transactions opérées d'un code à l'autre. Sparta remontait vers la source de l'un d'eux. Après s'être glissée dans les mémoires de la First Tradesmen's Bank de Manhattan par un accès verrouillé, sa conscience découvrit le fil d'or qu'il lui suffirait ensuite de suivre.

Les personnes qui l'avaient dotée de ces capacités hors du commun n'avaient pas un seul instant imaginé quelles utilisations ludiques elle parviendrait à leur trouver.

Ici, dans ce box télématique, procéder au transfert d'une somme relativement modeste et raisonnable ne lui posait aucun problème; quelques centaines de milliers de dollars débités d'un poste insignifiant du budget de sa cible (« entretien et surveillance des bureaux »), passés au crédit d'un prestataire de services véritable puis de son sous-traitant et, par une boucle tronquée, dans les comptes occultes d'un organisme gouvernemental... dont les ordinateurs enregistreraient la somme pendant une microseconde avant de l'effacer de leurs mémoires et d'interrompre net toute recherche... et finalement par une succession d'adresses aléatoires jusqu'à une petite banque new-yorkaise : la Grand Hook Savings and Loan, dont la simplicité de la clé la sidéra et dont l'agence de Manhattan put s'enorgueillir de compter une nouvelle cliente sans même le savoir – une jeune femme qui se nommait...

Il lui fallait fournir ce renseignement, et rapidement. Pas son prénom véritable, pas Linda, pas L.N., mais *Ellen*, et à présent un nom de famille. *Ellen, Ellen*... Elle tapa le premier mot qui lui traversa l'esprit. Elle s'appelait désormais Ellen Troy.

Sparta n'avait plus besoin d'utiliser le box télématique que pendant quelques secondes, le temps de réserver une place sur un vol reliant Denver à JFK. La quittance et le billet glissèrent sans bruit de l'imprimante. Elle retira ses sondes digitales du récepteur d'Idcarte.

Sa navette ne décollerait qu'au matin. Elle décida de gagner la ruche du Terminal Cinq, de prendre une alvéole pour le reste de la nuit, de faire un brin de toilette et de nettoyer ses vêtements, puis de s'accorder un repos bien mérité. Elle eût aimé aller faire l'acquisition d'une nouvelle garde-robe, mais en raison de la situation économique actuelle, avec les robots qui se chargeaient d'effectuer toutes les tâches techniques et les humains qui se livraient à une âpre compétition dans tous les autres domaines, les boutiques des lieux publics les plus fréquentés grouillaient de vendeurs vingt-quatre heures sur vingt-quatre. Elle ne pourrait procéder à aucune emplette avant de s'être procuré une Idcarte personnelle, dans un tel endroit tout au moins.

Mais elle savait que la Great Hook Savings and Loan s'empresserait de remplacer la carte qu'elle venait de « perdre ». La consultation de son fichier ne confirmerait-elle pas que Mlle Troy faisait partie des plus fidèles clients de cette banque depuis près de trois ans ?

4

Son plan paraissait à première vue sans faille. Elle projetait de retrouver ses parents, ou tout au moins d'apprendre ce qu'ils étaient devenus. Entretemps, il lui faudrait gagner sa vie et, pour cela, obtenir un emploi qui lui permettrait de réaliser ses deux objectifs. Elle ne tarda guère à le trouver.

À Manhattan, au bord de l'East River, les vieux bâtiments des Nations unies abritaient désormais l'organisation qui leur avait succédé : le Conseil des Mondes. En plus de la Terre, les mondes en question comprenaient les stations orbitales ainsi que les lunes et les planètes colonisées placées sous l'influence des coalitions mouvantes des nations terrestres. Les traités historiques de l'O.N.U. interdisant toute revendication territoriale dans l'espace étaient toujours honorés à la lettre, sinon dans l'esprit; comme les océans terrestres, le système solaire n'était pas délimité par des frontières matérielles mais ses ressources revenaient à ceux qui pouvaient les exploiter.

Au sein des plus importants services bureaucratiques du Conseil des Mondes on trouvait en conséquence un Bureau du Contrôle spatial, dont le rôle consistait à édicter et à faire respecter les règles de sécurité, les fréquences et les dates des appareillages, les restrictions au trafic des marchandises et aux déplacements des individus. Cet organisme avait à sa disposition d'immenses banques de données, des laboratoires ultramodernes, une flottille de vaisseaux rapides aux coques blanches armoriées d'une bande bleue diagonale et d'une étoile dorée, ainsi qu'une armée d'inspecteurs bien entraînés et fortement motivés.

Le Bureau spatial employait également des milliers de personnes n'appartenant pas à cette élite, de simples techniciens, bureaucrates et administrateurs disséminés dans les stations spatiales et les corps célestes habités du système solaire. Mais ils étaient pour la plupart concentrés à Terre Central, à proximité du quartier général du Conseil des Mondes, dans l'île de Manhattan.

Bien que ce bureau fût central à l'échelle interplanétaire, ses fonctions administratives se dispersaient dans toute la ville. Le curriculum vitæ d'*Ellen Troy,* une jeune femme de vingt et un ans, était si élogieux qu'elle n'eut aucune difficulté à obtenir un poste au sein de cet organisme. Le listing du fichier de ses études dans un lycée de Queens puis au Flushing Meadow College of Business, où elle était censée avoir obtenu son diplôme un an plus tôt, démontrait ses aptitudes à traiter les textes autant que les données. Le certificat de travail de la société qui l'avait selon elle embauchée à la fin de ses études, la

Manhattan Air Rights Development Corporation, malheureusement disparue entre-temps, précisait en outre qu'elle entrait dans la catégorie des employées modèles. Ellen passa sans difficulté l'examen d'admission et se retrouva au poste qu'elle souhaitait occuper et qui lui offrait l'accès au plus important de tous les réseaux informatiques du système solaire. Elle possédait désormais une nouvelle identité et une autre apparence : ses cheveux n'étaient plus bruns, son visage avait acquis quelques rondeurs, ses lèvres ne restaient plus perpétuellement serrées et s'entrouvraient constamment sur sa denture parfaite, et elle bénéficiait surtout de l'anonymat offert par un système bureaucratique où elle figurait en tant que simple matricule.

Son plan était à la fois audacieux et prudent, simple et compliqué. Elle comptait obtenir un maximum d'informations dans l'inépuisable stock de données du Bureau spatial, puis faire tout son possible pour obtenir un insigne d'inspectrice. Ensuite, elle aurait les coudées franches...

On ne répertoriait dans son projet que quelques difficultés mineures. Elle savait à présent qu'au cours de sa dix-huitième année d'existence, au début de la période de trois ans dont elle ne gardait aucun souvenir, son corps avait subi une altération plus importante qu'il n'y pouvait paraître de prime abord. Son être s'était retrouvé modifié en d'autres domaines que ceux de ses sens aiguisés du goût, de l'odorat, de l'ouïe et de la vision, et même que de l'ajout des sondes digitales dissimulées sous ses ongles : ces inserts de polymères qui suscitaient désormais un indéniable engouement au sein des classes aisées innovatrices. (Elle faisait tout son possible pour les dissimuler, car les parents d'Ellen Troy étaient censés avoir appartenu à un milieu modeste.)

Ces interventions avaient laissé des marques à

l'intérieur de son corps, des stigmates révélés à l'occasion de certains examens médicaux. Elle échafauda une explication plausible, ce qui fut relativement aisé – mais elle eut des difficultés à apprendre à contrôler certains de ses pouvoirs extraordinaires, connus ou inattendus, et d'autres encore qui se manifestaient aux moments les plus inopportuns. Dans la majeure partie des cas, elle ne goûtait plus ce qu'elle ne souhaitait pas goûter, n'entendait plus ce qu'elle ne désirait pas entendre, ne voyait plus ce qu'elle refusait de voir... lorsqu'elle était consciente de l'apparition de ces phénomènes, tout au moins... mais il lui arrivait encore d'être parfois submergée par des sensations et des besoins qu'elle ne parvenait pas à analyser pleinement.

Entre-temps, elle continuait de vivre et de travailler normalement. Une année s'écoula, puis une autre. Par une matinée chaude et humide du mois d'août, Sparta se pencha sur les piles de papiers posés sur son bureau, des copies de documents et d'articles déjà lus maintes fois. Aucune de ces informations n'était confidentielle, on ne trouvait que des textes mis à la disposition du grand public : les comptes rendus des balbutiements innocents du projet SPARTA. L'un d'eux débutait en ces termes :

Proposition soumise au Ministère de l'Éducation des États-Unis pour un projet de développement des intelligences multiples.

Introduction

On a fréquemment suggéré que le cerveau de l'être humain possédait des capacités d'assimilation et un potentiel d'expansion inexploités – chez la plupart des individus, à l'exception de la petite minorité de ceux que nous qualifions de « génies ». Des programmes éducatifs ayant pour but le déve-

loppement de ce potentiel chez l'enfant ont été fréquemment proposés. Jamais avant ce jour, cependant, des méthodes de stimulation de la croissance intellectuelle n'avaient été définies avec précision, et encore moins appliquées et soumises à un contrôle rigoureux. Presque toujours, les affirmations visant à soutenir le contraire ne se sont pas avérées et, dans le meilleur des cas, les vérifications n'ont guère été probantes.

Il convient avant tout de faire table rase de l'opinion selon laquelle l'intelligence serait un trait de caractère unique, quantifiable, transmissible ou même génétique – un point de vue conforté par l'utilisation intensive des tests d'évaluation du quotient intellectuel (QI), tant dans le cadre de la scolarité que par la suite. L'emploi de telles méthodes, depuis longtemps discréditées, peut seulement s'expliquer par le besoin des administrateurs de disposer d'un système de classification pratique (qui entraîne la réalisation de ses propres prédictions) sur lequel baser la répartition de ressources limitées. Cette référence constante au QI a freiné la mise à l'essai d'autres théories.

Les auteurs de cette proposition entendent démontrer que le génie unidimensionnel est un leurre, que chaque être humain possède de nombreuses intelligences, et que plusieurs de ces intelligences… pour ne pas dire toutes… peuvent être alimentées et développées sous la conduite d'enseignants ayant suivi une formation appropriée…

Émondé de son jargon académique, ce document… une ébauche de projet rejetée par le gouvernement auquel elle avait été soumise quelques années avant la naissance de Sparta… résumait assez précisément ce que ses parents s'étaient proposé d'entreprendre.

Il s'agissait de deux scientifiques immigrés, des chercheurs hongrois qui s'intéressaient tout particulièrement au développement du potentiel de l'être humain. Pour eux, les tests de QI n'avaient aucun sens et ils assimilaient leurs résultats à un label de qualité qui assurait le salut d'un petit nombre d'élus et la condamnation des autres, en offrant en outre des arguments aux partisans des thèses racistes. Ils jugeaient plus pernicieuse encore l'idée selon laquelle la chose mystérieuse que l'on appelait le QI n'était pas seulement héréditaire mais immuable et que tous les efforts déployés pendant la croissance d'un enfant ne pouvaient permettre d'accroître quantitativement cette substance mentale magique, si ce n'est de façon insignifiante.

Les parents de Sparta avaient eu l'intention de démontrer le contraire. Mais, en dépit de leur rhétorique révolutionnaire, le public et les organismes chargés d'accorder des subventions trouvaient leurs concepts de réussite par l'effort quelque peu démodés, et plusieurs années s'écoulèrent avant qu'un soutien ne se manifestât sous la forme d'une modeste contribution de la part d'un donateur anonyme. Ainsi que l'exigeaient de telles convictions, leur premier cobaye fut leur propre fille. Elle s'appelait encore Linda, à l'époque.

Peu après, l'État de New York et la Fondation Ford leur apportèrent une aide financière. Le projet SPARTA reçut alors son nom et l'équipe fut grossie de quelques chercheurs et étudiants. Après deux ans d'existence officielle, ces travaux firent l'objet d'une communication dans la rubrique scientifique du *New York Times*.

Hausse sur le Renard, le Hérisson à la baisse

Les psychologues de la New School for Social Research espèrent mettre un terme à une controverse qui trouve ses origines sept siècles avant J.-C., lorsque le poète grec Archiloque tint ces propos énigmatiques : « Le renard connaît un grand nombre de choses, mais ce que sait le hérisson est bien plus important. » Cette déclaration symbolise désormais le débat opposant ceux qui estiment qu'il existe diverses formes d'intelligence... linguistique, corporelle, mathématique, sociale, etc... et les tenants de l'intelligence monolithique révélée par un QI insensible aux changements et d'origine probablement génétique.

Une nouvelle preuve fournie par la New School semble désormais faire pencher la balance en faveur du renard...

D'autres articles et anecdotes, dans un nombre de médias toujours croissant, mettaient en vedette le projet SPARTA. La petite fille qui était son premier et, pour un temps, son unique cobaye, devint rapidement célèbre – une étoile mystérieuse que ses parents dissimulaient au public. On ne trouvait pas la moindre photographie d'elle dans les coupures de journaux et de revues jonchant son bureau. Puis, finalement, le gouvernement territorial des U.S.A. avait manifesté de l'intérêt pour ce projet...

– Ellen, vous me cachez quelque chose.

Sparta leva les yeux sur le large visage brun qui venait de se matérialiser devant elle. La femme corpulente ne souriait pas mais son expression accusatrice dissimulait mal un certain amusement.

– De quoi voulez-vous parler, chef ?

Son interlocutrice carra son corps volumineux dans l'autre fauteuil.

– Respectons l'ordre chronologique, Ellen. Vous avez *à nouveau* postulé pour vous soustraire à ma coupe. Croyez-vous que Sœur Arlène puisse ignorer ce qui se passe dans son propre service ?

Sparta secoua la tête avec vigueur.

– Je n'ai rien dissimulé. Je n'ai jamais caché mon désir de ne pas finir mes jours derrière ce bureau. Depuis deux ans, aussi souvent que les règlements internes m'y autorisent, je propose ma candidature.

Le bureau en question était identique aux quarante-neuf autres de la section de traitement des informations du Service des renseignements du Bureau du Contrôle Spatial qu'abritait un immeuble de brique rose et de verre bleuté surplombant Union Square, dans Manhattan.

Son chef, Arlène Diaz, en était la directrice.

– Il est rare qu'une personne ayant subi autant d'interventions chirurgicales que vous souhaite abandonner une place de tout repos pour aller travailler sur le terrain. Alors, pourquoi déposez-vous ces demandes de transfert, Ellen ? Pourquoi voulez-vous aller là-bas ?

– Parce que j'espère qu'un de mes supérieurs fera preuve d'un peu de bon sens, voilà tout. Je veux être jugée selon mes capacités, Arlène, pas en fonction de ce que des scanners peuvent révéler sur ma personne.

L'autre femme libéra lentement un soupir.

– En vérité, les superviseurs sont très sensibles à la perfection physique.

– Je ne vois sincèrement pas ce que mon cas peut avoir d'extraordinaire, Arlène, fit Sparta en permettant à son sang d'empourprer ses joues. Quand j'avais seize ans, un chauffard ivre m'a écrasée avec mon scooter contre un réverbère. D'accord, la bécane était en bouillie. Mais les chirurgiens ont pu me remettre en état – tous ces détails sont mentionnés dans mon dossier, à la disposition de quiconque souhaite le consulter.

– Vous devez admettre qu'ils vous ont rafistolée de façon assez peu orthodoxe, Ellen. Avec tous ces *rajouts,* ces *câbles* et ces *vides*... (Arlène fit une pause.) Je regrette. Vous l'ignoricz, mais lorsqu'un membre du personnel sollicite son transfert il est d'usage que ses supérieurs compulsent son dossier. J'avoue avoir été intriguée par vos scanners. Et ce n'était pas la première fois.

– Ces toubibs ont fait leur maximum.

Sparta semblait embarrassée, comme si elle souhaitait les justifier.

– Ils s'agissait de grands patrons, au niveau local.

– Je dois admettre qu'ils ont fait du bon travail. Ce n'était pas la Clinique Mayo, mais ils ont su se montrer efficaces.

– C'est votre opinion...

Sparta étudia la femme en incurvant les sourcils, brusquement suspicieuse.

– Mais qu'en pensent les autres ?

Constatant qu'Arlène ne répondait rien, Sparta permit à ses lèvres de s'incurver légèrement.

– C'est *vous* qui me cachez quelque chose.

Arlène lui retourna son sourire.

– Félicitations, Ellen. Vous nous manquerez.

*

Tout ne fut pas aussi aisé.

Elle dut passer de nouveaux examens médicaux, réapprendre des mensonges et créer de toutes pièces les documents électroniques qui serviraient à les étayer.

Puis vint le plus difficile. Les six mois de formation d'un investigateur du Bureau spatial étaient aussi intensifs et rigoureux que ceux d'un astronaute. Sparta était intelligente et rapide. Elle possédait une coordination parfaite de ses mouvements et pouvait stocker dans son cerveau bien plus de connaissances que ses instructeurs n'avaient à lui en fournir (une capacité qu'elle prit grand soin de ne pas révéler), mais son corps manquait de résistance et certaines des interventions qu'il avait subies pour des raisons toujours inconnues l'avaient sensibilisé à la souffrance et rendu vulnérable à la fatigue. Tout démontrait depuis le premier jour que Sparta courait le risque de ne pas pouvoir tenir jusqu'à la fin de sa formation.

Les aspirants investigateurs n'étaient pas logés dans des dortoirs. Le Bureau spatial les considérait comme des adultes libres de suivre les cours s'ils le souhaitaient et capables d'éviter de s'attirer entretemps des ennuis; des individus pleinement responsables. Sparta empruntait le magnéplane pour se rendre au centre d'entraînement situé dans le New Jersey chaque matin et pour regagner Manhattan le soir venu, tout en se demandant où elle puiserait le courage d'effectuer à nouveau ce périple lorsque se lèverait l'aube suivante. Si ces trajets étaient pénibles, c'était moins en raison de leur durée qu'à cause de la vision qu'ils lui imposaient : la révélation du monde dans lequel elle vivait. Manhattan était un joyau niché dans un marais, cerné par les algues et les fermes marines des fleuves qui en faisaient une île, entouré de bidonvilles hideux et de taudis croulants, enchâssé au cœur d'un immense complexe de raffineries aux fumées méphitiques qui transformaient les déchets et les ordures des habitants de la grande cité en hydrocarbures et en métaux de récupération.

Elle résista difficilement aux épreuves physiques : chocs électriques, thermiques, chimiques, lumineux et sonores; aux G de la centrifugeuse; à la désorientation spatiale de la cage à écureuil – des agressions violentes qui lui imposaient de puiser dans ses réserves d'énergie afin de protéger son système nerveux vulnérable. Elle s'épuisa sur les parcours d'obstacles, en suivant les cours de maniement d'armes lourdes et en participant à des compétitions sportives où sa souplesse et sa rapidité ne pouvaient compenser la force brutale des autres concurrents. Épuisée, meurtrie, les muscles en feu et les nerfs en lambeaux, elle pénétrait dans le magnéplane d'un pas titubant puis se laissait emporter au-dessus des feux et des fumées délétères des divers cercles infernaux entourant Manhattan, arrivait à destination à une heure tardive, et s'effondrait sur son lit dans le petit coprop où vivaient également trois étrangers qu'elle ne rencontrait presque jamais.

Parfois, la solitude et le découragement parvenaient à la terrasser et elle s'endormait alors en pleurant, se demandant pourquoi elle faisait tout cela et pendant combien de temps il lui serait encore possible de résister. La deuxième question était indépendante de la première. Si elle cessait de croire que le fait d'obtenir un statut d'inspectrice du Bureau spatial lui offrirait l'opportunité d'apprendre ce qu'elle devait savoir, ses belles résolutions ne tarderaient guère à s'effondrer.

Et la nuit, il y avait les rêves. Elle ne parvenait pas à trouver une méthode efficace pour exercer sur eux le moindre contrôle. Ils débutaient innocemment par des fragments d'un lointain passé : les traits de sa mère; ou de son passé immédiat : un garçon rencontré dans la journée, un cours non préparé ou trop bien préparé. Puis ils obliquaient à l'intérieur des corridors obscurs d'un bâtiment sans fin où se trouvait un vague but qu'elle savait pouvoir atteindre à condition de découvrir le bon chemin au sein de ce labyrinthe. Elle avait alors l'impression d'être entourée d'amis tout en étant absolument seule, la certitude que le fait de parvenir à l'objectif fixé importait peu mais que la mort sanctionnerait tout échec. Puis un tourbillon de lumières colorées approchait d'elle avec lenteur, arrivant des marches de son sommeil, et un déferlement d'odeurs l'assaillaient.

*

Les aspirants étaient libres d'occuper leurs dimanches à leur guise. Sparta mettait habituellement ces pauses à profit pour aller flâner dans Manhattan, d'un côté à l'autre de l'île, de Battery au Bronx, même sous la pluie, le vent, la neige. Si elle manquait de force physique, elle possédait de l'endurance. Il lui arrivait fréquemment de parcourir quarante kilomètres dans la journée. Elle marchait, afin de libérer son esprit des pensées qui s'y ancraient, du besoin de chercher, d'échafauder des plans et d'accumuler des données. Ces instants de détente périodiques s'avéraient indispensables pour éviter la surcharge de ses circuits mentaux et leur destruction.

À l'origine, nul implant d'extensions cérébrales artificielles n'était prévu dans le cadre du projet SPARTA. Mais lorsque les services gouvernementaux avaient commencé à s'y intéresser, les méthodes s'étaient modifiées : des locaux plus importants avaient été mis à la disposition des chercheurs, dont le nombre s'était accru. Sparta, encore adolescente à l'époque, ne fut guère surprise d'être progressivement isolée de ses parents et des autres cobayes. Ils étaient tous plus jeunes qu'elle, et deux seulement approchaient de son âge. Un jour, son père la fit venir dans son bureau et lui annonça qu'elle devrait se rendre dans le Maryland pour une série de tests commandés par le gouvernement. Il lui promit qu'il irait la voir le plus fréquemment possible, avec sa mère. Il semblait extrêmement tendu et, juste avant qu'elle ne sortît de la pièce, il l'étreignit avec force, presque avec désespoir, mais il lui dit simplement :

– Au revoir. Nous t'aimons beaucoup, tu sais.

Un homme aux cheveux orange était présent, lors de cette entrevue.

Elle ne gardait toujours que des souvenirs fragmentés de ce qui avait eu lieu ensuite. Dans le

Maryland, ils ne s'étaient pas contentés de lui faire passer des tests. Elle n'avait cependant que récemment déduit la majeure partie des altérations subies par son cerveau. Et elle venait seulement d'entreprendre la découverte des modifications apportées à son corps.

Sparta remontait Park Avenue, en direction de la Serre de Grand Central. C'était une journée ensoleillée et chaude du début du printemps. Le long de l'avenue, les rangées de cerisiers étaient en fleur et leurs pétales odorants voletaient tels des confettis parfumés sur l'esplanade miroitante. Elle était cernée de verre et d'acier brillants, de béton brossé et de granite rose poli. Des hélicoptères suivaient les voies aériennes tracées entre les sommets des immeubles. Des omnibus et quelques véhicules de patrouille de la police glissaient en murmurant sur la chaussée. Des magnéplanes bourdonnants filaient en suivant leurs rails juchés sur de hauts pylônes, pendant que d'antiques rames de métro repeintes de couleurs vives passaient en grondant et en crissant sous les pieds de Sparta, révélées par la transparence des plaques de verre dallant le sol.

Au début du siècle, lors de la fusion des États de l'Est pour des raisons administratives, Manhattan avait reçu le statut de Centre de démonstration fédéral – « le Parc national des Gratte-ciel », comme l'avaient baptisé les cyniques. Si l'île se trouvait cernée par des industries puantes et des faubourgs fétides, les rues de la cité modèle étaient bondées de promeneurs. Des personnes vêtues avec élégance et arborant un visage rayonnant. Dans ces vitrines de la prospérité fédérale la pauvreté était un crime, punissable de bannissement.

Sparta n'entrait pas dans la catégorie des joyeux badauds, cependant. Elle se présenterait dans deux mois à l'examen sans appel sanctionnant la fin du programme de formation. Ensuite, les épreuves physiques deviendraient moins éprouvantes et seraient remplacées par des cours académiques, mais pour l'instant elle se trouvait à la frontière de l'abandon. Il lui restait encore soixante journées épuisantes à vivre et elle se sentait incapable de mener ses projets à bon terme.

Elle approchait des jardins classiques de la 42e Rue lorsqu'elle nota qu'on la suivait et se demanda depuis combien de temps elle était prise en filature. Elle s'était volontairement déconnectée du monde extérieur, marchant dans un état proche de la transe, car autrement elle eût immédiatement remarqué cet homme. Il pouvait s'agir d'un membre de la section d'entraînement chargé de surveiller ses faits et gestes, ou encore d'une autre personne.

Tous ses sens désormais en éveil, elle s'arrêta devant l'étal d'une fleuriste pour y prendre un bouquet de jonquilles qu'elle leva vers son nez. Les fleurs n'avaient aucune fragrance particulière, mais leur simple senteur végétale entêtante explosa à l'intérieur de son cerveau. Elle lorgna entre les pétales, ferma un œil, et son regard effectua un mouvement de zoom sur lui…

Il était jeune, assez bel homme et élégant avec sa veste en polymère noir lustré. Il possédait une épaisse chevelure auburn coupée à la dernière mode et devait compter parmi ses ancêtres des Chinois et des Irlandais. Ses pommettes étaient hautes, ses yeux sombres pleins de douceur et son épiderme pointillé de taches de rousseur. Il paraissait étrangement mal à l'aise et indécis.

Ses hésitations avaient débuté dès qu'elle s'était arrêtée devant l'étal et elle crut un instant qu'il allait s'avancer pour l'aborder. Au lieu de cela, il pivota et feignit de contempler la vitrine du magasin le plus proche. Elle put constater son désarroi lorsqu'il remarqua qu'il s'agissait d'une boutique de lingerie fine où étaient exposés des dessous féminins fantaisie. La couleur de ses joues s'assortit à ses taches de rousseur.

Elle le reconnut immédiatement, bien qu'il eût beaucoup changé depuis leur dernière rencontre. Il n'avait à l'époque que seize ans et son visage était piqueté d'un plus grand nombre de points rougeâtres. Sa chevelure était également plus embrasée, autrefois. Il se nommait Blake Redfield et était son cadet d'une année; le plus âgé de tous les autres cobayes du projet SPARTA.

Mais tout laissait supposer qu'il doutait pour sa part de son identité. Contrairement à la fille qu'elle lui rappelait, et dont la chevelure avait été longue et brune, Ellen Troy était une blonde aux cheveux courts, aux yeux bleus et aux lèvres pleines. Mais, malgré ces différences, la forme de son visage n'avait pas été modifiée et sa ressemblance avec Linda était frappante.

Fort heureusement, Blake Redfield semblait toujours aussi timoré, trop timide pour oser aborder une inconnue dans la rue.

Sparta tendit son Idcarte à la fleuriste, prit les jonquilles et repartit. Elle accorda son ouïe sur le bruit des pas de Blake, amplifiant de façon sélective les cliquetis particuliers de ses talons au sein des centaines d'autres claquements et chuintements de chaussures qui lui parvenaient de toutes parts. S'il était impératif de semer le jeune homme, elle devait faire en sorte qu'il ne pût se rendre compte qu'elle l'avait repéré. En continuant de baguenauder sans but, elle passa sous les voûtes de la Serre de Grand Central.

Lors de sa dernière visite des lieux, le paysage proposé au public se composait de sable, de roches et de plantes épineuses, avec en arrière-plan les pics contournés d'un désert, mais le thème de ce mois était tropical. De tous côtés des palmiers et des feuillus grimpaient vers le plafond, montant à la rencontre d'innombrables festons de lianes et d'orchidées. Un hologramme panoramique Eastman Kodak étendait la vision de cette jungle jusqu'à un paysage lointain de cataractes estompées par la brume.

La foule était nombreuse, à l'intérieur de la Serre, mais la plupart des gens avaient gagné la mezzanine afin d'avoir une vue plongeante sur les galeries forestières ou flânaient le long des allées du pourtour de la forêt artificielle. Elle fit une pause, puis s'avança avec nonchalance entre les arbres. L'épais tapis de feuilles couvrant le sol étouffait les cris aigus des singes et des perroquets se trouvant dans les ramures. Elle fit quelques pas dans un tunnel d'ombres vertes puis, sans seulement devoir amplifier ce son, elle entendit nettement les pas de Blake qui s'engageait à son tour sur le sentier.

Elle emprunta un étroit passage dissimulé par un paravent de lianes entremêlées aussi grosses que les tentacules d'un calmar géant. Blake marqua une hésitation, mais il obliqua à son tour et resta sur sa trace.

Nouveau changement de cap, derrière les énormes feuilles sombres et lustrées des bégonias, larges comme des oreilles d'éléphant mais moins souples et évoquant du vieux cuir desséché. Autre zigzag au sein des racines adventives d'un figuier des Banians démesuré, qui évoquaient des claustra au bois aussi clair et lisse que du travertin. Brusquement, elle atteignit la cataracte impressionnante par où l'eau se déversait dans la gorge miroitante visible en contrebas. Derrière elle, Blake progressait toujours – mais avec des hésitations de plus en plus grandes.

Le grondement de cette cascade immatérielle était moins assourdissant que celui de la chute d'eau véritable, mais le réalisme était accentué par les voiles de brume qui sortaient des pulvérisateurs installés dans les hauteurs des parois, dissimulés derrière la projection holographique. Un belvédère délimité par une rambarde rudimentaire en bambou et pour l'instant désert se juchait au sommet de la falaise de cette immense gorge dans laquelle les flots déchaînés étaient censés s'engouffrer.

Sparta s'accroupit contre un tronc d'arbre, s'interrogeant sur les possibilités qui s'offraient à elle. Elle avait espéré semer Blake Redfield dans ce décor de jungle cinématographique, mais le jeune homme ne semblait pas disposé à renoncer si facilement. Elle courut le risque de perdre sa trace et accorda son ouïe sur la fréquence des bourdonnements du système de projection holographique. Le circuit de profondeur de champ était installé dans les hauteurs de la paroi, quelques pas devant elle. Les oscillations des impulsions électriques lui fournissaient une grossière approximation de sa programmation, mais elle ne pouvait matériellement accéder à ses commandes...

Ce fut alors qu'une sensation bizarre la submergea, s'étendant de son abdomen à sa poitrine et à ses bras. Son ventre devint brûlant. Ce qu'elle éprouvait était à la fois étrange et familier. En étudiant ses propres scanners, des mois plus tôt, elle avait noté sous son diaphragme la présence de structures semblables à des voiles arachnéens et suspecté ces dernières d'être de puissantes batteries polymères, sans pouvoir pour autant se remémorer comment les utiliser ou seulement quelle était leur utilité. Brusquement, aiguillonné par les exigences de son subconscient, ce souvenir refit surface.

Elle étendit ses bras et les incurva de façon à reproduire la courbe d'une antenne, puis la concentration figea son visage. Les données se déversèrent en cascade de ses lobes frontaux et elle émit une seule impulsion en direction du cœur du microprocesseur de contrôle de la projection, pour lui transmettre ses instructions. L'hologramme fit un bond. Des tonnes d'eau churent sur elle…

Elle voyait désormais les murs de marbre poli de la vieille gare ferroviaire. Elle baissa les bras et se détendit, avant de gagner la rambarde en similibambou du belvédère. Ce dernier se trouvait en fait au ras du sol, à moins d'un mètre du mur. Elle découvrait au-dessus les scintillements jaunes, cyan et magenta d'une batterie de projecteurs holographiques. Elle pivota et étudia les arbres. À présent qu'elle avait pénétré à l'intérieur de l'hologramme il lui était impossible de voir la projection, mais si les instructions qu'elle venait d'émettre avaient atteint leur but, la gorge profonde devait désormais s'ouvrir à l'extrémité du sentier, à l'orée de la jungle…

Blake sortit d'entre les troncs, fit deux pas vers elle et s'immobilisa pour regarder droit dans sa direction. Puis il baissa les yeux afin de suivre la chute des flots dans les profondeurs de l'immense défilé irréel.

Sparta était adossée à la balustrade. Elle n'aurait eu qu'à faire un seul pas et à tendre la main pour caresser son visage agréable et amical, piqueté de taches de rousseur. Un paquet de chewing-gums froissé se trouvait sur le sol, entre eux, à l'emplacement où il voyait pour sa part un canyon embrumé. La lumière qui l'atteignait provenait du plafond de la Serre et l'écume blanche de l'hologramme se déversait sur lui. Rien ne les séparait, hormis l'emballage vide et cette clarté surnaturelle.

Sparta se remémora à quel point elle l'avait trouvé sympathique, autrefois, même si les garçons ne l'intéressaient guère, à l'époque… ne s'agissait-il pas d'un adolescent de seize ans empoté, alors qu'elle était pour sa part une jeune fille de dix-sept ans raffinée ?… et, de toute façon, exprimer ses sentiments les plus élémentaires n'avait jamais été son fort. À présent, le simple fait qu'il la sût toujours en vie risquait de la conduire à sa perte. Blake repoussa ses cheveux auburn en arrière puis pivota vers la jungle, visiblement décontenancé. Sparta se baissa pour se glisser sous la rambarde, longea la paroi de marbre poli, passa à travers la chute d'eau et disparut dans un couloir bondé conduisant vers Madison Avenue.

*

Blake Redfield s'arrêta sous les arbres et lança un regard derrière lui, en direction des flots qui s'engouffraient dans la gorge. Il était devenu un pur produit du projet SPARTA... du projet SPARTA originel..., avant de recouvrer sa liberté. Nul n'avait modifié la nature de son être, seulement les conditions de son éducation. Il ne disposait pas d'une paire d'yeux-zooms ou d'oreilles capables de sélectionner les fréquences, pas d'extensions RAM à l'intérieur de son crâne ou de sondes digitales sous ses ongles, nulle batterie dans son ventre ni antenne lovée autour de ses os.

Mais il possédait lui aussi une intelligence multiple, assez vive pour lui permettre d'identifier immédiatement Linda et lui faire prendre aussitôt conscience qu'elle ne souhaitait pas être reconnue. Et sa curiosité était suffisamment grande pour l'inciter à s'interroger sur ses motivations. Ne l'avait-il pas crue morte, après tout ?...

C'était pour cette raison qu'il avait décidé de la suivre, jusqu'à sa disparition. Il ignorait comment elle venait de procéder pour se soustraire à sa filature, mais il savait qu'elle l'avait fui à dessein.

S'il s'était fréquemment demandé quel sort avait pu connaître Linda, il se demandait à présent s'il lui serait difficile de retrouver sa trace.

DEUXIÈME PARTIE

LES SEPT PILIERS DE LA SAGESSE

5

À la fin du XXIe siècle, les cieux de la Terre étaient surpleuplés et cette petite planète ressemblait désormais à une des géantes du système solaire : Saturne. Son anneau était cependant composé de machines et de véhicules, et non d'innocentes boules de neige. On y trouvait des stations chargées de capter la lumière du soleil et de la retransmettre sous forme de micro-ondes vers les antennes d'Arabie et de Mongolie, d'Angola et du Brésil; des raffineries qui utilisaient cette même source d'énergie pour fondre les métaux présents dans les sables de la Lune et les roches des astéroïdes capturés, distiller des hydrocarbures à partir de la chondrite carbonifère et extraire les diamants présents dans les météorites; des usines qui employaient ces matériaux pour fabriquer des roulements à billes parfaits, préparer des antibiotiques parfaits, extruder des polymères parfaits. Il y avait encore les terminaux luxueux destinés à recevoir les grands vaisseaux interplanétaires et proposant des distractions à leurs riches passagers, une douzaine d'arsenaux orbitaux ainsi que deux fois plus de stations scientifiques, une centaine de satellites météorologiques et cinq cents de communication, un millier d'engins espions qui scintillaient au sein des étoiles nocturnes pour sonder la Terre, rechercher ses dernières ressources, jauger ses réserves d'eau potable de plus en plus rares, épier et écouter les nations afin de connaître les alliances en mutation constante et les affrontements armés sporadiques se produisant à sa surface – comme l'engagement meurtrier qui opposait actuellement des chars et des hélicoptères en Centrasie du Sud. Des traités internationaux aux innombrables clauses avaient banni de l'espace toutes les armes ayant un rayon d'action dépassant un kilomètre, ce qui incluait les missiles, les catapultes, les projecteurs laser, les appareils capables d'émettre de l'énergie dirigée et même les satellites munis d'un dispositif d'autodestruction dont les débris se seraient incontrôlablement disséminés de toutes parts. Pour cette raison, les quelques milliers d'objets en orbite autour de la planète étaient pour la plupart de simples masses inertes qui permettaient malgré tout à tel ou tel bloc de faire peser sur ses adversaires potentiels la menace de détruire leurs installations par une simple collision, sans parler de la possibilité de raser complètement des villes de la Terre par une pluie d'aérolithes artificiels.

La majeure partie de l'humanité continuait cependant de vivre comme par le passé. L'Alliance Nord-Continentale qui incluait l'U.R.S.S., l'Europe, le Canada et les U.S.A. (plus connue sous le nom du Bloc Euro-Américain) maintenait des rapports de bon voisinage avec la Sphère de Prospérité Réciproque du Dragon Bleu, plus souvent appelée le Bloc Nippo-Sino-Arabe. Les grands consortiums industriels avaient coopéré pour construire des stations orbitales ou terrestres dans la zone des planètes intérieures et dans la Grande Ceinture. Les Afro-Latino-Américains et les Indo-Asiatiques possédaient les leurs et avaient fondé de petites colonies sur deux des lunes de Jupiter. Les attraits de la colonisation du système solaire aiguillonnaient et, paradoxalement, atténuaient les rivalités terrestres. Les antagonismes étaient réels, mais nul groupe n'était disposé à mettre ses acquis en péril.

Si le voyage spatial ne pouvait être assimilé à un mode de transport économique, une évolution importante s'était produite au début du siècle. La technologie nucléaire avait trouvé le domaine d'application qui lui convenait le mieux, celui de l'espace; la simplicité des principes mis en œuvre et la maîtrise des techniques avaient permis à des compagnies privées de se lancer sur le marché du fret interplanétaire. L'apparition des vaisseaux de transport s'était accompagnée de celle des arsenaux, des cales de radoub et des armateurs.

Les chantiers spatiaux de Falaron, qui comptaient parmi les plus anciens, tournaient autour de la Terre sur une orbite située à trois cent vingt kilomètres d'altitude. Pour l'instant, le seul appareil qu'on y trouvait était un vieux cargo à propulsion atomique en cours de révision et de rénovation – il devait recevoir un réacteur nucléaire flambant neuf, de nouvelles tuyères principales, un système de survie revu et corrigé et une couche de peinture fraîche, tant à l'intérieur qu'à l'extérieur. Lorsque tous ces travaux seraient terminés, ce vaisseau ferait l'objet d'un réarmement et serait rebaptisé du nom pompeux de *Roi des Étoiles*.

Les gros moteurs atomiques avaient été montés et testés. Des travailleurs en combinaison spatiale munis de torches plasmatiques soudaient les énormes cylindres des nouvelles cales au puits central, juste au-dessous de la sphère du module de l'équipage.

La clarté des chalumeaux traversait les hublots du bureau du propriétaire de l'arsenal et y créait un ballet d'ombres. Ces lumières mouvantes ajoutaient à la moustache en bataille du jeune Nikos

Pavlakis deux cornes noires qui lui donnaient un aspect vaguement démoniaque.

– Sois maudit, Dimitrios. Tu n'es qu'un menteur doublé d'un voleur. Tu n'as cessé de nous affirmer que tout serait prêt à temps, que tu maîtrisais parfaitement la situation. Aucun problème, aucun problème ! répétais-tu sans cesse. Et à présent tu m'annonces que les travaux seront achevés un mois plus tard que prévu si je refuse de régler tes ouvriers en heures supplémentaires !

– Mon garçon, je suis terriblement désolé, mais que pourrais-je faire face aux syndicats ?

Dimitrios écarta les mains, afin d'exprimer gestuellement son impuissance. Son interlocuteur ne lut cependant aucune contrition dans l'expression de son large visage ridé.

– Tu n'espères tout de même pas que j'assumerai à moi seul le coût de cet ignoble chantage ?

– Combien doivent-ils te reverser ? Dix pour cent ? Quinze ? Quelle est ta commission, en échange de ta coopération pour les aider à voler tes amis, tes parents ?

– Comment peux-tu me tenir de tels propos, Nikos ?

– La vérité est facile à dire, vieux bandit.

– Quand je pense que je t'ai fait sauter sur mes genoux, comme mon propre petit-fils ! rétorqua le vieil homme.

– J'ai compris qui tu étais à l'âge de dix ans, Dimitrios. Je ne suis pas aveugle comme mon père.

– Ton père n'est pas « aveugle », et sache que je lui rapporterai tes propos calomnieux. Il serait préférable que tu me laisses... Avant que je ne perde patience et ne te jette dans le vide.

– Je préfère attendre que tu l'aies contacté, Dimitrios. Je suis curieux d'entendre ce que tu as à lui dire.

– Tu crois peut-être que je ne le ferai pas ? s'écria Dimitrios dont le visage s'empourprait.

Mais il ne tendit pas la main vers le radiocom et le froncement de sourcils qui plissait son front était digne du dieu Pan.

– Ma chevelure est grise, mon fils. La tienne est encore brune. Pendant quarante années j'ai...

– Les autres arsenaux respectent leurs engagements, l'interrompit impatiemment Pavlakis. Pourquoi le cousin de mon père est-il incompétent à ce point ? Mais je me demande s'il s'agit véritablement de simple incompétence ?...

Les traits de Dimitrios cessèrent d'exprimer ses émotions et se figèrent.

– Les affaires ne se résument pas à ce qui peut être écrit dans un simple contrat, petit Nikos.

– Tu as raison sur un point, Dimitrios. Te voici devenu un vieil homme, et le monde a changé. De nos jours, la famille Pavlakis exploite une compagnie de transports spatiaux. Nous ne sommes plus des contrebandiers. Et encore moins des pirates.

– Tu oses insulter ton propre pè...

– Ce *contrat* prévu avec l'Ishtar Mining Corporation nous rapportera plus d'argent que tu n'as pu espérer en amasser tout au long de ton existence de menus larcins, s'emporta Pavlakis. Mais il faut pour cela que le *Roi des Étoiles* puisse appareiller dans les délais.

Ils savaient tous deux ce qui les séparait, dans l'atmosphère artificielle de ce petit bureau spatial, mais ils ne pouvaient l'exprimer. Ce sujet tabou n'était autre que la situation désespérée d'une entreprise autrefois prospère, les Pavlakis Lines, dont les quatre cargos interplanétaires d'antan se réduisaient désormais à un seul appareil : le vieux vaisseau actuellement en cale sèche. Dimitrios laissait entendre qu'il avait ses propres solutions à de tels problèmes, mais Pavlakis ne tenait pas à en prendre connaissance.

– Dis-moi, jeune maître, fit le vieil homme d'une

voix tremblante et pleine de fiel. Explique-moi comment il serait possible, dans ce nouveau monde dont tu me parles, d'inciter des ouvriers à terminer rapidement leur tâche sans avoir recours à la motivation qu'apporte le règlement des heures supplémentaires effectuées.

– Il est trop tard, n'est-ce pas ? Tu y as veillé.

Pavlakis gagna le hublot et se plongea dans la contemplation des flammes des torches plasmatiques. Ce fut en tournant le dos à son interlocuteur qu'il ajouta :

– Mais c'est entendu, qu'ils continuent. Et je te conseille d'empocher un maximum de pots-de-vin, vieillard, car c'est la dernière fois que nous te confions du travail. Et qui d'autre que nous acceptera de traiter la moindre affaire avec toi, ensuite ?

Dimitrios releva le menton, pour le congédier.

*

Nikos Pavlakis embarqua à bord d'une navette à destination de Londres l'après-midi même et se reprocha son emportement dès qu'il fut assis dans l'habitacle. Alors que l'appareil plongeait en hurlant dans l'atmosphère, en direction de Heathrow, Pavlakis faisait courir les perles d'ambre d'un chapelet sur les jointures de ses doigts. Il craignait que son père ne refusât de lui apporter son appui dans cette affaire. Les deux cousins avaient parcouru un long chemin ensemble, et Nikos refusait de penser aux activités auxquelles ils s'étaient probablement livrés à l'époque héroïque des débuts de la navigation spatiale commerciale, une période où les règlements avaient été pour le moins laxistes. Son père aurait-il pu se dissocier de Dimitrios, même s'il l'avait voulu ? Les choses changeraient quand Nikos prendrait la tête de leur compagnie... si cette dernière ne faisait pas banqueroute auparavant, bien sûr. Et entre-temps nul ne devrait connaître sa situation financière, faute de quoi la faillite serait immédiate.

Les perles du chapelet cliquetaient alors que Nikos murmurait une prière. Il demandait à saint Georges que son père pût jouir d'une longue existence... Après lui avoir cédé son poste.

Dire son fait à Dimitrios avant d'être certain de bénéficier du soutien de son père avait été une erreur, mais il était désormais trop tard pour y remédier. Il devrait envoyer sur place des personnes de confiance, en les chargeant de veiller à l'achèvement des travaux. Et... il s'agissait là d'une affaire encore plus délicate... il lui faudrait également réussir à repousser la date de l'appareillage.

Heureusement pour lui, les cargos n'effectuaient pas des navettes mensuelles avec les planètes. Trouver un autre transporteur à même de livrer un fret aussi volumineux que le chargement de robots de l'Ishtar Mining Corporation ne s'avérerait pas facile. Si le report du départ pour Vénus du *Roi des Étoiles* ne pouvait être considéré comme un début prometteur dans le cadre de nouveaux rapports commerciaux, cette bavure ne serait pas forcément catastrophique pour peu que la chance daignât lui sourire. Peut-être parviendrait-il à obtenir un rendez-vous non officiel avec Sondra Sylvester, la directrice principale de la compagnie minière, avant d'aller régler la situation avec son père.

Et il consacra le reste du voyage à préparer son argumentation.

*

Au même instant, Mme Sondra Sylvester se trouvait à l'ouest de Londres. Elle traversait le ciel couvert à bord d'un hélicoptère de direction de la société Rolls-Royce en compagnie d'Arthur Gordon, un rouquin en costume de tweed qui venait de gagner le bar encastré dans la coque de l'appareil pour y prendre une flasque en argent massif contenant du whisky. Il s'en servit un gobelet, après que la femme eut refusé de boire avec lui. Cet homme, le responsable de la Manufacture d'armes Rolls-Royce, s'affairait auprès de sa grande passagère vêtue de soie et de bottes noires. L'engin volait en pilotage automatique vers les terrains d'essais militaires de la plaine de Salisbury, et ils étaient seuls à bord.

– Heureusement que l'armée s'est empressée de coopérer, déclara-t-il avec exubérance. Elle semble s'intéresser fortement à vos machines. L'état-major nous a harcelés pour tenter d'obtenir des détails, depuis que nous avons entrepris leur fabrication, mais nous nous sommes naturellement abstenus de communiquer le moindre renseignement se rapportant à des systèmes brevetés.

Gordon avait ajouté cette précision en la fixant par-dessus le rebord du gobelet d'argent.

– Comme nous n'avons fait l'objet d'aucune pression officielle, nous ne devrions pas avoir de surprises désagréables.

– J'ai des difficultés à croire que l'armée puisse envisager de procéder à des manœuvres à la surface de Vénus, fit remarquer Sylvester.

– Moi aussi, ha ha ! dit Gordon avant de boire une autre gorgée de whisky. Mais les militaires estiment probablement que des robots conçus pour être opérationnels dans un pareil enfer devraient réaliser des prodiges dans un cadre moins inhospitalier.

Deux jours plus tôt, Sylvester s'était rendue à l'usine afin d'inspecter les nouvelles machines fabriquées par Rolls-Royce selon les spécifications fournies par l'Ishtar Mining Corporation. Les engins alignés l'attendaient au garde-à-vous sur le sol immaculé de l'entrepôt. Ils étaient six, accroupis tels d'énormes scarabées hérissés de cornes et d'ailettes. Sylvester les avait étudiés tour à tour, voyant un vague reflet de sa personne sur leur carapace en alliage de titane poli, pendant que Gordon et ses supérieurs rayonnaient de fierté. Sylvester s'était tournée vers ces hommes pour annoncer qu'elle désirait assister à un essai de ces robots avant d'en prendre livraison. Il serait inutile en effet de procéder à l'expédition d'un fret si volumineux jusqu'à Vénus si cela n'en valait pas la peine. Les représentants de Rolls-Royce avaient échangé des regards de connivence et des sourires confiants. Aucun problème. Prendre les dispositions nécessaires pour procéder à une telle démonstration s'était avéré très rapide.

L'hélicoptère s'inclina et perdit de l'altitude.

– Je crois que nous arrivons, déclara Gordon. Si vous regardez par le hublot de gauche, vous pourrez entrevoir Stonehenge.

Il revissa lentement le bouchon de la flasque de scotch en argent puis la glissa dans une poche de son pardessus au lieu d'aller la remettre dans le bar.

L'appareil se posa sur une lande battue par le vent où une escouade de soldats en treillis camouflés restaient au garde-à-vous, alors que les rafales faisaient claquer leurs pantalons, tels des drapeaux. Gordon et Sylvester descendirent de l'appareil et des officiers vinrent à leur rencontre.

Un lieutenant-colonel, le plus haut gradé d'entre eux, s'avança rapidement et inclina sèchement la tête.

– Lieutenant-colonel Guy Witherspoon, madame. À votre service.

Il avait prononcé « lieut'nant ».

Il serra avec froideur la main qu'elle lui tendait, et la femme comprit qu'il eût préféré lui adresser un salut réglementaire. Le militaire se tourna et répéta l'opération avec Gordon.

– Vous avez construit des monstres merveilleux. Nous avoir permis d'y jeter un coup d'œil est très aimable à vous. Puis-je vous présenter mon adjoint, le capitaine Reed ?

Autres poignées de main.

– Allez-vous enregistrer ces essais, colonel ? lui demanda Sylvester.

– Si vous nous y autorisez, madame.

– Je n'ai aucune objection à formuler, dès l'instant que ces informations restent strictement confidentielles. L'Ishtar n'est pas la seule compagnie minière qui exploite les gisements de Vénus, colonel Witherspoon.

– Absolument. Les Arabes et les Japs... hmmmm, les Japonais... n'ont pas besoin de notre aide.

– Je suis heureuse que vous compreniez.

Elle écarta de ses lèvres vermeilles une longue mèche de cheveux noirs. Cette femme possédait un visage aux origines indéfinissables... castillanes ? magyares ?... qu'il était impossible d'ignorer, ou encore d'oublier. Elle adressa au jeune officier à la moustache rousse un sourire chaleureux.

– Nous vous sommes reconnaissants de votre coopération, colonel. Vous pourrez commencer dès que vous serez prêts.

La main droite de Witherspoon bondit vers la visière de sa casquette, son besoin de saluer militairement s'étant avéré irrépressible. Il se détourna aussitôt et aboya des ordres aux soldats.

La machine devant être testée, un robot désigné au hasard par Sylvester parmi les six se trouvant à l'usine, était à présent accroupie en bordure du terrain d'atterrissage de terre battue. Ses six pattes articulées maintenaient son ventre à seulement quelques centimètres du sol, mais l'échine de son corps volumineux arrivait à hauteur d'homme. Deux soldats en scaphandres blancs sur lesquels apparaissait le symbole de la radioactivité attendaient au repos à côté de la machine. Les orifices oculaires à facettes et les sondes électromagnétiques épineuses qui se découpaient contre un ciel parcouru par des nuages noirs apportaient au robot un air de parenté avec un crabe ou un scarabée. Il n'était pas étonnant que la vision de ce monstre eût enflammé l'imagination des militaires.

– Quand vous voudrez, capitaine Reed.

Les hommes en combinaison blanche gagnèrent au pas de course un camion couvert de mises en garde jaunes contre les radiations et ouvrirent les portes arrière. Ils en sortirent un cylindre métallique d'un mètre de long qu'ils portèrent avec lenteur et précaution jusqu'à l'insecte de métal, avant de le glisser dans son abdomen.

Le colonel Witherspoon mit cette pause à profit pour guider Sylvester et Gordon vers une rangée de sièges disposés en bordure de l'aire d'atterrissage et abrités du vent par un alignement de panneaux en plastique. Ce poste d'observation était orienté vers le nord et occupait un petit affleurement rocheux surplombant une large vallée peu profonde. Les crêtes de ses deux versants étaient piquetées de casemates et le sol avait été creusé au fil des générations par les sabots des chevaux, les roues des affûts, les pneus des véhicules, les chenilles des chars, et les semelles d'innombrables brodequins.

Pendant qu'ils attendaient, Sylvester refusa une fois de plus la flasque que lui présentait Gordon.

Quelques secondes plus tard le robot était opérationnel. Les soldats reculèrent à bonne distance et Witherspoon fit un signal. Le capitaine Reed manipula les leviers et les boutons de la minuscule boîte de contrôle qu'il tenait dans sa main gauche.

L'écran de l'appareil reproduisait ce que voyaient les yeux du monstre de métal, une image du monde qui couvrait près de deux cents degrés mais était étrangement déformée, comme par des lentilles anamorphiques – une distorsion prévue pour compenser les aberrations géométriques engendrées par l'atmosphère de Vénus.

Quelques instants plus tard, les ailettes de refroidissement se dressant sur le dos du monstre de métal furent portées à incandescence – tout d'abord dans des tons orangés, puis rouge cerise vif, avant de virer au blanc. Un réacteur nucléaire refroidi par du lithium liquide alimentait le robot, et si la température de ses radiateurs s'avérait excessive sur Terre, ces derniers avaient été conçus pour permettre une dissipation de chaleur suffisante lorsque l'engin évoluerait dans un milieu de quatre cent soixante-quinze degrés centigrades.

Le vent leur apporta une odeur de métal surchauffé et Witherspoon pivota vers les civils.

– Le robot est à présent à pleine puissance, madame Sylvester.

Elle inclina la tête.

– Avez-vous pensé à une démonstration particulière, colonel ?

Il hocha la tête.

– Avec votre permission, madame. En premier lieu un déplacement non guidé sur le terrain, en fonction des cartes satellitaires stockées dans sa mémoire. Objectif : le sommet de cette crête éloignée.

L'impatience incurvait les lèvres de la femme, lorsqu'elle lui répondit :

– Allez-y.

Witherspoon fit un signe à son adjoint. Dans un concert de gémissements, le robot s'anima. Il redressa sa tête bardée d'antennes et de radiateurs. Son corps d'acier au molybdène était juché sur six pattes d'alliage de titane qui lui permettraient de se mouvoir sur des terrains plus accidentés qu'on n'en trouvait sur Terre. Il déplaçait ces appendices aux mouvements compliqués avec une rapidité sidérante et, alors qu'il s'élançait, tournait, puis plongeait vers le bas de la colline, une nouvelle série d'empreintes fut laissée dans la plaine de Salisbury.

Le gigantesque monstre de métal courait en soulevant un panache de poussière que le vent emportait vers l'est, telle une tornade filant dans le désert.

Dans le cadre d'un exercice destiné à permettre aux nouvelles recrues de se familiariser avec l'art d'assiéger l'ennemi, des tranchées avaient été creusées en travers de la vallée et complétées par des bermes. Le robot franchit les fossés et les tertres sans faire la moindre pause, poursuivant sa charge grondante comme la Brigade légère à Balaklava. Il atteignit l'extrémité de la vallée et les affleurements de roche grise qui le séparaient de son but. Il contournait les pentes les plus abruptes et poursuivait son chemin dans des zones à la déclivité moins accentuée, cherchant des prises dans les anfractuosités de la roche et sur les corniches. Quelques instants plus tard il fut sur son objectif, une rangée de casemates situées dans les hauteurs. Une fois là, il s'arrêta.

– Ces installations ont été construites au XIXe siècle, madame Sylvester, commenta le colonel. L'épaisseur du béton armé est supérieure à un mètre. L'armée les a classées dans les surplus.

– Je serais ravie que vous passiez à la deuxième partie de cette démonstration. Je regrette seulement de ne pas mieux voir la scène.

– Capitaine Reed ? Par ici, s'il vous plaît, lança sèchement Witherspoon.

Reed rapprocha suffisamment sa boîte de contrôle pour permettre à Sylvester et aux autres de découvrir sur la vidéoplaque ce que voyaient les yeux du robot.

– Et prenez ceci, madame.

Witherspoon lui tendit une paire de lourdes jumelles gainées de plastique noir poisseux.

Il s'agissait d'un instrument d'optique muni de

lentilles à stabilisation électromagnétiquc et doté d'un filtre sélectif ainsi que d'un système d'accentuation des contours de l'image. Lorsqu'elle le porta à ses yeux, elle vit le monstre avec autant de détails et de netteté que s'il se trouvait à trois mètres seulement, bien que la perspective fût sans relief et purement graphique. Il restait accroupi en face du bunker, tel un scarabée igné menaçant.

Il était indispensable que le robot pût accomplir d'autres exploits que celui de se déplacer sans encombre à la surface de Vénus. Il s'agissait d'un engin de prospection et de forage. Il lui faudrait chercher et analyser des échantillons de roche puis, lorsqu'il trouverait un filon possédant une valeur commerciale, creuser le sol et prétraiter le minerai, le préparer pour qu'il puisse être purifié par d'autres machines et finalement emporté.

– Continuez, colonel, dit Sylvester.

Witherspoon donna le signal. Reed manipula les commandes. La trompe et les griffes renforcées de diamants du léviathan de métal s'abattirent sur l'ancienne fortification. Un nuage de rouille et de poussière grise s'éleva. Le robot dévora les murs du bunker, et lorsque le toit s'effondra sur lui il n'en fit qu'une bouchée. Puis il rongea le sol; les affûts des canons et leurs rails disparurent dans sa gueule, avec le caoutchouc et l'acier, les câbles et la graisse figée obstruant les caniveaux. Bientôt, il ne resta plus rien de la casemate, à l'exception d'une cavité dans le flanc de la colline. Le robot s'arrêta. Il avait déposé derrière lui diverses piles de fer brillant, de cuivre rougeâtre et de calcium.

– Excellent, dit Sylvester en rendant les jumelles à Witherspoon. Et maintenant ?

– Nous avons pensé à un essai de pilotage à distance, suggéra l'officier.

– Parfait. Des objections à ce que je procède moi-même à son guidage ? s'enquit-elle.

– Aucune, madame.

Witherspoon fit un signe à Reed, qui tendit le boîtier de contrôle à la femme. Elle étudia les leviers et les boutons pendant un instant, et Gordon se pencha serviablement vers elle pour lui fournir quelques précisions sur l'inversion du sens de la marche. Le temps d'achever sa phrase, cependant, elle manipulait déjà les commandes. Le robot, un simple point rougeoyant visible dans le lointain, se détourna du bunker et revint en arrière pour redescendre la pente dans leur direction.

Elle le dirigea volontairement vers un affleurement abrupt. Arrivé au bord de la petite falaise, l'engin refusa d'aller plus loin. Elle n'annula pas son ordre, et le robot utilisa sa logique rudimentaire pour trouver une solution. Ses mandibules s'abaissèrent entre ses pattes et il entreprit de dévorer le sol. Sylvester ne put s'empêcher de rire en le voyant s'ouvrir ainsi un raccourci vers le bas de la paroi verticale.

Puis elle le fit revenir à la vitesse maximale vers leur position. Il courait sur le sol rouge, devenant de plus en plus énorme. Il laissait dans son sillage un panache de poussière et des rideaux de chaleur oscillants.

Elle se tourna vers Witherspoon, les yeux brillants.

– Test de résistance aux températures élevées !

Son ardeur fit ciller le militaire.

– Mais oui… nous avons pensé…

Il désigna du doigt des fortifications à ciel ouvert situées plus au nord, à mi-chemin de la crête.

– Du phosphore, la plus grande quantité qu'il nous a été possible de nous procurer en si peu de temps. Il vous suffit de diriger la machine vers ce point.

Elle se pencha à nouveau sur les commandes. L'engin pivota vers son nouvel objectif et se rua vers lui. Il allait l'atteindre, quand une explosion d'une blancheur aveuglante se produisit et que le sol entra brusquement en éruption. Des jets de feu bondirent en sifflant dans le ciel. Sans ralentir sa progression, la machine pénétra dans le brasier. Une fois là, elle stoppa.

Elle demeura dans les flammes, et l'éclat de ses propres radiateurs était encore plus vif que celui de cet enfer. Après d'interminables secondes, l'incendie s'apaisa. Sylvester effleura les commandes et le robot pivota imperturbablement pour grimper droit jusqu'à la crête. Les soldats restèrent stoïquement à leur place alors que le monstre de métal les chargeait. Ce fut seulement lorsque l'insecte de feu se trouva à quelques mètres de ces hommes que Sylvester leva les mains du boîtier de contrôle et que le robot s'immobilisa.

– Du beau travail, colonel, déclara-t-elle en rendant la radiocommande à Witherspoon.

Elle écarta une longue mèche de cheveux tombée devant ses yeux.

– Monsieur Gordon, je vous charge de transmettre mes félicitations à Rolls-Royce.

*

Quand Sylvester arriva à son hôtel, ce soir-là, l'employé de la réception l'informa qu'un certain M. Nikos Pavlakis l'attendait au salon. Elle s'y rendit immédiatement et le surprit voûté sur le comptoir. Ses larges épaules distendaient la veste étriquée de son costume. Il avait devant lui un grand verre d'eau, un petit verre d'ouzo, et un bol de cacahouètes dans lequel il effectuait des ponctions régulières. Elle sourit lorsqu'il marmonna des paroles qu'elle interpréta comme une invitation à boire en sa compagnie.

– Je regrette, monsieur Pavlakis, mais j'ai eu une journée bien remplie et une soirée tout aussi accaparante m'attend. Si vous m'aviez contactée...

– Toutes mes excuses, chère madame...

Une cacahouète se plaça en travers de sa gorge et le fit tousser.

– Une escale imprévue sur la route de Victoria. Je pensais pouvoir vous rattraper. Une autre fois...

– Dès l'instant où le délai dont nous sommes convenus est respecté, il est inutile que vous preniez la peine de venir me faire des rapports réguliers, déclara-t-elle.

Il avait un visage extrêmement expressif et elle eût juré que sa moustache tombait, que ses cheveux avaient perdu une partie de leurs boucles. Sa propre expression se durcit brusquement.

– Quel est le problème, monsieur Pavlakis ?

– Il n'y a aucun problème. Je vous l'affirme. Nous serons prêts à temps. Aucun problème. Nous devons seulement faire face à quelques frais supplémentaires...

– Il y a donc un problème.

– Uniquement pour nous, pas pour vous.

Il sourit, révélant des dents blanches et régulières, mais son regard resta grave.

Sylvester l'étudia.

– Entendu. Si tout se passe effectivement comme prévu vous n'aurez qu'à me joindre demain par vidéocom, afin de me confirmer votre intention d'entreprendre le chargement du fret dans deux semaines.

Lorsqu'il eut hoché sombrement la tête, elle ajouta :

– Et il sera entre-temps inutile de passer me voir.

– Bonne nuit, chère madame, marmonna Pavlakis.

Mais ce fut peine perdue, car la directrice de l'Ishtar Mining Corporation s'éloignait déjà.

6

Londres avait connu un sort moins enviable que Manhattan. Ses rues étaient toujours aussi étroites et sombres de suie, balkanisées par une multitude d'accents, de couleurs de peau et de classes sociales différents. L'autotaxi noir et trapu passa rapidement des immeubles en brique élégants et des anciennes écuries adroitement reconverties en logements pittoresques à une zone de taudis croulants et surpeuplés. Le temps était naturellement exécrable. Des nuages sombres et ventrus excrétaient un crachin qui venait s'ajouter au fog s'élevant de la Tamise pour engendrer du romantisme et des maladies respiratoires. Sondra Sylvester aimait malgré tout cette ville – moins que Paris ou Florence, qui n'avaient pour leur part connu presque aucun changement, mais plus qu'elle n'appréciait New York qui avait cessé d'avoir un statut de véritable cité. Elle vivait au sein du luxe artificiel de Port Hespérus dix mois par an et, lorsqu'elle effectuait son séjour annuel sur la Terre, elle recherchait avant tout l'essence de cette planète, la poussière et l'encaustique, le bruit et la musique, l'aigre et le doux.

Le véhicule stoppa dans New Bond Street. Elle glissa son Idcarte dans le compteur, puis ouvrit la portière et posa le pied sur la chaussée humide. En attendant que la machine eût enregistré la transaction, elle redressa la couture de sa jupe en soie naturelle et ferma son manteau de chinchilla afin de se protéger de l'humidité glaciale du fog. La carte ressortit de la fente alors que la voix de synthèse de l'autotaxi lui disait :

– Merci beaucoup, madame.

Elle traversa le fleuve de personnes faméliques qui suivaient le trottoir et entra dans l'immeuble d'un pas rapide, en adressant au passage un signe de tête au jeune homme joufflu en faction près de la porte. Il la reconnut et lui sourit. Elle pénétra dans la salle bondée où se déroulaient les ventes aux enchères de livres et de manuscrits. Elle s'y rendait souvent. La veille encore, elle était venue examiner les objets qui seraient proposés aujourd'hui au public. Il s'agissait de divers éléments de deux collections privées; l'une provenant de la succession de Lord Lancelot Quayle, récemment décédé, et l'autre d'origine anonyme. Tout cela avait été fragmenté en des centaines de lots – la plupart sans aucun intérêt pour elle.

Bien que l'heure fût matinale, la foule était déjà importante. Elle jeta son dévolu sur un siège pliant placé au centre de la salle et s'y assit. Elle avait l'impression de se trouver dans une église et d'attendre le début de la messe. Une aile latérale évoquant un transept s'ouvrait sur sa droite, et du point où elle se trouvait il lui était pratiquement impossible de voir à l'intérieur. Il s'agissait du lieu de prédilection des acquéreurs qui souhaitaient conserver l'anonymat. Les représentants des plus anciennes librairies de Londres, Magg's, Blackwell's, Quaritch et autres, occupaient déjà leurs places attitrées autour d'une table installée devant l'estrade. Les premières rangées de chaises pliantes avaient été accaparées par des vedettes de la viddie aux tenues extravagantes et à la conduite manquant pour le moins de dignité. Leurs toilettes et leurs piaillements auraient mieux convenu dans une volière ! Le personnel les prierait certainement de sortir, si elles continuaient de faire un tel tapage...

Deux articles avaient attiré ces artistes et les badauds qui venaient grossir la foule étonnamment importante. Le premier entrait dans la catégorie des simples curiosités. Lord Quayle avait été obsédé par la Rome antique et sa bibliothèque s'était enrichie d'un grand nombre d'objets variés, dont un témoignage censé être oculaire... un texte en grec exécrable, griffonné à l'encre de calmar sur un parchemin fragmenté par un certain Flavius Peticius, centurion romain sans éducation et de toute évidence d'une crédulité sans bornes (ou encore par un scribe ne méritant pas son titre)... de la crucifixion d'un certain Joshua de Nazareth et de deux autres malfaiteurs hors des murs de Jérusalem, au début du premier siècle après J.-C.

C'était cela qui avait attiré les curieux. Pour ne pas mentionner une publicité opportune... qui expliquait la présence des gens du show business..., car la BBC avait récemment produit un téléfilm à grand spectacle de Desiree Gilfoley intitulé « Pendant que brûle Rome », avec dans le rôle principal l'ex-mannequin lady Adastra Malypense dont les débuts à l'écran avaient été fort remarqués. Elle avait en effet tourné toutes ses scènes dans le plus simple appareil, hormis lors d'une brève séquence pendant laquelle elle portait une robe égyptienne plissée totalement transparente. Lady Malypense faisait peut-être partie du groupe de gêneurs occupant la première rangée. Sylvester n'aurait pu la reconnaître, qu'elle fût vêtue ou nue comme un ver.

Elle n'accordait pas plus d'importance à ce parchemin qu'à un authentique fragment de la Croix – autant pour sa valeur intrinsèque. Comme la plupart des collectionneurs dignes de ce nom, elle ne s'intéressait qu'au lot numéro 61. Il se composait d'un seul livre, et si ce dernier n'avait pas servi de base au scénario d'un film anglais classique datant du siècle précédent, les médias auraient probablement passé sa vente sous silence. Sylvester regrettait d'ailleurs que cela n'eût pas été le cas.

La veille, elle avait longuement étudié l'ouvrage exposé dans la vitrine se trouvant derrière le podium et placé sous la protection d'employés à la carrure impressionnante, alors que tous les autres membres du personnel le surveillaient avec plus de discrétion. Le volume était ouvert sur la page de garde où un bout de papier portait les mots « À Jonathan » tracés d'une écriture verticale irrégulière.

Par cette dédicace, l'auteur, qui pouvait s'enorgueillir d'être le dernier des véritables grands aventuriers insensés qu'avait connus l'Angleterre et le premier des grands philosophes déments de la guerre moderne, avait confié ce récit à un ami intime. Qui aurait pu reconstituer le parcours que cet ouvrage avait suivi depuis ? Pas le personnel de chez Sotheby's, en tout cas.

Les livres... heureusement ou malheureusement, en fonction du point de vue... n'avaient jamais été aussi estimés que, par exemple, les tableaux de maîtres. Même les ouvrages les plus rares étaient assimilés à de simples exemplaires d'une série de reproductions et non à des originaux. Inversement, et bien qu'uniques, les plus belles toiles pouvaient être aisément reproduites à des centaines de milliards de copies et vulgarisées sur tous les mondes habités par l'entremise des livres d'art, des revues et des images électroniques, acquérant ainsi de la célébrité – alors que nul écrit, qu'il fût rare ou non, ne pouvait être reproduit et apprécié aussi aisément. Les livres n'étaient pas des objets uniques, un fait qui réduisait leur valeur marchande, mais ils n'étaient pas non plus aisément reproductibles, ce qui limitait leur notoriété et diminuait leur intérêt en tant que placements financiers.

Qu'un ouvrage à la fois célèbre et rare figurât sur le catalogue d'une vente aux enchères se produisait peu souvent. Le lot 61 l'était. Il s'agissait de la première édition des *Sept Piliers de la sagesse,* éditée à compte d'auteur. Ce tirage extrêmement limité était en outre différent des suivants, non seulement par l'impression et la reliure mais également par près d'un tiers du texte lui-même. Avant cette vente, tous croyaient qu'il n'en existait plus qu'un seul exemplaire, tous les autres ayant été perdus ou détruits. Son pendant se trouvait à la Bibliothèque du Congrès, à Washington. Même la Bible de Gutenberg n'était pas à la fois si connue et si rare; il s'agissait de l'unique exemplaire original non détenu par un musée d'un chef-d'œuvre unanimement reconnu de la littérature du XXe siècle.

Dans le cas de Sylvester, l'espoir d'acquérir cet ouvrage n'était pas irraisonnable, même si tous les collectionneurs et libraires importants de cette planète et des autres mondes seraient présents ou se feraient représenter. Quaritch était mandaté par l'Université du Texas, qui devait frénétiquement souhaiter ajouter cette pièce manquante et précieuse à sa collection des œuvres de l'auteur. Les gens de chez Sotheby's avaient reçu des ordres d'autres acquéreurs en puissance et, près de l'estrade, certains d'entre eux inclinaient déjà la tête pour écouter les instructions de dernière minute qui leur parvenaient par l'entremise de leurs auricoms. Mais tous les enchérisseurs s'étaient fixé une limite, et celle de Sylvester était très élevée.

À onze heures, le commissaire-priseur s'avança sur le podium.

– Bonjour, mesdames et messieurs. Soyez les bienvenus chez Sotheby's and Company.

Il s'agissait d'un homme de grande taille qui prenait visiblement soin de substituer des manières et un accent adoptés à Oxford à ceux précédemment acquis dans l'East End. Il débuta la vente sans préambule. Si des traductions anglaises du XVIe siècle des *Commentaires* de César et des *Vies parallèles* de Plutarque firent l'objet de quelques surenchères, la majeure partie du contenu de la bibliothèque de Lord Quayle fut vendue très rapidement.

Puis vint le tour du parchemin de la crucifixion et les journalistes se ruèrent vers l'estrade avec leurs caméras photogrammes. Les célébrités de la viddie assises au premier rang gazouillèrent et se dressèrent sur leurs ergots. Quelqu'un s'adressa à la femme blonde qui fit la première enchère en l'appelant « Adastra chérie », et ce murmure de théâtre porta jusqu'au fond de la salle. Après quelques surenchères, seules Lady Malypense et deux autres personnes restèrent en lice. L'une de ces dernières était représentée par un employé de chez Sotheby's que Sylvester suspectait d'agir pour le compte de l'Université d'Harvard, qui devait espérer acquérir un récit de la crucifixion afin de se retrouver sur un pied d'égalité avec Yale qui pouvait s'enorgueillir d'en posséder déjà un. Le troisième enchérisseur se trouvait derrière elle. Il s'agissait d'un homme qui s'exprimait avec les intonations propres aux prédicateurs de l'Alabama. L'affrontement se changea en combat singulier lorsque Harvard déclara forfait. Le pasteur du Sud semblait quant à lui fermement résolu à aller jusqu'au bout.

Finalement, Lady Malypense garda la bouche close après un dernier : « J'ai entendu... » Comme si le coup de marteau d'adjudication était un signal, l'actrice et sa claque se levèrent et se dirigèrent vers la porte, en foudroyant le prédicateur du regard.

La collection anonyme « Propriété d'un gentleman » était à présent proposée en divers lots. Il s'agissait principalement d'objets se rapportant à l'histoire militaire, un domaine auquel Sylvester n'accordait aucun intérêt particulier. Elle se passionnait pour la littérature du début du XXe siècle, et plus particulièrement pour la littérature anglaise – très exactement britannique.

Finalement, le lot 60, la première édition d'un récit des hauts faits de Patrick Leigh Fermor au sein des réseaux de la résistance crétoise pendant la Seconde Guerre mondiale, fut mis aux enchères. Sylvester eût aimé posséder ce livre, et elle surenchérit. La Crète et ce conflit presque oublié la laissaient indifférente, mais elle trouvait les descriptions de cet auteur absolument merveilleuses. Cependant, le prix de cet ouvrage dépassa rapidement la limite qu'elle s'était fixée. Le commissaire-priseur ne tarda guère à dire « Vendu ! » et le silence se fit immédiatement dans la salle.

– Lot 61 : T.E. Lawrence. *Les Sept Piliers de la sagesse...*

Un jeune homme apporta solennellement le gros livre et le leva à bout de bras afin de le montrer à toutes les personnes présentes.

– Imprimé en linotypie sur papier bible, deux colonnes au recto uniquement. Relié en marocain, doré sur tranches, dans son étui marbré. Insérées au début, nous trouvons deux feuilles manuscrites; une dédicace « À Jonathan » signée par l'auteur à Farnsborough, le 18 novembre 1922, et des commentaires écrits au crayon, probablement de la main de Robert Graves. Cet ouvrage très rare est l'un des huit imprimés par l'Oxford Times Press en 1922 à compte d'auteur, dont trois furent détruits par lui-même et trois autres présumés perdus. La mise à prix est de cinq cent mille livres.

À peine eut-il terminé sa description que les enchères débutèrent. Des bruissements d'excitation parcoururent les rangs de l'assistance alors que le commissaire-priseur annonçait des sommes de plus en plus importantes sans reprendre son souffle.

– Six cent mille, j'ai entendu six cent mille... Six cent cinquante mille... sept cent mille...

Nul ne parlait mais, à la table des professionnels et partout ailleurs dans la salle, des doigts se levaient et des têtes s'inclinaient constamment. Puis le commissaire-priseur annonça :

– Huit cent soixante-quinze mille livres.

Et il se produisit pour la première fois une brève pause. Tout indiquait que cette somme était proche des limites que s'étaient fixées de nombreuses personnes. Selon les règles établies, la surenchère minimale s'élevait en même temps que le prix. Ce dernier était désormais si important qu'il fallait à présent proposer cinq mille livres de plus.

– Me propose-t-on huit cent quatre-vingt mille ? s'enquit le commissaire-priseur avec désinvolture.

Seuls Quaritch et un autre libraire répondirent affirmativement. Le commissaire-priseur regarda également sur sa gauche, en direction du transept. De toute évidence, une des personnes qui s'y trouvaient venait elle aussi de surenchérir.

– Me propose-t-on huit cent quatre-vingt-cinq mille livres ?

– Neuf cent mille livres, lança Sondra Sylvester.

Dans la salle bondée, sa voix était nouvelle, forte, décidée. Toutes les personnes présentes surent immédiatement que cette femme était habituée à donner des ordres. Le commissaire-priseur lui adressa un signe de tête et un sourire, pour indiquer qu'il l'avait reconnue.

À la table placée devant l'estrade, le représentant de chez Quaritch et en fait mandataire de l'Université du Texas, resta imperturbable... la section des humanités de ce centre universitaire possédait déjà une importante collection des œuvres de Lawrence et devait être disposée à dépenser une fortune pour obtenir cet ouvrage..., mais l'autre libraire lâcha son crayon et se pencha en arrière, avec résignation.

– J'ai entendu neuf cent mille livres. Me propose-t-on neuf cent cinq ?

Il regarda sur sa gauche, à deux reprises, puis annonça :

– Un million de livres.

Un murmure s'éleva de l'assistance. L'homme de chez Quaritch lança avec curiosité un coup d'œil par-dessus son épaule puis écrivit quelque chose sur le bloc-notes posé devant lui et renonça à faire monter plus haut les enchères, ayant atteint la somme maximale fixée par son client. La surenchère minimale s'élevait désormais à dix mille livres.

– Un million dix mille livres, proposa Sylvester.

Elle semblait confiante, plus sûre d'elle qu'elle ne l'était en fait. Qui se trouvait dans le transept ? Qui surenchérissait contre elle ?

Le commissaire-priseur hocha la tête.

– J'ai entendu...

Il hésita tout en regardant sur sa gauche, puis ses yeux s'attardèrent dans cette direction pendant quelques secondes. Finalement, il pivota vers Sondra Sylvester qu'il fixa tout en désignant timidement le transept d'un geste de la main.

– J'ai entendu un million cinq cent mille livres, fit-il en s'adressant à elle presque sur un ton d'excuse.

Un sifflement s'éleva de l'assistance. Sylvester sentit son visage se figer et se glacer. Pendant un instant, elle resta paralysée, mais il eût été sans objet de calculer ses possibilités. Elle se savait battue à plates coutures.

– J'ai entendu un million cinq cent mille livres. Me propose-t-on un million cinq cent dix mille ?

Le commissaire-priseur la regardait toujours. Elle ne pouvait bouger. L'homme détourna alors les yeux, poliment, regardant sans les voir les membres de l'assistance dont les yeux brillaient d'excitation.

– J'ai entendu un million cinq cent mille.

Son marteau restait en suspension au-dessus de la table.

– Un million cinq cent mille, une fois... Un million cinq cent mille, deux fois... Un million cinq cent mille, trois fois...

Le marteau s'abattit.

– *Adjugé, vendu.*

Le public battit des mains, et les crépitements des paumes furent accompagnés de petits cris de joie. Qui applaudissait-on ? se demandait Sylvester avec amertume. L'auteur décédé ou un acquéreur qui dépensait sans compter ?

Des employés emportèrent cérémonieusement la relique. Quelques personnes se levèrent et se dirigèrent rapidement vers la porte, pendant que le commissaire-priseur se raclait la gorge et annonçait :

– Lot 62 : divers autographes...

Sylvester restait assise, comme paralysée. Elle sentait la brûlure des regards rivés sur sa nuque. Malgré sa vive déception elle éprouvait elle aussi de la curiosité, le besoin de savoir qui avait surenchéri. Elle se leva lentement et se dirigea le plus dignement possible vers l'aile latérale. Elle progressa centimètre par centimètre en direction du transept puis s'immobilisa pour attendre patiemment alors que la vente se poursuivait et que l'assistance s'amenuisait. Lorsque tout fut terminé, elle s'avança devant l'aile latérale.

Et elle se retrouva en face d'un jeune homme aux cheveux auburn coupés court, portant sur son costume classique un badge qui le désignait comme membre du personnel.

– C'était vous ?

– Pour le compte d'un client, naturellement.

Son accent de la côte Est des États-Unis dénotait une certaine culture. Son visage piqueté de taches de rousseur était agréable et ses yeux possédaient une douceur peu commune.

– Pouvez-vous me divulguer...

– Je regrette, madame Sylvester, mais j'ai reçu des instructions très strictes.

– Vous me connaissez donc ? (Elle le dévisagea et le trouva beau, assez séduisant.) Êtes-vous libre de m'apprendre votre nom ?

Il sourit.

– Je m'appelle Blake Redfield, madame.

– C'est déjà un progrès. Peut-être accepterez-vous

de vous joindre à moi pour déjeuner, monsieur Redfield ?

Il inclina la tête, esquissant un semblant de révérence.

– J'en aurais été ravi. Malheureusement...

Elle l'étudia un instant. Il ne semblait aucunement pressé de partir et la soumettait à un examen aussi attentif que celui qu'elle lui faisait subir.

– Dommage, déclara-t-elle. Une autre fois, peut-être ?

– Avec grand plaisir.

– C'est entendu.

Sylvester quitta la salle d'un pas rapide. À l'entrée, elle fit une pause puis demanda à la fille de la réception de lui appeler un taxi. Elle profita de cette attente pour s'enquérir :

– Depuis combien de temps M. Redfield est-il employé ici ?

– Voyons voir...

La bouche en cœur de la fille aux joues rouges se déforma de façon charmante, alors qu'elle mettait sa mémoire à contribution.

– Approximativement un an, madame Sylvester. Mais il n'est pas tout à fait exact de le considérer comme un simple employé.

– Non ?

– Il serait plus juste de dire qu'il a un statut de conseiller. Livres et manuscrits des XIXe et XXe siècles.

– À son âge ?

– Plutôt jeune, pas vrai ? Mais c'est un génie, à en croire les propos que les assesseurs tiennent sur son compte. Ah ! Voici votre taxi.

– Désolée de vous avoir importunée pour rien...

Sylvester regarda à peine l'autotaxi noir dont le moteur ronflait contre le trottoir.

– ... mais je crois qu'une petite marche me sera salutaire, tout compte fait.

Son pas était décidé. Il lui fallait activer la circulation de son sang chargé d'adrénaline. Elle descendit la rue en direction de Piccadilly puis prit à l'est dans le dédale de Burlington House, avant de traverser l'extrémité de Savile Row et de se diriger vers une boutique de Charing Cross Road, un lieu à la réputation autrefois douteuse mais qui avait au fil des ans été revêtu d'un vernis de respectabilité.

Elle l'atteignit rapidement. Des lettres d'or annonçaient sur la vitrine *Hermione Scrutton, Libraire*. Elle se trouvait encore à un demi-pâté de maisons du magasin lorsqu'elle vit sa propriétaire sur le pas de la porte. La femme tournait une clé décorative dans une serrure tout aussi décorative, les yeux rivés sur ceux d'une tête de lion en bronze faisant office de heurtoir et contenant le lecteur d'empreintes rétiniennes relié au véritable système d'ouverture.

Le temps que Scrutton eût poussé le battant, Sylvester se trouvait assez près pour entendre la vieille cloche de cuivre montée sur un ressort.

Un instant plus tard, un second tintement salua son entrée. Scrutton émergea d'une allée délimitée par de vieux livres jaunis et effrités, après avoir déconnecté le système d'alarme. Elle évoquait un lutin trapu aux sourcils broussailleux, avec un foulard doré noué dans le col de son ensemble en tweed. Elle était encore caractérisée par l'apparition d'un début de calvitie au sommet de sa chevelure grisonnante clairsemée, de hautes pommettes colorées au-dessus de ses joues au hâle artificiel, et un sourire qui dansait sur ses lèvres carmin en mouvement constant.

– Syl, ma chérie ! Je ne sais que te dire... Ah ! Je suis tellement désolée...

– Allons, Hermione. Je sais que cela te ravit. Si j'avais acheté cet ouvrage, je n'aurais pu me permettre de dépenser un seul penny dans ta boutique pendant les cinq années à venir.

– Mm…, j'avoue que cette pensée m'a effectivement traversé l'esprit. Et j'aurais certainement regretté ta… heu, très élégante présence dans ma modeste… heu, boutique.

Scrutton accompagna ces propos d'un sourire plein d'affectation.

– Mais il n'est pas très difficile de placer les articles vraiment rares, n'est-ce pas ? Mm ?…

– Qui a surenchéri sur moi ? Le sais-tu ?

Elle secoua la tête, imprimant un mouvement de balancier à ses bajoues.

– Je l'ignore. J'étais assise derrière toi et je crains de ne pas avoir vu l'enchérisseur.

– Il n'était pas présent, l'informa-t-elle. C'est un certain Blake Redfield qui le représentait.

Les sourcils de Scrutton imitèrent des ludions, sur son front.

– Ahh ! Redfield. Mm…

Elle se détourna pour chercher quelque chose sur l'étagère la plus proche.

– Redfield, hein ? Tiens donc !

– Hermione, tu te moques de moi et j'estime que c'est une raison suffisante pour jurer d'avoir ta peau au bronzage artificiel.

Ces mots étaient sortis du fond de sa gorge, tel le grondement d'une panthère sur le point de fondre sur sa proie.

– Vraiment ? fit la libraire en pivotant à demi et en haussant un sourcil de guingois. Que vaut pour toi un pareil renseignement ?

– Une invitation à déjeuner.

– Je ne marche pas, si c'est le menu du jour du pub local.

– L'établissement de ton choix. Le *Ritz*, si tu y tiens.

– Alors, c'est entendu, fit Scrutton en se frottant les mains. Mm… Je n'ai rien mangé depuis le breakfast.

*

À un moment donné, entre la laitue et les crevettes, rendue prolixe par une demi-bouteille de Moët et Chandon, Scrutton lui révéla que la personne représentée par Redfield n'était autre que Vincent Darlington – et Sylvester en lâcha sa fourchette.

La libraire, dont les cils battaient d'inquiétude, la fixa, bouche bée. Elle la connaissait depuis longtemps mais ne l'avait jamais vue ainsi. Son beau visage s'assombrissait de façon inquiétante et Scrutton craignit qu'elle ne fût terrassée par une attaque. Elle regarda de tous côtés et éprouva du soulagement en constatant que personne n'avait rien remarqué, à l'exception d'un serveur que l'anxiété venait de métamorphoser en statue de sel.

Puis le teint de Sylvester redevint normal.

– Quelle surprise, murmura-t-elle.

– Syl, ma chérie, je ne m'imaginais pas...

– Il a voulu se venger, naturellement. Qu'importe la langue, qu'importe la période, ce cher Vincent ne s'intéresse aucunement à la littérature. Je doute qu'il puisse faire la moindre différence entre *les Septs Piliers de la sagesse* et *l'Amant de Lady Chatterley*.

– Hm... certes...

Les joues de Scrutton frissonnèrent, mais elle ne put s'empêcher de lancer :

– Ces deux Lawrence étaient contemporains...

– Hermione, l'avertit Sylvester en la foudroyant du regard.

Rappelée à l'ordre, la libraire se tut.

– Vincent Darlington ne *lit* jamais et il n'a certainement pas acheté ce livre pour faire un placement. Il en a fait l'acquisition dans l'unique but de m'humilier – parce que je l'ai moi-même humilié dans un tout autre domaine.

Elle se pencha en arrière sur son siège, afin d'essuyer ses lèvres avec sa serviette.

– Vraiment, ma fille. Je comprends parfaitement, murmura Scrutton.

– Non, pas *parfaitement*, Hermione. Mais je te sais animée de bonnes intentions, et c'est pourquoi je vais placer ma vie, ou tout au moins ma réputation, entre tes mains. Si tu as un jour besoin de me faire chanter, rappelle-toi ce que je vais te dire – cet instant où je fais le serment de prendre ma revanche sur cette larve de Darlington. Même s'il me faut pour cela dépenser toute ma fortune.

– Mm... ah !

Scrutton but une gorgée de champagne, puis posa doucement la flûte sur la nappe.

– Eh bien, Syl, j'espère seulement que tu n'auras pas à en arriver à de telles extrémités.

*

L'expédition d'un ouvrage valant un million et demi de livres doit s'entourer d'une certaine discrétion et faire l'objet des égards que réclame son bon état matériel. Fort heureusement, *les Sept Piliers de la sagesse* avaient été imprimés à cette époque depuis longtemps révolue où il était considéré comme naturel que les choses durent longtemps. Blake Redfield n'avait donc qu'à glisser l'ouvrage dans un coffret de polystyrène gris matelassé et trouver un transporteur à même de garantir son stockage à une température et un taux d'humidité contrôlés.

Sur les registres de la Lloyd's figuraient deux vaisseaux répondant à ces exigences. Ils arriveraient à Port Hespérus à vingt-quatre heures d'intervalle et, s'ils n'atteignaient pas Vénus avant deux mois, aucun appareil n'aurait pu effectuer ce trajet plus rapidement et nul autre départ n'était prévu avant longtemps. Telles étaient les contraintes des voyages interplanétaires. Un cargo baptisé le *Roi des Étoiles* quitterait l'orbite terrestre dans trois semaines et un astronef de ligne, l'*Hélios,* partirait plus tard mais suivrait une trajectoire plus rapide. La prudence dicta à Blake de procéder à une réservation sur les deux appareils; l'astérisque figurant à côté du *Roi des Étoiles* indiquait en outre que ce vaisseau était en cours de rénovation et que le Bureau spatial ne lui avait pas encore accordé sa nouvelle autorisation de vol.

Blake était occupé à placer des scellés magnétiques sur le coffret, quand une explosion ponctua l'ouverture de la porte de cette arrière-salle de chez Sotheby's.

La silhouette d'une jeune femme nimbée d'un nuage de fumée se découpa dans le couloir de brique.

– Seigneur, Blake, qu'avez-vous fait ? s'enquit-elle en agitant la main pour dissiper l'odeur âcre.

– J'ai simplement mélangé un peu de chlorate de potassium à du soufre. S'il ne s'était pas agi de vous, ma chère, ce livre de prix aurait été soustrait aux regards et placé dans le coffre avant que l'importun n'ait eu le temps de chasser la fumée de devant son nez.

– N'aurait-il pas été plus simple d'utiliser une sonnerie ou un autre gadget du même genre ? Étiez-vous obligé de détruire le bouton de porte ?

– Il n'a subi aucun dommage. Plus de bruit que de mal. Dans le cas contraire, la peinture de ces murs vénérables en aurait probablement pâti. Mille regrets.

La jeune femme dont les joues évoquaient deux pommes portait une robe de métal modeste et classique. Elle gagna le bureau et assista à la fermeture de la boîte en polystyrène.

– Ne trouvez-vous pas dommage qu'elle ait perdu les enchères ? Elle a tellement bon goût.

– Elle ?
– La femme qui vous a abordé après la vente. Très belle, compte tenu de son âge. Elle vous a d'ailleurs dit des choses qui vous ont fait rougir.
– Rougir ? Vous possédez une imagination débordante.
– Vous ne savez pas feindre, Blake. Vos taches de rousseur ne sont-elles pas attribuables à des ancêtres irlandais ?
– Mme Sylvester est effectivement une femme séduisante.
– Elle s'est renseignée sur votre compte, ensuite. Je lui ai révélé que vous étiez un génie.
– Je doute susciter son intérêt en tant qu'homme, et je précise qu'elle me laisse indifférent.
– Oh ? Et Vincent Darlington ?
– Il éveille ma concupiscence, fit-il avant d'avoir un rire. Je parle de son argent, naturellement.
Elle cala sa hanche gainée de mailles métalliques contre le dossier du siège, et il put sentir sa chaleur corporelle sur sa joue.
– Darlington est un porc illettré, déclara-t-elle. Il ne mérite pas de posséder ce livre.
– C'est une machination, ourdie par l'ennemi, murmura-t-il.
Puis il se leva brusquement et alla placer la boîte scellée dans le coffre-fort.
– Bien.
Il pivota vers elle, à l'autre bout de la pièce encombrée.
– M'avez-vous apporté le pamphlet ?
Elle sourit. Ses joues roses et ses yeux brillants étaient révélateurs de l'intérêt qu'elle lui portait.
– J'en ai déniché un grand nombre, mais ils se trouvent toujours chez moi. Si vous daignez m'accompagner à mon appartement, je vous ferai découvrir les secrets des prophètes.

Il lui adressa un regard oblique puis haussa les épaules et répondit :

– Entendu.

Car c'était un sujet qui le fascinait depuis très longtemps.

7

On frappait doucement à la porte, à intervalles réguliers... Le corps moulé par une chemise de nuit bleue en soie naturelle, Sondra Sylvester sortit à grandes enjambées de la salle de bains et alla retirer la chaîne de sécurité.

– Votre thé, madame.

– Près de la fenêtre, ce sera parfait.

Le jeune homme en uniforme se fraya un chemin au sein d'un fouillis d'effets féminins et posa le lourd plateau d'argent sur la petite table. Les fenêtres de la suite donnaient sur Hyde Park, mais ce matin-là les rideaux étaient fermés. Sylvester scruta du regard la pièce plongée dans la pénombre et vit son sac en velours oublié sur le sol, à côté d'un fauteuil sur lequel s'entassaient d'autres vêtements. Elle y trouva quelques billets et en glissa un dans la paume du garçon d'étage.

– Merci *beaucoup*, madame.

– Vous avez été très serviable, répondit-elle avec irritation.

Elle referma la porte derrière lui.

– Seigneur, combien lui ai-je donné ? marmonna-t-elle. Je dors encore à moitié.

Une forme arrondie se déplaça sous les draps. Les cheveux noirs et les yeux violets de Nancybeth émergèrent de la literie.

Sylvester étudia le corps qui apparaissait : un cou gracieux, des épaules élancées, des seins plantureux aux mamelons sombres.

– Félicitations. Avoir attendu son départ dénote un tact surprenant de ta part.

– Quelle mouche te pique ?

Nancybeth bâilla, révélant des rangées de dents parfaites et une petite langue rose.

Sylvester traversa la chambre en direction de la vidéoplaque murale puis pressa les touches dissimulées dans les moulures de son cadre doré.

– Lorsque tu m'as annoncé que tu étais éveillée, je t'ai demandé de mettre les informations.

– Je me suis rendormie.

– Et je viens de constater que tu as effectué une nouvelle ponction dans mon sac.

Nancybeth la foudroya du regard. Ses yeux pâles avaient tendance à loucher, lorsqu'elle se concentrait.

– Syl, il t'arrive parfois de te conduire plus comme une mère que...

Elle se leva et se dirigea vers la salle de bains.

– Que quoi ?

Mais Nancybeth ne prit pas la peine de lui répondre. Elle entra dans le cabinet de toilette, dont elle laissa la porte ouverte, puis pénétra dans la cabine de douche.

Le cœur de Sylvester s'emballa. Seigneur, ces courbes et ces flancs majestueux, ces chevilles parfaites ! Mi-italienne, mi-polynésienne, la jeune femme était une Galatée de bronze, une sculpture de chair au hâle profond. Avec irritation, Sylvester pressa les touches de la vidéoplaque jusqu'au moment où un commentateur de la BBC y apparut.

Elle monta le volume afin de l'entendre parler

d'un surcroît de tension en Centrasie du Sud puis alla ramasser les vêtements jonchant le sol, qu'elle lança sur le lit. Le crépitement de la douche lui parvenait de la salle de bains et servait d'accompagnement à la voix rauque et détonnante de Nancybeth qui fredonnait une chanson aux paroles inintelligibles. Sylvester regarda avec dégoût la lourde théière d'argent et les tasses de porcelaine, avant de se diriger vers l'armoire pour prendre une bouteille de Moët et Chandon dans le réfrigérateur encastré sous le comptoir. Son attention fut alors retenue par les paroles de l'individu apparaissant sur la vidéoplaque :

– … révélation au sujet de la vente de chez Sotheby's. Nous venons d'apprendre que la surenchère spectaculaire ayant permis d'acquérir la…

Elle bondit vers l'écran mural et monta le volume.

– … première édition des *Sept Piliers de la sagesse* de T.E. Lawrence, le légendaire Lawrence d'Arabie, a été faite pour le compte de M. Vincent Darlington, directeur du Muséum Hespérien. Contacté par radiocom, M. Darlington a tout d'abord refusé de commenter la nouvelle mais a fini par reconnaître qu'il avait effectivement acquis ce livre rare afin de l'exposer dans le musée dont il est propriétaire – et qui, pourrait-on dire, n'était pas avant ce jour réputé pour sa collection d'œuvres littéraires. Les autres nouvelles du monde artistique…

Après avoir éteint la vidéoplaque, Sylvester dépouilla le col de la bouteille de champagne de sa pelure de métal doré, détordit le fil de fer retenant le bouchon, puis imprima à ce dernier un mouvement rotatif ascendant d'une prise ferme et régulière.

Nancybeth émergea de la douche, nimbée par la vapeur qui s'élevait de son corps et éclairée en contre-jour par la lumière du cabinet de toilette. Elle n'accordait pas la moindre attention à l'eau qui ruisselait sur le tapis.

– Qu'est-ce qu'ils ont dit sur Vince, pendant le journal ?

– La BBC vient de confirmer que c'est lui qui a surenchéri contre moi, pour le Lawrence.

Le bouchon céda avec un *pop !* sonore.

– Vince ? Il ne s'est jamais intéressé à la littérature.

Sylvester l'étudia : une Vénus brune bien en chair qui exhibait délibérément sa nudité, exposant volontairement son épiderme mouillé au froid et laissant ses tétins devenir turgescents.

– Mais il s'est intéressé à toi.

– Oh !

Nancybeth eut un sourire et ses paupières se fermèrent à demi.

– Je suppose que tu m'en veux ?

– Au contraire. Tu m'as permis d'économiser une somme considérable que j'aurais autrement dépensée pour un simple bouquin. Va prendre des verres, tu veux ? Dans le réfrigérateur.

Toujours nue et ruisselante, Nancybeth apporta des flûtes à champagne qu'elle posa sur la table avant de s'installer dans un des fauteuils confortables.

– Célèbres-tu quelque chose ?

– Ce n'est pas le mot juste, répondit Sylvester en servant le breuvage glacé et pétillant. Je tente de me consoler.

Elle tendit une flûte à sa compagne, puis se pencha vers elle. Leurs verres s'entrechoquèrent avec un tintement cristallin.

– Es-tu toujours irritée contre moi ? s'enquit Nancybeth tout en se penchant pour humer le champagne.

Et Sylvester étudia avec fascination ses narines qui se dilataient.

– Parce que tu n'es pas une autre femme ?

Du bout de sa langue rose, elle goûta l'acide carbonique âcre des bulles qui se dissolvaient.

– Eh bien, tu n'as pas à *te* consoler, Syl.

Sous de longs cils humides, ses yeux violets se levèrent pour la fixer.

– Vraiment ?

– Je me charge de te faire oublier ta déconvenue.

*

Le magnéplane filait en bourdonnant au sein de la verdure des faubourgs élégants du sud-ouest de Londres, s'arrêtant par instants pour permettre à des passagers de monter ou de descendre. Il déposa Nikos Pavlakis à Richmond, à plus d'un kilomètre de sa destination. L'armateur gagna la station d'autotaxis et fit descendre la glace latérale du véhicule afin de laisser l'air humide du printemps envahir l'habitacle dès qu'il y fut installé. Au-delà des toits d'ardoises, des alignements de villas devant lesquelles il passait, les nuages floconneux et perlés visibles dans le ciel bleu clair restaient à la hauteur du véhicule qui longeait les haies et les pelouses bien entretenues.

Lawrence Wycherly habitait une coquette maison de brique de style George V. Pavlakis glissa son Idcarte dans la fente du compteur et se fit également débiter le montant de l'attente, puis il gagna la demeure, gêné aux entournures par son costume de plastique noir qui, comme tous ses vêtements, était trop étriqué pour ses larges épaules. Mme Wycherly vint ouvrir la porte avant qu'il n'eût atteint la sonnette.

– Bonjour, monsieur Pavlakis. Larry vous attend au salon.

Elle ne semblait guère heureuse de le voir. Il s'agissait d'une femme possédant un épiderme pâle sans le moindre défaut et une abondante chevelure blonde. Si elle avait été autrefois très jolie, sa beauté se trouvait désormais sur le point de s'estomper dans l'invisibilité qu'apportent les ans et qui ne laisse subsister qu'une vague nostalgie du passé.

Son mari, en pyjama, était installé dans un fauteuil, les pieds posés sur un coussin et une couverture à carreaux sur les cuisses. De nombreux romans d'anticipation en édition de poche et un assortiment de divers médicaments encombraient la table basse près de lui. Il leva une main décharnée pour saluer son visiteur.

– Désolé, Nick. Je me lèverais volontiers, mais ce n'est pas la grande forme, depuis quelques jours.

– Je suis désolé de venir vous importuner, Larry.

– Ce n'est rien. Asseyez-vous. Mettez-vous à votre aise. Vous voulez quelque chose ? Du thé ?

Mme Wycherly se trouvait dans la pièce, ce qui surprit le visiteur. Elle venait d'émerger temporairement des ombres.

– M. Pavlakis préfère peut-être du café ?

– Ce serait bien aimable, merci, fit-il avec soulagement.

Les Anglais le surprenaient constamment. Ils semblaient posséder un sixième sens leur permettant de percevoir les désirs de leurs interlocuteurs étrangers.

– Entendu, fit Wycherly en fixant son épouse jusqu'à ce qu'elle eût à nouveau disparu.

Puis il haussa un sourcil et étudia l'armateur qui installait délicatement son corps musclé sur un canapé Empire.

– Alors, Nick. Je présume qu'il s'agit d'une affaire trop délicate pour qu'on puisse en parler autrement que de vive voix ?

– Larry, mon ami...

Pavlakis se pencha en avant, les mains sur les genoux.

– Les chantiers spatiaux de Falaron nous grugent sans vergogne. Dimitrios encourage les syndicats à nous extorquer des fonds supplémentaires, pour recevoir ensuite son pourcentage. Sur tout ce que nous devrons payer si nous voulons respecter la date prévue pour l'appareillage du *Roi des Étoiles*.

Wycherly ne fit pas de commentaire, mais un sourire sardonique incurva ses lèvres.

– Entre nous soit dit, la plupart des personnes qui ont travaillé pour votre père savent que de telles clauses tacites étaient toujours sous-entendues dans les contrats passés entre les Pavlakis Lines et Dimitrios.

Il fit une pause, puis se mit à tousser. Les grondements qui s'élevaient de sa gorge pouvaient laisser supposer qu'un moteur à deux temps mal réglé était logé dans sa poitrine. Pendant un bref instant, le Grec craignit de le voir suffoquer, mais il se raclait simplement la gorge. Finalement, il ajouta :

– Des *pratiques courantes,* en quelque sorte.

– Nous ne pouvons plus nous offrir le luxe de tolérer ces *pratiques courantes,* rétorqua Nikos. La situation actuelle est bien différente de celle que nous avons connue autrefois...

Wycherly eut un sourire.

– Il est en outre déconseillé d'éliminer la concurrence en utilisant des moyens aussi simples et expéditifs que ceux consistant, par exemple, à trancher quelques gorges.

– Absolument, approuva Pavlakis avant de hocher la tête avec gravité. Il existe désormais des règlements très stricts. Et innombrables. Un tarif uniforme pour chaque kilo de fret...

– ... divisé par la durée du transport et multiplié par la distance minimale séparant le lieu d'expédition de celui de destination. C'est exact, Nick.

– Le seul moyen d'attirer les clients consiste donc à respecter scrupuleusement les dates d'appareillage.

– Je travaille pour vous depuis assez longtemps pour le savoir.

Un bruit de tondeuse à gazon mal réglée sortit à nouveau de sa gorge, et cette fois il éprouva des difficultés à reprendre haleine.

– Ces calculs… je ne cesse de les refaire mentalement, déclara Pavlakis.

Il trouvait que Wycherly avait mauvaise mine. Le blanc de ses yeux était cerné de stries rougeâtres et il comparait les cheveux roux qui formaient des touffes sur son crâne aux plumes d'un oiseau mouillé.

– Je suis sincèrement désolé.

– C'est d'autant plus regrettable que nous sommes à deux doigts de la réussite. Je suis parvenu à négocier un contrat à long terme avec l'Ishtar Mining Corporation. Le premier chargement sera constitué de six robots foreurs, un fret de près de quarante tonnes qui couvrira à lui seul le coût du voyage et rapportera même un profit. Mais si nous ne sommes pas prêts à la date prévue…

– Le contrat en question vous passera sous le nez, acheva Wycherly avec indifférence.

L'armateur haussa les épaules.

– Pire, nous devrons verser des indemnités de retard. Si nous n'avons pas déjà déposé notre bilan.

– Et qu'avez-vous encore trouvé, pour compléter la cargaison ?

– Des choses sans grand intérêt. Un enregistrement vidéo érotique. Une boîte de cigares. Hier, nous avons obtenu une réservation conditionnelle pour une saloperie de bouquin.

– Un livre ?

Pavlakis hocha à nouveau la tête et les sourcils de Wycherly s'incurvèrent.

– Pourquoi « saloperie » ?

– Le colis ne pèse que quatre kilos, Larry.

Le Grec renifla, comme un taureau.

– Ce fret ne permettrait même pas de régler votre salaire jusqu'à la Lune, mais il est par contre garanti pour deux millions de livres ! Je préférerais être le bénéficiaire de l'assurance plutôt que le transporteur.

– Vous pourriez l'embarquer puis organiser un petit accident.

Wycherly acheva sa phrase par un rire, qui fut interrompu par une nouvelle quinte de toux. Son interlocuteur détourna le regard et feignit de s'intéresser aux empreintes de fer à cheval qui décoraient les murs crème du salon et aux étagères de la bibliothèque où se serraient des ouvrages classiques reliés de cuir n'ayant jamais été ouverts.

Finalement, Wycherly se reprit.

– Je présume que vous savez de quel livre il s'agit ?

– Je le devrais ?

– Allons, Nick, on ne parle que de lui, en ce moment. C'est probablement *les Sept Piliers de la sagesse*. Lawrence d'Arabie et tout le reste.

Ses traits tirés furent déformés par une grimace.

– Un autre trésor du vieil Empire britannique qui nous quitte pour les colonies. Et cette fois la colonie en question est un monde artificiel.

– C'est affligeant.

Mais la commisération de Pavlakis fut de courte durée.

– Larry, sans ce contrat...

L'autre homme réfléchissait, le regard rivé sur les ombres qui envahissaient le couloir se trouvant derrière son interlocuteur.

– C'est une coïncidence plutôt bizarre, non ?

– Quelle coïncidence ?

– Peut-être pas, après tout. Port Hespérus, naturellement.

– J'avoue ne pas...

Wycherly le fixa.

– Désolé, Nick. Mme Sylvester n'est-elle pas la directrice de l'Ishtar Mining Corporation ?

Il hocha la tête.

– Oh oui !

– Eh bien, il s'agit également de la femme qui a surenchéri contre l'acquéreur des *Sept Piliers de la sagesse*. Elle a proposé plus d'un million de livres, avant de renoncer.

– Ah !

Pavlakis sentit ses paupières s'alourdir, lorsqu'il tenta d'imaginer quelle devait être sa fortune personnelle.

– C'est bien triste pour elle.

– De nos jours, tout l'argent est concentré à Port Hespérus.

– Eh bien... vous comprenez pourquoi nous devons absolument respecter ce contrat. Nous ne pouvons plus céder aux exigences de Dimitrios et accepter ses... *pratiques courantes,* déclara l'armateur afin de ramener la conversation vers son sujet initial. Mais je doute que mon père ait parfaitement conscience de ces problèmes...

– Ce qui n'est pas votre cas. *Vous* n'avez pas hésité à mettre les choses au point avec Dimitrios.

Wycherly étudia Pavlakis et l'expression de ce dernier confirma ses craintes.

– Ce qui a dû profondément lui déplaire.

– J'ai agi de façon irréfléchie et stupide, avoua l'armateur en plongeant la main dans sa poche pour y prendre son chapelet.

– Possible. Cet homme doit avoir conscience que c'est la dernière fois qu'il pourra gagner de l'argent sur votre dos. Et ce ne sont pas les opportunités qui manquent, quand il est question pour un vieil escroc d'acheter à vil prix des pièces défectueuses qu'il facturera au prix fort.

– Tout m'a paru conforme au cahier des charges, lorsque j'ai inspecté les travaux il y a deux jours...

– Je n'ai aucun désir de devenir le commandant d'une épave, Nick. Quoi qu'il ait pu se passer entre Dimitrios et votre père... et je crois personnellement qu'ils ont trempé dans de nombreuses affaires douteuses..., ce dernier n'a à aucun moment exigé de moi que je risque ma vie à bord d'un appareil n'étant pas en état de prendre l'espace.

– Je ne vous le demanderai jamais, mon ami...

Pavlakis fut surpris par la présence de Mme Wycherly qui venait de se matérialiser sans bruit près de son épaule. Elle tenait une soucoupe sur laquelle une tasse emplie d'un liquide brunâtre gardait un équilibre précaire. Il leva les yeux sur elle et lui adressa un sourire hésitant.

– C'est très aimable à vous, chère madame.

Il prit la tasse et goûta une petite gorgée du breuvage. Habituellement, il ne buvait que du café turc avec une double dose de sucre, mais Mme Wycherly lui avait naturellement préparé du café à l'américaine, nature et amer. Il sourit, afin de dissimuler sa déception.

– Mmm...

S'il joua cette comédie, ce fut en pure perte. La femme regardait son mari.

– Il ne faut surtout pas te surmener, Larry.

L'homme secoua la tête avec irritation.

Lorsque Pavlakis releva les yeux, il découvrit qu'elle s'était une fois de plus évaporée dans les airs. Il posa précautionneusement la soucoupe près de lui.

– J'avais espéré bénéficier de votre aide pour faire en sorte que le *Roi des Étoiles* ne se voie pas refuser l'homologation du Bureau, Larry.

– Je me demande comment je pourrais accomplir un pareil exploit, marmonna Wycherly.

– C'est avec plaisir que je vous ferais immédiatement verser vos indemnités de vol, bonus inclus, si vous acceptiez de vous rendre aux chantiers de Falaron et d'y séjourner jusqu'à l'achèvement des travaux... dès que vous vous sentirez d'attaque pour partir, naturellement... en tant que mon mandataire personnel. Votre rôle consistera à surveiller la remise en état du cargo.

Les yeux de Wycherly retrouvèrent leur éclat. Sa poitrine ronfla et il toussa un long moment.

– Vous êtes décidément très fort, Nick. Engager

un homme afin qu'il veille sur sa propre sécurité est extrêmement habile...

Sa voix fut brisée par une autre quinte de toux et Pavlakis prit conscience que la femme acquérait à nouveau de la substance au sein des ombres. Les spasmes de Wycherly s'apaisèrent et il porta sur son épouse des yeux voilés par la souffrance.

– C'est une offre que je pourrais difficilement refuser.

Il regarda l'armateur.

– À moins d'être dans l'incapacité de le faire.

– Vous acceptez ?

– Oui, si ma santé me le permet.

Pavlakis se leva avec une hâte inconvenante et sa silhouette corpulente se dressa dans la pièce.

– Merci, Larry. Je vais vous laisser vous reposer, à présent. Je vous souhaite de tout cœur d'être rapidement sur pied.

Alors qu'il revenait vers l'autotaxi garé le long du trottoir, les perles d'ambre de son chapelet défilaient entre ses doigts en cliquetant. Il murmura une prière à saint Georges, auquel il demanda le prompt rétablissement de Wycherly, alors que des éclats de voix coléreux s'élevaient de la maison qu'il laissait derrière lui.

*

Après quinze minutes de trajet à bord du magnéplane express, l'armateur fut de retour au spatioport d'Heath Row où se trouvait une agence locale des Pavlakis Lines. Il s'agissait en fait d'une simple baraque exiguë installée à l'extrémité d'un hangar à navettes, une gigantesque remise métallique encombrée de réservoirs ovoïdes mis au rebut et autres pièces de récupération. Les relents de méthane et les autres odeurs délétères avaient fini par s'infiltrer à travers les panneaux de lambris et quand aucun Pavlakis ne séjournait en Angleterre les lieux n'étaient fréquentés que par des mécaniciens oisifs qui venaient rôder dans les parages dans l'espoir de flirter avec la secrétaire-réceptionniste. Cette blonde aux cheveux raides originaire du Péloponnèse, plus corpulente que ne l'eût voulu son âge, était une des belles-sœurs des cousins de Nikos et s'appelait Sofia. Elle passait en outre son temps à se morfondre. Lorsqu'il pénétra dans la baraque, le bureau était occupé par un pack de yaourts auxquels elle accordait moins d'attention qu'au journal de midi qu'elle suivait sur la vidéoplaque encastrée dans le plateau du meuble.

– Pour ceux d'entre vous qui auraient besoin d'une excuse pour se changer les idées, voici une excellente raison de faire une excursion à Port Hespérus, dit la commentatrice en minaudant. Nous avons appris en début de matinée que l'acquéreur de la première édition des *Sept Piliers de la sagesse*...

Les yeux de braise de Sofia se levèrent vers Pavlakis, mais nul autre élément de son corps ne se déplaça.

– Une femme vous a appelé.

– Quelle femme ?

– Je ne sais pas. Elle a simplement dit que vous auriez dû lui écrire une lettre, ou lui envoyer un télex. J'ai oublié les détails.

Les yeux de braise redescendirent vers l'écran.

– Mme Sylvester ?

Le regard de Sofia resta rivé à la vidéoplaque, mais ses paumes s'ouvrirent :

– Possible.

Tout en maudissant le concept absurde des liens de parenté par alliance, Pavlakis passa derrière un paravent en carton et pénétra dans le saint des saints du petit local. Le bureau mis à la disposition de tous ceux qui éprouvaient le besoin de s'en servir était couvert de papiers pelure graisseux. Une note rose trônait au sommet de la pile. En démotique abâtardi, la secrétaire y avait griffonné un résumé de l'appel de Sondra Sylvester : « Impératif confirmer les conditions du contrat en précisant la date d'appareillage. Si les Pavlakis Lines ne peuvent garantir que le délai prévu sera respecté, l'Ishtar Mining Corporation se verra contrainte de dénoncer cette proposition. »

Proposition ?

Les perles du chapelet s'entrechoquèrent.

– Sofia ! Contactez immédiatement Mme Sylvester.

– La contacter ? Où ça ? répondit la secrétaire après quelques instants de réflexion.

– Au *Battenberg*.

Une idiote. Son père avait singulièrement manqué de perspicacité en la prénommant Sofia, autrement dit « Sagesse ». L'armateur feuilleta les papiers pelure, dans l'espoir d'y trouver une information réconfortante. Ses doigts se refermèrent sur la demande que Sotheby's leur avait adressée la veille. « Pouvez-vous garantir l'expédition d'un livre, quatre kilos bruts dans son coffret, devant être livré à Port Hespérus pour… »

– Ça y est, j'ai joint cette femme, cria Sofia.

– Monsieur Pavlakis ? Est-ce vous ?

Il pressa une touche du vidéocom.

– Certainement, chère madame. J'espère que vous daignerez accepter mes excuses personnelles. De nombreux imprévus…

L'image de Sylvester se matérialisa sur la petite vidéoplaque.

– Je n'ai que faire de vos excuses. Ce que je veux, c'est une confirmation. J'aurais dû terminer hier de régler mes affaires en Angleterre, mais je ne puis quitter Londres sans avoir la certitude que ce matériel arrivera à destination dans les délais.

– Je venais justement de m'asseoir pour vous écrire.

Il dut veiller à ne pas lever sa main dans le champ couvert par le vidéocom, jugeant superflu de montrer son chapelet.

– Je ne me réfère pas à un enregistrement ou à un vulgaire bout de papier, monsieur Pavlakis, rétorqua la femme dont le visage à la fois sévère et magnifique apparaissait sur l'écran.

Comment pouvait-elle avoir tant d'allure ? Un je-ne-sais-quoi de désordonné dans sa chevelure, un maquillage plus accentué autour des joues, ses lèvres. Il se concentra, afin d'entendre ses propos.

– J'avoue que je ne trouve pas votre comportement très rassurant. Je me demande même si je ne devrais pas m'adresser à un autre transporteur.

Ces paroles le galvanisèrent.

– Vous pouvez avoir en nous une confiance absolue, madame ! En fait, vous le devez. Même le Muséum Hespérien nous a honorés de la sienne en nous confiant son acquisition la plus récente, ce livre de grand prix...

Il s'interrompit, surpris par ses propos. Pourquoi avait-il dit cela ? Pour se montrer... amical, naturellement. Afin de la rassurer.

– Un objet qui a également suscité votre intérêt, si je ne m'abuse ?

Seigneur ! Son interlocutrice venait de se métamorphoser en statue de métal. Ses yeux scintillaient comme des forets en rotation, sa bouche s'était changée en volets d'acier brusquement clos. Il se détourna pour essuyer avec désespoir la sueur qui coulait sur son front.

– Madame Sylvester, je vous supplie de me pardonner. J'ai été... soumis à une tension importante, ces derniers temps.

– Ne vous mettez pas dans un état pareil, monsieur Pavlakis.

Il sursauta. L'intonation de la femme était aussi amicale et chaleureuse que le sens de ses paroles...

Plus encore. Il se tourna partiellement vers l'écran, et vit qu'elle souriait.

– Adressez-moi la lettre que vous m'avez promise et je vous contacterai dès mon retour à Londres.

– Vous avez donc décidé de nous accorder votre clientèle ? Oh ! Les Pavlakis Lines ne vous décevront pas, chère madame !

– J'estime que la confiance doit être réciproque.

*

Elle coupa la liaison et se rallongea sur le lit, à côté de Nancybeth qui était couchée sur le ventre et l'étudiait par l'étroite fente séparant ses lourdes paupières.

– Serais-tu vraiment très déçue si nous retardions notre départ d'un ou deux jours, ma chérie ?

– Seigneur ! marmonna sa compagne en basculant sur le dos. Veux-tu dire que je vais être contrainte de passer quarante-huit heures *supplémentaires* dans cette ville malpropre ?

– J'ai une affaire inattendue à régler. Si tu préfères aller m'attendre sur l'île...

Nancybeth se contorsionna en écartant les cuisses, torturée par l'indécision.

– Je suppose que je pourrai trouver à...

Brusquement, Sylvester sentit sa gorge se serrer.

– Oublie ce que je viens de te dire. Je reviendrai à Londres lorsque tu te seras installée là-bas.

Nancybeth eut un sourire.

– Conduis-moi simplement jusqu'à la plage.

Sylvester décrocha le communicateur et composa un indicatif. Le visage rougeaud d'Hermione Scrutton apparut aussitôt sur l'écran.

– C'est toi, Syl ?

– Hermione, les circonstances me contraignent à modifier mes projets. J'ai besoin de tes conseils, et peut-être de ton assistance.

– Mm… ah ! répondit la libraire dont les yeux semblaient scintiller. Et que serais-tu disposée à offrir en échange de mes services ?

– Beaucoup plus qu'un simple déjeuner, tu peux me croire.

8

La rapidité du rétablissement du capitaine Lawrence Wycherly fut spectaculaire et cet homme alla aussitôt s'installer dans les chantiers spatiaux de Falaron en tant que surveillant mandaté par les Pavlakis Lines. Cet Anglais émacié possédait une détermination farouche et il mena la vie dure au Péloponnésien dépité. Chaque jour, il allait inspecter le vaisseau sans se faire annoncer et ne ménageait pas ses efforts pour intimider les ouvriers. Ainsi, malgré l'amertume de Dimitrios et les fréquentes altercations qu'il eut avec cet homme, les travaux s'achevèrent-ils dans les délais initialement prévus. Ce fut en éprouvant une profonde satisfaction que Nikos Pavlakis vit les travailleurs en combinaison spatiale électro-peindre les mots *Roi des Étoiles* sur la ligne d'équateur du module de l'équipage. Il vanta sans compter les mérites de Wycherly et ajouta un bonus à son salaire déjà important, avant de regagner Athènes et le siège des Pavlakis Lines afin de prendre d'ultimes dispositions.

Bien qu'étant un cargo de conception classique, le *Roi des Étoiles* avait peu de points communs avec les astronefs conçus à l'aube de l'astronautique moderne – ce qui revient à dire qu'il eût été vain de lui chercher la moindre ressemblance avec un obus affublé d'ailerons ou avec l'ornement du capot de certaines automobiles à essence du passé. Sa configuration de base comprenait deux groupes de sphères et de cylindres placés aux extrémités d'une armature de cent mètres de long. L'ensemble évoquait dans une certaine mesure un modèle de molécule simple réalisé en Meccano.

On trouvait en proue le module de l'équipage : une boule de plus de cinq mètres de diamètre enchâssée dans la cage hémisphérique du bouclier chargé de filtrer une partie des rayons cosmiques et des diverses particules présentes dans le milieu interplanétaire – dont les radiations des moteurs des autres vaisseaux atomiques. Serrées autour du puits central, juste au-dessous du module de l'équipage, se trouvaient les quatre cales cylindriques. Comme les conteneurs du siècle précédent, elles étaient détachables et pouvaient être remisées en orbite et récupérées en fonction des besoins. Chacune d'elles se trouvait reliée au *Roi des Étoiles* par un sas et était également accessible par une écoutille externe. Ces cales étaient divisées en compartiments pouvant être éventuellement pressurisés si la nature du fret transporté l'exigeait.

À l'autre extrémité du longeron central de l'appareil se trouvaient les réservoirs bulbeux contenant l'hydrogène liquide, autour du cylindre massif abritant le réacteur nucléaire. En dépit d'un épais blindage, la poupe n'était pas un lieu destiné à recevoir la visite des hommes – des systèmes robotisés se chargeaient d'effectuer tous les travaux de maintenance.

Malgré sa conception purement pratique, le *Roi des Étoiles* possédait une certaine élégance, la grâce propre aux formes fonctionnelles. À l'exception des cônes des tuyères des propulseurs auxiliaires de manœuvre et des tiges ou coupoles des antennes des systèmes de communication, tous ses composants se caractérisaient par une pureté géométrique et brillaient d'une blancheur éclatante attribuable aux multiples couches d'électropeinture fraîche.

Les inspecteurs du Bureau du Contrôle spatial consacrèrent trois journées à étudier le vaisseau rénové de la poupe à la proue, avant de le déclarer apte à la navigation interplanétaire. À présent que le *Roi des Étoiles* venait d'être dûment homologué, la date de son appareillage put être confirmée. Des navettes lourdes apportèrent le fret volumineux de la Terre et les colis de moindre importance furent livrés par courrier.

Le capitaine Lawrence Wycherly, cependant, ne passa pas avec autant de succès l'examen des médecins du Bureau. Une semaine avant le départ, les spécialistes découvrirent ce que cet homme avait jusqu'alors dissimulé en prenant des stimulants neuraux prohibés que lui procuraient certaines filières chiliennes. Il se mourait d'une dégénérescence incurable du cervelet. Les infections virales et autres maladies mineures qui l'affectaient n'étaient que les conséquences d'une absence d'homéostasie. Peu lui importait que ces drogues aient accéléré le processus; Wycherly se savait condamné et il avait désespérément besoin de l'argent que lui aurait rapporté cette dernière mission. Sans cela... le récit de ses investissements inconsidérés et de son plongeon téméraire dans la spirale de l'endettement était un modèle du genre..., sa future veuve perdrait leur demeure, et tous leurs autres biens.

Le Bureau du Contrôle spatial notifia au siège des Pavlakis Lines que le *Roi des Étoiles* n'avait plus de capitaine et que l'autorisation d'appareillage était provisoirement suspendue dans l'attente de la nomination d'un remplaçant qualifié. Conformément aux règlements, les assureurs et toutes les personnes morales et physiques ayant confié du fret à cette compagnie de transport furent également informés de cette décision.

Retardé pour des « difficultés d'ordre technique » alors qu'il se rendait d'Athènes à Londres (les stewards effectuaient une grève du zèle), Nikos Pavlakis n'apprit cette nouvelle atterrante qu'en descendant de l'omnibus supersonique à Heathrow. Mlle Sagesse le foudroyait du regard derrière la rangée d'écrans du poste de contrôle des passeports et ses yeux cernés de mascara étaient ceux d'une déesse de la Vengeance, sous son casque de cheveux blonds.

– De la part de votre père, cracha-t-elle lorsqu'il fut à portée de son bras et qu'elle put fourrer dans sa main un message provenant d'Athènes.

Tout laissait supposer que saint Georges venait temporairement, seulement temporairement, de se désintéresser du sort de Nikos Pavlakis. Ce dernier passa les vingt-quatre heures suivantes devant le radiocom et le vidéocom de son bureau, puisant l'énergie nécessaire à l'accomplissement d'un tel exploit dans approximativement un kilo de sucre dissous dans plusieurs litres de café turc, et à la fin de cette longue période d'angoisse un miracle se produisit.

Ni Dieu ni saint Georges ne purent cependant lui fournir un nouveau pilote. Pavlakis ne trouva aucune personne qualifiée à même de se libérer de ses obligations avant la date d'appareillage prévue du *Roi des Étoiles*. En outre, ce miracle n'aurait pu être homologué, car rien n'empêcha la défection de quelques expéditeurs aux noms déjà inscrits sur le bordereau – ceux pour qui la date d'arrivée du fret à Port Hespérus n'était pas d'une importance capitale, ou qui pourraient aisément négocier leurs marchandises sur d'autres marchés. La Bilbao Atmosphérique, par exemple, entreprit de faire décharger sa tonne d'azote liquide de la cale B alors que les jeunes plants de pin qui auraient dû voyager dans la cale A avaient déjà été récupérés par les Silvawerke de Stuttgart.

En fait, il serait plus juste de parler d'une intervention de Sondra Silvester plutôt que d'une intervention divine.

Pavlakis ne lui téléphona pas. Ce fut elle qui le contacta, depuis la villa qu'elle louait sur l'île du

Levant. Elle l'informa qu'après leur dernière conversation elle s'était renseignée sur lui et sur les membres de l'équipage du *Roi des Étoiles*. Elle le félicita pour les mesures qu'il avait prises afin d'assurer la future fiabilité du vaisseau pendant sa remise à neuf, lui affirmant que nul ne saurait le tenir pour responsable des problèmes personnels de Wycherly. Ses notaires londoniens lui avaient fourni des rapports très complets sur Peter Grant et Angus McNeil, respectivement copilote et technicien de bord. Compte tenu de ce qu'elle avait appris sur ces hommes, elle s'était permis de contacter le Bureau du Contrôle spatial et de déposer une requête pour le compte des Pavlakis Lines : une demande de dérogation à la disposition imposant le pilotage à trois. Elle réaffirmait en outre sa confiance en l'intégrité de la firme et faisait abstraction des considérations d'ordre économique. Elle avait également contacté la Lloyd's, la pressant de ne pas résilier l'assurance couvrant le cargo et son fret. Selon des sources bien informées, cette dérogation serait accordée et le *Roi des Étoiles* appareillerait en ayant à son bord seulement deux hommes d'équipage et un chargement assez important pour rentabiliser ce voyage.

Lorsque Pavlakis coupa la communication, il était ivre de joie.

Les sources en question étaient effectivement bien informées et Peter Grant fut promu commandant d'un équipage composé de deux individus, lui inclus. Deux jours plus tard, des remorqueurs ventrus halèrent le *Roi des Étoiles* jusqu'à l'orbite de fuite, au-delà des ceintures de Van Allen, puis le moteur atomique entra en éruption et vomit un torrent de flammes blanches. Soumis à une accélération constante, le cargo entama un plongeon hyberbolique en direction de la planète Vénus, qu'il devait atteindre après cinq semaines de voyage.

TROISIÈME PARTIE

POINT DE RUPTURE

9

Les responsabilités semblaient plaire à Peter Grant. Le nouveau commandant du *Roi des Étoiles* était aussi détendu que peut l'être une personne effectuant son travail... sanglé dans le harnais de la couchette de pilotage, il dictait des commentaires destinés au journal de bord entre deux bouffées de tabac turc plein d'arôme..., lorsqu'un violent impact ébranla le vaisseau.

Pendant les secondes qui lui furent nécessaires pour écraser sa cigarette et abaisser quelques interrupteurs, des voyants rouges se mirent à clignoter et des sirènes libérèrent des hurlements hystériques.

– Évaluation des dommages et rapport ! aboya-t-il.

Il saisit le masque à oxygène de secours logé dans un compartiment de la console et le colla sur son nez et sa bouche. Tout redevint brusquement silencieux et paisible. Il attendit une éternité en étudiant les graphiques qui apparaissaient sur les écrans et changeaient constamment de forme et de couleur... trente secondes, au moins... pendant que l'ordinateur de bord procédait à une estimation des dégâts subis.

– Nous avons enregistré une surpression importante dans la section sud-est du pont des systèmes de survie, annonça avec détachement une voix flûtée de synthèse. La cellule d'alimentation numéro deux a été endommagée. Le transfert automatique sur les modules un et trois s'est opéré normalement. Certaines conduites des réservoirs d'oxygène numéros un et deux ont été détruites. Les valves des réserves de secours se sont ouvertes...

Grant le savait déjà, il respirait cet air. Mais que diable s'était-il passé ?...

– Les sondes ont capté sur la coque des flux d'air dont le point d'origine est le panneau extérieur L-43. Dans le pont des systèmes de survie, la dépressurisation a été totale pendant vingt-trois secondes. Cette section a été isolée et se trouve actuellement privée d'air. Nous ne répertorions pas d'autres incidents, tant en ce qui concerne les appareils que les structures du vaisseau. Pas la moindre chute de pression atmosphérique n'a été enregistrée dans les coursives de liaison et le reste du module de l'équipage...

En entendant cela, Grant écarta le masque à oxygène de son visage et le laissa regagner son logement à l'intérieur de la console.

– Fin d'évaluation des dommages. Des questions ?

Oui, bon sang, que diable venait-il de se passer ? Mais il savait que l'ordinateur n'aurait pu lui répondre, faute de connaître les causes de l'incident sans la moindre ambiguïté.

– Non, pas d'autres questions, déclara l'homme.

Il brancha le communicateur.

– McNeil, est-ce que ça va ?

Silence.

– McNeil, ici Grant. Au rapport sur la passerelle de commandement.

Pas de réponse. Le technicien était impossible à contacter, peut-être blessé. Après un instant de réflexion, Grant décida d'attendre deux secondes supplémentaires avant de partir à sa recherche. Il souhaitait découvrir les raisons de ces avaries. Par quelques pichenettes sur les interrupteurs de la console, il chargea le robot de surveillance extérieur de se déplacer sur le module de l'équipage, en direction de la partie inférieure de la sphère et du panneau L-43.

L'image qui défila rapidement sur la vidéoplaque resta indistincte jusqu'au moment où la petite machine porta les yeux sur l'élément de la coque incriminé. Et Grant vit sur l'écran un point noir, dans le quart supérieur droit du panneau d'acier peint en blanc, aussi net qu'un trou laissé par une balle dans une cible en carton.

– Météorite, murmura-t-il.

Par d'autres pichenettes il superposa à l'image des grilles millimétrées qui lui permirent de constater que la perforation avait près d'un millimètre de diamètre.

– Énorme.

Où diable se trouvait McNeil ? Le technicien s'était rendu dans la cale pressurisée afin de contrôler les humidificateurs d'atmosphère. Il s'agissait d'une tâche d'une extrême simplicité et la météorite n'avait pas percuté cette section du vaisseau. Grant déboucla son harnais et plongea dans le couloir central.

Ses pieds n'avaient pas touché le sol du pont inférieur qu'il saisit un barreau de l'échelle et s'immobilisa. Les quartiers de l'équipage se trouvaient à ce niveau et, contrairement aux rideaux des deux autres cabines, celui séparant la couchette de McNeil du carré était ouvert, révélant un homme recroquevillé et tourné vers la coque, les mains agrippées aux poignées de maintien.

– Qu'est-ce qui t'arrive, McNeil ? Ça ne va pas ?

Le technicien secoua la tête. Grant vit de petites perles liquides s'éloigner de son crâne et traverser la cabine en miroitant. Il les prit pour des gouttes de sueur avant de comprendre que l'homme sanglotait. Des larmes !

Il en éprouva du dégoût et fut surpris par la violence de cette réaction. Il se la reprocha aussitôt et étouffa cette émotion qu'il jugeait indigne de lui.

– Arrête, Angus ! ordonna-t-il. Nous devons nous reprendre.

Mais, en constatant que son coéquipier ne réagissait pas, il s'abstint de le réconforter, ou seulement de le toucher.

Après avoir hésité un bref instant, le commandant referma la séparation afin de ne plus être le témoin de la couardise abjecte de son compagnon.

Une rapide inspection des ponts inférieurs et de la coursive d'accès aux cales lui confirma qu'en dépit des avaries leur sécurité n'était pas menacée dans les quartiers de l'équipage et les zones de travail. D'un bond, il s'éleva au centre du vaisseau jusqu'à la passerelle de commandement, sans seulement lancer au passage un regard en direction de la cabine de McNeil. Arrivé à destination, il se sangla sur la couchette de pilotage et lut les graphiques.

Réservoir d'oxygène numéro un : vide. Réservoir d'oxygène numéro deux : vide. Il fixait silencieusement les lignes droites et les courbes avec l'atterrement d'un Londonien vivant à l'époque de la peste noire et découvrant à son retour chez lui une croix tracée à la hâte sur la porte de sa demeure. Il tapota des touches et les graphiques changèrent, mais l'équation fondamentale refusa de céder à ses sollicitations. Il ne pouvait douter de la véracité du message : l'annonce d'une catastrophe contient dans sa teneur une garantie de vérité; seules les bonnes nouvelles ont besoin d'être confirmées.

– Je regrette, Grant.

Il se tourna vers McNeil qui flottait à proximité de l'échelle, le visage empourpré et le pourtour des yeux enflé par les pleurs. Le technicien se trouvait à plus d'un mètre de lui, mais il pouvait humer une odeur de cognac « médicinal » dans son haleine.

– Qu'est-ce que c'était ? Une météorite ?

McNeil semblait déterminé à se montrer d'humeur joyeuse, sans doute pour faire oublier sa lâcheté, et lorsque son commandant eut confirmé sa supposition d'un hochement de tête, il effectua même une tentative d'humour :

– Les statisticiens affirment qu'un vaisseau de cette taille ne court le risque de subir une telle collision qu'une seule fois par siècle. Nous pourrons dormir tranquilles pendant les quatre-vingt-dix-neuf ans, onze mois et vingt-neuf jours à venir.

– Nous n'avons vraiment pas eu de chance. Regarde un peu...

Grant désigna l'écran sur lequel apparaissait le panneau endommagé.

– Il a fallu que ce maudit machin le percute presque perpendiculairement. Avec une incidence différente de quelques degrés seulement, il n'aurait rien touché d'important.

Il se tourna vers la console et la nuit étoilée apparaissant au-delà des larges hublots de la passerelle de commandement. Il resta silencieux, le temps de réordonner ses pensées. L'incident qui venait de se produire était sérieux... et même très grave... mais pas obligatoirement fatal. N'avaient-ils pas déjà effectué plus d'un tiers du trajet ?

– Es-tu en état de m'aider ? demanda-t-il. Je voudrais procéder à certains contrôles.

– Je le suis, répondit McNeil en se dirigeant vers son poste de travail.

– Alors, relève toutes les données concernant nos réserves d'oxygène, dans le pire et le meilleur des cas. Air dans la cale A. Réservoirs auxiliaires. N'oublie pas les scaphandres et les bouteilles portables.

– D'accord.

– Je me charge pour ma part de calculer les

rapports de masse. Pour voir si nous n'aurions pas intérêt à larguer les cales et filer à toute vitesse.

McNeil hésita, puis marmonna :

– Heu...

L'autre homme fit une pause. Mais quelle que fût l'opinion que le technicien avait souhaité exprimer, il se ravisa. Grant prit une inspiration profonde. Il était le commandant de bord et comprenait parfaitement un fait évident : se débarrasser du fret serait fatal aux armateurs, même en tenant compte du contrat signé par des assureurs qui iraient probablement finir leurs jours dans un asile pour indigents. Mais lorsqu'on mettait dans un plateau de la balance deux vies humaines et dans l'autre quelques tonnes de fret, les hésitations n'étaient pas de mise.

En cet instant, Grant maîtrisait son appareil bien mieux que son être. Sa frayeur se mêlait de colère – il reprochait à McNeil de ne pas avoir su se comporter dignement et aux ingénieurs d'avoir fait l'économie d'un double blindage antimétéorites sous le ventre vulnérable du module de l'équipage, parce qu'ils assimilaient une probabilité sur un milliard à une impossibilité. Mais il s'écoulerait au moins deux semaines avant que les réserves d'oxygène ne soient épuisées, et bien des choses pourraient se produire entre-temps. Cette pensée l'aida à chasser ses peurs, pendant quelques secondes.

Il s'agissait indéniablement d'un cas d'urgence... mais d'un de ces périls dont l'issue fatale est étrangement lointaine, autrefois caractéristiques de la navigation maritime et désormais plus typiques de l'espace... un de ces dangers qui laissent amplement le temps à leurs victimes d'analyser la situation. Trop de temps, peut-être.

Grant se remémora un vieux marin qu'il avait rencontré dans le hangar des Pavlakis Lines, à Heathrow, un parent éloigné des armateurs, invité à visiter les lieux. Il avait tenu un auditoire composé d'employés et de mécaniciens en haleine avec le récit d'une traversée désastreuse effectuée lorsqu'il était jeune homme. Il se trouvait à bord d'un cargo dont le capitaine avait inexplicablement oublié de faire des réserves d'eau suffisantes pour pouvoir parer à toute éventualité. La radio était tombée en panne, bientôt imitée par les moteurs. Le navire en perdition avait dérivé plusieurs semaines avant d'attirer l'attention d'un autre bateau et, entre-temps, l'équipage s'était vu contraint d'allonger l'eau douce avec de l'eau de mer. Le vieux Crétois faisait partie des survivants qui avaient simplement dû séjourner quelques semaines dans un hôpital. Certains marins n'avaient pas eu autant de chance; ils étaient morts dans d'atroces souffrances, de soif ou empoisonnés par le sel.

Telles sont les catastrophes de type lent : un fait inattendu se produit, un événement improbable vient aggraver la situation, et un troisième prélève son tribut sous forme de vies humaines.

McNeil avait simplifié les choses à l'extrême en disant qu'un cargo tel que le *Roi des Étoiles* risquait d'être atteint par une météorite une fois par siècle. Tant de facteurs divers entraient en ligne de compte que malgré les efforts de trois générations de statisticiens et les calculs d'innombrables ordinateurs, les règles établies étaient toujours si vagues que les responsables des compagnies d'assurances tremblaient d'appréhension chaque fois que les grands essaims de météorites venaient balayer, tels des ouragans, les orbites des mondes intérieurs du système. Des trajectoires interplanétaires ordinairement très fréquentées étaient alors proscrites, si elles imposaient par exemple à un vaisseau d'intersecter les Léonides au cours d'une averse – bien que le risque de collision fût, dans le pire des cas, pratiquement négligeable.

Tout est fonction du sens que l'on donne aux

mots météore, aérolithe, astéroïde et météorite, naturellement. Compte tenu d'une évolution de la langue ayant conduit à une certaine imprécision quant à l'acception du terme météorite, nous nous en tiendrons ici aux définitions du Littré. Chaque scorie cosmique qui atteint la surface de la Terre... et acquiert ainsi un statut officiel d'*aérolithe*... a un million de petits frères qui se désintègrent entièrement dans ce no man's land où l'atmosphère ne s'achève pas tout à fait et où l'espace ne débute pas encore, cette région spectrale dans laquelle Aurore erre à la nuit tombée. Ce sont des *météores*... des phénomènes lumineux se produisant dans les hautes couches atmosphériques... les étoiles filantes familières qui ne sont pour la plupart pas plus grosses qu'une tête d'épingle. Et ces dernières sont à leur tour des millions de fois moins nombreuses que les particules trop petites pour laisser de leur agonie la moindre trace visible dans le ciel. Les gros cailloux et les montagnes errantes qui traversent l'orbite terrestre à intervalle de douze millions d'années sont des *astéroïdes* et les petits cailloux et les innombrables grains de poussière cosmique qui errent librement dans l'espace sont des *météorites*.

Pour en revenir au vol spatial, l'impact d'une telle météorite n'est préoccupant que s'il s'accompagne d'une explosion endommageant des parties vitales de l'appareil, s'il provoque une surpression destructrice, ou s'il ouvre dans un compartiment pressurisé un trou trop important pour qu'il soit possible de le colmater avant qu'une perte d'air notable ne se produise. Tout est fonction de ses dimensions et de la vitesse relative des deux corps entrant en collision. Les efforts louables de nombreux statisticiens ont permis d'établir des tables sur lesquelles figurent les probabilités d'un tel incident en fonction de l'éloignement du soleil et de la masse des météorites. Sur l'orbite terrestre, par exemple, un kilomètre cube d'espace donné est en moyenne traversé tous les trois jours par un corps céleste d'un gramme se dirigeant vers le soleil à la vitesse approximative de quarante kilomètres par seconde. Les probabilités pour qu'un vaisseau se trouve au même instant dans ce kilomètre cube d'espace (hormis à proximité immédiate de la Terre) sont bien moins grandes encore. Il en découlait qu'en parlant à brûle-pourpoint d'une probabilité « d'une fois par siècle » McNeil avait en fait inconsidérément exagéré les dangers encourus.

La météorite ayant perforé le blindage du *Roi des Étoiles* était très grosse. Sa masse devait avoisiner un gramme, et elle avait en outre esquivé l'hémisphère supérieur du module de l'équipage et les énormes cales cylindriques inférieures pour percuter presque perpendiculairement la coque du pont des systèmes de survie. La certitude quasi absolue qu'un tel événement ne se reproduirait probablement jamais jusqu'à la fin de l'histoire de l'humanité n'apportait cependant guère de réconfort aux deux hommes.

Leur situation aurait pu être plus catastrophique, cependant. Le *Roi des Étoiles* avait en effet appareillé quatorze jours plus tôt et se trouvait désormais à seulement deux semaines de voyage de Port Hespérus. Ses nouveaux moteurs lui permettaient de se déplacer bien plus rapidement que les tramps qui étaient contraints de suivre des voies spatiales restreintes aux ellipses de Hohmann, ces interminables courbes tangentielles qui frôlaient simplement les orbites de la Terre et de Vénus sur les côtés opposés du soleil mais permettaient de réaliser des économies d'énergie appréciables. Les vaisseaux de ligne équipés de réacteurs gazeux encore plus puissants et les cutters rapides dotés des nouvelles torches à fusion pouvaient se rendre d'un monde à l'autre en moins de deux semaines, si la conjonction planétaire le permettait... laissant ainsi un profit substantiel malgré l'augmentation vertigineuse du coût du carburant utilisé..., mais le *Roi des Étoiles* se situait entre ces deux extrêmes. Son accélération et sa décélération optimales déterminaient tant la date de son appareillage que celle de son arrivée.

Il est étonnant de constater à quel point le délai réclamé par un ordinateur pour effectuer des calculs peut paraître interminable à celui dont la vie dépend du résultat. Grant entra les données sous une douzaine de formes différentes, avant de renoncer à l'espoir que la dernière ligne affichée sur l'écran finisse par changer.

Il se tourna vers McNeil, qui était toujours voûté sur sa console, de l'autre côté de la cabine circulaire.

– Il semble possible de réduire la durée du voyage de près d'une demi-journée, déclara-t-il. À condition de larguer toutes les cales avant l'expiration des deux prochaines heures.

L'autre homme resta silencieux pendant une ou deux secondes. Lorsqu'il se redressa finalement et se tourna vers le commandant, son expression était sereine.

– Il nous reste assez d'oxygène pour dix-huit jours, dans le meilleur des cas – quinze dans l'autre hypothèse. J'en conclus que ce ne sont pas douze heures de plus ou de moins qui changeront quoi que ce soit à notre situation.

Ils s'étudièrent alors avec un calme qui eût forcé l'admiration, si leurs pensées n'avaient été évidentes : Il *devait* exister un moyen de s'en sortir !

Fabriquer de l'oxygène !

En cultivant des plantes, par exemple – mais il n'y avait pas le moindre brin de verdure à bord, pas même un sachet de graines de gazon. Quoi qu'il en soit, et en dépit d'un point de vue largement répandu, les calculs tenant compte de l'intégralité du cycle énergétique font apparaître que les végétaux ne sont pas des producteurs d'oxygène très efficaces lorsque le processus se déroule à une échelle inférieure à celle d'une planète. Avoir toujours le chargement de jeunes pins à bord les eût malgré tout sauvés, car deux cales auraient alors été pressurisées.

L'électrolyse de l'eau, en ce cas. Il suffisait d'inverser le cycle d'alimentation pour obtenir de l'hydrogène et de l'oxygène – mais le contenu des réservoirs de carburant et d'eau potable n'eût pas suffi à fournir l'air nécessaire pour vivre une semaine supplémentaire. Pas même en y ajoutant l'humidité de leurs corps, ce qui les eût par ailleurs condamnés à une mort par déshydratation.

Faute de pouvoir trouver de l'oxygène, il ne restait plus que l'ultime possibilité du *space opera*, le *deus ex machina* du vaisseau spatial croisant le chemin de l'appareil en perdition; des secours qui suivaient sa trajectoire et se déplaçaient à la même vitesse que lui, par un pur effet du hasard.

Un tel espoir était naturellement sans fondement. Presque par définition, le vaisseau qui « passait à proximité » relevait du domaine des impossibilités. En admettant qu'un autre cargo se soit dirigé vers Vénus en suivant le même chemin... ce que Grant et McNeil n'auraient pas manqué de savoir..., les principes régissant ses déplacements, des lois établies par Newton longtemps auparavant, démontraient qu'il n'aurait pu se rapprocher sans larguer une grande partie de sa masse et procéder à un gaspillage de carburant aux conséquences probablement fatales. Tout astronef se déplaçant plus rapidement... un vaisseau de ligne, par exemple... eût quant à lui poursuivi sa trajectoire hyperbolique en restant aussi inaccessible que Pluton. Seul un cutter appareillant *immédiatement* de Vénus...

– Que trouve-t-on actuellement à Port Hespérus ? demanda McNeil dont les pensées semblaient avoir suivi exactement le même cours que celles de Grant.

Le commandant prit le temps d'interroger l'ordinateur, avant de répondre :

– Deux vieux cargos Hohmann, d'après le registre de la Lloyd's, ainsi que l'assortiment habituel de vedettes et de barges.

Il eut brusquement un rire.

– Et deux yachts solaires. Rien à espérer de ce côté-là.

– Nous n'avons donc rien trouvé, fit observer McNeil. Il serait peut-être préférable d'en toucher un mot aux contrôleurs de la Terre et de Vénus.

– C'est exactement ce que j'avais l'intention de faire, répondit le commandant avec irritation. Sitôt après avoir décidé en quels termes formuler notre demande.

Il prit une inspiration rapide.

– Écoute, tu m'as été d'une aide précieuse. Pourrais-tu me rendre un autre service et aller t'assurer qu'il n'y a aucune fuite d'air que l'ordinateur n'aurait pas décelée ?

– Bien sûr, fit McNeil d'une voix posée.

Grant observa à la dérobée le technicien qui se dégageait de son harnais et plongeait vers les ponts inférieurs. Le commandant ne put s'empêcher de penser que son coéquipier lui poserait bientôt des problèmes. Son comportement avait été indigne : pleurer tel un bébé... Jusqu'à ce jour, les deux hommes s'étaient assez bien entendus, car comme la plupart des individus de forte corpulence McNeil avait assez bon caractère, mais Grant savait désormais qu'il manquait singulièrement de courage. De toute évidence, de trop longs séjours dans l'espace l'avaient gravement affaibli, tant physiquement que moralement.

10

L'antenne parabolique du mât des télécommunications était orientée vers l'arc aveuglant de Vénus, cette planète qui se trouvait à vingt millions de kilomètres de distance et se rapprochait en suivant un chemin intersectant celui du vaisseau. Une note s'éleva de la console pour signaler la réception d'un signal en provenance de Port Hespérus.

Le contact matériel ne pourrait avoir lieu avant longtemps, mais les ondes millimétriques de l'émetteur effectuaient ce trajet en moins d'une minute. Qu'il eût été agréable d'être une onde radio, en de telles circonstances !

Grant accusa réception de l'invitation à émettre puis parla d'une voix régulière qu'il espérait également posée. Il fournit une analyse soigneuse de la situation, incluant toutes les données télémétriques pertinentes, et termina son exposé en sollicitant des conseils. Il n'exprima pas les craintes que McNeil lui inspirait, conscient que le technicien devait certainement écouter la transmission.

A Port Hespérus... la station orbitale de Vénus..., une bombe allait éclater et engendrer des vagues de compassion sur tous les mondes habités, dès que la vidéo et les faxfeuilles reprendraient le refrain : « LE *ROI DES ÉTOILES* EN PERDITION. » Le moindre accident se produisant dans l'espace avait un accent mélodramatique qui tendait à reléguer toute autre information dans l'oubli. Jusqu'au jour où l'on pouvait compter les cadavres, tout au moins.

La réponse des contrôleurs de Port Hespérus fut cependant privée de contenu émotionnel et aussi rapide que le permettait la vitesse de la lumière.

– Dôme de contrôle de Port Hespérus au *Roi des Étoiles*. Nous avons enregistré votre appel à l'aide et allons vous transmettre un questionnaire. Veuillez rester à l'écoute.

Ils obtempérèrent, attendant dans les airs à côté du récepteur.

Lorsque les questions annoncées arrivèrent, Grant en demanda une copie à l'imprimante. Il fallut à la machine près d'une heure pour transcrire le formulaire. Il était si détaillé que le commandant douta un instant vivre assez longtemps pour pouvoir y répondre. Deux semaines, à quelque chose près.

La plupart des demandes de renseignements étaient d'ordre technique et se rapportaient à l'état de leur appareil. Grant eut alors la certitude que tous les experts de la Terre et de la station de Vénus s'étaient réunis pour se creuser les méninges et trouver un moyen de sauver le *Roi des Étoiles* ainsi que son fret. Surtout son chargement, sans doute.

– À quoi penses-tu ? demanda-t-il à McNeil qui terminait sa lecture du message.

Le commandant étudiait attentivement son compagnon, cherchant dans son comportement des indices révélateurs d'une tension insoutenable.

Après un long silence, le technicien haussa les épaules. Ses premières paroles furent l'écho des pensées de Grant.

– Voilà qui va nous occuper un bon moment. Je doute que nous puissions terminer en un jour. Et je dois admettre que je trouve la moitié de ces questions complètement stupides.

Grant hocha la tête mais ne dit rien. Il laissa McNeil poursuivre.

– « Pourcentage de pertes dans les quartiers de l'équipage... » Je ne nie pas que ce soit plein d'intérêt, mais nous leur avons déjà communiqué ces chiffres. Et je me demande bien pourquoi ils veulent connaître notre opinion sur l'efficacité du bouclier antiradiations.

– Il peut exister un rapport avec l'érosion des joints.

– Si tu veux mon avis, je dirais qu'ils essayent de nous faire croire qu'ils ont eu une ou deux idées géniales, afin de nous remonter le moral. En outre, répondre à tout ça ne devrait pas nous laisser le loisir de nous ronger les sangs.

Grant l'étudia en éprouvant un étrange mélange de soulagement et d'irritation – soulagement de constater que l'Écossais n'avait pas craqué à nouveau et irritation attribuable à son calme, incompatible avec la catégorie mentale dans laquelle il venait de le cataloguer. Sa brève crise de nerfs, juste après la collision avec la météorite, était-elle révélatrice de la personnalité de cet homme ? Cela aurait-il pu arriver à n'importe qui ? Grant, un manichéen qui excluait les nuances et pour qui le monde ne pouvait être que noir ou blanc, se sentait exaspéré de ne pouvoir décider si McNeil était lâche ou courageux. Qu'il pût être les deux à la fois ne lui vint à aucun moment à l'esprit.

*

Au cours d'un voyage spatial, la durée est intemporelle. Sur la Terre, les continents eux-mêmes marquent les heures, servant d'aiguilles à la grande horloge qu'est cette planète en révolution constante. Même sur la Lune les ombres rampent paresseusement d'une crevasse à la suivante, pendant que le soleil poursuit lentement sa traversée du ciel. Mais dans l'espace les étoiles sont immobiles, et si ce n'est pas le cas cela revient au même. Le soleil ne change de position que lorsque le pilote modifie l'orientation du vaisseau, et si les nombres qui défilent sur les cadrans des chronomètres marquent le passage des heures et des jours ils ne peuvent engendrer la moindre impression d'écoulement du temps.

Grant et McNeil avaient appris depuis longtemps à régler leurs vies en conséquence; dans l'espace, ils se déplaçaient et pensaient avec une sorte de nonchalance... qui s'évaporait dès que la traversée arrivait à son terme et que le moment d'effectuer les manœuvres d'approche survenait..., et bien qu'étant tous deux condamnés à mort, ils continuaient de suivre le profond sillon creusé par l'habitude. Chaque jour, le commandant dictait ses commentaires au journal de bord, confirmait la position de l'appareil, effectuait ses tâches routinières. Pour autant que Grant pouvait en juger, McNeil se conduisait lui aussi normalement, bien qu'il parût effectuer certains travaux de maintenance avec moins de conscience professionnelle qu'auparavant. Il eut d'ailleurs un accrochage avec le technicien, au sujet des plateaux sales qui s'accumulaient dans la cuisine chaque fois que ce dernier devait s'en occuper.

Trois jours s'étaient écoulés depuis la collision avec la météorite. Grant continuait de recevoir des messages de « réconfort » des contrôleurs de Port Hespérus, accompagnés de « Désolés pour le retard, les gars, nous vous enverrons de l'aide dès que possible » – puis il attendait les résultats que devait communiquer la commission d'étude réunie par le Bureau du Contrôle spatial, avec son assortiment de spécialistes des deux planètes chargés d'effectuer des simulations de projets irréalisables censés permettre de secourir le *Roi des Étoiles*. Au début, il patientait en se sentant fébrile, mais son intérêt s'était progressivement émoussé. À présent, il doutait que même les meilleurs techniciens de tout le système solaire pussent encore les sauver – même s'il s'avérait difficile de renoncer à l'espoir quand tout paraissait absolument normal et que l'air était encore si pur.

Le quatrième jour, les contrôleurs de Vénus déclarèrent :

– C'est bon, les gars, nous avons quelque chose pour vous. Nous allons étudier chaque système, et comme ça risque d'être un peu compliqué, n'hésitez pas à demander des éclaircissements. On va en premier lieu consulter les enregistrements se rapportant au module atmosphérique de cabine, référence deux-trois-neuf virgule quatre. Je vous laisse le temps de les trouver…

Dépouillé de son jargon, le long message s'avérait être une oraison funèbre. Cette interminable suite d'instructions devait uniquement permettre au *Roi des Étoiles* d'arriver à bon port en pilotage à distance, avec son chargement intact et deux cadavres à l'intérieur du module de l'équipage. Grant et McNeil avaient été biffés de la liste des vivants.

Il existait une consolation, cependant : pendant sa formation, le commandant avait été enfermé dans un caisson à atmosphère raréfiée et il savait qu'avant d'entraîner une mort indolore, l'anoxie engendrait des hallucinations fantastiques.

*

McNeil disparut à l'étage inférieur dès la fin du message, sans daigner faire le moindre commentaire. Grant ne le reverrait pas pendant des heures. Au début, il en fut profondément soulagé. Il ne se sentait pas d'humeur à converser, lui non plus, et si le technicien recherchait la solitude, cela ne regardait que lui. En outre, il avait plusieurs lettres à écrire, des affaires en suspens à régler – même si la rédaction de son testament et de ses dernières volontés pouvait attendre. Ils avaient encore deux semaines devant eux.

À l'heure du dîner Grant descendit dans les quartiers de l'équipage, s'attendant à voir son coéquipier affairé dans la cuisine. On pouvait considérer que McNeil était un fin cordon-bleu, compte tenu des possibilités restreintes de la cuisine spatiale, et c'était toujours avec un vif plaisir qu'il s'acquittait de sa tâche lorsque venait son tour de préparer les repas. Il veillait à ce que son estomac fût satisfait le plus souvent possible.

Mais le carré était désert et le rideau tiré dissimulait la cabine du technicien.

Grant le repoussa et McNeil lui fut révélé, en suspension dans les airs au-dessus de sa couchette, totalement en paix avec l'univers. Près de lui flottait un gros conteneur en plastique au verrou magnétique manifestement forcé. Grant n'eut pas besoin de l'ouvrir pour connaître son contenu; un regard à l'homme suffisait amplement pour lui permettre d'être fixé sur ce point.

– Ah ! C'est sacrément dommage de devoir aspirer ce nectar avec une paille, déclara l'Écossais sans la moindre honte. Tu sais... on devrait peut-être imprimer une légère rotation au vaisseau, afin qu'il soit possible de boire dans des verres.

Malgré le regard méprisant que Grant lui adressa, il ne baissa même pas les yeux.

– Oh ! Fais pas le rabat-joie, mon vieux – et sers-toi ! Qu'est-ce que ça peut changer ?

Il lança une bouteille au commandant de bord qui l'attrapa avec adresse. Il s'agissait d'un Cabernet-Sauvignon de la vallée de Napa, Californie... un vin d'une valeur inestimable, à en croire le bordereau d'expédition..., et le contenu de cette caisse en plastique valait une fortune.

– Je ne puis admettre qu'un homme se conduise comme un porc, même en de pareilles circonstances, rétorqua-t-il avec sévérité.

McNeil n'était pas encore ivre. Il venait seulement d'atteindre le seuil brillamment éclairé de l'antichambre de l'ivresse et n'avait pas rompu tous ses liens avec un monde extérieur désormais privé d'attraits.

– Je suis disposé à prêter une oreille attentive à tout argument valable permettant de démontrer que ma conduite est répréhensible.

Il adressa à Grant un sourire angélique.

– Mais tu aurais intérêt à me convaincre très rapidement, parce que je sens que je ne vais pas rester accessible à la raison pendant longtemps.

Pour confirmer ses dires, il pressa le bulbe de plastique dans lequel il venait de transvaser le tiers du contenu d'une bouteille et un jet de liquide rouge sombre en jaillit, en direction de sa bouche ouverte.

– Tu voles des biens confiés à notre compagnie, et que le destinataire voudra récupérer, annonça Grant sans avoir conscience de l'absurdité de ses propos.

Il nota cependant que sa voix avait acquis l'intonation sèche et nasale propre aux jeunes institutrices.

– Et... et en outre, tu ne pourras pas rester dans les vignes du Seigneur pendant deux semaines.

– Ça reste à démontrer.

– Tu peux me croire.

Sur ces mots, Grant se retint à la coque de la main droite et utilisa la gauche pour imprimer au conteneur une poussée qui l'envoya dans la partie commune.

Alors qu'il se tournait et plongeait derrière la caisse de vin, il entendit un glapissement de consternation.

– Espèce de constipé ! C'est vraiment un tour de salaud !

Compte tenu de son ébriété, McNeil aurait besoin de temps pour organiser une poursuite. Grant poussa le conteneur vers le sas de la cale, puis dans le compartiment pressurisé à température contrôlée d'où il provenait. Il le remit à sa place et le sangla. Tenter de le reverrouiller eût été inutile, car la fermeture magnétique était détruite.

Faire en sorte que le technicien ne pût retourner

dans la cale était par contre réalisable – il suffisait pour cela de changer la combinaison du sas et de ne pas lui révéler le nouveau code d'accès. Grant eut amplement le temps de procéder à ces modifications, car son compagnon d'infortune n'avait pas pris la peine de le suivre.

Puis il remonta vers la passerelle de commandement. En passant devant la cabine de McNeil, il put constater que le technicien s'y trouvait toujours et chantait :

« Peu m'importe où fuit l'oxygène
Dès l'instant où le vin est bon... »

Il était évident qu'il avait subtilisé deux bouteilles supplémentaires dans le conteneur, avant que le commandant ne vînt le lui confisquer. On verra bien s'il lui en reste une seule goutte dans deux semaines, pensa Grant. Je doute qu'elles durent jusqu'à demain.

« Peu m'importe où fuit l'oxygène
Dès l'instant où le vin est bon... »

Où diable avait-il déjà entendu ce refrain ? Grant, dont la culture générale avait quelques lacunes, croyait que McNeil modifiait délibérément les paroles d'un vieux madrigal élisabéthain dans l'unique but de se moquer de lui. Il éprouva alors une émotion dont il ne reconnut pas immédiatement la nature et qui l'abandonna aussi rapidement qu'elle l'avait envahi.

Mais lorsqu'il atteignit la passerelle de commandement, il tremblait et avait des nausées. Et il prit alors conscience que le dégoût que lui inspirait McNeil se métamorphosait progressivement en haine.

11

Il était indéniable que Grant et McNeil s'entendaient relativement bien en temps normal, et si la situation méritait désormais d'être qualifiée d'anormale, ils n'auraient pu en être tenus pour responsables.

C'était uniquement parce que des tests psychologiques à l'efficacité éprouvée démontraient que ces deux hommes possédaient des caractères conciliants; uniquement parce que leurs dossiers étaient virtuellement sans la moindre tache; uniquement parce que des millions de livres, de dollars, de yens, de drachmes et de dinars dépendaient de l'appareillage du *Roi des Étoiles* que le Bureau du Contrôle spatial avait accordé une dérogation à l'obligation de doter tout appareil d'un équipage composé de trois membres.

Cette disposition prise au cours d'un siècle et demi de vols spatiaux avait ostensiblement créé un milieu relativement sain pendant de longues périodes d'isolement – un problème qui n'avait pas été d'actualité au XXe siècle, époque où les vaisseaux habités ne s'aventuraient pas au-delà de la Lune et où les délais de communication avec la Terre se mesuraient encore en secondes. Il était cependant indéniable qu'au sein de tout groupe de trois personnes, deux d'entre elles finissaient par se liguer contre la troisième. Ainsi que les Romains de l'Antiquité avaient eu l'occasion de l'apprendre, la structure la moins stable sur laquelle fonder des relations humaines est indubitablement le triangle. Il ne faudrait pas hâtivement en conclure que c'est nécessairement un mal. Trois est préférable à deux, et deux est préférable à un. En outre, tout groupe comprenant plus de trois individus ne tarde guère à se scinder en groupuscules de duos et de trios.

Condamné à une solitude absolue, nul homme, nulle femme ne pourra conserver très longtemps sa santé mentale. Ces troubles de la personnalité pourront dans certains cas se traduire par une forme de démence bénigne, voire paranoïde... pouvant éventuellement déboucher sur l'écriture obsessionnelle de poésie romantique..., mais nulle folie n'est jugée encourageante par les assureurs.

L'expérience démontre qu'au sein d'un équipage composé de deux individus de sexe opposé, une crise éclatera après quelques jours seulement. Leurs âges respectifs importent peu. Si leurs conversations ont pour thème les rapports hiérarchiques, celui de la sexualité sera sous-jacent. Et vice versa.

D'autre part, deux hommes ou deux femmes n'ayant pas de tendances homosexuelles négligeront la sexualité pour aborder à tout instant le thème principal : qui commande, ici ? Précisons que pour des raisons socioculturelles la résolution du problème est moins fréquemment liée à des actes de violence pouvant entraîner la mort lorsque ce sont deux femmes qui sont en présence.

Trois personnes, quel que soit leur sexe, essayeront de s'entendre pendant un certain temps avant que deux d'entre elles ne se liguent contre la troisième. La question du pouvoir est ainsi résolue, et en fonction de la composition de l'équipage, celle du sexe également, c'est-à-dire que les individus se découvrant des affinités se livreront à des ébats amoureux pendant que l'autre, s'il en reste, devra se débrouiller tout seul.

Deux hommes n'étant pas des amis intimes, tous deux hétérosexuels et d'âge et de statut comparables mais aux caractères fondamentalement différents, représentent sans que le moindre doute soit permis la plus mauvaise de toutes les combinaisons possibles.

On a dit quelque part qu'il suffit de passer trois jours sans nourriture pour que s'effacent les différences subtiles séparant l'homme soi-disant civilisé du sauvage. Si Grant et McNeil n'avaient pas à souffrir de la faim et savaient que les affres d'une horrible agonie leur seraient épargnées lorsque viendrait la fin, leur imagination n'en restait pas pour autant au repos et ils avaient plus de points communs avec deux cannibales au ventre vide réunis sur un radeau en plein milieu d'un océan qu'ils n'auraient certainement accepté de l'admettre.

Un aspect de leur situation, sans doute le plus important de tous, n'a pas encore été précisé. Les analyses de l'ordinateur avaient été vérifiées à maintes reprises, mais le verdict rendu sur la dernière ligne n'était pas pour autant sans appel, car une telle machine s'abstenait d'émettre des suggestions qu'elle n'avait pas été invitée à exprimer. Les deux hommes se trouvant à bord du *Roi des Étoiles* étaient à même d'effectuer mentalement ce dernier calcul...

... et ils parvinrent au même résultat. C'était d'une extrême simplicité, la parodie macabre d'un de ces problèmes de cours élémentaire qui commencent ainsi : « Si deux ouvriers mettent six jours pour assembler cinq hélicoptères, combien de temps sera nécessaire à... »

Lorsque la météorite avait détruit les réservoirs d'oxygène liquide, le module de l'équipage contenait approximativement quatre-vingts mètres cubes d'air auxquels venaient s'ajouter la trentaine du compartiment pressurisé de la cale A. A 0 ° centigrade et sous une pression de 76 cm de mercure, un litre d'air pèse 1,293 g dont seulement 21 pour cent sont de l'oxygène. En additionnant au résultat obtenu le contenu des bouteilles des scaphandres et autres réserves, on parvenait à un total de trente-deux kilos d'oxygène. Compte tenu du fait qu'un adulte a besoin d'un peu moins de 900 g d'oxygène par jour...

... il en résultait qu'il y avait à bord de quoi permettre à un homme de vivre trente-cinq jours.

Et deux semaines et demie seulement s'ils étaient *deux*. Vénus se trouvait à trois semaines de voyage, et il n'était pas nécessaire d'être un calculateur prodige pour comprendre que, débarrassé de son compagnon, un des membres de l'équipage pourrait survivre et aller flâner le long des belles allées incurvées des jardins magnifiques de Port Hespérus.

Quatre journées s'écoulèrent. Si la date fatidique avait été officiellement fixée treize jours plus tard, l'échéance officieuse était plus proche. Les deux hommes ne pourraient respirer que durant dix jours sans compromettre les chances de survie de celui qui poursuivrait seul le voyage. Passé ce délai, aucun d'eux n'atteindrait Vénus autrement que sous forme de cadavre. Si un simple observateur n'eût certainement pas manqué de juger la situation pleine d'intérêt, Grant et McNeil manquaient du recul nécessaire pour pouvoir partager un tel point de vue. C'est généralement au sein d'une indubitable tension que deux personnes s'entendant fort bien au demeurant tirent à la courte paille pour savoir lequel devra se suicider, et lorsque les principaux intéressés ne sont pas en bons termes, la situation est alors encore plus tendue.

Désireux de faire preuve d'une impartialité exemplaire et de respecter sa définition personnelle de l'équité, Grant décida d'attendre que son coéquipier fût sorti de sa cabine et des brumes de son ébriété pour exprimer son point de vue sur la question.

Alors que de telles pensées tourbillonnaient à la surface de son esprit, Peter Grant regardait le ciel étoilé par les hublots de la passerelle de commandement. Il admirait les milliers de points lumineux et la clarté diffuse des nébuleuses comme s'il les voyait pour la première fois. Il éprouvait une sensation transcendantale...

... qu'une tentative de définition à l'aide de simples mots ne manquerait certainement pas de trahir.

Il décida d'écrire une lettre à son compagnon d'infortune. Et sans perdre de temps, avant une rupture de leurs relations diplomatiques. Il glissa une feuille sous la pince du sous-main et écrivit : « Cher McNeil », avant de faire une pause en laissant son stylo à bille en suspension au-dessus de ces mots. Il arracha le papier et recommença : « McNeil ».

Près de trois heures lui furent nécessaires pour coucher par écrit ce qu'il souhaitait exprimer, et encore n'était-il pas pleinement satisfait du résultat. Certaines choses s'avéraient extrêmement difficiles à formuler. Lorsqu'il eut finalement terminé, il plia la feuille et la cacheta avec un bout de ruban adhésif. Puis il quitta la passerelle de commandement avec la lettre et alla s'enfermer dans sa cabine. Remettre ce message à McNeil pouvait attendre un ou deux jours.

*

Sur les milliards de vidéomanes de la Terre... et les milliers supplémentaires de Port Hespérus, Mars, la Grande Ceinture et les quelques lunes colonisées... peu devaient avoir une idée exacte de ce qui se passait dans l'esprit des deux hommes se trouvant à bord du *Roi des Étoiles*. Les médias n'étaient pas à court de projets de sauvetage. Tous les pilotes à la retraite et les écrivains de science-fiction avaient été invités à exprimer leur opinion sur le comportement que Grant et McNeil auraient dû adopter. Les principaux intéressés s'abstinrent avec sagesse d'écouter ces doctes personnages.

Les contrôleurs du trafic de Port Hespérus faisaient montre d'un peu plus de pudeur. Il était délicat d'adresser des conseils ou des encouragements à des condamnés à mort, même si la date de leur exécution n'avait pas été fixée de façon officielle. Ces personnes se contentaient en conséquence de leur transmettre chaque jour quelques messages privés de tout contenu émotionnel – relayant les nouvelles se rapportant à la guerre sud-asiatique, à la tension qui croissait entre divers secteurs de la Grande Ceinture, aux grèves qui paralysaient les mines de Vénus et aux mouvements de protestation contre la censure depuis que Moscou avait interdit la diffusion de « Pendant que brûle Rome »...

À bord du *Roi des Étoiles* la vie se poursuivait comme auparavant, malgré la nervosité alimentée par l'attente que McNeil eût dessoûlé et fût sorti finalement de sa cabine. Grant ne quittait presque plus la passerelle et écrivait à sa femme des lettres interminables. Il aurait pu lui dire tout ce qu'il voulait exprimer de vive voix, s'il l'avait souhaité, mais il était conscient que de nombreux amateurs de sensations fortes seraient à l'écoute. Il n'existait malheureusement aucun moyen d'avoir une conversation radio privée, dans l'espace.

Et ce message adressé à McNeil ? Pourquoi ne le lui remettait-il pas sans attendre, pour en finir une bonne fois pour toutes ? Eh bien, il le ferait, dans quelques jours... et ensuite ils prendraient une décision. En outre, ce délai offrirait au technicien une opportunité d'aborder le premier ce sujet épineux.

Que les hésitations de son coéquipier pussent avoir d'autres raisons que la simple couardise ne lui vint pas une seule fois à l'esprit.

Il se demandait comment McNeil passait son temps, à présent qu'il avait terminé sa réserve de vin. L'Écossais disposait d'une importante bibliothèque sur vidéopuces. Il lisait beaucoup et s'intéressait à des sujets peu courants. Grant l'avait vu se plonger dans la philosophie occidentale et les religions orientales, ainsi que dans des ouvrages de fiction de toutes sortes. Il avait autrefois déclaré que son roman préféré était un texte étrange du début du XXe siècle, *Jurgen*. Peut-être tentait-il d'oublier son funeste destin en se perdant dans la magie de cet ouvrage. D'autres livres étaient moins respectables, et certains auraient même été répertoriés chez les libraires dans la rubrique « érotique »...

*

Mais McNeil, qui restait allongé dans sa cabine ou se déplaçait furtivement dans les coursives du vaisseau, possédait une personnalité moins facile à analyser que ne le soupçonnait Grant. Trop subtile, peut-être, pour que son supérieur hiérarchique pût la comprendre. Oui, McNeil était un hédoniste. Il faisait tout son possible pour améliorer ses conditions d'existence dans l'espace, et lors des escales il s'abandonnait corps et âme aux plaisirs de la vie, en prévision des mois pendant lesquels il en serait privé. Mais il ne méritait aucunement d'être considéré comme l'individu sans force de caractère que son commandant puritain et sans imagination voyait en lui.

Il était exact qu'il n'avait pas su se dominer après l'impact de la météorite. Lors de l'accident, il revenait de la cale et traversait la coursive d'accès au pont des systèmes de survie. Sans devoir attendre la confirmation de l'ordinateur de bord, il avait immédiatement compris la gravité de la situation – l'explosion venait de se produire à moins d'un mètre de lui, de l'autre côté d'une simple paroi d'acier. Sa réaction avait été celle d'un passager qui voit l'aile de son avion se détacher alors qu'il se trouve à 30 000 pieds d'altitude : il bénéficie d'un sursis de dix ou quinze minutes, le temps que durera la chute de l'appareil, mais il se sait condamné à mort. Telles étaient les raisons pour lesquelles il avait cédé à la panique. Comme un roseau agité par le vent qui ploie mais ne rompt point. Grant était quant à lui un homme inflexible... un chêne..., et en conséquence plus vulnérable.

Restait l'incident des bouteilles de vin, mais si Grant avait été outré par sa conduite, c'était *son* problème. En outre, tout cela appartenait au passé. Par consentement tacite, ils avaient repris leurs tâches routinières, bien que ce fût insuffisant pour réduire la tension. Ils veillaient à s'éviter, hormis quand les repas les réunissaient. À ces occasions, ils manifestaient une politesse exagérée, comme s'ils s'efforçaient de paraître absolument normaux – sans toutefois y parvenir.

*

Un jour s'écoula, suivi d'un autre. Et d'un troisième.

Grant avait espéré que McNeil aborderait le premier l'épineux problème posé par le suicide de l'un d'eux, lui épargnant ainsi un devoir très pénible. De constater que le technicien esquivait systématiquement ce sujet augmenta son ressentiment et son mépris pour cet homme. À présent, il faisait des cauchemars et passait des nuits agitées, ce qui n'arrangeait rien.

En fait, il s'agissait toujours du même rêve. Lorsqu'il était enfant et que venait l'heure de s'endormir, il lui arrivait fréquemment de lire une histoire bien trop passionnante pour qu'il pût attendre jusqu'au matin d'en connaître la fin. Afin de ne pas être vu, il poursuivait alors sa lecture sous les couvertures, en éclairant les pages à l'aide d'une lampe de poche, recroquevillé dans un cocon de blancheur douillet. Toutes les dix minutes, à quelque chose près, l'air devenait irrespirable, et sortir inhaler quelques bouffées de fraîcheur constituait un élément non négligeable de son plaisir. À présent, trente ans plus tard, ces épisodes d'une enfance innocente revenaient le hanter. Il rêvait qu'il s'empêtrait dans les draps et ne parvenait pas à les repousser, se mettant à suffoquer alors que l'air vicié s'alourdissait autour de lui.

Lorsque vint le jour qu'il s'était fixé pour remettre sa lettre à son coéquipier, il s'accorda un nouveau délai. De telles tergiversations ne lui ressemblaient guère, mais il parvint à se convaincre qu'il agissait ainsi afin d'offrir à McNeil une opportunité de *rédemption*...

... et lui permettre de démontrer qu'il n'était pas un lâche en abordant le premier ce sujet. Il ne lui vint à aucun moment à l'esprit que le technicien attendait peut-être pour les mêmes raisons...

*

L'air avait notablement perdu de sa pureté. La pression était réduite au minimum et les filtres se chargeaient de bioxyde de carbone, mais il était impossible de stopper la lente augmentation du pourcentage de gaz inertes. Respirer ne leur posait encore aucun problème, mais la puanteur leur rappelait constamment quel sort les attendait.

Grant se trouvait dans sa cabine. C'était la « nuit », mais il ne pouvait trouver le sommeil – ce qui le soulageait en un certain sens, car cela brisait l'emprise des cauchemars. Faute d'avoir effectué un somme réparateur la nuit précédente, cependant, il était physiquement épuisé et sa tension nerveuse grimpait en flèche, alimentée par le calme inattendu et exaspérant du technicien. Grant prit conscience qu'en raison de sa nervosité extrême, prolonger cette attente eût été dangereux. Il défit les sangles qui l'assujettissaient à sa couchette puis alla ouvrir son bureau et tendit la main vers la lettre qu'il aurait dû remettre à McNeil depuis longtemps. Il n'avait pas achevé ce geste, cependant, qu'il *huma* quelque chose...

Il suffit d'un seul neutron pour déclencher la réaction en chaîne qui détruira presque instantanément un million d'êtres humains. Les événements détonateurs à même de modifier le cours des actions d'une personne et de changer ainsi l'avenir sont tout aussi insignifiants. Rien n'aurait pu avoir moins d'importance que ce qui incita Grant à s'immobiliser, la lettre à la main. En d'autres circonstances il ne l'eût pas remarqué, mais c'était une odeur de fumée – du tabac.

La révélation que McNeil, ce technicien sybarite, exerçait si peu d'emprise sur ses instincts qu'il gaspillait leurs dernières réserves d'oxygène pour fumer des *cigarettes* l'emplit d'une fureur aveugle. Pendant un instant, l'intensité de sa colère le paralysa. Il roula lentement le bout de papier en boule et une pensée qu'il avait tout d'abord assimilée à une intruse, puis considérée comme une simple hypothèse, fut brusquement acceptée sans la moindre réserve. Il avait laissé sa chance à l'autre homme, qui s'avérait indigne d'en bénéficier.

La cause était entendue – McNeil méritait de mourir.

La rapidité avec laquelle Grant parvint à cette conclusion aurait eu une signification évidente pour un psychanalyste, fût-il amateur. Cet homme avait besoin de se convaincre qu'il était superflu d'agir honorablement et de mettre ses jours en danger en laissant au hasard le soin de désigner celui qui devrait disparaître. Il s'agissait de l'excuse qu'il cherchait, et il s'empressa de la saisir. Il pouvait à présent projeter et exécuter un meurtre sans enfreindre son code moral personnel.

Ce fut le soulagement autant que la haine qui l'incita à se rallonger sur sa couchette. Chaque bouffée de fumée odorante qui parvenait jusqu'à ses narines était un baume pour sa conscience.

*

McNeil aurait pu dire à Grant qu'il se trompait une fois de plus sur son compte. Le technicien était un fumeur invétéré depuis de nombreuses années – en dépit du bon sens, il est vrai, et en étant parfaitement conscient de représenter une gêne pour ceux qui ne souhaitaient pas inspirer ses exhalaisons. Il avait tenté d'arrêter... c'était facile, disait-il en riant, il l'avait fait très souvent... mais dès qu'il se trouvait dans une situation difficile, il reprenait un de ces cylindres de papier contenant des herbes aromatiques. Il enviait Grant et tous ceux qui fumaient lorsqu'ils le désiraient mais pouvaient s'en passer sans connaître de manque. Il se demandait pourquoi Grant cédait parfois à cette mauvaise habitude, dès l'instant où il n'en éprouvait pas l'absolue nécessité. Un geste de rébellion symbolique, peut-être ?...

Quoi qu'il en soit, McNeil avait calculé qu'il pourrait s'autoriser deux cigarettes par jour sans réduire de façon mesurable le sursis qui leur était accordé. Le commandant n'aurait probablement pas pu imaginer quel plaisir lui procuraient ces six ou sept minutes de détente, deux fois par jour – une au cœur de la nuit et l'autre en milieu de matinée, caché dans les profondeurs du couloir central du vaisseau. Cela rétablissait dans une mesure importante son équilibre mental, et si ces deux cigarettes quotidiennes n'amenuisaient pas leurs réserves d'oxygène, elles réduisaient par contre sa tension nerveuse et contribuaient indirectement au bien-être de son supérieur hiérarchique.

Mais il eût été inutile de tenter d'expliquer cela à ce dernier et le technicien se cachait en conséquence pour fumer, exerçant ainsi une maîtrise de soi qui lui procurait une vive satisfaction, voire de la volupté.

Si McNeil avait su que Grant souffrait d'insomnies, il se serait certainement abstenu de fumer cette cigarette nocturne dans sa cabine...

*

Pour un homme qui avait décidé de commettre un crime seulement une heure plus tôt, Grant agissait avec beaucoup de méthode. Sans hésitation... exception faite de celles dictées par la plus élémentaire des prudences... il se propulsa au-delà de la séparation de sa cabine et traversa la zone de pénombre du carré pour atteindre l'armoire à pharmacie encastrée dans la paroi, à côté de la cuisine. Seule la clarté bleuâtre spectrale de l'ampoule intérieure révélait son contenu : les tubes, les fioles et les divers instruments chirurgicaux maintenus dans leurs logements rembourrés par des bandes de Velcro. Les personnes chargées d'avitailler le vaisseau avaient fourni de quoi pallier tous les cas d'urgence imaginables et inimaginables.

Celui-ci inclus. Grant regardait la petite bouteille dont l'image se tapissait dans les profondeurs de son subconscient depuis plusieurs jours. La lumière bleutée ne permettait pas de lire les caractères minuscules écrits sur l'étiquette... il ne voyait qu'une tête de mort et deux os entrecroisés..., mais il connaissait les mots par cœur. « Un demi-gramme provoque une mort indolore et quasi instantanée. »

Indolore et instantanée – c'était parfait. Et un fait non précisé sur la notice lui paraissait encore plus appréciable. Ce poison était totalement insipide.

*

Près d'une autre journée s'écoula.

Le contraste entre les repas préparés par Grant

et ceux organisés avec beaucoup de savoir-faire et de soin par McNeil était frappant. Tout amateur de bonne chère contraint de passer une grande partie de son existence dans l'espace s'initiait aux arts culinaires par simple réflexe d'autodéfense, et McNeil ne les avait pas seulement appris mais parfaitement maîtrisés. Il était capable de préparer une sauce piquante avec du lait déshydraté, le jus de beefsteaks congelés et des pincées d'herbes aromatiques prélevées dans sa réserve personnelle; il parvenait à donner de la saveur aux mets les plus fades en utilisant ses fioles de condiments.

Grant assimilait pour sa part les repas à des obligations indispensables mais ennuyeuses, qu'il convenait d'expédier le plus rapidement possible. Sa cuisine était le reflet d'une telle attitude. McNeil avait depuis longtemps cessé de s'en plaindre; et c'est pourquoi il est facile d'imaginer quelle fut sa surprise en découvrant avec quel soin Grant préparait le dîner.

Comme toujours, ils n'échangèrent pas une parole lorsqu'ils se retrouvèrent – seules les habitudes et quelques règles élémentaires de politesse les dissuadaient de prendre leurs plateaux et d'aller se retirer dans leurs antres. Ils flottaient dans les airs, légèrement inclinés, face à face et séparés par la petite table, le regard rivé sur le néant. Si McNeil nota que la nervosité du commandant ne cessait de croître, alors qu'ils mangeaient, il ne fit aucun commentaire. Le repas se déroula dans un silence absolu. Ils avaient depuis longtemps épuisé toutes les possibilités de la conversation. Lorsque le dernier plat, de la purée de maïs et de fèves, eut été servi dans des bols au rebord incurvé, Grant débarrassa la table et gagna le bloc-cuisine adjacent pour préparer le café.

Ce fut extrêmement long, compte tenu du fait qu'il s'agissait de café instantané – car au dernier instant une chose exaspérante se produisit. Grant allait emplir d'eau bouillante les deux bulbes posés devant lui, lorsqu'il se remémora un vieux film muet vu sur une vidéopuce, quelque part. On y voyait ce clown qui portait toujours un chapeau melon et une moustache, Charlie je-ne-sais-quoi, qui dans cette histoire tentait d'empoisonner son épouse encombrante. Mais il inversait accidentellement les deux verres.

Nul souvenir n'aurait pu être plus indésirable. Le commandant fut secoué par des petits rires de dément. Compte tenu de son érudition et s'il avait su quelles pensées traversaient l'esprit de l'autre homme (et en supposant également qu'il parvînt à conserver sa sérénité et son sens de l'humour en de telles circonstances), McNeil eût probablement suggéré que Grant faisait l'objet des attaques du « Démon de la perversité » d'Edgar Poe, ce lutin qui prenait un malin plaisir à défier les règles précises édictées par l'instinct de conservation.

Une bonne minute s'écoula avant que le commandant ne parvînt à se reprendre. Il tremblait. Son système nerveux devait être dans un état encore plus pitoyable qu'il ne l'avait imaginé.

Mais ce fut avec la certitude de dissimuler parfaitement sa nervosité qu'il apporta dans le carré les deux bulbes en plastique et leurs pailles. Il n'aurait pu les confondre, à présent; les lettres M, A, C étaient peintes sur celui du technicien. Il le poussa vers ce dernier et le regarda jouer avec la sphère, avec une fascination qu'il tentait de dissimuler. Sa future victime ne semblait pas pressée de boire et fixait sombrement le néant. Puis, finalement, McNeil porta la paille à sa bouche et aspira...

... pour recracher aussitôt le breuvage et étudier le bulbe avec surprise. Une main glacée se referma sur le cœur de Peter Grant. McNeil se racla la gorge, puis se tourna vers lui pour déclarer posément :

– Eh bien, je dois avouer que tu l'as préparé correctement, pour une fois. Et il est chaud, très chaud.

Lentement, le cœur du commandant se remit à fonctionner. Il n'osait parler, mais il parvint à esquisser un mouvement de tête sans signification précise.

McNeil laissa son bulbe dans les airs, à quelques centimètres de son visage. Il paraissait toujours pensif, comme s'il pesait les termes d'une déclaration capitale qu'il était sur le point de rendre publique.

Grant jura mentalement, se reprochant d'avoir préparé un café brûlant. C'étaient exactement les détails de ce genre qui conduisaient les meurtriers à la potence. Et si McNeil attendait plus longtemps pour s'exprimer, son assassin serait finalement trahi par sa nervosité.

Non que cela pût encore le sauver, cependant.

Finalement, McNeil prit la parole :

– Je suppose que cela a dû te venir à l'esprit, fit-il sur le ton de la conversation banale. Je parle du fait qu'il reste suffisamment d'air pour qu'un seul d'entre nous puisse encore atteindre Vénus...

Grant réussit à replacer son système nerveux fortement ébranlé sous contrôle et détacha les yeux du bulbe de café mortel. Sa gorge était desséchée, lorsqu'il répondit :

– Cela... cela m'a traversé l'esprit.

McNeil caressa la sphère qui flottait devant lui et la jugea encore trop chaude.

– Le bon sens voudrait donc que l'un de nous sorte par le sas – ou absorbe une dose du poison qui se trouve là-dedans.

Il inclina le cou pour désigner l'armoire à pharmacie encastrée dans la paroi.

Grant hocha la tête. Oh oui ! Le bon sens l'exigeait.

– Le plus délicat consiste naturellement à désigner

ce malchanceux, ajouta le technicien. Nous pourrions tirer une carte... ou nous en remettre d'une autre façon au hasard.

Le commandant fixait McNeil avec une fascination presque plus grande que sa nervosité croissante. Il n'aurait jamais cru que son coéquipier parviendrait à parler aussi calmement de ce sujet. De toute évidence, les pensées de McNeil avaient suivi le même chemin que les siennes, et ce n'était pas une véritable coïncidence s'il avait choisi cet instant pour aborder la question. À en juger par ses propos, il était évident qu'il ne se doutait de rien.

McNeil l'étudiait également, semblant analyser ses réactions.

– Tu as raison, s'entendit dire Grant. Nous devons régler ce problème. Très rapidement.

– Oui, c'est indispensable.

Sur ces mots, McNeil tendit la main vers le bulbe de café et porta la paille à ses lèvres. Il aspira lentement le breuvage, en prenant son temps.

Grant attendait impatiemment qu'il eût terminé. Le soulagement qu'il avait espéré éprouver ne vint pas. Ce qu'il connaissait s'apparentait plus à des regrets. Pas à des remords, cependant. Mais il était désormais un peu tard pour songer à la solitude qui l'attendait à bord du *Roi des Étoiles,* hanté par ses pensées, tout au long des jours à venir.

Il ne désirait pas assister à l'agonie de McNeil et eut brusquement des nausées. Après avoir adressé un dernier regard à sa victime, il se propulsa vers le haut, en direction de la passerelle de commandement.

12

Le soleil aveuglant et les étoiles à l'éclat régulier semblaient observer le *Roi des Étoiles* qui, à l'échelle de l'univers, paraissait aussi immobile que ces astres.

Il eût été impossible pour un observateur cosmique de savoir que ce vaisseau évoquant un modèle de molécule avait à présent atteint sa vitesse maximale par rapport à la Terre et était sur le point de libérer une forte poussée pour décélérer et se placer en orbite d'attente à proximité de Port Hespérus. Ledit observateur hypothétique n'aurait en outre pu suspecter qu'il existait un rapport entre le *Roi des Étoiles* et l'intelligence, ou seulement la vie…

… jusqu'à l'instant où le sas principal du module de l'équipage s'ouvrit et que ses lumières internes brillèrent dans les ténèbres. Pendant un moment, un disque de clarté se découpa dans la masse noire du vaisseau, avant d'être brusquement éclipsé par deux silhouettes humaines qui flottaient vers l'extérieur.

Une seule était active, l'autre passive. Quelque chose de difficile à discerner se déroula dans la pénombre et la forme inerte commença à se mouvoir, tout d'abord lentement, puis de plus en plus vite. Elle sortit de l'ombre du vaisseau et fut baignée par la vive clarté du soleil. Et si notre observateur cosmique avait eu à sa disposition un puissant téle-scope, il aurait pu remarquer à présent qu'une bouteille d'azote dont la valve était ouverte se trouvait sanglée dans son dos – constituant ainsi une fusée de conception rudimentaire mais au fonctionnement irréprochable.

En tanguant lentement, le cadavre… car il s'agissait d'un cadavre… s'amenuisa contre le décor d'étoiles, pour finir par disparaître moins d'une minute plus tard. L'autre silhouette restait immobile à l'intérieur du sas, le regardant s'éloigner. Puis l'écoutille entreprit de se refermer en tronquant le cercle de lumière et peu après seule la clarté solaire reflétée par Vénus miroitait encore sur la coque redevenue obscure du vaisseau.

À proximité immédiate du *Roi des Étoiles,* il ne se produirait désormais plus rien d'important pendant une semaine.

QUATRIÈME PARTIE

UNE AFFAIRE D'HONNEUR

13

Lorsqu'elle le rattrapa, l'homme en uniforme s'éloignait des bâtiments administratifs du Bureau du Contrôle spatial en suivant l'allée qui longeait le fleuve. Les feuilles des arbres en bourgeons apportaient des touches de couleur aux jardins à la française du Conseil des Mondes; un nouveau printemps venait de commencer, à Manhattan...

– Inspecteur adjoint Troy, commandant. On m'a dit de vous joindre avant votre départ.

– Je n'ai pas l'intention de m'absenter, Troy, répondit le militaire sans ralentir le pas. Je suis simplement sorti prendre l'air.

Elle se porta à sa hauteur et régla son allure sur la sienne. Il s'agissait d'un personnage émacié, d'origine slave à en juger par ses traits. Ses cheveux gris métal avaient subi une coupe en brosse militaire et sa voix à l'accent canadien prononcé était rauque au point de s'apparenter à un murmure. Il portait un uniforme bleu impeccable, immaculé et aux plis bien marqués; un insigne doré renvoyait des reflets sur son col et si les décorations ornant sa poitrine étaient peu nombreuses, il s'agissait par contre des plus importantes. Malgré sa tenue et son affectation au quartier général, le visage ridé et hâlé de cet homme révélait qu'il avait effectué de longs séjours dans l'espace.

Il ouvrit une boîte à pilules en argent et y prit une minuscule sphère pourpre qu'il projeta dans sa bouche – avant de sembler se remémorer la présence de Sparta qui marchait près de lui. Il fit une pause près de la rambarde et tendit la petite boîte à la jeune femme.

– Vous en voulez une ? Ce sont des Rademas.

La voyant hésiter, il ajouta :

– Vous devez savoir que nous sommes nombreux à en prendre, ici. Elles provoquent une légère augmentation du tonus et s'éliminent en une vingtaine de minutes seulement.

– Non, merci, commandant, fit-elle sur un ton décidé.

– Je plaisantais, naturellement. Ce sont d'inoffensives pastilles pour l'haleine. À la violette. Leur composant le plus nocif est probablement le sucre.

Le sourire qui étira son visage était proche d'une grimace. Il lui tendait toujours la boîte, et Sparta secoua à nouveau la tête. Il rabattit le couvercle.

– Comme vous voudrez.

En grimaçant de dégoût, il se tourna vers la rambarde et cracha dans les flots glacés de l'East River la pastille qu'il avait gardée sous la langue.

– Je crains que mon numéro ne soit éculé. En outre, les personnes qui viennent comme vous des Rocheuses sont bien trop malignes pour tomber dans le panneau.

Ses yeux se portèrent sur le fleuve où les écumeurs d'algues se serraient, tels des patineurs sur un étang gelé. Leurs collecteurs en acier inoxydable reflétaient la clarté dorée du petit matin. Le commandant regardait au-delà des dragues, droit vers le soleil, et sans doute regrettait-il de ne pas pouvoir l'observer directement, sans le voile que l'atmosphère chaude et humide tendait entre eux. Après quelques instants de contemplation pensive, il se tourna vers Sparta et se racla la gorge.

– Bon. Il semble que l'inspecteur Bernstein vous tienne en haute estime. Son rapport est excellent. Nous allons vous confier un travail en solo.

Le pouls de la jeune femme s'emballa. Elle n'avait que deux ans d'ancienneté et on la chargeait d'effectuer seule une enquête !

– Je lui en suis très reconnaissante.

– Je n'en doute pas. Vous deviez probablement penser qu'elle n'accepterait jamais de se passer de vous.

Sparta s'autorisa un sourire.

– Eh bien, commandant, j'avoue que je commence à connaître Newark bien mieux que je ne le souhaitais.

– Je dois vous avertir que vous serez peut-être réaffectée à Manhattan, ensuite. Tout dépendra des résultats obtenus.

– En quoi consiste ce travail, commandant ?

– Une enquête à Port Hespérus. L'affaire du *Roi des Étoiles*. Cela ne devrait pas vous poser trop de problèmes. Soit ce vaisseau a effectivement été perforé par une météorite, soit l'avarie est due à une malfaçon ou à un sabotage. L'armateur et la plupart des gens concernés sont déjà partis pour Vénus à bord de l'*Hélios,* mais vous arriverez sur place la première. Là-bas, vous collaborerez avec un certain Proboda, de l'équipe locale. Cet homme a plus d'ancienneté que vous, mais c'est vous qui mènerez l'enquête. Ce qui me rappelle...

Sa main disparut dans la poche intérieure de sa veste et en ressortit avec un petit étui.

– Afin d'éviter que vos collègues ne renâclent à vous obéir...

Il releva le rabat de cuir sur un écusson doré.

– ...nous avons pensé à vous faire bénéficier d'une promotion.

Il le lui tendit.

– En voici le symbole matériel. Pour le reste, votre nomination a déjà été enregistrée dans les fichiers.

Sparta prit l'insigne à deux mains et l'étudia longuement. Ses pommettes rosirent.

Son supérieur l'observa un instant, avant de déclarer :

– Je regrette de ne pas pouvoir organiser une cérémonie officielle, car le temps presse, mais je tiens malgré tout à vous féliciter, inspecteur.

– Merci, commandant.

– Et voici votre moyen de transport.

Ils se tournèrent vers un hélicoptère blanc qui descendait en grondant vers l'aire d'atterrissage située devant la tour du Conseil des Mondes. L'engin s'y posa en douceur, puis ses turbines ralentirent et ses pales se contentèrent de dessiner paresseusement des cercles.

– Inutile de vous encombrer de vos affaires personnelles, vous pourrez réquisitionner tout ce dont vous aurez besoin en cours de route, précisa l'homme. Dans les limites du raisonnable, naturellement. Une navette vous attend à Newark, pour vous conduire à un cutter qui stationne en orbite. Toutes les informations se rapportant à cette affaire ont été enregistrées et nous procéderons à la mise à jour du fichier s'il y a du nouveau.

Ce brusque départ la prenait de court, mais elle tenta de dissimuler sa surprise.

– Une question, commandant.

– Allez-y.

– Pourquoi envoyez-vous un inspecteur de Terre Central ? Pourquoi ne laissez-vous pas nos agents de Port Hespérus se charger de l'enquête ?

– Il leur manque un élément, là-bas. Notre antenne locale est commandée par le capitaine Antreen. Cette femme a étudié les dossiers des personnes disponibles et a jeté son dévolu sur vous. Vous pouvez lui en être reconnaissante. Sans elle, Bernstein ne vous aurait *jamais* laissée quitter son service.

Sparta le salua et s'éloigna d'un pas rapide vers l'hélicoptère qui l'attendait. Le commandant la suivit des yeux, sans seulement prendre la peine de tenter de dissimuler à quel point il l'enviait.

*

En plus des trois membres de son équipage, le cutter à propulsion par torche n'avait à son bord que Sparta. Cet appareil fuselé dont la coque blanche s'ornait de la bande bleue et de l'étoile dorée du Bureau du Contrôle spatial appareilla et se dirigea vers le soleil en suivant une trajectoire hyperbolique qui lui permettrait d'atteindre Port Hespérus seulement une semaine après la promotion rapide et inattendue de la jeune femme. Ils voyageaient depuis deux jours, quand ils captèrent un message radio débutant ainsi : « *Ici Peter Grant, commandant du* Roi des Étoiles. *L'officier technicien Angus McNeil et moi-même avons conjointement estimé qu'il reste une quantité d'oxygène suffisante pour permettre à un homme, un seul homme…* »

Moins d'une heure plus tard, Terre Central contactait Sparta et les traits parcheminés du commandant apparurent sur l'écran du vidéocom.

– Eh bien, Troy, nous avons un nouveau problème sur les bras. Il est impératif de découvrir si ce membre de l'équipage s'est volontairement jeté par le sas ou s'il a été poussé.

– Oui, commandant. Les dossiers concernant les passagers de l'*Hélios* sont-ils disponibles ?

Il y eut une minute de silence, le temps nécessaire à sa question pour parcourir la distance la séparant de la Terre et à la réponse d'effectuer le même trajet en sens inverse.

– Nous vous communiquerons tout ce que nous savons. Je peux d'ores et déjà vous dire que ce sont des personnages qui sortent du commun. Un assureur doublé d'un escroc – un fait connu de tous et dont les principaux intéressés semblent parfaitement s'accommoder. Une femme qui s'intéresse au matériel lourd et aux vieux livres. Sa petite amie capricieuse. Le propriétaire d'un cargo à l'histoire si douteuse qu'il a jugé préférable de lui faire donner un nouveau nom. Et pour finir un individu pratiquement sans aucun passé.

– Merci, commandant.

Une minute plus tard, elle entendit :

– Soyez prudente, inspecteur.

Puis la liaison fut coupée.

Trois jours avant son arrivée à Port Hespérus, le cutter dépassa l'*Hélios*, et le lendemain le *Roi des Étoiles*. Si Sparta avait disposé d'un télescope, elle aurait pu étudier ces vaisseaux avec la même perspective que l'observateur cosmique précédemment cité. Mais elle s'intéressait surtout aux personnes se trouvant à leur bord.

*

Les puissantes torches crachèrent des jets de feu et l'appareil décéléra pour se diriger vers le moyeu, les anneaux et les cylindres de la station spatiale; un ensemble d'éléments en lente rotation au-dessus des nuages ignés de Vénus et dont l'axe pointait vers le cœur de la planète.

Lorsque le cutter atteignit le périmètre de sécurité, ses torches s'éteignirent et il poursuivit son approche en utilisant ses propulseurs chimiques, précautionneusement.

Port Hespérus était un des plus beaux fleurons

de la technologie du XXIe siècle, presque entièrement construit avec les matières premières extraites d'astéroïdes capturés dans l'espace. L'exploitation des ressources de la planète avait permis d'amortir cet investissement en deux décennies seulement. La station spatiale abritait une population de cent mille personnes qui vivaient dans des conditions d'existence que quatre-vingt-dix pour cent des Terriens auraient qualifiées d'opulentes. On y trouvait par exemple des parcs et beaucoup de verdure... La grande sphère centrale abritait des jardins luxuriants, dont certains représentaient la matérialisation de cet ancien rêve selon lequel Vénus aurait dû être un monde de marais et de jungle. Il suffisait d'effectuer le voyage pour voir effectivement des forêts, à condition de suivre les allées de l'immense serre de Port Hespérus. Il eût cependant été vain d'espérer se rendre sur la planète elle-même. Si cinq êtres humains avaient effectué cette tentative à bord de navettes blindées et calorifugées, deux seulement étaient revenus narrer leur aventure.

Le cutter de Sparta régla sa rotation sur celle de la cale d'appontage tribord par des poussées de ses propulseurs auxiliaires chimiques. Un quart d'heure plus tard, en pilotage automatique, il avait pénétré à l'intérieur de l'immense hangar axial encombré par les appareils assurant le trafic local.

Un dépouillement austère caractérisait les parois renforcées de cette caverne de métal – acier blanc, verre fumé, tuyauterie, conduites diverses et lumières clignotantes. Un tube de raccordement évoquant une sangsue géante se rapprocha lentement du sas du cutter et y colla sa gueule. De l'air sous pression s'y engouffra et l'écoutille s'ouvrit.

Sparta flottait dans le sas et couvrait ses oreilles de ses paumes, lorsqu'elle vit approcher à l'intérieur du passage circulaire une délégation composée de membres de l'antenne locale du Bureau du Contrôle spatial.

La plus grande des personnes lui faisant face n'était autre que la responsable du groupe de Port Hespérus, le capitaine Kara Antreen. Cette femme portait un ensemble gris en laine ayant dû coûter un mois de son important salaire. Sous une frange de cheveux raides argentés et d'épais sourcils noirs, ses yeux gris perle étudiaient Sparta.

Même si elle n'avait pas été contrainte de coller ses paumes à ses oreilles, cette dernière eût été socialement désavantagée. Pour une raison vestimentaire. En dépit des déclarations du commandant, le magasin du cutter ne contenait pas grand-chose à réquisitionner... le quartier-maître n'avait songé à embarquer que quelques shorts, des produits de soins corporels, des boîtes d'erzatz de bière et un assortiment d'articles de « délassement » divers, parmi lesquels les vidéopuces porno tenaient la meilleure place..., et ainsi, après s'être procuré quelques chaussettes et sous-vêtements de rechange, un peigne et une brosse à dents, Sparta portait toujours l'uniforme d'un inspecteur adjoint en civil affecté aux contrôles policiers et douaniers dans un port de navettes – autrement dit un pantalon en plastique à poches rapportées, un débardeur kaki, et un coupe-vent en toile polymérisée. Cette tenue manquait indubitablement de classe, mais au moins était-elle propre.

– Ellen Troy, capitaine, dit Sparta. Je suis heureuse de pouvoir travailler avec vous et votre équipe.

– Troy, répéta l'autre femme en souriant, ce qui eut pour effet de dissiper partiellement la tension. Nous sommes ravis de collaborer avec vous. Sachez que vous pouvez compter sur notre coopération, dans tous les domaines. Notre seul désir est de vous aider.

– C'est très...

– Compris ?
– Certainement, capitaine. Merci.
Antreen tendit le bras et elles échangèrent une poignée de main énergique.
– Inspecteur Troy, je vous présente mon assistante, le lieutenant Kitamuki. Et voici l'inspecteur Proboda.
Sparta serra les mains des autres personnes : Kitamuki, une femme svelte aux longs cheveux noirs réunis sur la nuque pour former une queue de cheval qui venait reposer sur son épaule; Proboda, un géant blond d'origine polonaise ou ukrainienne, avec des yeux obliques évocateurs des charges des cosaques. Antreen était tout sourires, mais ses deux acolytes étudiaient l'intruse comme s'ils envisageaient de procéder à son arrestation immédiate.
– Regagnons la pesanteur, proposa Antreen. Nous allons vous montrer vos quartiers, Troy, et quand vous serez installée, nous vous trouverons un bureau au Q.G.
Elle s'éloigna aussitôt. Kitamuki et Proboda s'écartèrent pour laisser passer la nouvelle venue, avant de resserrer les rangs et de lui emboîter le pas.
Sparta suivit sans trop de difficuté Antreen à l'intérieur des coursives… à mi-trajet de la traversée vers Vénus, elle avait vécu trois jours en apesanteur et son corps savait désormais se déplacer dans un tel milieu… pour passer du moyeu immobile de la station aux sections de métal gris du secteur de sécurité. Ils l'atteignirent et Sparta fit une brève pause, le temps de s'adapter au mouvement giratoire. Ils repartirent, franchirent des sas noir et jaune donnant dans des couloirs moins exigus, et ils s'engagèrent finalement dans des passages assez éloignés du moyeu pour que la rotation pût engendrer un semblant de pesanteur permettant de différencier le « sol » du « plafond ». Ensuite, Antreen prit la direction du quartier général du Bureau spatial

qui était situé à l'intérieur de la sphère centrale.

Sparta s'arrêta, si brusquement que Kitamuki et Proboda faillirent la percuter.

– Vous sentez-vous mal, inspecteur ? s'enquit Antreen.

– Votre sollicitude me touche, lui répondit la jeune femme en souriant. Mais le temps presse et je devrai attendre pour visiter l'appartement que vous m'avez attribué.

– Si vous le dites. Je suis quoi qu'il en soit certaine que nous trouverons à vous loger au QG.

– Je dois en premier lieu me rendre au dôme de contrôle du trafic. Le *Roi des Étoiles* devrait arriver dans moins d'une heure.

– Nous n'avons pas sollicité l'autorisation nécessaire.

– Ce n'est pas un problème.

Antreen hocha la tête.

– Vous avez naturellement raison. Votre insigne suffira. Connaissez-vous le chemin ?

– Si quelqu'un veut bien me servir de guide...

– L'inspecteur Proboda s'en chargera. Il veillera à satisfaire tous vos désirs.

– Merci. Allons-y.

Sparta se dirigeait déjà vers tribord et le dôme transparent des contrôleurs spatiaux qui surmontait l'énorme station. C'était la première fois qu'elle se rendait au-delà de la Lune, mais elle connaissait la disposition des lieux bien mieux que quiconque; les plus anciens résidents de Port Hespérus et même ses architectes et bâtisseurs inclus.

Seuls quelques instants lui furent nécessaires pour suivre les coursives et les passages fréquentés par de nombreux ouvriers et employés. Le temps d'atteindre les doubles portes de verre du dôme de contrôle, Proboda la rattrapa. S'ils avaient le même grade, cet homme était son aîné et imposer son autorité constituerait le premier des défis qu'il lui faudrait relever dans le cadre de cette mission.

Le garde de faction lança un regard à l'écusson de Sparta puis reconnut Proboda qui reprenait haleine. Il leur fit signe de passer et ils pénétrèrent dans la pénombre scintillante du dôme de contrôle de Port Hespérus.

À travers l'hémisphère de verre, Sparta découvrait les points lumineux de milliers d'étoiles. Le sol était occupé par des rangées semi-circulaires de terminaux aux écrans luminescents, disposées comme les gradins d'un théâtre romain. Devant chaque console flottait un contrôleur en harnais d'apesanteur. Les portes que Sparta et Proboda venaient de franchir se trouvaient au cœur de cette succession d'anneaux concentriques et leur entrée, que nul ne remarqua, évoquait celle de deux gladiateurs pénétrant dans l'arène. Loin au-dessus de leurs têtes, bien au-delà de la plus élevée des rangées de consoles, le poste du contrôleur en chef était suspendu à trois longerons sous le centre parabolique de la salle hémisphérique.

.Sparta se propulsa vers le haut.

Elle se tourna en se posant avec souplesse au bord de la plate-forme. Le contrôleur en chef et son assistant ne firent pas cas de sa présence.

– Je suis l'inspecteur Ellen Troy, des Services centraux d'investigation, monsieur Tanaka...

Elle avait stocké dans sa mémoire les noms de tous les responsables de la station.

– Et voici l'inspecteur Proboda, ajouta-t-elle alors que son collègue corpulent venait la rejoindre en fronçant les sourcils. Je suis chargée d'enquêter sur les faits survenus à bord du *Roi des Étoiles*.

– Bonjour, Vik, lança gaiement le contrôleur au policier nerveux, avant de saluer Sparta d'un mouvement de la tête. Entendu, inspecteur. Nous avons pris ce cargo en charge il y a trente-six heures et il devrait arriver dans approximativement vingt-sept minutes.

– À quelle distance comptez-vous remiser cet appareil, monsieur Tanaka ?

– En temps normal, nous ne prenons jamais à bord des vaisseaux de cette taille; nous les laissons naturellement dans l'espace. Mais le capitaine Antreen, qui représente votre organisme, nous a conseillé de faire entrer le *Roi des Étoiles* dans le secteur de sécurité afin de faciliter le transfert du.... survivant. Le cargo est attendu dans la cale Q3, inspecteur.

L'ordre donné par Antreen surprit un peu Sparta. L'homme qui se trouvait à bord de cet appareil venait de vivre seul pendant une semaine, et la demi-heure supplémentaire nécessaire à une navette pour le ramener à Port Hespérus n'eût pas changé grand-chose à son épreuve.

– J'aimerais rester et assister aux manœuvres d'appontage, si cela ne vous dérange pas, fit-elle. Je veux en outre être présente, quand le sas sera ouvert. Pourriez-vous en informer votre personnel ?

Elle tourna la tête, consciente que Proboda était sur le point d'émettre une objection.

– Vous serez naturellement à mes côtés, inspecteur, lui dit-elle.

– Aucun problème, déclara Tanaka avec indifférence. Notre travail s'achève à la fin des manœuvres. Maintenant, si vous voulez bien m'excuser...

Puis il passa la main dans ses cheveux noirs en brosse. Ce fut seulement lorsqu'il se dégagea du harnais qui l'assujettissait à la console et qu'il se propulsa en avant que la jeune femme nota que ce petit homme musclé ne possédait pas de jambes.

*

Sparta resta une heure sous le dôme de contrôle. Le soleil s'éleva, quelque part en contrebas. Juchée sur cette plate-forme, elle avait au-dessus d'elle les étoiles, en face le soleil aveuglant, et au-dessous les anneaux supérieurs de Port Hespérus qui tournaient continuellement autour du moyeu stationnaire, tels des manèges célestes. Elle ne pouvait voir le disque de Vénus qui se trouvait à la verticale de son point d'observation, mais la clarté des nuages d'acide sulfurique de la planète qui se reflétait sur les surfaces métalliques de la station était presque aussi violente que celle du soleil.

Cependant, ce n'était pas Port Hespérus qui retenait l'attention de Sparta, mais le vaisseau blanc long d'une centaine de mètres qui se découpait contre les étoiles. Chaque poussée de ses propulseurs chimiques auxiliaires le rapprochait de la cale béante s'ouvrant dans le moyeu, au-dessous du dôme de contrôle.

Cette vision servit de catalyseur à un lointain souvenir, et elle revit un barbecue sur une pelouse, dans le Maryland. Qui avait été présent ? Son père ? Sa mère ? Non. Un homme et une femme aux cheveux gris, ainsi que d'autres couples âgés qu'elle n'aurait su décrire ou situer. Mais tel n'était pas le thème de ce souvenir. Il se rapportait à une mangeoire pour oiseaux : un objet suspendu par un fil de pêche à un des ormes de la propriété, à deux bons mètres au-dessous de la branche et à un mètre du sol, afin de protéger les graines de la voracité des écureuils. Mais un de ces derniers ne s'était pas laissé décourager pour autant et avait appris à agripper le fil avec les quatre pattes puis à se laisser glisser tête la première... sans hâte mais avec une frayeur évidente... de la branche jusqu'à la mangeoire se trouvant en contrebas. L'audace du petit animal imposait à tel point le respect qu'aucune des personnes réunies autour du barbecue n'avait songé à chercher un nouveau moyen de le priver de ces friandises. Tous étaient si fiers de lui qu'ils voulaient que Sparta assistât à son tour périlleux.

Et elle voyait maintenant l'énorme cargo spatial glisser tête la première le long d'un fil invisible, en direction de la gueule béante de la cale d'appontage qui l'engloutirait bientôt...

Ce souvenir contenait également un message... mais elle ne parvenait pas à en assimiler la teneur. Elle reporta son attention sur l'instant présent. Le *Roi des Étoiles* avait presque entièrement disparu dans la cale.

*

À la limite du secteur de sécurité, la coursive conduisant au sas était bondée de journalistes. Sparta, suivie par Proboda comme par un chien en laisse, atteignit les derniers rangs de cette foule.

– Je me demande ce qu'il doit éprouver, déclarait un cameraman en manipulant son phonogramme à vidéopuces.

– Je peux te le dire, lui répondit un individu émacié aux cheveux en brosse. Il est si heureux de vivre...

Sparta sentait que Proboda allait se prévaloir de son grade pour écarter ces personnes de leur chemin. Elle l'en empêcha en lui disant à mi-voix :

– Je voudrais les écouter un instant.

– ... qu'il se fiche complètement de tout le reste, conclut le reporter.

– Je n'aimerais pas devoir abandonner un compagnon dans l'espace pour survivre.

– Moi non plus. Mais tu as entendu leur message – ils en ont discuté et celui que le sort a désigné est ensuite sorti par le sas. C'était la seule solution sensée.

– Sensée ? Moi je veux bien, mais laisser quelqu'un se suicider afin de rester soi-même en vie, je trouve ça plutôt moche...

– Ne fais pas de sentimentalisme. Si nous nous

trouvions dans la même situation, tu me pousserais dehors sans m'accorder le temps de dire une prière.

– À condition que tu n'aies pas été plus rapide que moi...

Estimant qu'elle en avait assez entendu, Sparta se rapprocha des journalistes et leur dit posément :

– Contrôle spatial. Veuillez vous écarter, s'il vous plaît.

Puis elle répéta ces mots :

– Contrôle spatial. Veuillez vous écarter, s'il vous plaît...

Et elle s'ouvrit sans effort un chemin au sein de cette foule, toujours suivie par Proboda.

Ils laissèrent la meute derrière eux et pénétrèrent à l'intérieur du secteur de sécurité. Ils s'avancèrent dans le moyeu et atteignirent le sas de la cale Q3 où se pressaient de nombreux techniciens et membres des services médicaux. À seulement quelques mètres de là, derrière une large baie vitrée, la tête sphérique du *Roi des Étoiles* avançait lentement, tirée et poussée par des tracteurs mécaniques. Sparta échangea des propos avec les médecins et les autres, pendant que le tube de liaison se collait au sas principal de l'appareil.

Lorsque la pression s'établit et que l'écoutille du cargo s'ouvrit, Sparta s'était placée au premier rang.

L'odeur fétide de l'air vicié emplissant le vaisseau l'assaillit. Elle prit malgré tout une inspiration et goûta à cet air infect avec la langue. Sa saveur lui apprit des choses que nul test effectué par la suite ne pourrait révéler.

Près d'une minute s'écoula, puis un homme hagard s'éleva vers le cercle de lumière. Avant d'atteindre le seuil du tube de liaison, il fit une pause et prit une inspiration profonde et irrégulière. Puis il recommença, avant de permettre à ses yeux larmoyants de se porter sur Sparta.

– Je suis heureuse de vous souhaiter la bienvenue parmi nous, McNeil, dit-elle.

Il l'étudia un moment, puis hocha la tête.

– Je m'appelle Ellen Troy, et j'appartiens au Bureau du Contrôle spatial. Je vais vous accompagner, pendant que les médecins s'occuperont de vous. Je dois vous demander de n'adresser la parole à personne, moi exceptée, jusqu'à ce que je vous y autorise – peu importe qui vous interroge, ou la nature des questions. Est-ce bien d'accord ?

McNeil répondit par un autre mouvement de tête affirmatif, avec lassitude.

– Si vous voulez bien venir me rejoindre…

Le rescapé obtempéra. Lorsqu'il fut hors du sas, la jeune femme passa près de lui pour aller tourner la manette de la commande extérieure. La lourde écoutille se ferma avec un bruit sourd et Sparta plongea la main dans la poche droite de son pantalon. Elle en sortit un disque de plastique rouge flexible qu'elle colla sur la bordure du panneau mobile – le scellant comme par un cachet de cire apposé sur le rabat d'une enveloppe. Elle se tourna et prit McNeil par le bras.

– Venez avec moi, je vous prie.

Viktor Proboda barrait l'autre extrémité du passage.

– Inspecteur Troy, il me semble que nous devrions mettre immédiatement cet homme aux arrêts et perquisitionner le vaisseau.

– Vous faites erreur, inspecteur Proboda.

Parfait, pensa-t-elle. *Il ne m'a pas dit : « Je vous ordonne ! »* Il en découlait qu'elle bénéficierait d'un répit avant leur confrontation inévitable.

– M. McNeil a droit à des égards. Nous allons le conduire à la clinique. Lorsqu'il se sentira suffisamment rétabli pour avoir un entretien avec nous, nous irons l'interroger. En attendant, personne… je dis bien « personne »… ne devra monter à bord du *Roi des Étoiles*.

Ses yeux restaient rivés à ceux, bleu pâle, de l'autre inspecteur.

– Et je suis convaincue que vous ferez exécuter les ordres de Terre Central avec diligence, Viktor.

La méthode était ancienne mais, ainsi qu'elle l'avait escompté, il fut surpris de l'entendre s'adresser à lui en employant son prénom, bien qu'il fût son aîné d'au moins cinq ans. Dix années d'efforts s'étaient en outre avérées nécessaires pour lui permettre de parvenir à son grade – mais l'enquête avait été confiée à Sparta et, en loyal serviteur de la loi, Proboda reconnaissait son autorité.

– À vos ordres, accepta-t-il à contrecœur.

McNeil semblait sur le point de perdre connaissance et la jeune femme le guida vers le groupe de médecins. L'un d'eux colla un masque à oxygène sur le visage du rescapé, dont l'expression devint celle d'un homme buvant un verre d'eau fraîche après avoir passé une semaine sous le soleil brûlant des Tropiques. Sparta interdit ensuite aux membres de l'équipe médicale de faire le moindre commentaire aux médias. Elle savait qu'ils n'en tiendraient naturellement pas compte, mais au moins attendraient-ils qu'elle ne fût plus présente pour enfreindre ses ordres.

Le petit groupe émergea du sas de la zone de sécurité. McNeil, avec un masque à oxygène sur le nez et la bouche, était guidé par les médecins et suivi par Sparta et Proboda qui fermaient la marche. Les journalistes les soumirent alors à un feu roulant de questions...

*

Les journalistes n'avaient que l'arrivée du *Roi des Étoiles* et la confirmation de la survie du technicien à ajouter au message radio ayant marqué le début de leur attente fébrile. Si la transmission avait été brève, son contenu donnait froid dans le dos.

– Ici, Peter Grant, commandant du *Roi des Étoiles*. L'officier technicien Angus McNeil et moi-même avons conjointement estimé qu'il reste une quantité d'oxygène suffisante pour permettre à un homme, un seul homme, de tenir jusqu'à l'arrivée du vaisseau à Port Hespérus. Il en découle que l'un de nous doit se sacrifier pour que nous ne mourions pas tous les deux. Nous avons en conséquence décidé de laisser le hasard désigner lequel. Nous tirerons une carte et celle ayant la valeur la plus basse désignera celui qui devra renoncer à la vie.

Une deuxième voix s'était alors élevée.

– Ici, NcNeil. Je confirme accepter sans réserve la déclaration du commandant.

Puis il y avait eu un silence de plusieurs secondes, uniquement troublé par les bruissements et les claquements des cartes. Finalement, le commandant avait déclaré :

– Ici, Grant. Le sort m'a désigné. Je tiens à répéter que ce que je vais faire est le fruit d'une décision personnelle et que j'agirai sans la moindre contrainte. Je souhaite répéter à ma femme et à mes enfants que je les aime plus que tout au monde. Je leur laisse d'ailleurs des lettres, dans ma cabine. Ma dernière volonté est d'avoir des funérailles spatiales. Mais le moment est venu d'aller enfiler mon scaphandre. Je demande à l'officier McNeil de larguer ensuite mon corps dans l'espace et aux autorités de ne pas le rechercher afin de permettre à ma dépouille de reposer en paix.

À l'exception des transmissions de données télémétriques automatiques routinières, il s'était agi de la dernière émission radio provenant du *Roi des Étoiles* avant ce jour.

La clinique de Port Hespérus se situait dans un des anneaux de la station et il y régnait un demi-gramme de pesanteur. Une heure après son arrivée, McNeil était allongé entre des draps propres et adossé à des coussins. Il avait repris des couleurs, même si des cernes sombres subsistaient sous ses yeux et si ses joues étaient flasques. Il avait maigri, depuis son départ de la Terre. Les provisions ne manquaient pas, à bord du *Roi des Étoiles,* mais au cours des derniers jours de décélération, la raréfaction de l'oxygène l'avait à tel point affaibli qu'il éprouvait des difficultés à se traîner jusqu'à la cuisine.

Afin de lui permettre de reprendre des forces, le Bureau du Contrôle spatial lui avait fait servir, conformément aux instructions de Sparta, un repas composé d'un chateaubriand saignant, de pommes de terre soufflées et de légumes du jardin, précédés d'une salade verte avec une légère vinaigrette aux herbes, le tout étant accompagné d'une demi-bouteille de Zinfandel californien velouté.

Elle frappa doucement à la porte.

– Entrez.

Sparta pénétra dans la chambre, suivie par un Proboda morose.

– J'espère que le menu vous a plu ? s'enquit-elle.

S'il ne restait plus la moindre feuille de salade, McNeil avait laissé la moitié du chateaubriand et la plupart des légumes. Le vin avait eu plus de succès, à en juger par la bouteille et le verre vides. Nimbé d'une auréole de fumée, le technicien tirait sur une cigarette sans filtre à l'odeur âcre.

– Un repas délicieux, inspecteur, absolument délicieux, et je suis sincèrement désolé de laisser tout ceci. Mais je crains que mon estomac ne se soit rétréci. Je me sens repu.

– C'est parfaitement naturel, monsieur McNeil. Eh bien, si vous vous sentez d'attaque...

L'homme lui adressa un sourire patient.

– Ouais. Les questions sont nombreuses, je présume ?

– Si vous préférez que nous revenions plus tard…

– Reporter l'inévitable est sans objet.

– Nous apprécions sincèrement votre bonne volonté. L'inspecteur Proboda enregistrera notre entretien.

McNeil débuta son récit dès qu'ils furent installés. Il parla posément, d'une voix dénuée de passion, comme s'il narrait une aventure survenue à un tiers, ou des faits ne s'étant jamais produits – ce qui était dans une certaine mesure le cas, suspectait Sparta, même s'il eût été injuste de l'accuser de mentir. Cet homme n'inventait rien. Mais si elle ne décelait pas le moindre indice de contrevérité dans le timbre et le débit de sa voix, il était par contre évident qu'il passait sous silence un grand nombre de détails.

Lorsqu'il eut terminé de parler, après plusieurs minutes, la jeune femme demeura assise sans rien dire. Finalement, elle déclara :

– Voilà qui semble tout résumer.

Elle pivota vers Proboda.

– Reste-t-il des points que vous souhaiteriez approfondir, inspecteur ?

Proboda fut à nouveau surpris – des points qu'*il* souhaiterait approfondir ? Il s'était résigné à tenir un rôle strictement passif, dans le cadre de cette enquête.

– Un ou deux, fit-il en se raclant la gorge.

McNeil tira sur sa cigarette puis lui adressa un sourire empreint d'ironie.

– Allez-y.

– Vous dites avoir perdu les *pédales*… je vous cite… quand la météorite a percuté le vaisseau. Qu'avez-vous fait, plus exactement ?

L'expression de McNeil s'assombrit.

– J'ai *chialé,* si vous tenez absolument à le savoir. Je me suis recroquevillé sur la couchette de ma cabine et j'ai pleuré, comme un môme venant de s'écorcher un genou. Grant était d'une autre trempe. Il a gardé son calme du début à la fin de notre épreuve. Mais je me trouvais à moins d'un mètre des réservoirs d'oxygène, quand ils ont explosé... juste de l'autre côté de la paroi, en fait... et je n'avais encore jamais entendu un bruit aussi assourdissant.

– Que faisiez-vous dans le pont des systèmes de survie ? voulut savoir Proboda.

– Eh bien, j'étais descendu effectuer un contrôle de routine, la vérification de la température et du taux d'humidité dans la cale A. Son compartiment supérieur est pressurisé et l'hygrométrie y est importante, parce que nous y stockons des spécialités culinaires, des cigares, ce genre de trucs. Des choses organiques – alors que dans les cales sous vide nous entreposons le fret inerte, principalement des machines. Je venais donc de franchir le sas de cette cale pour remonter vers la passerelle et me trouvais dans la partie du couloir central qui traverse le pont des systèmes de survie quand... *blam !*

– Ce pont était-il également pressurisé ?

– Il l'était constamment. Cela nous permettait d'y accéder immédiatement depuis le module de l'équipage, en cas de besoin. Il est minuscule et encombré de réservoirs et de conduites. L'impact a provoqué la fermeture automatique des sas internes.

– Et pourriez-vous nous fournir quelques détails supplémentaires, en ce qui concerne l'incident de la caisse de vin ?

McNeil arbora un sourire penaud.

– Je dois reconnaître que ma conduite n'a pas été exemplaire. Et je suppose que je vais devoir rembourser une somme importante au propriétaire des bouteilles que j'ai pu boire avant d'être surpris par Grant.

– Elles appartiennent à M. Darlington, le directeur du Muséum Hespérien, grommela Proboda. J'imagine qu'il aura effectivement son mot à dire à ce sujet... Mais vous nous avez déclaré que Grant a remis ensuite le conteneur entamé à sa place ?

– Oui. Puis il a modifié la combinaison du sas de la cale, afin que je ne puisse pas y pénétrer à nouveau.

Un éclat cruel fit briller les yeux pâles du policier.

– Vous prétendez donc que ce sas n'a pas été ouvert depuis le lendemain de l'accident ?

– C'est parfaitement exact.

– Mais son compartiment supérieur était pressurisé. Le volume d'air qu'il contenait correspondait presque à la moitié de celui que l'on a trouvé dans le module de l'équipage. En outre, l'air en question n'était pas vicié !

– Ouais, et s'il y avait eu deux sections de ce genre, Peter Grant n'aurait pas eu à se sacrifier, répondit calmement McNeil. À l'origine, nous devions transporter un chargement de jeunes pins, et l'oxygène présent dans leur cale nous aurait permis de tenir.

Il nota l'expression pensive de Proboda.

– Oh ! Je devine à quoi vous pensez. Et votre raisonnement serait parfaitement valable s'il s'était agi d'un vaisseau ancien modèle... mais le *Roi des Étoiles* et la plupart des cargos modernes sont équipés d'un réseau de conduites permettant n'importe quel échange gazeux entre tous les compartiments étanches, sans qu'il soit nécessaire pour cela d'ouvrir un seul sas. Ce système permet de transporter du fret dont l'expéditeur ne souhaite pas révéler la nature, voyez-vous, dès l'instant où il est disposé à louer la totalité de la cale. C'est d'ailleurs la procédure habituelle lorsque nous avons à bord du matériel militaire.

– Vous aviez donc accès à l'air contenu dans ce compartiment sans pour autant pouvoir y pénétrer ?

– Exact. Il aurait même été possible de pomper l'atmosphère de cette cale et de la larguer dans l'espace, pour nous en débarrasser. Grant a d'ailleurs effectué ces calculs, mais la réduction de masse n'aurait pas été suffisante pour changer quoi que ce soit.

Si Proboda paraissait désappointé, il ne renonça pas pour autant :

– Après que Grant eut... heu... abandonné le vaisseau... vous auriez pu trouver la nouvelle combinaison du sas, n'est-ce pas ?

– C'est possible, mais j'en doute. Même si cela m'avait vraiment intéressé, je ne suis pas un champion de l'informatique et accéder à des fichiers privés n'est pas mon fort. Je vous demande en outre pourquoi j'aurais fait une chose pareille.

Proboda lança un regard lourd de sous-entendus à la bouteille et au verre vides posés à côté du plateau de nourriture à peine entamé.

– Parce qu'il restait encore trois caisses et demie de vin à l'intérieur, et que le commandant n'était plus là pour vous empêcher de le boire.

Le technicien étudia le policier avec une expression que Sparta jugea calculatrice.

– J'aime l'alcool comme tout le monde, inspecteur. Un peu plus, peut-être. Voire même un peu trop. Certaines personnes m'ont qualifié d'hédoniste, et peut-être avaient-elles raison, mais je ne suis pas un imbécile.

Il écrasa son mégot.

– Qu'est-ce qui vous a retenu de le faire ? insista Proboda. Je ne parle naturellement pas de vos scrupules à vous approprier des biens ne vous appartenant pas, si cela pouvait *vraiment* vous préoccuper.

– Seulement ceci, répondit posément McNeil en laissant transparaître sa forte personnalité derrière son affabilité coutumière : l'alcool perturbe le fonctionnement des poumons et contracte les vaisseaux sanguins. Celui qui se croit condamné à mort n'en fait pas cas, mais tout individu qui entretient l'espoir de survivre dans un milieu pauvre en oxygène s'abstient d'en boire.

– Et le tabac ? N'affecte-t-il pas le système respiratoire ?

– Pour celui qui a fumé deux paquets par jour pendant vingt ans, une cigarette toutes les douze heures n'est qu'un simple calmant pour les nerfs.

Proboda allait poursuivre son interrogatoire, mais Sparta intervint :

– J'estime que nous devrions laisser M. McNeil se reposer, Viktor. Nous reprendrons cet entretien un peu plus tard.

Elle avait suivi la discussion avec intérêt. En tant que flic, Proboda possédait certains atouts... Elle appréciait par exemple l'obstination de bouledogue dont il faisait preuve même lorsqu'il se savait stupide... mais ses lacunes étaient nombreuses. Il perdait facilement la piste qu'il suivait, s'étant en l'occurrence laissé emporter sur la voie secondaire du vol sans importance de ces bouteilles de vin... Sparta le soupçonnait de se préoccuper un peu trop des intérêts des membres influents de la communauté de Port Hespérus... et il avait en outre fait preuve de négligence en préparant son sujet car dans le cas contraire il eût été informé de l'existence de ce système de conduites entre les diverses parties de l'appareil.

Mais son erreur la plus grave consistait à avoir déjà porté un jugement moral sur le suspect. McNeil possédait une personnalité trop complexe pour qu'une telle chose fût possible à ce stade. Tout ce qu'il venait de dire sur son compte était exact. Il n'était pas stupide. Et il avait la ferme intention de survivre.

Sparta se leva et s'adressa au rescapé :

– Vous pourrez vous rendre où bon vous semble,

dès que les médecins vous y autoriseront. Mais si vous souhaitez éviter les médias, c'est probablement ici que vous serez le plus tranquille. L'accès au *Roi des Étoiles* vous est naturellement prohibé. Je suis certaine que vous en comprenez les raisons.

– Parfaitement, inspecteur. Encore merci pour ce savoureux repas.

Il la salua de la main avec désinvolture, depuis le confort de son lit douillet.

*

Ils n'avaient pas atteint la coursive que Sparta se tourna vers Proboda et le gratifia d'un sourire.

– Nous formons une excellente équipe, vous et moi. Le bon et le méchant, si vous voyez ce que je veux dire. Je trouve que nous avons beaucoup de naturel.

– Qui est le bon ?

Elle rit.

– Exact. Vous avez été plutôt dur avec cet homme, mais je vous ai catalogué dans la catégorie des gentils dès que vous avez défendu les intérêts de vos riches voisins, alors que je n'ai pour ma part pas la moindre intention de leur faire de cadeau.

– Je ne vous suis pas. Comment un résident de Port Hespérus pourrait-il être impliqué dans cette affaire ?

– Viktor, nous allons enfiler un scaphandre et jeter un coup d'œil à la coque, d'accord ?

– Évidemment.

– Mais il nous faudra préalablement parvenir à traverser la foule.

Ils franchirent les portes de la clinique et s'engagèrent au sein de la meute de journalistes :

– *Inspecteur Troy !*

– *Hé, Vik, mon vieux...*

– *S'il vous plaît, inspecteur, qu'avez-vous à nous*

dire ? Vous avez bien une déclaration à faire à la presse, n'est-ce pas... ?

14

Ils laissèrent la meute bruyante des journalistes à l'extérieur du sas du secteur de sécurité.

– Je ne les ai jamais vus excités à ce point, commenta Proboda. On pourrait croire que c'est leur première occasion de relater un véritable drame.

Faute d'avoir l'expérience des médias, Sparta avait cru que les techniques classiques permettant d'asseoir son autorité... intonation de la voix et attitude énergique... seraient efficaces. C'était le cas, dans une certaine mesure, mais elle avait sous-estimé la capacité de la foule à briser sa concentration et à lui donner des aigreurs d'estomac.

– Excusez-moi, Viktor... je vous demande un instant.

Elle s'isola dans un recoin du couloir désert et se laissa flotter dans les airs les yeux fermés. Elle utilisa sa volonté pour dissoudre la tension qu'elle percevait dans son cou et ses épaules. Son esprit se vida de toute pensée.

Proboda l'étudiait avec curiosité et espérait que personne n'emprunterait ce passage, ce qui l'eût alors contraint à fournir des explications. Ellen Troy, cette jeune inspectrice sortant du commun, était à présent vulnérable. Les yeux clos et la tête penchée en avant, elle flottait en apesanteur en position fœtale. La coupe de ses cheveux blonds révélait le fin duvet couvrant sa nuque.

Quelques secondes plus tard, elle rouvrit les yeux.

– Viktor, il me faudrait une combinaison spatiale. Taille trente-quatre, fit-elle.

Elle arborait à nouveau une expression décidée et autoritaire.

– Je vais voir ce qu'il y a dans les vestiaires.

– Il nous faudra également quelques outils. Des pinces magnétiques et des ventouses, un portique démontable, une visseuse avec un jeu d'embouts complet. Ainsi que des sachets et du ruban adhésif.

– Tout cela est inclus dans le nécessaire de mécanique numéro dix. Rien d'autre ?

– Non. Je vous retrouverai au sas.

Elle se dirigea vers le conduit de liaison menant au *Roi des Étoiles* alors que Proboda s'éloignait en direction du placard à outils.

Les deux gardes de faction à l'entrée du tube portaient des combinaisons spatiales bleues aux casques ouverts et étaient munis d'étourdisseurs – ces armes à air comprimé qui lançaient des balles de caoutchouc pouvant blesser grièvement un humain, même en scaphandre, mais qui ne risquaient pas d'endommager un système important de la station. La détention d'armes à projectiles métalliques était prohibée, dans l'espace.

Par le double vitrage des hublots s'ouvrant derrière ces hommes, elle voyait la masse imposante du cargo emplir presque entièrement la cale d'appontage. Il s'agissait d'un transporteur de fret de taille moyenne, mais bien plus gros que les vedettes, les navettes et les ravitailleurs habituellement remisés dans la station.

– Quelqu'un est-il monté à bord depuis la sortie de McNeil ? demanda-t-elle.

Les deux gardes échangèrent un regard, puis secouèrent la tête.

– Non, inspecteur.

– Personne, inspecteur.

Leurs voix les trahirent, de même que leur odeur : ils mentaient.

– Parfait, fit-elle. Si quelqu'un insiste pour passer,

informez-m'en immédiatement, ou avertissez Proboda. Peu importe de qui il s'agit, même si c'est un membre de nos services. Compris ?

– Oui, inspecteur.

– Certainement, inspecteur. Vous pouvez compter sur nous.

Sparta pénétra dans le tube. Le disque de plastique rouge se trouvait toujours à sa place, en bordure du sas. Elle le toucha et se pencha.

Ce sceau n'était pas un simple adhésif. S'il ne dissimulait aucun microcircuit, ses polymères conducteurs enregistraient les empreintes électriques de tout ce qui s'en approchait. En y collant sa paume, en s'inclinant vers lui et en humant son odeur, Sparta fut informée de ce qu'elle désirait savoir.

Les détecteurs de champ implantés dans sa main relevèrent les traces caractéristiques laissées par un appareil de dépistage, que quelqu'un avait passé sur le disque dans l'espoir de découvrir ses secrets. Après avoir obtenu confirmation qu'il ne recelait aucun piège, la personne en question s'était enhardie au point de le toucher, sans doute avec des gants. Mais si elle n'avait laissé aucune empreinte digitale, Sparta n'eut aucune difficulté à reconnaître son odeur.

L'épiderme de tout individu exsude des substances huileuses et de la sueur contenant un certain mélange de divers produits, et plus particulièrement des acides aminés, dans des proportions aussi uniques que les dessins d'un iris. Sparta les analysa sitôt après les avoir humées. Elle avait le choix entre stocker chaque formule dans sa mémoire ou, plus utilement, les comparer à celles déjà enregistrées. Elle notait systématiquement la signature chimique de la plupart des personnes qu'elle rencontrait, quitte à l'effacer par la suite si elle s'avérait sans intérêt.

Elle ne fut pas surprise de reconnaître sur ce

sceau celle de Kara Antreen, qu'elle avait relevée deux heures plus tôt, et elle ne put tenir rigueur aux gardes de lui avoir menti. Cette femme leur avait ordonné de se taire, et ils resteraient sous ses ordres bien après le départ de Sparta pour la Terre.

Elle ne pouvait pas non plus reprocher à Antreen sa curiosité. Que la responsable de l'antenne locale eût examiné le sceau était indéniable, mais rien ne permettait de supposer qu'elle était montée à bord du vaisseau. Le seul autre accès était le sas situé au milieu du puits central, et Sparta doutait qu'elle eût enfilé une combinaison spatiale et gagné le *Roi des Étoiles* de cette manière, en s'exposant ainsi aux regards d'une centaine de contrôleurs et de dockers.

Viktor vint la rejoindre en apportant un sac à outils et un scaphandre bleu, de la couleur des uniformes des représentants locaux de la loi. Il avait déjà mis le sien et placé son écusson doré sur son épaule.

*

Quelques minutes plus tard ils dérivaient lentement en direction de la coque du cargo qu'illuminaient des batteries de projecteurs et concentraient leur attention sur une petite perforation circulaire dans un des panneaux métalliques.

Derrière eux, dans l'immense cale d'appontage, d'énormes pinces d'acier cliquetantes saisissaient des appareils et les tiraient à l'intérieur de la station, alors que des tuyaux et des câbles autoguidés se déployaient et se dirigeaient tels des serpents vers les orifices des réservoirs et les prises des condensateurs. Des remorqueurs et des barges arrivaient ou quittaient la cale en se glissant entre les larges portes ouvertes sur les étoiles. Cette activité fébrile se déroulait dans le silence absolu du vide. Le cutter du Bureau spatial était amarré à côté du *Roi des*

Étoiles, dans le secteur de sécurité. Juste en face, on achevait le ravitaillement d'une vedette accolée au sas commercial; la navette qui irait chercher les passagers du vaisseau de ligne *Hélios* dont l'arrivée était imminente. L'hémisphère transparent du dôme de contrôle surplombait toute la scène.

Ils avaient franchi un des sas de maintenance, et Proboda tirait derrière eux le sac à outils en nylon translucide qu'une sangle assujettissait à son poignet. Sparta prit soin de contourner les bobinages du bouclier antiradiations du *Roi des Étoiles*, cette structure dans laquelle était enchâssée la partie supérieure du module de l'équipage. Elle prenait soin de rester à distance respectueuse, et si l'autre inspecteur fut intrigué par sa conduite il ne s'autorisa aucun commentaire. Sparta ne prit pas la peine d'expliquer ce qu'un certain nombre d'expériences personnelles fort désagréables lui avaient permis d'apprendre. Les champs électriques et magnétiques de forte intensité étaient pour elle très dangereux, même si les autres personnes ne pouvaient les percevoir : les courants induits dans les éléments métalliques implantés près de son squelette la désorientaient et, dans les cas extrêmes, perturbaient certaines fonctions vitales.

Ils arrivèrent à proximité du panneau de coque L-43. Ce dernier n'était pas aisément accessible, cependant, étant donné qu'il se situait sous la partie inférieure du module de l'équipage, juste au-dessus de l'extrémité convexe du long cylindre de la cale C.

– Je vais jeter un coup d'œil, déclara-t-elle en se glissant entre les deux éléments du vaisseau. Tenez, débarrassez-moi de ça.

Elle détacha de la coque la caméra-robot perchée au-dessus du trou et la tendit à Proboda. Dès qu'elles ne furent plus en contact avec la surface métallique, les roulettes magnétiques situées au bout des pattes de la petite machine s'emballèrent en bourdonnant.

L'homme posa le petit crabe d'acier un peu plus haut sur le module et la chose déguerpit aussitôt en direction du sas d'où elle était sortie.

Sparta tendit le cou vers le panneau endommagé et étudia le trou. Ses yeux firent un zoom pour se placer en position macroscopique et soumirent la perforation à un examen détaillé.

– Les dégâts n'ont pas l'air très importants, commenta la voix de Proboda dans l'auricom de son oreille droite.

– Attendez d'avoir vu l'autre côté. Mais je dois préalablement photographier ceci.

Elle prit un cliché avec l'appareil photogramme sanglé à son poignet gauche.

Ce que Sparta voyait à l'extérieur de la coque, même avec un rapport de grossissement qui eût sidéré l'autre policier, correspondait parfaitement à une perforation attribuable à une météorite d'un gramme se déplaçant à quarante kilomètres par seconde et entrant en collision avec un panneau d'acier – une cavité d'un millimètre de diamètre au centre d'un petit cercle brillant et lisse de métal ayant fondu avant de se solidifier à nouveau.

Les dommages infligés à la coque d'un vaisseau par un corps astral voyageant à des vitesses interplanétaires normales pourraient être comparés à ceux provoqués par un projectile traversant un blindage. À l'extérieur, les dégâts semblent modestes, mais l'énergie engendrée crée une onde de choc qui se propage vers l'intérieur en repoussant le métal. Les éclats fondent et s'éloignent en provoquant d'autres destructions. Si l'appareil est pressurisé, cette onde de choc s'étend rapidement et engendre à proximité du point d'impact des surpressions destructrices inversement proportionnelles à la distance.

– Est-ce un de ces panneaux amovibles qui s'enlèvent facilement ? voulut savoir Proboda.

– Nous n'avons pas cette chance. Voulez-vous me passer la visscuse et un embout Philips standard ?

Si près d'un tiers des éléments constituant la coque du pont des systèmes de survie étaient montés sur des charnières, celui portant la référence L-43 n'en faisait pas partie. Il s'agissait malheureusement d'une plaque fixée sur tout son pourtour par une cinquantaine de vis à tête plate. Proboda sortit du sac une visseuse sans fil et inséra l'embout demandé dans le mandrin.

– Tenez, fit-il en lui tendant l'outil. Je peux vous aider ?

– Oui, en récupérant ces maudits machins.

Il lui fallut près de dix minutes pour retirer les tiges filetées que Proboda attrapa au vol et glissa dans un sachet en plastique.

– Essayons le levier magnétique, à présent.

Il lui remit un petit électro-aimant massif qu'elle posa au centre de la plaque, sur le triangle jaune marquant l'emplacement du point de fixation en alliage ferreux. Elle pressa l'interrupteur de l'appareil et exerça une traction. L'outil adhérait fermement au métal, mais...

– C'est bien ce que je craignais. Pouvez-vous caler vos pieds quelque part ? Alors, tirez sur mes jambes.

L'homme se raidit et saisit les chevilles de Sparta. Il exerça une traction, mais le panneau refusa de céder.

– Il va falloir installer le portique.

Proboda plongea la main dans le sac à outils et en retira un assortiment de tiges d'acier munies de raccords coulissants. Il lui passa les pièces une à une, et quelques minutes plus tard elle avait assemblé parallèlement au panneau récalcitrant une structure qui reposait sur la coque par des pieds à cardans. Elle monta un réducteur à vis sans fin dans le support inséré au centre du portique, puis y glissa une barre d'accouplement dont l'extrémité inférieure s'encastrait dans un pivot du dos de l'aimant. Lorsque Sparta tourna la poignée, la vis sans fin tourna de même et exerça une traction inexorable. Après trois tours complets, la plaque s'enfla et finit par céder comme un bouchon dans le goulot d'une bouteille.

– Voilà ce qui la retenait, dit-elle en désignant la partie interne du panneau. De l'adhésif, sur la totalité de la surface.

Des grumeaux jaunâtres de colle durcie avaient maintenu cet élément en place : la mousse crachée par les systèmes de sécurité. L'air s'échappant par le trou en avait emporté une partie, qui s'était solidifiée en scellant la fuite. Le reste avait simplement créé un beau gâchis.

Sparta étudia la surface interne de la plaque et le monticule de matière adhésive qui obstruait la perforation. Elle en prit un photogramme, puis regarda par-dessus son épaule.

– Faites-moi voir cette trousse de couteaux.

Il la lui tendit, et elle préleva un outil à la lame fine et incurvée.

– Passez-moi également un sachet.

Elle fit précautionneusement glisser le tranchant du couteau sous le plastique friable, qui se détacha en fines lamelles.

– Pourquoi faites-vous cela ?

– Rassurez-vous, mon but n'est pas de détruire des pièces à conviction.

Elle plaça les éclats dans le petit sac.

– Je désire seulement voir à quoi ressemble le trou, sous cette substance.

Le cône avait la dimension d'une petite pièce de monnaie et était cerné par une auréole de métal fondu puis solidifié.

– Eh bien, tout me paraît normal.

Elle prit un autre photogramme, puis remit la plaque à Proboda.

– Placez-la dans le sac.

Sparta dirigea le rayon de sa lampe vers les ténèbres régnant dans le pont des systèmes de survie, qu'elle étudia en utilisant ses méthodes personnelles avant de prendre de nouveaux photogrammes.

– Pouvez-vous passer votre tête à l'intérieur, Viktor ? J'aimerais que vous puissiez voir cela.

Il se glissa près d'elle, et leurs casques se touchèrent.

– Quel merdier !

Dans un rayon de deux mètres autour du point d'impact, les dégâts étaient considérables. Les conduites, tordues dans tous les sens, s'achevaient par des gueules déchiquetées et évoquaient des vers benthiques congelés.

– Les deux réservoirs ont été détruits en même temps. On pourrait difficilement trouver un endroit plus vulnérable, dans tout l'appareil.

Une sphère d'oxygène était éventrée et l'autre avait volé en éclats; ce qui en subsistait évoquait une coquille d'œuf écrasée. Des fragments de la cellule d'alimentation flottaient à proximité du plafond, où la lente décélération de l'appontage les avait regroupés.

– Excusez-moi un instant, mais je dois tendre mon bras à l'intérieur.

Sparta s'étira et récupéra des débris miroitants qu'elle plaça dans des sachets en plastique, avec d'autres échantillons. Puis elle parcourut une dernière fois le pont dévasté du regard, avant de se reculer.

Ils rangèrent les outils et les preuves récoltées dans le grand sac.

– Voilà qui devrait suffire, pour ici tout au moins.

– Avez-vous trouvé ce que vous espériez découvrir ?

– C'est possible. Nous ne serons fixés qu'après avoir pris connaissance des conclusions du labo.

Avant de regagner la station, j'aimerais aller jeter un coup d'œil à l'intérieur du vaisseau.

Ils se déplacèrent le long du cylindre de la cale C, d'une poignée à la suivante, jusqu'au sas central du *Roi des Étoiles*.

Cet accès donnait dans le long tube qui s'achevait d'un côté par les réservoirs de carburant et les moteurs nucléaires, et de l'autre par les cales et le module de l'équipage. Sparta utilisa les commandes d'ouverture externes... un modèle standard rendu obligatoire sur tous les types d'appareils..., puis elle pénétra dans l'espace exigu. Proboda s'y glissa derrière elle, avec le sac à outils en remorque.

Elle referma l'écoutille. D'ici, il lui serait possible de pressuriser le sas, si nulle instruction contraire n'avait été programmée au préalable. Un panneau rouge s'alluma à côté du volant de fermeture intérieur : « VIDE. DANGER. »

– Je vais rétablir la pression, annonça-t-elle. Attention, ça va puer.

– Pourquoi ne pas garder nos casques fermés ?

– Nous devrons tôt ou tard affronter cette puanteur, Viktor. Mais vous êtes libre de ne pas ouvrir la visière du vôtre, si vous préférez.

Sans commenter sa décision, il s'abstint de déverrouiller son casque et Sparta contint un sourire. Elle le trouvait bien délicat, pour un homme possédant une carrure aussi impressionnante et exerçant leur profession.

Elle utilisa les commandes pour pressuriser l'intérieur du puits central du vaisseau. Quelques instants plus tard le voyant passa du rouge au vert... « Pressions atmosphériques égales »... mais elle n'ouvrit pas la porte interne et remonta la visière de son casque.

Et elle fut assaillie par une épouvantable puanteur : sueur, nourriture avariée, fumée de cigarettes, vin aigre, ozone, peinture fraîche, huile, graisse, déchets corporels... et, par-dessus tout, bioxyde de carbone. Cet air était moins délétère qu'au cours des dernières journées de voyage de McNeil, car celui de la station s'y mêlait depuis que le technicien avait débarqué, mais il s'avérait malgré tout pestilentiel. Quelques instants furent nécessaires à Sparta pour se reprendre.

Ce qu'elle s'abstint de dire à Proboda, c'était qu'elle n'agissait pas ainsi par pur masochisme.

Cela lui permettait non seulement d'analyser directement les composants chimiques de l'atmosphère mais également d'évaluer et de traduire ses impressions au niveau du conscient. Il était nécessaire de trouver la réponse à une question très importante, avant d'entrer à l'intérieur du vaisseau : avait-on emprunté ce passage pendant le voyage ? Le sas principal ne posait aucun problème. Si un des deux hommes l'avait traversé pour sortir, l'autre l'aurait su; avant qu'ils n'y pénètrent ensemble et que seul McNeil n'en revînt, naturellement. Mais les choses étaient différentes, pour ce sas. L'un d'eux avait pu se glisser hors du vaisseau par cette sortie secondaire pendant que son compagnon dormait ou était occupé. Savoir cela était capital.

L'odeur qui régnait en ce lieu lui permit d'être fixée sur ce point.

– C'est bon, je pense pouvoir le supporter.

Elle sourit à Proboda, qui l'étudiait depuis le confort offert par son casque.

Elle tourna le volant de l'écoutille intérieure, l'ouvrit, et s'avança dans la coursive centrale pour éprouver aussitôt une sensation de vertige. Sparta se trouvait dans un étroit conduit circulaire de cent mètres de long, un tube d'acier poli si rectiligne qu'il paraissait se fondre dans un point noir situé en poupe. Pendant un instant, elle eut l'impression angoissante de se trouver dans le canon d'un fusil.

– Quelque chose ne va pas ? fit la voix de Proboda, assourdissante, dans son auricom.

– Non... je vais très bien...

Elle regarda vers le « haut », en direction de la proue du vaisseau. L'écoutille d'un sas se trouvait à quelques mètres au-dessus de sa tête, avec au-delà les entrées des cales et du module de l'équipage.

Le panneau lumineux se trouvant à côté était vert. « Pressions atmosphériques égales. » Elle tourna le volant, souleva le capot circulaire, et pénétra dans le grand sas qui séparait la partie habitable du vaisseau des énormes conteneurs largables – eux-mêmes dotés de leurs propres sas. Les écoutilles externes des quatre cales la cernaient et des voyants rouges brillaient sur trois d'entre elles. « VIDE. DANGER. »

L'inscription jaune visible à côté de la cale A était cependant moins dissuasive. « Entrée formellement interdite à toute personne non autorisée. »

Il s'agissait d'une porte d'acier circulaire massive, semblable aux autres, avec un lourd volant en son centre. Il suffisait de taper certains chiffres dans le bon ordre sur le clavier encastré à côté pour obtenir aussitôt le droit d'entrer.

Elle eut le temps d'incliner la tête vers chaque écoutille, avant que Proboda se fût hissé de l'étage inférieur en traînant toujours le sac à outils. Personne n'avait pénétré dans les cales B et D depuis des semaines, mais le pavé numérique et le volant de la cale A portaient des traces de manipulation. De même, et cela la surprit, que ceux de la cale C.

– La A est la seule qui soit verrouillée, Viktor, dit-elle lorsqu'il fut à ses côtés. Nous devrons trouver la combinaison, ou forcer cette porte. Vous voulez inspecter la B ? Je me charge de la C.

– Bien sûr.

Il pressa des touches afin de pressuriser son sas. Sparta ferma son casque et entra dans celui de l'autre cale. Le rituel consistant à fermer l'écoutille externe, faire le vide puis ouvrir la porte donnant dans une cale non pressurisée devait être exécuté avec soin, sans hâte. Puis elle se retrouva à l'intérieur.

Il s'agissait d'un cylindre d'acier grand comme un silo à grains où régnait une obscurité profonde, hormis à proximité du panneau lumineux installé près du sas. Sa faible clarté verdâtre révélait des monstres de métal de près de six tonnes alignés contre la paroi, tels des choristes. Ils étaient tous solidement arrimés aux côtés et aux longerons d'acier de la cale. Alors qu'elle approchait d'eux dans la pénombre, ils paraissaient se dilater et leurs yeux de diamants composés semblaient suivre ses déplacements comme ceux de certains portraits en trompe-l'œil.

Ce n'étaient que des machines inertes, naturellement. Sans leurs barres de carburant fissile, empilées à proximité dans des conteneurs blindés en graphite, ces énormes robots étaient incapables de se mouvoir. Cependant, Sparta ne pouvait nier qu'ils l'intimidaient, avec leur corps de titane segmenté conçu pour supporter des températures infernales, leurs pattes d'insecte prévues pour affronter les terrains les plus accidentés, leurs griffes et leurs mandibules en diamant imaginées pour déchiqueter les roches les plus dures...

Et leurs yeux à facettes miroitantes.

Alors qu'elle se propulsait vers le robot le plus proche, elle perçut un picotement dans son oreille interne. Elle fit une pause avant de reconnaître les effets de la radioactivité qui engendrait les mêmes courants induits... à peine perceptibles, dans le cas présent... que le bouclier antiradiations du vaisseau. Un regard au numéro de série de la machine lui confirma qu'il s'agissait de celle testée par Sondra Sylvester sur le terrain de manœuvre de Salisbury, trois semaines avant son embarquement à bord du *Roi des Étoiles*.

Elle passa devant le monstre de métal avec prudence puis inspecta les autres, étudiant leurs têtes dressées et menaçantes. Le premier excepté, tous étaient aussi froids que du marbre.

*

Sparta avait regagné le sas d'accès et refermé l'écoutille derrière elle. Elle attendait que Proboda revînt de la cale D. L'inspecteur avait contrôlé le contenu de la B et gagné la dernière soute non pressurisée, pendant qu'elle admirait toujours les robots. Le sommet de sa tête dépassa du sas, et elle la compara à celle d'une fourmi. Elle tapota la sphère de plastique bleu.

– Pourquoi ne l'ouvrez-vous pas ? s'enquit-elle. La puanteur ne vous tuera pas.

Il la regarda et obtempéra sans enthousiasme. Une bouffée d'air fétide parvint à ses narines et son nez se plissa jusqu'au front.

– Dire qu'il a dû vivre là-dedans pendant une semaine ! fit-il.

Et elle pensa qu'il mépriserait un peu moins McNeil, faute de pouvoir éprouver du respect pour cet homme.

– Accepteriez-vous de me rendre un service, Viktor ? Il faudra pour cela nous séparer quelques minutes.

– Avant d'en avoir terminé ? Nous devons contrôler au plus tôt les déclarations du suspect.

– Je suis pratiquement certaine que nous disposons déjà de preuves décisives, et je voudrais que vous les portiez au labo.

– Inspecteur Troy, j'ai ordre de rester près de vous, de ne pas vous quitter.

– C'est d'accord, Viktor. Vous pourrez aller dire

au capitaine Antreen tout ce que vous jugerez utile de lui raconter.

– Il faudra préalablement *me* faire part de vos conclusions, rétorqua-t-il, exaspéré.

– Entendu. Et ensuite, quand vous aurez porté tout cela au labo, vous irez intercepter l'*Hélios*. Avant qu'un seul de ses passagers ne débarque. Débrouillez-vous pour ne pas leur laisser le temps de s'ennuyer…

*

Il partit dès qu'elle lui eut exposé ses soupçons et qu'il eut assimilé leur nature. Elle découvrait que cette obligation de se montrer persuasive l'épuisait. Sparta ne maîtrisait qu'avec difficulté la science des rapports sociaux, de la manipulation de son entourage. Peu après, presque involontairement, elle fut à nouveau en transe.

Cette brève méditation la revigora. Alors qu'elle permettait au monde extérieur de parvenir progressivement jusqu'à sa conscience, elle se mit à *écouter*…

Elle ne put tout d'abord filtrer et localiser l'origine de ce qu'elle entendait. Elle était assaillie par la symphonie de la grande station spatiale qui tournait lentement au-dessus de Vénus. Les sons lui parvenaient à travers la coque du *Roi des Étoiles* : le souffle des gaz et des fluides qui suivaient ses conduites, le bruissement des roulements à billes de son immense moyeu et de ses anneaux qui effectuaient posément une ronde sans fin, le bourdonnement de milliers de circuits et de câbles à haute tension qui faisait vibrer l'éther. Elle captait les bruits des cent mille habitants de la station. Un tiers travaillaient, et les autres dormaient ou vaquaient aux menues occupations de l'existence : acheter, vendre, enseigner, étudier, cuisiner, manger, s'affronter, jouer…

En tendant simplement l'oreille, elle ne pouvait suivre aucune conversation. Personne ne semblait discuter dans le voisinage immédiat du *Roi des Étoiles*. Elle aurait naturellement pu accorder la fréquence de son syntoniseur auditif sur celle des transmissions radio et autres moyens de communication, si elle avait décidé de se placer en mode de réception, mais tel n'était pas son désir. Elle souhaitait uniquement avoir une impression d'ensemble de ce lieu, découvrir ce que l'on éprouvait lorsqu'on vivait dans un univers métallique condamné à effectuer sans trêve le tour d'une planète infernale. Un monde avec des parcs, des jardins, des boutiques, des écoles et des restaurants, bien sûr... ainsi qu'une vue magnifique sur la nuit étoilée et le soleil aveuglant... mais un milieu clos d'où seuls les plus riches pouvaient s'évader. Il s'agissait d'un microcosme où des gens de cultures disparates... Japonais, Arabes, Russes, Américains du Nord... devaient se côtoyer dans des conditions d'existence qui engendraient inévitablement de la tension. Certains venaient à Port Hespérus pour des raisons financières, d'autres parce qu'ils s'imaginaient que l'espace les libérerait des contraintes inhérentes à une Terre surpeuplée. Il y avait encore ceux qui se trouvaient captifs de ce monde artificiel parce que leurs parents les y avaient conduits. Mais peu possédaient l'esprit des véritables pionniers qui considéraient des conditions de vie pénibles comme une fin en soi. Port Hespérus était comparable à une plate-forme pétrolière perdue au milieu de l'Atlantique Nord ou à une ville de papeteries du cœur des forêts canadiennes.

Le message que Sparta recevait à travers les cloisons de métal traduisait de la tension contenue, de l'attente, une écrasante sensation de servitude. Et il y avait encore autre chose. Cela était présent dans une certaine mesure chez les immigrants de fraîche date mais surtout chez les résidents les plus jeunes, ceux qui étaient nés à bord de la station – l'ennui engendré par une existence monotone, du ressentiment, un courant sous-jacent et presque inconscient de mécontentement. Mais les décisions étaient prises par des gens appartenant à la génération précédente, et ces derniers n'avaient d'autre but que d'exploiter intensivement les ressources de la surface de Vénus, vivre le plus confortablement possible, et amasser suffisamment d'argent pour pouvoir quitter Port Hespérus à jamais...

*

À près d'un kilomètre du cargo dans lequel Sparta flottait en apesanteur et s'abandonnait à de telles rêveries, Port Hespérus grouillait de vie. L'énorme sphère principale de la station était ceinte de grands arbres... aux sommets pointés vers son centre... et entourée de vastes baies munies de volets dont l'inclinaison variait sans cesse pour atténuer la clarté aveuglante provenant de Vénus et du Soleil. Des sentiers serpentaient au sein de jardins luxuriants où l'on trouvait des fleurs de la passion, des orchidées et des broméliacées, sous les cycas et les fougères géantes, à proximité de ruisselets et d'étangs d'eau recyclée qu'enjambaient des ponts incurvés de bois ou de pierre.

Un promeneur effectuant le circuit complet de trois kilomètres et demi eût trouvé sur son chemin des paysages et des microclimats très différents, conçus par le maître paysagiste Senö Sato pour évoquer la diversité des cultures ayant contribué à bâtir Port Hespérus et le passé mythique de la planète autour de laquelle gravitait cette station. Un pas sous une porte de sanctuaire shinto et c'était Kyôto : un palais, des allées de galets, des pins noueux. Derrière les branches de ce tamarinier, Samarkand et ses riches demeures de pierre dont les mosaïques se reflétaient dans des bassins parfumés. Au-delà de ces bouleaux dénudés, Kiev, dont les tours surmontées d'un bulbe bleu surplombaient un canal gelé sur lequel évoluaient deux patineurs. Sous les pieds, la neige se changeait en poudre de marbre puis en sable, et l'on trouvait le Sphinx, dans un cadre de désert et de rochers. En haut de cette sente rocailleuse, juste après ce prunier en fleur, Shangai la disparue et une pagode de sept niveaux aux fleurons dorés. Derrière ces ginkos jaunes, New York et l'étang de Central Park avec ses maquettes de goélettes que la statue de bronze d'Alice admirait, l'air perplexe. Une allée de sapins du Canada menait à Vancouver, avec ses cèdres ruisselants, ses totems et ses gargouilles patinées de vert-de-gris. Et sous ces fougères géantes se trouvaient les marais légendaires de la Vénus de fiction, avec un vaste assortiment de plantes carnivores vernissées par les pluies continuelles. En contournant cet araucaria, on était de retour à Kyôto…

De l'autre côté de ces jardins magnifiques, dans des ceintures concentriques à la sphère centrale, il y avait encore la Casbah, les Champs-Élysées, la place Rouge, la Cinquième Avenue et la Grand-Rue de Port Hespérus – boutiques, galeries, braderies, salons de thé russes, échoppes de marchands de tapis, restaurants de quinze origines ethniques différentes, halle aux poissons (des brèmes d'aquaculture, une spécialité locale), marchés de fruits et de légumes, étals de fleuristes, temples et mosquées, synagogues et églises, cabarets aux spectacles sagement polissons, le Centre de Représentation artistique de Port Hespérus et des rues pleines de badauds et de camelots, de jongleurs et de musiciens ambulants, de personnes portant des atours de métal et de plastique sur un épiderme teint de couleurs vives. Les jardins de Sato attiraient les riches touristes de tout le système solaire que les négociants de Port Hespérus se tenaient prêts à accueillir.

La sphère centrale était également fréquentée par les travailleurs de la station et leurs familles. Mais un monde ressemblant à Disneyworld... même avec un assortiment cosmopolite de plats, de boissons et d'habitants authentiques et parfois excentriques... devient très familier après la cinquième ou la sixième visite, et horriblement ennuyeux après la centième. La moindre opportunité de nouveauté, de distraction, est alors inestimable...

Et telle était la raison du profond mécontentement de Vincent Darlington.

*

Cet homme se déplaçait sans but précis dans le décor tape-à-l'œil de la salle principale du Muséum Hespérien. Ici et là, il redressait le cadre tarabiscoté d'une toile baroque ou rococo, tout en repoussant la tentation de plonger les doigts dans les monticules de crevettes et de caviar, de queues de langouste et de dés de jambon de synthèse que les traiteurs avaient apportés par kilos et que la clarté tachetée tombant de la coupole nappait de reflets huileux. À intervalles de quelques minutes, Darlington regagnait la vitrine vide trônant à l'extrémité de la salle – installée à l'emplacement qu'eût occupé l'autel s'il s'était agi d'une église; comparaison renforcée par les vitraux du dôme. Ses petits doigts boudinés tambourinaient alors le cadre doré du meuble fabriqué tout spécialement pour recevoir sa dernière acquisition et qu'il avait fait installer là où nul ne pourrait manquer de le voir en entrant dans la salle – surtout pas cette femme, si elle avait l'impudence de venir.

C'était une des raisons pour lesquelles il avait organisé cette mise en scène et invité quelqu'un, cette personne ô combien spéciale que Sylvester ne manquerait sans doute pas d'accompagner. Il espérait qu'elle viendrait, l'*impatience* de lire du dépit sur son visage le rongeait…

Mais tout était fini avant d'avoir commencé. Ou tout au moins reporté à plus tard. Il avait d'abord appris que son acquisition venait d'être placée sous scellés, puis que la police *retardait* le débarquement des passagers de l'*Hélios* ! Pourquoi diable faisait-on tant d'histoires à propos d'un simple accident survenu dans l'espace, bon sang ?…

La situation était terriblement *embarrassante,* mais il n'avait pas la moindre intention de rouvrir le Muséum Hespérien avant que son trésor n'eût pris place dans sa châsse.

Il s'écarta de l'autel vide. Il avait refusé de se mêler à la foule des journalistes et autre racaille qui s'était précipitée vers le secteur de sécurité à l'arrivée tant attendue du *Roi des Étoiles*. Il s'était contenté de contacter discrètement les autorités pour les presser… on pourrait en fait dire *supplier,* mais de la manière la plus *élégante* qui soit… de faire lever les mesures bureaucratiques qui l'empêchaient de prendre *immédiatement* livraison de l'ouvrage qui était probablement le plus précieux de toute l'histoire de la littérature anglaise. Et sincèrement, s'il ne s'était *pas* agi d'un ouvrage inestimable, pourquoi aurait-il été contraint de le payer cette somme *exorbitante*… probablement la plus élevée jamais versée pour un texte en anglais depuis les balbutiements de cette langue…, et sur ses propres deniers, qui n'étaient pas, après tout, *inépuisables* ?

Il n'accordait naturellement pas la moindre importance à cet ouvrage; à son contenu, tout au moins, aux *mots* qui y étaient écrits. De banales histoires de guerre, voyez-vous. Il était exact que ce type, ce Lawrence, était considéré comme un bon écrivain et qu'il y avait en outre ces dédicaces de G.B. Shaw et de Robert Graves. Si Darlington n'avait jamais rien lu leur étant attribuable, tous reconnaissaient qu'il s'agissait également de grands auteurs littéraires, pour leur époque en tout cas, et une réputation ayant résisté au passage d'un siècle ne pouvait être usurpée, non ? Mais il ne s'agissait pas exactement de l'ouvrage qu'il s'était proposé d'acquérir, s'avoua-t-il. Il avait en fait confondu ce Lawrence avec un homonyme ayant vécu à la même période. Son erreur était cependant pardonnable, car tout cela appartenait à un lointain passé.

Et c'était en outre sans le moindre rapport avec ses soucis actuels. Il avait versé une fortune en échange de ce foutu bouquin dont il n'existait que cinq exemplaires dans tout l'univers. Trois d'entre eux avaient d'ailleurs été *égarés* et il ne restait à présent que celui de la Bibliothèque du Congrès des États-Unis d'Amérique et *le sien* – celui du Muséum Hespérien dont il était propriétaire. Et il en avait fait l'acquisition pour une seule raison : humilier la femme qui s'était permis de le bafouer en poursuivant publiquement de ses assiduités sa... eh bien, la personne ô combien spéciale qui avait été autrefois sa compagne légale.

Sans doute eût-il mieux fait de dire simplement bon débarras à cette petite salope. Mais il en était incapable. Elle possédait des charmes indéniables et Darlington ne pouvait espérer trouver son équivalent dans *cette* boîte à sardines spatiale.

Cette sombre pensée en engendra d'autres, encore plus déprimantes, comme c'était toujours le cas lorsqu'il se demandait s'il lui serait un jour possible de quitter Port Hespérus et de rentrer chez lui. Il savait au fond de son être que de tels espoirs étaient vains. Ce pauvre Vince Darlington aurait droit à des funérailles dans l'espace, hormis si ses sœurs décédaient par miracle avant lui. Il n'avait pas à redouter d'être extradé vers la Terre, cependant, rien de public ou de légal. Non, c'était le prix que les membres de sa famille... ces *harpies,* vraiment... avaient exigé en échange de leur silence, lui évitant ainsi d'être incarcéré dans une *prison* suisse, plus exactement. Naturellement, il avait fallu que ce fût *leur* argent...

Tel était le cadre de son exil, et il resterait captif de ces petites pièces aux parois tapissées de velours, sous cette... étonnante coupole de verre peint (ce bâtiment n'avait-il pas été initialement conçu comme lieu de culte ?), entouré de ses trésors sans attraits.

Il lança un nouveau regard aux crevettes, qu'il ne trouva pas plus appétissantes que la fois précédente.

Il débuta une nouvelle tournée de redressage des toiles. Quand *serait-il* autorisé à entrer en possession de son bien ? Peut-être eût-il mieux fait de tout annuler. Le capitaine Antreen ne l'avait guère aidé. Oh ! Elle ne s'était pas montrée avare de sourires et de belles promesses, mais pour quel résultat ? Rien de concret, en tout cas. L'arrière-goût amer de toute cette affaire faisait cailler la douceur de la revanche qu'il projetait de prendre sur Sylvester.

Darlington gagna d'un pas nerveux une des salles latérales obscures et moins spacieuses. Il s'arrêta à côté d'une vitrine dont le couvercle de verre renvoyait son reflet. Il réordonna sa chevelure noire désormais clairsemée et remonta la monture de corne démodée de ses lunettes. Ses lèvres se plissèrent en une moue de satisfaction – il avait toujours fière allure, grâce à Dieu. Puis il repartit, sans prêter attention au contenu du présentoir.

Ce que Darlington laissait derrière lui à l'intérieur de cette petite salle était le seul véritable trésor du Muséum Hespérien, même s'il refusait de lui accorder un tel statut. Il s'agissait des étranges fragments d'empreintes fossilisées que des robots explorateurs avaient trouvés à la surface de Vénus et auxquels ce musée devait d'être devenu un centre d'intérêt pour les scientifiques et les érudits; et, après les jardins de Sato, une des principales attractions touristiques de Port Hespérus. Mais Darlington, qui possédait une richesse incommensurable tout en ne disposant que d'une rente âprement négociée avec ses sœurs, ne s'intéressait qu'à l'art européen contestable de l'ère du mélodrame-et-des-fioritures, et pour lui les roches et les os évoquaient une station-service perdue dans le désert ou une boutique d'antiquaire de la Terre. C'était uniquement parce que ses fossiles vénusiens attiraient sur lui l'attention de tout le système solaire qu'il leur avait accordé à contrecœur cet espace.

Il poursuivait sa promenade et regardait ses toiles et ses sculptures tape-à-l'œil, son bric-à-brac coûteux, tout en ruminant de sombres pensées. Il se demandait ce qu'espérait obtenir cette policière de la Terre en allant fourrer son nez à l'intérieur de l'épave où se trouvait encore son livre si précieux.

*

Avant l'arrivée de l'*Hélios* et après que Sparta lui eut demandé de faire mettre cet appareil en quarantaine, Viktor Proboda se présenta au quartier général local du Bureau du Contrôle spatial. Le capitaine Antreen le convoqua immédiatement. Le lieutenant Kitamuki, son assistante, se trouvait déjà dans la pièce.

– Vos instructions étaient pourtant claires, Viktor, fit Antreen dont le masque habituellement souriant avait été remplacé par celui de la colère. Vous ne deviez pas quitter Troy un seul instant.

– Elle m'a accordé sa confiance, capitaine. Elle m'a promis de m'informer de tout ce qu'elle découvrirait.

– Et vous l'avez crue ? voulut savoir Kitamuki.

– Cette femme semble savoir ce qu'elle fait, lieutenant.

Proboda trouvait la chaleur étouffante, dans ce bureau.

– En outre, Terre Central lui a confié cette affaire.

– Nous avons demandé l'envoi d'un remplaçant, pas à nous décharger de l'enquête, rétorqua Antreen.

– Je n'apprécie pas plus que vous cette situation, capitaine. En fait, j'ai assimilé sa nomination à une insulte personnelle, au début, étant donné que vous m'aviez pour votre part confié ce dossier. Mais il est exact que la plupart des personnes concernées sont des résidents de la Terre...

– Principalement des Euro-Américains, intervint Kitamuki. Cela vous fournit-il un indice ?

– Désolé.

Proboda voyait se dessiner la théorie d'un complot... et Kitamuki était experte en la matière..., mais il n'accordait guère de poids aux hypothèses de ce genre. Il avait tendance à pencher pour des motivations plus simples, comme la vengeance, l'avidité et la stupidité.

– Je pense sincèrement que vous devriez jeter un coup d'œil aux analyses du labo. Nous avons... Troy a procédé à un examen minutieux du point d'impact, et ce qu'elle a trouvé...

– Quelqu'un, là-bas, a dû lui donner pour instructions de nous discréditer, l'interrompit Kitamuki. Ici, à Port Hespérus, le Dragon Bleu obtient des résultats spectaculaires et ce n'est pas du goût de certains Euro-Américains, tant à bord de la station que sur Terre.

Elle fit une pause, pour lui laisser le temps d'assimiler ses sombres suspicions.

– Nous devons regarder où nous mettons les pieds, Viktor, approuva posément Antreen. Afin de nous protéger. Port Hespérus est un modèle de coopération que bien des gens voudraient malheureusement voir disparaître.

Proboda suspectait quelqu'un de lui jeter de la poudre aux yeux – sans savoir qui avec précision. Mais, si le capitaine Antreen ne semblait pas disposée à apporter des éclaircissements sur ce qui motivait son raisonnement, elle venait malgré tout de marquer un point.

– Qu'attendez-vous de moi, alors ?

– Obéissez à Troy, mais sachez que nous sommes avec vous, même si c'est dans la coulisse. Cette femme ne doit pas l'apprendre. Nous voulons que cette enquête aboutisse, naturellement, mais il serait superflu de s'intéresser à tout ce qui n'est pas en rapport direct avec l'affaire.

– Entendu, accepta Proboda. Je m'occupe de l'*Hélios* ?

– Faites, dit le lieutenant Kitamuki. Nous nous chargerons de Troy.

– Et que vouliez-vous nous dire, au sujet des analyses du labo ? lui demanda finalement Antreen.

15

Restée seule à bord du *Roi des Étoiles*, Sparta poursuivit ses investigations.

Juste au-dessous de l'écoutille interne du sas principal se trouvait un espace exigu, propre à alimenter les angoisses d'une personne atteinte de claustrophobie, et principalement occupé par des casiers et des placards bourrés de matériels divers. Habituellement, trois combinaisons spatiales étaient suspendues à la paroi de ce pont-magasin. L'une d'elles manquait : celle de Grant. Une autre semblait n'avoir jamais été portée : celle de Wycherly, le pilote malchanceux. La curiosité incita Sparta à contrôler la réserve d'oxygène du scaphandre et elle constata que le réservoir était à moitié plein – de quoi tenir approximativement une demi-heure. McNeil avait-il décidé de conserver cet air dans l'éventualité où la situation se dégraderait et le contraindrait à aller se perdre à son tour dans l'espace ? La jeune femme fouilla les placards... outils, batteries, boîtes d'hydrate de lithium et autres choses de ce genre... sans rien trouver d'important pour son enquête. Elle décida de poursuivre ses recherches sur la passerelle de commandement.

Ce pont occupait une vaste section de la sphère du module de l'équipage et paraissait comparativement spacieux. Les voyants multicolores des consoles disposées sous les larges hublots du pourtour de la cabine circulaire ne cessaient de clignoter, alimentés par les batteries auxiliaires. En face se trouvaient les postes du commandant, du copilote et du technicien – bien que le *Roi des Étoiles,* comme d'ailleurs tous les cargos modernes, pût être guidé par un seul homme; ou aucun, en mode automatique.

On trouvait en ce lieu un curieux mélange d'exotisme et de modernité. Si les ordinateurs étaient le nec plus ultra de la technologie, de même que les volets des hublots (bien que la conception de ces derniers n'eût guère évolué depuis un siècle), les extincteurs n'étaient toujours que de simples bouteilles de métal peintes en rouge accrochées à la cloison. En dépit des nombreux appareils encombrant la passerelle, il restait suffisamment d'espace pour permettre de se déplacer facilement, et les larges hublots offraient une vue dégagée sur les ténèbres extérieures. Tout démontrait que les techniciens ayant conçu ce vaisseau avaient tenu compte du fait que les membres de son équipage devraient y vivre pendant de nombreux mois. Sparta fut cependant étonnée de ne découvrir aucune touche personnelle. Elle ne voyait aucun dessin, poster ou photogramme de fille nue, pas la moindre originalité. Le nouveau commandant de bord ne semblait pas avoir été du genre à autoriser un tel désordre.

Depuis les consoles de la passerelle, il était possible

d'accéder aux programmes de fonctionnement de l'appareil et également aux journaux de bord – celui, verbal, de Peter Grant et la boîte noire du vaisseau. En fait, Sparta pourrait consulter la quasi-totalité des informations concernant le cargo et son fret, à l'exception des fichiers personnels des membres de l'équipage.

Elle libéra un soupir et se mit à l'ouvrage. Les traces chimiques laissées sur les pupitres, les accoudoirs, les mains courantes et autres surfaces lui confirmèrent que seuls Grant et McNeil les avaient touchés depuis des semaines. Les empreintes étaient innombrables, mais la plupart remontaient à plusieurs mois et avaient été déposées par les hommes chargés de rénover l'appareil.

Sparta avait mémorisé les codes d'accès de l'ordinateur. Presque instantanément, après avoir retiré ses gants et inséré ses sondes digitales dans la prise d'extension, elle copia le contenu de tous les fichiers dans ses modules de stockage cellulaires dont la capacité était bien supérieure à celle des mémoires du cerveau artificiel de ce vaisseau.

Elle prit rapidement connaissance des données les plus intéressantes. L'inventaire du fret était conforme à celui qu'elle avait lu en effectuant le trajet Terre-Vénus; rien de plus, rien de moins, aucune surprise. Quatre cales détachables et pouvant être pressurisées. Pour ce voyage, seul le compartiment supérieur de la cale A l'avait été – denrées alimentaires habituelles, médicaments, etc, ainsi que ce colis assuré pour deux millions de livres sterling...

D'autres articles présents dans cette cale étaient couverts pour des sommes relativement importantes, compte tenu de leur masse : deux caisses de cigares estimées à un millier de livres chacunes et dont le destinataire n'était autre que Kara Antreen... Sparta eut un sourire en s'imaginant le capitaine de l'antenne locale du Bureau spatial fumant ces barreaux de chaise... et quatre conteneurs de vin, dont celui que McNeil avouait avoir entamé, et valant au total quinze mille dollars américains. Leur destinataire était ce même Vincent Darlington qui avait acquis *les Sept Piliers de la sagesse.*

Mais on répertoriait aussi des articles dont le coût d'expédition était supérieur à leur valeur intrinsèque, telle la vidéopuce du nouveau film à grand spectacle de la BBC « Pendant que brûle Rome », d'un poids inférieur à un kilo (principalement attribuable à l'emballage) et sans la moindre assurance. Si l'original avait coûté des millions, la reproduction des puces était plus économique que celle d'un vieux film sur pellicule ou même que d'une cassette magnétique, et (avec une perte de définition indéniable) cette superproduction aurait pu être retransmise par voie hertzienne jusqu'à Vénus pour un prix très inférieur à celui de son transport par cargo. Restait un article que Sparta avait un peu plus tôt jugé digne de son attention : une caisse de « livres divers, 25 kilos, sans valeur déclarée » adressée à Mme Sondra Sylvester.

Le contenu des autres cales était moins intéressant : outils, machines, matières inertes (une tonne de carbone sous forme de briquettes de graphite, par exemple, dont le prix de revient était un peu moins élevé si on l'importait de la Terre plutôt que l'extraire du bioxyde de carbone présent dans l'atmosphère de Vénus), exception faite de « 6 RMLV (Robots Mineurs Lourds Vénusiens) Rolls-Royce, de 5,5 tonnes chacun, pour une masse totale de 33,5 tonnes avec leurs blocs d'alimentation séparés », etc., expédiés à l'Ishtar Mining Corporation. La jeune femme obtint confirmation que l'inventaire du bord était en tout point identique à celui ayant été rendu public, un fait qu'elle avait d'ailleurs déjà vérifié avec Proboda.

Elle reporta son attention sur la boîte noire qui contenait la totalité de l'enregistrement du voyage. Étudier cette masse de données au niveau du conscient serait une tâche de longue haleine. Elle se contenta pour l'instant de faire défiler rapidement le document, en espérant que les anomalies attireraient son attention.

Elle en trouva une, dans les nombres, les odeurs, l'harmonie. Il s'agissait d'une explosion suivie d'un chapelet de détonations secondaires, des mugissements d'une sirène, d'appels à l'aide... des voix d'hommes tendus qui affrontaient le danger et s'adressaient des reproches. La boîte noire contenait l'enregistrement de tous les événements s'étant produits après l'accident.

Sparta l'écouta à la vitesse de l'éclair puis le fit repasser mentalement. Elle obtint ainsi la confirmation de ce que lui avait déjà révélé l'étude du point d'impact de la météorite.

Une autre anomalie apparaissait dans ce flot de données, juste après le message radio de Grant.

– Ici, Peter Grant, commandant du *Roi des Étoiles*. L'officier technicien Angus McNeil et moi-même avons conjointement estimé qu'il reste suffisamment d'oxygène pour permettre à un homme...

Mais, au cours des instants ayant précédé cette déclaration, les deux hommes ne s'étaient pas trouvés sur la passerelle. Des cloisons étouffaient leurs voix. Celle de McNeil franchit momentanément le seuil de l'audible, et elle était très sèche.

– Je te trouve plutôt mal placé pour m'accuser de comploter quelque chose...

L'accuser ?...

Reconstituer la totalité de la conversation eût été possible, mais Sparta aurait dû pour cela se plonger dans un état de transe. Si d'autres faits intéressants pouvaient également lui être révélés par cette méthode, elle n'avait pas le temps de l'utiliser. Il était encore trop tôt pour sacrifier sa vigilance. Pour l'instant, il fallait agir rapidement...

L'*Hélios*, ce vaisseau de ligne rapide propulsé par un puissant réacteur atomique à noyau gazeux, avait quitté la Terre depuis une semaine et se trouvait à huit journées de voyage de Port Hespérus, lorsque le message fatidique avait été diffusé dans tout le système solaire.

– Ici, Peter Grant, commandant du *Roi des Étoiles*...

Après quelques minutes... avant même que cet homme n'eût franchi le sas de son vaisseau pour la dernière fois..., le Bureau du Contrôle spatial ordonnait au capitaine de l'*Hélios* de notifier à ses passagers et à son équipage (comme l'exigeaient les lois interplanétaires) que tout message en provenance de cet appareil serait enregistré et que les informations ainsi obtenues pourraient être utilisées dans le cadre des procédures légales et administratives, y compris un éventuel procès criminel, se rapportant à l'accident survenu au *Roi des Étoiles*.

Ce qui revenait à dire que toutes les personnes se trouvant à bord de l'*Hélios* seraient considérées comme suspectes par les enquêteurs chargés d'élucider un crime pour l'instant hypothétique.

Ce vaisseau de ligne avait quitté la Terre et entamé sa trajectoire hyperbolique en direction de Vénus deux jours après la collision entre la météorite et le *Roi des Étoiles*. La date de son appareillage était fixée depuis des mois, mais la liste de ses passagers s'était brusquement allongée dès l'annonce de l'accident. On dénombrait désormais parmi ces derniers Nikos Pavlakis, qui représentait les armateurs du cargo accidenté, et un certain Percy Farnsworth, mandaté par le groupe Lloyd's qui assurait le vaisseau, son fret et la vie des membres de son équipage.

Les autres personnes avaient réservé leur passage longtemps à l'avance : un célèbre professeur d'archéologie d'Osaka, trois jeunes Hollandaises parties faire le tour du système solaire, et une demi-douzaine de techniciens arabes accompagnés de leurs épouses voilées et de leurs enfants turbulents. Si les Hollandaises semblaient ravies d'être suspectées d'un crime interplanétaire, ce n'était manifestement pas le cas de Sondra Sylvester, une autre passagère ayant retenu sa place à l'avance. Quant à Nancybeth Mokoroa, sa compagne de voyage, elle trouvait pour sa part tout cela épouvantablement ennuyeux.

Ces personnes n'étaient guère sociables : le professeur japonais souriait et se tenait dans son coin, alors que les Arabes restaient entre eux sans prendre seulement la peine de sourire. Pendant les périodes d'accélération constante, les jeunes Hollandaises se déplaçaient par saccades, en titubant sur leurs hauts talons, peu habituées à porter des jupes aussi serrées, que ce fût sur Terre ou en apesanteur. Elles se faisaient en outre un devoir de dévorer constamment du regard l'unique mâle non accompagné de plus de quinze ans et de moins de trente ans, qui ne leur retournait d'ailleurs pas le compliment. Cet homme s'appelait Blake Redfield, un passager de dernière minute qui semblait lui aussi apprécier la solitude.

Des rencontres avaient malgré tout lieu dans le salon du vaisseau. Là, Nikos Pavlakis s'efforçait avec une nervosité manifeste de s'attirer les bonnes grâces d'une de ses clientes, Sondra Sylvester, chaque fois que leurs chemins se croisaient. C'était rare, cependant, car elle prenait grand soin de l'éviter. Ce pauvre homme était quoi qu'il en soit tourmenté par ses problèmes et passait la majeure partie de son temps à bercer dans ses paumes un bulbe d'ouzo et un sachet d'olives de Kalamara. Farnsworth se tapissait dans l'ombre pour aspirer sa boisson favorite, du gin nature, tout en foudroyant Pavlakis du regard. Ce dernier et Sylvester effectuaient de larges détours dès qu'ils apercevaient l'assureur.

Mais ce fut dans le salon, peu après l'admirable sacrifice de Grant, que Sylvester trouva Farnsworth en compagnie de Nancybeth qui sirotait un bulbe de calvados chaud. L'homme entre deux âges et la jeune femme de vingt ans flottaient, sans poids et un peu gris, devant un décor spectaculaire d'étoiles authentiques. Cette vision emplit Sylvester de fureur – ainsi que sa compagne avait probablement dû l'escompter. Avant d'approcher, elle réfléchit à la situation. Pourquoi s'en préoccuper, après tout ? Nancybeth avait une beauté à couper le souffle mais une loyauté de martre. Sylvester estima malgré tout qu'elle ne pouvait se permettre d'ignorer plus longtemps ce renard de Farnsworth.

Nancybeth observa son approche avec un amusement malicieux, uniquement trahi par l'apesanteur et l'alcool.

– Salut, Sondra. Viens que je te présente mon ami Prissy Barnsworth.

– Percy Farnsworth, madame Sylvester.

Se lever dans un milieu sous microgravité est un acte périlleux, mais il parvint malgré tout à se redresser et à incliner le menton pour esquisser un mouvement de tête acceptable.

Sylvester l'étudia avec dégoût. Bien qu'approchant de la cinquantaine, cet homme évoquait un jeune officier britannique permissionnaire parti chasser le faisan – ce genre de militaire dont l'archétype était le lieutenant-colonel Witherspoon qu'elle avait récemment rencontré sur le terrain de manœuvre de Salisbury. Farnsworth avait en effet une moustache, une veste avec des empiècements de cuir aux coudes, et un cou d'une rigidité peu commune. Son accent d'une grande école et sa diction sèche de rat du désert paraissaient cependant d'acquisition récente.

Sylvester regarda au-delà de la main qu'il lui tendait.

– Prends garde, Nancybeth. Les alcools forts provoquent des réveils pénibles.

– Cette chère maman Sylvester, minauda sa compagne. Ne vous l'avais-je pas dit, Farny ? Experte en tout. Je n'avais jamais entendu parler de ça.

Elle jongla avec son bulbe de calvados et rata le troisième lancer. Farnsworth saisit la sphère dans les airs et la lui rendit sans faire de commentaire.

– J'ai cru comprendre que vous aviez effectué un séjour très agréable dans le sud de la France, madame Sylvester, dit-il en feignant de ne pas noter l'attitude hostile de son interlocutrice.

Cette dernière lui adressa un regard qui aurait dû le réduire au silence, mais Nancybeth lança d'une voix flûtée :

– *Elle* a passé deux jours très agréables. Trois ? Et *je* me suis pour ma part ennuyée à mourir pendant trois *semaines*.

– Monsieur Farnsworth, se hâta de dire Sylvester, que vous fassiez boire ma compagne dans l'espoir d'obtenir des informations pouvant éventuellement vous être utiles est absolument… évident.

Nancybeth ouvrit de grands yeux.

– Me *faire boire ?* Pourquoi, *monsieur* Farmerworthy…

Et elle rabattit d'un geste vif la jupe gonflante de sa robe à fleurs imprimée.

– … et méprisable, ajouta Sylvester.

Mais Farnsworth fit mine de ne pas avoir relevé ses propos.

– Je ne voulais pas vous offenser, madame. Nous bavardions de choses et d'autres, c'est tout. Et si vous vous référez à ce regrettable accident, c'est un sujet que je préférerais aborder franchement avec vous.

– D'homme à homme, pour ainsi dire, grommela Nancybeth.

Puis elle fit semblant de tressaillir quand Sylvester la foudroya du regard. Elle était de toute évidence encore plus ivre qu'elle ne le semblait de prime abord.

– Vous vous méprenez sur mon compte, madame Sylvester, ajouta doucereusement Farnsworth. Il serait dans un certain sens possible de dire que vos intérêts et les miens sont liés.

– Parce que vous devrez régler à vos clients les sommes que vous ne serez pas parvenu à détourner ?

Il se redressa légèrement.

– *Vous* n'avez rien à craindre, madame. Le *Roi des Étoiles* atteindra Port Hespérus avec le fret que vous lui avez confié, même si ce n'est plus alors qu'un vaisseau fantôme. Je doute qu'une simple météorite puisse détruire des robots Rolls-Royce, non ?

Pendant leur échange de paroles, Nancybeth grimaçait. Elle arborait une succession de masques parodiques, mimant tout d'abord l'expression méprisante et hautaine de Sylvester, puis celle outragée de Farnsworth. En d'autres circonstances, de telles mimiques puériles lui apportaient un charme enfantin. Dans le cadre de cet entretien, cependant, cela la rendait aussi sympathique qu'un morveux de deux ans manifestant un épouvantable caprice.

– Je vous remercie pour l'intérêt que vous me portez, monsieur Farnsworth, répondit sèchement Sylvester. Et peut-être aurez-vous l'amabilité de nous laisser seules, à présent ?

– Permettez-moi d'être direct, madame Sylvester. Excusez ma franchise, mais...

– Pourquoi ne pas être indirect ? suggéra Nancybeth.

– ... nous sommes tous deux au courant des difficultés que rencontrent les Pavlakis Lines, termina Farnsworth.

– J'ignore tout de leur situation financière.

– Il n'est pas nécessaire de posséder une imagination débordante pour voir ce que les armateurs ont à gagner en sabordant leur propre appareil, non ?

– Nancybeth, j'aimerais que tu viennes avec moi, immédiatement.

Sylvester s'était déjà détournée.

– Mais Nikos Pavlakis s'y est assez mal pris, ne trouvez-vous pas ? insista Farnsworth d'une voix plus dure, tout en se propulsant vers Sylvester. Nul dommage important au vaisseau, pas le moindre au fret. Pas même à ce livre célèbre auquel vous vous êtes tant intéressée.

– Vous oubliez l'équipage, lança l'autre femme sous l'emprise de l'alcool. Il a tenté de tuer ces hommes !

– Seigneur, Nancybeth...

Sylvester porta les yeux vers l'autre côté du salon où Nikos Pavlakis berçait toujours son bulbe d'ouzo.

– Comment peux-tu dire une chose pareille d'une personne que tu n'as jamais rencontrée ?

– Mais il n'en a eu que la moitié, acheva la fille. Ce vieil Angus a la peau dure.

– On ne peut rejeter cette hypothèse, madame Sylvester, et je pense pour ma part que Nancybeth voit juste, déclara Farnsworth en fermant les yeux à demi. Les Pavlakis Lines souscrivent pour les membres de leurs équipages des assurances sur la vie garantissant le versement de sommes très importantes, en cas de mort accidentelle. Le saviez-vous ?

Elle le fixa, presque à son corps défendant.

– Non, monsieur Farnsworth, je l'ignorais.

– Mais un *suicide,* cependant... C'est une autre affaire...

Sylvester détourna le regard. Quelque chose en lui, ses dents, ses cheveux roux, portait à ébullition le contenu de son estomac. Elle fixa durement Nancybeth, qui baissa les yeux en une parodie d'attitude de soumission. Saisissant une main courante proche, Sylvester leur tourna le dos et se propulsa vers la pénombre.

– Bye-bye, Sondra... je regrette de t'avoir irritée, chantonna Nancybeth alors que l'autre femme sortait du salon.

Elle fit un clin d'œil à l'assureur.

– Suicide ? Cela signifie que vous ne verserez rien à Grant ? Pour Grant, voulais-je dire. Parce que ce n'est pas un accident ?

– Ça se pourrait. À moins qu'il ne s'agisse pas non plus d'un suicide, naturellement.

– Que ce... ? Oh ! Je vois. Et s'il a été assassiné ?

– Ah ! Le meurtre. Voilà un domaine où les clauses sont pour le moins imprécises.

Farnsworth redressa le nœud de sa cravate en polymère rouge sang.

– J'ai passé un moment très agréable en votre compagnie, Nancybeth, mais je crains de devoir vous laisser.

– Je comprends, Percy, roucoula la jeune femme, consciente d'être sur le point d'être abandonnée avant même d'avoir été séduite.

C'était donc la seule chose qu'il avait voulu obtenir d'elle, une simple opportunité de s'entretenir avec Syl.

– Qu'attendez-vous pour disparaître ? Et pendant que vous y êtes, inspirez-vous du commandant Grant. Allez donc vous jeter dans le vide, vous aussi.

*

De l'autre côté de la salle, à côté du comptoir, Nikos Pavlakis flottait en serrant dans ses mains son bulbe d'ouzo et son sachet d'olives. Il était parfaitement conscient d'avoir fait l'objet de leur conversation. Sa colère lui intimait d'aller affronter Farnsworth, de lui demander immédiatement des comptes, mais son sens des affaires le pressait de garder son calme à tout prix. Il bouillait d'impatience de découvrir les dommages subis par son magnifique cargo rénové à grands frais et il était sincèrement désolé pour Grant, qui avait fidèlement servi les intérêts de sa famille depuis de nombreuses années. Il s'apitoyait en outre sur le sort de sa veuve et de ses orphelins, et s'inquiétait pour l'avenir de McNeil, un autre homme de valeur...

Il pensait savoir ce qui était arrivé au *Roi des Étoiles*. Rétrospectivement, cela lui paraissait évident, limpide, et il espérait que personne d'autre que lui ne parviendrait aux mêmes conclusions. Il ne pourrait se permettre de souffler mot de ses soupçons à qui que ce soit. Et surtout pas à Farnsworth.

*

Pendant que l'*Hélios* se plaçait en orbite de stationnement à proximité de Port Hespérus, Sparta se trouvait toujours à bord du *Roi des Étoiles*.

Elle avait rapidement étudié la cuisine, le réduit hygiénique et le carré, sans rien découvrir à même d'infirmer le récit de McNeil. Un logement du placard à pharmacie qui aurait dû abriter une petite fiole de poison insipide et inodore était vide. Deux paquets de cartes se trouvaient dans le tiroir de la table; un encore dans son emballage et l'autre ayant été manipulé par les deux hommes – si les empreintes laissées par McNeil étaient plus marquées, Grant avait fortement serré une carte. Elle prit note de sa valeur.

Après les parties communes, Sparta se rendit dans la cabine de Wycherly. Personne n'y était entré depuis que cet homme avait quitté les chantiers de Falaron.

Celle de Grant, ensuite – rendue intéressante par son absence d'intérêt. La couverture du lit fait au carré était à tel point tendue qu'une pièce de monnaie lâchée au-dessus y eût rebondi. Les vêtements du commandant se trouvaient dans les paniers à linge, soigneusement pliés. Les livres et les fichiers informatiques personnels de cet homme étaient pour la plupart des manuels techniques et des ouvrages didactiques; rien n'indiquait qu'il lût parfois pour le simple plaisir ou qu'il eût d'autres passe-temps que la micro-électronique. Les lettres adressées aux siens et mentionnées dans son dernier message radio étaient serrées dans la pince du petit secrétaire rabattable. Sans y toucher, Sparta s'assura qu'elles ne portaient que les empreintes de Grant. Si McNeil s'était interrogé sur leur contenu... ce qui était probable..., il avait eu la décence de ne pas en prendre connaissance. En fait, on ne trouvait aucune trace de la présence du technicien, ici.

Elle découvrit dans le tiroir du bureau une lettre adressée à McNeil. Mais comme ce dernier n'avait pas fureté dans les affaires de Grant, il devait ignorer jusqu'à son existence.

La cabine du survivant permettait de brosser le portrait d'un individu très différent. Son lit n'avait pas été fait depuis des jours, peut-être des semaines, et Sparta nota sur les draps des taches de vin qui dataient de son altercation avec Grant, s'il avait dit la vérité en affirmant qu'il n'était pas retourné dans la cale A après la modification de la combinaison de son sas. Ses vêtements s'entassaient pêle-mêle dans les paniers à linge de son placard. Les titres des vidéopuces de sa bibliothèque étaient fascinants par leur diversité. Il y avait des œuvres mystiques : le *Tao-tö king* de Lao-tseu, un traité sur l'alchimie et un autre sur la Cabale. La philosophie était également représentée par les *Prolégomènes à toute métaphysique future* de Kant et *L'Origine de la tragédie* de Nietzsche.

McNeil possédait même de véritables livres, photogrammés sur des feuilles de plastique imitant le papier utilisé un siècle plus tôt. Ses loisirs : un petit guide de la prestidigitation, un traité d'échecs, un autre sur le jeu de go. Des romans : l'étrange *Jurgen* de Cabell, un ouvrage récent de l'école futuriste martienne, *Dionysus Redivivus*.

Ses fichiers informatiques personnels étaient révélateurs d'intérêts différents mais tout aussi étendus – seuls quelques instants furent nécessaires à Sparta pour découvrir qu'il se livrait à des parties d'échecs de très haut niveau contre l'ordinateur; qu'il suivait consciencieusement les cours des Bourses de Londres, New York, Tokyo et Hong-kong; qu'il s'était inscrit à un grand nombre de clubs, de la Rose-du-mois au Vin-du-mois. Du vin et des roses... il devait être submergé par leur nombre, à chacune de ses escales.

Certains fichiers étaient protégés par des mots de passe qui auraient arrêté un simple curieux mais aux clés si élémentaires que Sparta les trouva aussitôt. Et elle découvrit des créations graphiques ayant mis à contribution toutes les possibilités de haute définition de l'ordinateur. Un siècle plus tôt, l'invention des magnétoscopes de salon avait permis aux films pornographiques de pénétrer dans un grand nombre de foyers, mais il s'agissait d'une innovation mineure, comparée à ce qui avait découlé de la mise au point des micropuces à haute densité d'une puissance équivalente à celle d'un super-ordinateur. Ces dernières avaient apporté une nouvelle signification au terme d'« interactivité créative ». La libido de McNeil était mise à nu dans ces fichiers, que Sparta se hâta de fermer sitôt après les avoir ouverts. Bien qu'ayant les idées larges, elle n'avait pu s'empêcher de rougir.

Elle emprunta la coursive qui traversait le centre du pont des systèmes de survie. L'explosion s'était produite juste au-delà de ces parois rapprochées, incurvées et lisses; au même instant les écoutilles avaient été automatiquement closes pour empêcher la décompression du module de l'équipage.

Elle passa dans le sas des cales et regarda les trois portes auxquelles le mot « VIDE » interdisait l'accès et celle où un doigt jaune lumineux déclarait simplement : « Entrée formellement interdite à toute personne non autorisée. »

McNeil avait dit la vérité. Si le pavé numérique portait les empreintes de ses doigts et de ceux de bien d'autres personnes, les plus récentes étaient celles de Peter Grant. Sur six touches, elles se superposaient au reste. Sparta ne put reconstituer l'ordre dans lequel il les avait pressées... ce qui représentait un nombre de combinaisons équivalant au produit de la factorielle six... mais elle aurait pu réduire très rapidement les possibilités à quelques-unes seulement en tenant compte des facteurs de probabilités et en se basant sur ce qu'elle savait de cet homme.

Il eût été sans objet de perdre ainsi du temps, cependant, car elle avait découvert ce code dans le fichier informatique personnel de Grant.

Elle pressa les touches. La diode située à côté de l'écoutille passa du rouge au vert. Elle fit tourner le volant et tira le panneau. À l'intérieur du sas, les indicateurs lui confirmèrent que la pression interne de la cale correspondait à la pression extérieure. Un instant plus tard, elle ouvrait la seconde porte et se propulsait dans la soute.

Il s'agissait d'un espace circulaire exigu, à peine assez haut pour qu'elle pût se tenir debout au milieu des casiers où s'entassaient des sacs et des conteneurs de métal et de plastique. Le plafond de ce compartiment n'était autre que la calotte renforcée de la cale elle-même, son sol, une séparation d'acier amovible ancrée dans la paroi. Les marins d'antan qui parcouraient les océans de la Terre lestaient les coques de leurs navires avec du sable et des roches, lorsqu'ils effectuaient une traversée sans fret payant à bord, mais tel n'était pas le but recherché dans l'espace. En poupe des quelques étagères disposées sur le pourtour de la partie supérieure pressurisée de cette cale, on ne trouvait que le vide.

Les palettes solidement arrimées près du sas étaient chargées de riz complet, de pointes d'asperges en gelée, de caisses de gibier congelé – des mets de choix qui valaient plus que leur poids d'or après avoir fait un tel voyage.

Et l'on trouvait naturellement l'assortiment d'objets disparates qui avait éveillé la curiosité de Sparta lors de sa première lecture de l'inventaire : les cigares cubains de Kara Antreen et les « livres sans valeur déclarée » de Sondra Sylvester, qui se trouvaient dans un conteneur de polystyrène gris ne portant que très peu de traces de manipulations – elle reconnut les empreintes de Sylvester, celles de McNeil et de Grant, et d'autres appartenant à des inconnus, mais aucune n'était récente. Elle déduisit rapidement quelle était la combinaison de la serrure et trouva à l'intérieur des ouvrages en papier et en plastique, reliés de toile ou de cuir, ou aux jaquettes illustrées bizarres, mais rien d'inattendu. Elle referma le conteneur.

Elle se rapprocha du colis destiné à Darlington, une boîte en polystyrène gris ressemblant à la précédente mais dotée d'un verrou magnétique aux combinaisons encore plus nombreuses que celles du pavé numérique du sas. Cet objet ne portait aucune trace de manipulation. Chose étrange, elle paraissait n'avoir jamais été touchée. Les seuls signaux chimiques étaient une forte odeur de détergent, de méthanol, d'acétone et de tétrachlorure de carbone. Elle paraissait avoir fait l'objet d'un nettoyage consciencieux.

Une mesure préventive, au même titre que le cheveu tendu entre le montant et le battant d'un placard et destiné à révéler son ouverture. Eh bien, une chose était certaine, personne n'y avait touché.

À l'exception de Sparta, qui poursuivit ses investigations. La clé de ce verrou était un ensemble peu important de petits nombres premiers. Un individu ne possédant pas ses capacités n'aurait pu trouver cette combinaison en moins de quelques jours et sans l'aide d'un puissant ordinateur – et tout ce temps eût été nécessaire pour traiter seulement la moitié des possibilités. Mais Sparta les éliminait par millions et milliards, instantanément, en lisant simplement les éléments tracés sur les circuits magnétiques du verrou et en rejetant ceux qui se trouvaient au repos.

Elle dut pour cela se placer dans un état de transe. Cinq minutes plus tard le couvercle s'ouvrait sur le livre.

L'homme qui l'avait fait imprimer à ses frais appréciait les belles choses. Il accordait autant d'importance au contenant qu'au contenu et avait choisi ce que l'on pouvait trouver de plus beau pour ceux qu'il espérait impressionner par cet ouvrage, ou simplement ses amis. *Les Sept Piliers de la sagesse* avaient non seulement reçu la protection d'un étui marbré, une reliure de cuir et de magnifiques pages de garde, mais le texte avait été imprimé en linotypie sur papier bible.

Si Sparta connaissait naturellement l'existence des caractères en métal fondu, c'était la première fois qu'elle voyait un ouvrage imprimé par cette technique. Elle fit glisser le livre hors de son étui et le laissa s'ouvrir de lui-même. Elle put immédiatement constater que chaque lettre avait été pressée sur le papier, qu'il ne s'agissait pas d'un simple ajout sans épaisseur mais d'une quantité d'encre savamment dosée et imprégnée dans le support. Ce travail artisanal effectué sur un objet de fabrication industrielle l'emplissait d'admiration. Le papier lui-même possédait une finesse et une souplesse extraordinaires, sans aucun rapport avec les feuilles friables et décolorées des reliques du passé qu'il lui avait été donné de voir à la Bibliothèque de New York.

La richesse et la beauté de l'ouvrage qu'elle tenait dans ses mains étaient hypnotiques et lui imposaient de tourner ses pages. Elle en oublia un instant son enquête. Elle désirait uniquement partir à la découverte de cet objet. Elle lut la page sur laquelle il s'était spontanément ouvert.

« Une faute accidentelle est plus avilissante qu'une faute délibérée », avait écrit l'auteur. « Si je n'hésitais pas à risquer ma vie, pourquoi aurais-je dû tout mettre en œuvre pour la salir ? Cependant, vie et honneur semblaient appartenir à des catégories différentes... ou l'honneur était-il comparable aux Livres sibyllins, moins il en subsistait, plus le peu restant acquérait de la valeur... ? »

Elle trouva cette pensée étrange. Le fait de considérer l'honneur comme une denrée matérielle, d'autant plus précieuse qu'elle se raréfiait.

Sparta referma le livre légendaire et le glissa dans son étui, avant de remettre le tout à l'intérieur du conteneur matelassé. Elle avait vu tout ce qu'elle désirait voir, à bord du *Roi des Étoiles*.

16

– Mesdames et messieurs, je suis au regret de vous informer que les autorités de Port Hespérus refusent d'autoriser notre débarquement. Un de leurs représentants va bientôt venir nous rejoindre pour nous fournir des explications sur les raisons de cette mesure. Dans le but de simplifier les choses, nous prions tous les passagers de se rendre au salon dans les plus brefs délais. Les stewards les assisteront.

Contrairement à l'arrivée du *Roi des Étoiles*, celle de l'*Hélios* s'était déroulée normalement. Des remorqueurs à faible rayon d'action s'étaient portés à la rencontre du vaisseau de ligne puis l'avaient tiré sur une orbite de stationnement proche de Port Hespérus. Au-delà des hublots, les roues démesurées de la station spatiale poursuivaient leurs révolutions majestueuses contre le croissant lumineux de Vénus, et ses célèbres jardins luxuriants apparaissaient derrière les baies de sa sphère centrale. En marmonnant leur ressentiment, les passagers se regroupèrent à contrecœur dans le salon, et les plus récalcitrants se virent « aider » par des stewards ayant apparemment oublié leur déférence habituelle. À bord de l'appareil tous se sentaient frustrés, les membres de l'équipage au même titre que les simples voyageurs. Ils avaient enduré la lente traversée de millions de kilomètres de néant pour se voir au tout dernier instant interdire de poser le pied sur le rivage.

Une étincelle brillante se découpa contre un autre vaisseau spatial qui dérivait à proximité de la station, puis ce point de clarté se métamorphosa progressivement en une petite vedette à la coque blanche ornée d'une bande bleue et d'une étoile dorée familières. L'engin effectua sa jonction avec le sas principal et quelques minutes plus tard un homme blond de grande taille se propulsa rapidement à l'intérieur du salon.

– Je suis l'inspecteur Viktor Proboda, antenne de Port Hespérus du Bureau du Contrôle spatial, déclara-t-il aux passagers qui lui adressaient pour la plupart des regards lourds de menaces. Vous ne serez retenus à bord que le temps de nous permettre de poursuivre nos investigations sur les événements survenus à bord du *Roi des Étoiles*. Nous regrettons sincèrement les désagréments que peut causer une telle mesure. Je dois en premier lieu vérifier la validité de vos Idcartes. Ensuite, je m'entretiendrai en privé avec chacun de vous, en vous priant de bien vouloir nous aider dans cette enquête...

*

Dix minutes après avoir quitté le cargo, Sparta frappa à la porte de la chambre attribuée à Angus McNeil.

– Ellen Troy, monsieur McNeil.

– Entrez, fit gaiement l'homme.

Elle poussa le battant et le vit devant elle. L'homme rasé de près qui lui adressait un large sourire portait un pantalon de plastique et une chemise de coton luxueuse aux manches retroussées. Il fumait une cigarette qu'il venait d'allumer.

– Je suis désolée de vous déranger, dit-elle en voyant la mallette ouverte sur le lit.

Il avait été occupé à ranger divers articles de toilette qui, nota-t-elle, semblaient provenir des mêmes magasins gouvernementaux que sa brosse à dents d'acquisition récente.

– Ce moment en vaut un autre pour prendre un nouveau départ. Je regrette seulement que vous ayez pu voir mon merdier personnel. Il faudra que je procède à un tri sévère, lorsque vous déciderez de m'autoriser à remonter à bord.

– Ce qui ne se produira pas avant longtemps, je le crains.

– D'autres questions à me poser, inspecteur ?

Lorsqu'elle eut hoché la tête, il lui désigna un des deux fauteuils de la chambre et s'installa dans l'autre.

– Autant nous mettre à l'aise, en ce cas.

Sparta s'assit et l'étudia un long moment, sans rien dire. Le technicien avait repris des couleurs et, s'il devait rester probablement émacié pendant un certain temps, sa musculature ne semblait pas avoir pâti outre mesure de son épreuve. Même après plusieurs jours de malnutrition, ses avant-bras étaient toujours puissamment musclés.

– Eh bien, monsieur McNeil, je trouve les derniers progrès de la technique absolument fascinants. Je parle des méthodes permettant de reconstituer des informations à partir de bribes de données. Prenons la boîte noire du *Roi des Étoiles,* par exemple.

Il aspira une bouffée de tabac et l'étudia à son tour, sans se départir de son sourire.

– Tout ce qui se rapporte aux systèmes automatiques est naturellement enregistré, et des micros captent toutes les paroles échangées sur la passerelle de commandement. Ce que j'ai entendu confirme votre récit de l'incident dans ses moindres détails.

McNeil haussa un sourcil.

– Vous n'avez pas eu le temps d'écouter l'équivalent de deux semaines de conversations, inspecteur.

– Évidemment. Cela prendra des mois. J'ai utilisé un algorithme qui permet d'indexer les passages les plus intéressants. Ce dont je voudrais vous parler, c'est de la discussion que vous avez eue avec Grant dans le carré, peu avant l'envoi de votre dernier message.

– Je ne suis pas certain de m'en souvenir...

– Voilà justement un des cas où l'utilité de ces nouvelles techniques est incontestable.

Elle se pencha vers le technicien, semblant vouloir lui faire partager son enthousiasme.

– Bien qu'il n'y ait aucun micro dans les quartiers de l'équipage, ceux de la passerelle captent les sons qui leur parviennent du niveau inférieur. Ces derniers sont naturellement presque inaudibles et nous aurions été dans l'impossibilité de reconstituer vos propos, autrefois.

Sparta lui accorda le temps d'assimiler le sens de ses paroles. Si l'expression de son interlocuteur resta inchangée, ses lèvres se serrèrent imperceptiblement. Il devait se demander si elle ne bluffait pas.

Elle décida d'étouffer un tel espoir.

– Vous aviez pris votre repas et Grant venait de vous servir du café – plus chaud que d'habitude. Il vous a laissé dans le carré et s'est dirigé vers la coursive. « Qu'est-ce qui te prend ? » lui avez-vous demandé. « Je croyais que nous devions discuter d'une chose importante... »

McNeil renonça à feindre la décontraction, et quand il écrasa son mégot de cigarette, ses joues décharnées se crispèrent imperceptiblement.

– Alors, monsieur McNeil, fit-elle doucement.

N'estimez-vous pas qu'il serait grand temps de me dire toute la vérité ?

Pendant un instant, le technicien sembla contempler la paroi se dressant derrière Sparta. Finalement, ses yeux revinrent se porter sur le visage de la jeune femme et il hocha la tête.

– Ouais, effectivement, marmonna-t-il. Je voudrais cependant vous demander une chose. Ce n'est pas une condition, notez bien. Je ne suis pas stupide. Disons qu'il s'agit d'une simple requête. Lorsque vous m'aurez entendu, et si vous partagez mon point de vue, je vous serais reconnaissant de ne pas mentionner ce que je vais vous dire dans votre rapport.

– Je garderai cela à l'esprit.

L'homme libéra un profond soupir.

– Alors, voici toute l'histoire, inspecteur...

*

Grant avait déjà atteint la coursive centrale, quand McNeil lui demanda :

– Qu'est-ce qui te prend ? Je croyais que nous devions discuter d'une chose importante...

Le commandant saisit une main courante afin d'interrompre son élan, puis il se tourna lentement et regarda son coéquipier avec incrédulité. Cet homme aurait dû rendre l'âme – mais il était toujours assis et l'étudiait avec une expression singulière.

– Viens ici, ordonna sèchement McNeil.

Et, à cet instant, un brusque transfert d'autorité sembla s'opérer en sa faveur. Privé de volonté, Grant revint vers la table. La situation était bien différente de celle qu'il avait prévue, mais il ne parvenait pas à comprendre ce qui venait de se produire.

Dans le carré, le silence parut s'éterniser. Puis le technicien déclara tristement :

– Tu me déçois, Grant.

Le commandant retrouva finalement sa voix, même s'il eut des difficultés à la reconnaître.

– Que veux-tu dire ?

– Devine, répliqua l'autre homme avec irritation. Je parle de ta tentative d'empoisonnement sur ma personne, évidemment.

L'univers vacillant de Grant finit par s'effondrer. Chose étrange, le soulagement qu'il éprouvait l'empêchait d'accorder de l'importance au fait d'avoir été démasqué.

McNeil entreprit d'étudier ses ongles irréprochables.

– Par simple curiosité, pourrais-tu me dire à quel moment tu as décidé de me tuer ? s'enquit-il avec autant de désinvolture que s'il avait demandé l'heure.

L'impression que tout cela ne pouvait être réel était si forte que le commandant croyait jouer un rôle, que cette scène se déroulait dans le cadre d'un rêve.

– Ce matin, déclara-t-il, convaincu de dire la vérité.

– Hmm, commenta McNeil qui semblait en douter.

Il se leva et gagna le placard à pharmacie. L'autre homme le suivit des yeux et le regarda fouiller dans le compartiment mural. Finalement, il revint avec la petite fiole de poison. Elle semblait toujours pleine, Grant y avait veillé.

– Je devrais être en colère, ajouta l'Écossais sur le ton de la conversation, tout en levant la petite bouteille entre le pouce et l'index. Mais je ne le suis pas. Peut-être est-ce attribuable au fait que je ne me suis jamais bercé d'illusions sur le compte de mes semblables. Et parce qu'il y a longtemps que j'ai prévu ce qui se produirait.

Seule la dernière phrase parvint jusqu'à la conscience de Grant.

– Tu… l'avais prévu ?

– Seigneur, oui ! Tu n'es pas un assez bon dissimulateur pour devenir un criminel digne de ce nom, je le crains. Et à présent que ta petite machination a échoué, nous nous retrouvons dans une situation pour le moins embarrassante, ne crois-tu pas ?

Nulle réponse ne semblait convenir à cette déclaration magistrale.

– Je devrais me mettre en colère, contacter Port Hespérus et te dénoncer aux autorités, poursuivit pensivement McNeil. Mais ce serait inutile et je n'ai en outre jamais eu un caractère emporté. Tu me diras sans doute que c'est par paresse – mais je ne suis pas du même avis.

Il adressa à Grant un sourire tors.

– Oh ! Je sais quelle opinion tu as de moi. Tu m'as soigneusement catalogué dans ton esprit méthodique, n'est-ce pas ? En tant qu'individu faible et sybarite, sans aucune force morale... ni morale, d'ailleurs... et qui se fiche de tout sauf de lui-même. Eh bien, je ne le contesterai pas. Peut-être est-ce exact à quatre-vingt-dix pour cent. Mais les dix pour cent restants de ma personnalité ont beaucoup d'importance, Grant. À mes yeux, tout au moins.

Le commandant n'était pas d'humeur à tenter d'analyser le profil psychologique de l'homme qui aurait dû être sa victime, et le moment lui semblait en outre mal choisi pour se livrer à de telles occupations. L'échec de sa tentative d'assassinat et le mystère posé par la survie de McNeil l'obsédaient. Le technicien, qui était par contre au courant de tous ces détails, ne paraissait pas désireux de satisfaire sa curiosité.

– Alors, quelles sont tes intentions ? s'enquit Grant, visiblement impatient d'en finir.

– J'aimerais reprendre notre discussion au point où tu l'as interrompue en apportant le café.

– Tu ne veux pas...

– Mais si, comme si rien ne s'était passé.

– C'est absurde ! Tu caches un atout dans ta manche !

McNeil soupira.

– Tu sais, Grant, je te trouve plutôt mal placé pour m'accuser de comploter quelque chose.

Il lâcha la petite bouteille qui resta en suspension au-dessus du plateau de la table, puis porta sur son compagnon un regard sévère.

– Pour reprendre mes précédentes suggestions, je propose de laisser au hasard le soin de désigner celui qui boira le poison. Sache cependant que je ne tolérerai plus la moindre décision unilatérale…

Il sortit de la poche de sa veste une fiole identique à la première mais contenant un liquide bleuté. Il la laissa elle aussi en suspension dans les airs.

– Et je parle du véritable poison, à présent.

Il désigna la bouteille pleine de fluide incolore.

– Ceci ne laisse qu'un arrière-goût désagréable dans la bouche.

Grant finit par comprendre.

– Tu les as échangées !

– Naturellement. Tu te prends peut-être pour un bon acteur mais, entre nous soit dit, je t'ai trouvé exécrable. J'ai dû comprendre que tu me préparais un sale tour avant même que tu n'en sois pleinement conscient. J'ai consacré ces derniers jours à faire un peu de ménage, à bord de ce cargo. J'avoue que réfléchir à tous les moyens que tu aurais pu employer pour m'éliminer a été très distrayant et m'a même aidé à oublier en partie notre épreuve. La solution offerte par le poison était si évidente que je me suis occupé du placard à pharmacie en premier.

Il eut un sourire ironique.

– En fait, je dois avouer que j'ai forcé un peu la dose, pour le signal de danger. J'ai bien failli me trahir, en buvant la première gorgée – le sel et le café ne font pas bon ménage.

Il fixa son interlocuteur droit dans les yeux, avant d'ajouter :

– J'espérais que tu agirais avec un peu plus de subtilité. J'ai répertorié à ce jour quinze méthodes presque infaillibles pour assassiner quelqu'un à bord d'un vaisseau spatial. Je ne te propose pas d'en dresser la liste maintenant.

Grant ne pouvait s'empêcher de trouver la situation incroyable. McNeil ne le traitait pas comme un criminel mais comme un cancre qui n'avait pas su faire ses devoirs.

– Et tu affirmes que tu es disposé à tout reprendre au début, comme si rien ne s'était passé ? Tu accepteras de boire ce poison, si tu perds ?

Le technicien resta un long moment silencieux avant de déclarer :

– Je constate que tu as toujours des difficultés à me croire. Mon attitude ne correspond pas à celle du personnage auquel tu m'assimiles, c'est ça ? Mais je pense pouvoir te permettre de comprendre. C'est très simple. J'ai profité au maximum de la vie, sans avoir beaucoup de scrupules ou de regrets. Mais le meilleur de mon existence appartient désormais au passé et je ne me raccroche pas aux années que je pourrais encore vivre avec autant d'opiniâtreté que tu ne l'imagines. Je précise cependant que je reste assez pointilleux sur certains principes, tant que je suis parmi les vivants.

Il se laissa dériver, s'écartant de la table.

– Tu seras peut-être surpris d'apprendre que j'ai quelques idéaux. Mais je m'efforce de me conduire en être civilisé et rationnel, même si je n'y parviens pas toujours. Et lorsque j'échoue, je tente de me racheter. Disons que la situation actuelle m'en offre l'opportunité.

Il désigna les fioles en apesanteur et fit une pause. Lorsqu'il se décida à reprendre la parole, il paraissait à son tour sur la défensive.

– Dire que je te trouve sympathique serait mentir, Grant, mais je t'ai souvent admiré. Voilà pourquoi je regrette que nous en soyons arrivés là. Tu m'as vraiment inspiré du respect, quand cette saloperie de météorite a perforé notre appareil.

Il semblait désormais éprouver des difficultés à trouver ses mots et esquivait le regard de son interlocuteur.

– Ma conduite a plutôt laissé à désirer, ce jour-là. J'avais toujours été certain que je parviendrais à garder mon sang-froid en toutes circonstances – mais cela s'est passé juste à côté de moi, un événement que je croyais impossible. C'était si inattendu, si *assourdissant,* que mes nerfs ont craqué.

Il tenta de dissimuler son embarras derrière une façade d'humour.

– J'aurais naturellement dû me rappeler que cela s'était déjà produit, lors de mon premier vol. Le mal de l'espace – alors que j'étais persuadé qu'une telle chose ne risquait pas de m'arriver. Ce qui n'a évidemment rien arrangé. Mais j'ai passé ce cap.

Il soutint à nouveau le regard de Grant.

– Je venais de surmonter également cet autre choc… quand j'ai eu droit à la *troisième* déconvenue de mon existence. J'ai découvert que tu commençais toi aussi à craquer.

La colère empourpra le visage du commandant, mais McNeil lança sèchement :

– Oh oui ! Il y a eu cette histoire de vin. Je sais que tu y penses encore. C'est la première des choses que tu as eues à me reprocher. Mais je ne regrette rien. J'estime qu'un homme civilisé doit savoir quand il convient de s'enivrer. Et quand il faut dessoûler. Mais je doute cependant que tu puisses comprendre.

Il était dans l'erreur. Grant commençait à entrevoir la personnalité compliquée et torturée de McNeil et à prendre conscience de l'avoir mal jugé. Non – mal jugé n'était pas le terme exact. En un certain sens, il ne s'était pas trompé sur son compte. Mais il n'avait fait qu'effleurer la surface du caractère de cet homme, sans suspecter l'existence des profondeurs insondables qu'elle dissimulait.

Et, au cours de ces quelques instants de lucidité, Grant comprit pour quelle raison le technicien lui accordait une seconde chance. Ses motivations n'étaient pas aussi simples que celles d'un couard tentant de se réhabiliter, car nul n'apprendrait jamais ce qui était en train de se produire à bord du *Roi des Étoiles*. En outre, McNeil ne devait pas accorder la moindre importance à l'opinion d'autrui, grâce à son indépendance d'esprit si souvent exaspérante. Mais cette même suffisance lui imposait d'agir de façon à avoir une bonne opinion de lui-même. Sans cela, l'existence n'eût pas mérité d'être vécue. McNeil n'acceptait de vivre que selon ses propres critères.

Le technicien étudiait intensément Grant, et sans doute comprenait-il que ce dernier était près de la vérité. Il changea brusquement de ton, comme s'il regrettait de lui avoir révélé tant de choses sur son compte.

– Ne va pas t'imaginer que tendre l'autre joue me procure un plaisir masochiste, fit-il sèchement. Si j'agis ainsi, c'est parce que tu as omis de penser à une petite difficulté. Sincèrement, t'est-il venu une seule fois à l'esprit que si l'un de nous meurt avant d'avoir dégagé l'autre de toute responsabilité dans sa disparition, le survivant risque d'avoir de sérieux problèmes ?

Grant en resta abasourdi. Emporté par le tourbillon de ses émotions violentes, aveuglé par sa fureur, il avait tout simplement omis de se demander comment il pourrait se disculper. Son bon droit lui paraissait si… si *évident*.

– Oui, je suppose que tu as raison, murmura-t-il.

Mais il se demandait malgré tout si McNeil accordait véritablement de l'importance à ce message émis conjointement par les deux membres de l'équipage. N'essayait-il pas tout simplement de lui faire croire que sa sincérité se fondait sur des arguments logiques ?

Grant se sentait cependant soulagé. Il ne bouillait plus de haine et était… presque… rasséréné. La vérité venait d'être révélée au grand jour, et il l'acceptait. Qu'elle fût différente de ses espérances importait peu.

– Eh bien, finissons-en, dit-il posément. N'avons-nous pas des cartes ?

– Oui, deux paquets neufs dans ce tiroir.

McNeil avait retiré sa veste et remontait les manches de sa chemise.

– Prends-en un au hasard. Mais, avant de le sortir de son emballage, il serait sans doute préférable d'informer Port Hespérus de nos intentions. Tous les deux. Et de confirmer que nous agissons ainsi d'un commun accord.

Le commandant hocha distraitement la tête. Tout cela le laissait désormais indifférent, quel que fût le résultat du tirage au sort. Il prit un paquet de cartes dans le tiroir et suivit McNeil vers le haut de la coursive menant à la passerelle de commandement, laissant les deux fioles de poison en suspension au centre du carré.

Grant parvint même à arborer un semblant de sourire, lorsqu'il tira sa carte et la posa à côté de celle de McNeil. Le rectangle métallisé se colla au plateau de la table avec un claquement à peine audible.

*

McNeil se tut. Pendant une minute, il s'occupa en allumant une nouvelle cigarette. Il inhala profondément la fumée empoisonnée et odorante, avant de dire :

– Et vous connaissez le reste, inspecteur.

– À l'exception de quelques détails mineurs. Que sont devenues les deux bouteilles, celle contenant le poison et l'autre ?

– Elles ont franchi le sas en mêmc temps que Grant. J'estimais préférable de ne pas embrouiller la situation et, surtout, de ne pas courir le risque d'une analyse – qui aurait révélé la présence de traces de sel.

Sparta sortit un paquet de cartes métallisées de la poche de sa veste.

– Les reconnaissez-vous ?

Elle les lui tendit.

Il les prit et ne leur accorda qu'un rapide coup d'œil.

– Elles sont semblables à celles que nous avons utilisées.

– Voudriez-vous les battre, monsieur McNeil ?

Le technicien lui adressa un regard pénétrant, avant d'obtempérer. Il mélangea avec dextérité les fins rectangles flexibles en les projetant entre ses paumes incurvées et ses doigts agiles. Lorsqu'il eut terminé, il se tourna vers la femme, l'expression interrogatrice.

– Coupez, dit-elle.

– C'est à vous de le faire, il me semble ?

– Coupez.

Il posa le paquet sur la table de chevet, fit rapidement glisser la partie supérieure de côté et intervertit les deux tas.

– Et maintenant ?

– J'aimerais que vous les battiez à nouveau.

Si l'homme ne fit aucun commentaire, son expression traduisait le mépris. Il venait de raconter un des épisodes les plus marquants de son existence à cette femme, et elle réagissait en lui proposant de jouer aux cartes – sans doute dans l'espoir de le distraire et de le pousser ainsi à se trahir. Mais il s'exécuta rapidement, sans exprimer ses pensées. Il laissait aux bruissements des petits rectangles métallisés qui se séparaient et se réunissaient le soin de commenter la situation à sa place.

– Et à présent ?

– Je vais en tirer une au hasard.

Il ouvrit le jeu en éventail et le présenta à Sparta, qui se pencha vers lui mais laissa ses doigts au-dessus des cartes et les déplaça d'un côté et de l'autre, semblant indécise. Se concentrant toujours, elle lui dit :

– Vous les manipulez avec une dextérité peu commune, monsieur McNeil.

– Je n'en ai jamais fait un secret, inspecteur.

– Cela n'a jamais été un secret.

Elle prit finalement une carte et la présenta à l'homme, sans seulement y jeter un coup d'œil.

Il la fixa, ébranlé.

– N'est-ce pas le valet de pique, monsieur McNeil ? La figure que vous avez tirée ?

Il n'avait pas achevé d'acquiescer par un murmure qu'elle prenait une autre carte. Toujours sans la regarder, elle la lui montra.

– Et voici le trois de trèfle qui a coûté la vie à Grant.

Elle lança les deux cartes sur le lit.

– Vous pouvez poser le reste, monsieur McNeil.

La cigarette du technicien se consumait dans le cendrier, oubliée de tous. Il avait deviné le but de cette petite démonstration mais attendait sa conclusion.

– Les cartes métallisées ne sont pas autorisées dans les cercles de jeu pour une raison que vous devez certainement connaître. Si elles ne sont pas aussi faciles à biseauter où à percer de trous d'épingle que les autres, leur imposer une légère marque électrique ou magnétique pouvant être captée par certains appareils est par contre d'une extrême simplicité. De tels détecteurs sont minuscules. On pourrait par exemple en loger un dans la bague qui orne votre main droite. Elle est absolument ravissante... C'est de l'or vénusien, n'est-ce pas ?

Ce bijou, effectivement très beau, représentait un

homme et une femmc enlacés. Examiné de près, il était en fait extrêmement curieux. Sans hésitation, McNeil le fit glisser sur ses jointures. La bague n'opposa aucune résistance, car son doigt avait beaucoup minci depuis une semaine. Il tendit l'objet à Sparta, et fut surpris de la voir secouer la tête...

... et sourire.

– Je n'ai pas besoin de l'examiner, monsieur McNeil. Les seules marques cohérentes que nous pourrions trouver me sont attribuables.

Elle se pencha en arrière dans son fauteuil, pour se détendre et l'inviter à faire de même.

– J'ai utilisé d'autres méthodes pour déterminer quelles cartes avaient été tirées par vous et par Grant. De tout le paquet, deux seulement semblaient avoir été tenues en main, hormis pendant le brassage. J'avoue que mes déductions reposaient principalement sur de simples suppositions.

– Vous avez eu beaucoup de flair, en ce cas, fit-il d'une voix rauque lorsqu'il put parler à nouveau. Mais si vous ne m'accusez pas d'avoir triché, pourquoi avoir fait tout cela ? Certaines personnes pourraient juger vos méthodes peu orthodoxes, voire cruelles.

– Oh ! Mais *vous* n'aviez pas besoin de disposer de cartes truquées pour tricher, n'est-ce pas, monsieur McNeil ?

Elle étudia les avant-bras de l'homme qui reposaient sur ses cuisses, ses mains jointes entre ses genoux.

– Même avec vos manches retroussées.

Il secoua la tête.

– Il est exact que j'aurais pu facilement le rouler, inspecteur Troy. Mais je vous jure que je ne l'ai pas fait.

– Merci de l'avoir reconnu. J'étais certaine que vous l'admettriez.

Sparta se leva.

– « Vie et honneur semblaient appartenir à des catégories différentes... moins il en subsistait, plus le peu restant acquérait de valeur. »

– Ce qui signifie ?

– Je viens de citer un extrait d'un vieux livre auquel j'ai eu récemment l'occasion de jeter un coup d'œil – un passage qui m'a donné envie de lire le reste de cet ouvrage et qui m'a permis de comprendre un grand nombre de choses sur votre compte. Vous savez admirablement dissimuler certaines vérités, monsieur McNeil, mais vous possédez un sens de l'honneur assez singulier qui vous interdit de mentir effrontément.

Elle sourit.

– Il n'est pas étonnant que vous ayez failli vous étrangler, en buvant cette gorgée de café salé.

À présent, l'expression de McNeil traduisait de la curiosité, presque de l'humilité. Comment cette jeune femme blême et menue était-elle parvenue à voir si distinctement ce qui se tapissait dans les profondeurs de son âme ?

– Je ne comprends toujours pas quelles sont vos intentions.

Sparta glissa la main dans sa veste et en sortit un petit opuscule en plastique.

– D'autres que moi vont procéder à une perquisition à bord du *Roi des Étoiles,* et leurs recherches seront au moins aussi méticuleuses que les miennes. Mais comme je sais que vous n'avez pas condamné Grant à mort en trichant, je me félicite que vous ayez pensé à emporter ce livre en quittant le bord. Il en découle que je n'ai pu le trouver et qu'il ne m'est pas venu à l'esprit que vous étiez peut-être un prestidigitateur amateur plein de talent.

Elle jeta le manuel sur le lit, à côté des cartes à jouer. Il tomba sur la quatrième de couverture, révélant son titre : *Tours de magie, par Harry Blackstone.*

– Et conservez également les cartes. C'est un petit cadeau qui vous permettra de vous distraire en attendant votre rétablissement. Je les ai achetées à un des kiosques de la station, en venant vous rendre visite.

– J'ai l'impression que mes révélations ne vous ont guère surprise.

Sparta avait posé la main sur le battant de la porte et était prête à sortir.

– N'allez surtout pas imaginer que je vous admire, monsieur McNeil. Votre existence et la façon dont vous avez choisi de la vivre ne regardent que vous. Mais il se trouve que j'estime moi aussi qu'il serait sans objet de détruire la réputation de ce malheureux Peter Grant.

Elle avait cessé de sourire, désormais.

– Je vais ajouter une dernière chose; à titre personnel, pas en tant que représentant de la loi. Si vous m'avez dissimulé d'autres faits, sachez que je le découvrirai – et si vous avez commis des actes répréhensibles, je ferai le nécessaire pour que vous en subissiez les conséquences.

CINQUIÈME PARTIE

EXPLOSION

17

Sparta joignit Viktor Proboda par auricom et l'informa qu'il pouvait cesser de jouer la comédie. Les passagers de l'*Hélios* étaient autorisés à débarquer.

Contrairement aux spatioports planétaires, qui ne diffèrent guère des simples aéroports, les spatioports spatiaux ont une ambiance particulière; un étrange mélange de port maritime, de gare ferroviaire et de centre routier. Un grand nombre de petits appareils, remorqueurs, ravitailleurs, taxis, cutters et satellites autopropulsés, glissent et valsent autour des stations importantes. On ne compte que très peu de vedettes de plaisance, dans l'espace (le yachting solaire n'étant un loisir pratiqué que par quelques milliardaires), et, contrairement à ce qui se passe dans les ports maritimes fréquentés, il n'y pas de remous, pas de sauts sur les vagues, pas de proues qui coupent la route des autres vaisseaux avec insolence. Ici, tous les déplacements sont tributaires de l'orbite... d'une précision extrême et s'accompagnant de calculs incessants des vitesses relatives et des rapports masse/carburant... et dans le vide même les coquilles de noix doivent suivre les voies leur étant assignées comme des wagons de marchandises dans une gare de triage. Si ce n'est qu'en l'occurrence des nuées d'ordinateurs ne cessent de modifier leur trajectoire.

Et, à l'exception du trafic local, ces spatioports ne sont guère animés. On ne dénombre chaque mois que quelques navettes assurant la liaison avec la planète, et chaque année que quelques départs et arrivées de vaisseaux de ligne et de cargos. Une conjonction planétaire favorable tend à provoquer un regain d'activité et les chambres de commerce envoient alors des volontaires costumés accueillir les paquebots de l'espace comme la population d'Honolulu fêtait autrefois l'arrivée du *Lurline* ou du *Matsonia*. Faute de disposer de paréos et de colliers de fleurs, il a fallu créer de nouvelles « traditions » à même de traduire l'identité ethnique, politique et économique de chaque station, ses mythes d'emprunt. C'est ainsi qu'un passager débarquant à Station Mars y sera accueilli par un comité composé d'hommes et de femmes aux genoux dénudés et au torse bardé d'une cuirasse romaine, brandissant des drapeaux rouges sur lesquels sont représentés une faucille et un marteau.

À Port Hespérus, les personnes qui quittèrent le bord de l'*Hélios* après une longue attente s'engagèrent dans un couloir sinueux aux parois d'acier inoxydable couvertes de panneaux publicitaires aux couleurs vives sur lesquels étaient vantés les mérites de la production locale de minerai; en anglais, en arabe et en russe. Des banderoles de papier agitées par la brise sortant des évents d'aération apportaient à la scène un certain air de fête.

Puis ils atteignirent une section vitrée, et un déploiement d'activité silencieux se déroulant au-dessus de leurs têtes attira leur attention. Ils levèrent les yeux et furent surpris de voir une Aphrodite en chiton qui chevauchait un coquillage de plastique les saluer de la main et leur adresser des sourires. Près d'elle flottait une déesse du soleil shinto en kimono de soie. L'apesanteur leur permettait d'évoluer librement sous des angles étranges, tant respectivement que par rapport aux observateurs. Ces divinités locales étaient entourées d'une douzaine d'hommes, de femmes et d'enfants également souriants qui agitaient des paniers pleins de fruits et de fleurs, purs produits des jardins et des fermes hydroponiques de la station.

Avant d'être autorisés à gagner le plan supérieur qu'occupaient ces créatures célestes, les passagers devaient cependant franchir un ultime obstacle. À l'extrémité du couloir, Viktor Proboda, flanqué de gardes armés d'étourdisseurs, les fit entrer dans une pièce cubique entièrement tapissée de moquette bleu nuit. Certains y furent admis individuellement, d'autres par groupes. Sur la vidéoplaque encastrée dans l'une des parois apparaissait le visage à l'expression sévère de l'inspecteur Ellen Troy, plus grand que nature. La jeune femme semblait plongée dans l'étude d'un terminal placé devant elle.

En fait, Sparta se trouvait dans un réduit proche du tube de débarquement et ne prêtait pas la moindre attention à cet écran d'ailleurs factice. Elle avait dit à Proboda de faire entrer les passagers selon un ordre précis, et la plupart avaient déjà recouvré leur liberté. On comptait parmi ces personnes l'éminent professeur d'archéologie japonais, les Arabes et leurs familles, ainsi que divers techniciens et voyageurs de commerce.

Pour l'instant, elle tentait de se débarrasser des adolescentes hollandaises.

– Il est inutile que je vous retienne plus longtemps, leur déclara-t-elle en arborant un sourire amical. J'espère que la suite de votre voyage vous réservera moins de désagréments.

– J'ai trouvé ça *passionnant,* déclara l'une.

L'autre fit des effets de cils à l'intention de Proboda et précisa :

– En outre, votre collègue a été absolument *adorable*.

La troisième, cependant, resta aussi réservée que Proboda lui-même.

– Par ici, s'il vous plaît, leur dit ce dernier. Toutes. Sur votre droite. Allons, pressons.

– Au revoir, Vikee...

« Vikee » sentit peser sur lui le regard amusé de Sparta, mais il parvint à chasser les filles et à faire entrer Percy Farnsworth sans se tourner vers l'image de la jeune femme.

– M. Percy Farnsworth, Londres, mandaté par la Lloyd's.

L'homme pénétra dans le réduit et Sparta nota que des tics nerveux agitaient sa moustache.

– Monsieur Farnsworth, inspecteur Troy.

Après avoir procédé aux présentations, Proboda désigna le vidéocom.

– Je suis extrêmement heureux de pouvoir apporter ma modeste contribution à votre enquête, inspecteur. Disons-le tout net, ce genre d'affaires est ma spécialité.

Elle l'étudia pendant deux secondes : un ex-homme de confiance qui avait désormais changé de camp. À en croire son dossier, tout au moins.

– Si j'en juge par les nombreux renseignements que vous avez fournis à nos services, vous nous avez déjà été très utile, monsieur.

Elle feignit de parcourir des yeux un fichier inexistant sur le terminal factice.

– Mmm. La Lloyd's devait être fermement convaincue de la fiabilité du *Roi des Étoiles,* pour avoir assuré ce cargo, la majeure partie de son fret et la vie des membres de l'équipage.

– Absolument. Et c'est pourquoi j'aimerais contacter Londres le plus rapidement possible, afin d'adresser un rapport préliminaire...

– Eh bien, l'interrompit-elle, soit dit entre nous,

il me semble que vos employeurs l'ont échappé belle.

Farnsworth réfléchit à cette bribe d'information… qu'avait-elle voulu dire exactement ?… avant d'estimer que l'inspecteur devait souhaiter jouer la carte de la décontraction avec lui.

– Je m'en félicite.

Puis il baissa la voix, et ce fut en murmurant qu'il demanda :

– Mais pourriez-vous ?… La disparition de Grant…

– Sans doute aimeriez-vous savoir s'il s'agit d'un suicide ou d'un accident, sur le plan légal ? La question est effectivement épineuse, et seule la justice pourra trancher, monsieur Farnsworth. Je n'ai pour l'instant rien à ajouter aux déclarations officielles.

Le ton de sa voix ne traduisait cependant pas la moindre décontraction.

– Je précise que j'accepte volontiers votre offre de collaboration. Veuillez emprunter la porte se trouvant sur votre gauche. Vous n'aurez guère à attendre.

– Là ?

Il désigna un couloir d'acier peu engageant révélé par l'ouverture silencieuse d'un des panneaux de la paroi moquettée puis regarda à l'intérieur en hésitant, comme s'il s'attendait à en voir surgir une bête fauve.

Sparta estima qu'il avait besoin d'encouragements.

– Je ne vous retiendrai pas plus de dix minutes, monsieur. Entrez.

– Bon, marmonna Farnsworth avant d'obtempérer.

Dès qu'il eut franchi le seuil, le panneau se remit en place et Proboda se hâta d'ouvrir la porte donnant sur le couloir de débarquement.

– M. Nikos Pavlakis, Athènes, représentant les Pavlakis Lines, dit-il. Et voici l'inspecteur Troy.

L'armateur le salua en inclinant la tête puis se tourna vers le vidéocom.

– Bonjour, inspecteur.

Sparta continua pendant un instant de feindre de lire quelque chose sur le terminal factice, laissant l'homme étirer avec nervosité les poignets de sa veste étriquée.

– Je constate qu'il s'agit de votre premier séjour à Port Hespérus, monsieur Pavlakis, dit-elle finalement en relevant les yeux. Il est regrettable que ce soit en d'aussi tristes circonstances.

– Comment se porte McNeil, inspecteur ? Va-t-il bien ? Puis-je le voir ?

– Les médecins l'ont déjà autorisé à quitter la clinique. Vous pourrez bientôt vous entretenir avec lui.

Sa préoccupation paraissait sincère, mais Sparta ne modifia pas sa ligne de conduite pour autant.

– Monsieur Pavlakis, je note que l'immatriculation du *Roi des Étoiles* est récente, alors que ce cargo a été mis en service voilà une trentaine d'années. Pourriez-vous me communiquer son code d'identification précédent ?

L'homme corpulent tressaillit.

– L'appareil a été entièrement rénové, inspecteur. Tout, la structure de base exceptée, est neuf ou reconditionné. Nous avons en outre fait apporter quelques modifications mineures qui...

Viktor Proboda décida d'interrompre l'improvisation de Pavlakis.

– L'inspecteur Troy vous a demandé son immatriculation précédente.

– Je... Je crois que c'était NSS 69376, inspecteur.

– Le *Kronos,* fit Sparta.

Et ce nom était à lui seul une accusation.

– Cérès, en 67 : deux membres de l'équipage décédés et le troisième, une femme, gravement blessée; perte de la totalité du fret. Station Mars, en 73 : une collision au cours de l'appontage provoque la mort de quatre ouvriers de la station et la destruction totale du fret dans une des cales. Depuis, on déplore plusieurs accidents ayant entraîné la disparition du chargement. Bon nombre de blessures et au moins une mort sont attribuables à une maintenance non conforme aux normes. Vous aviez d'excellentes raisons de changer le nom de cet appareil, monsieur Pavlakis.

– *Kronos* ne représentait pas un bon choix, pour un vaisseau spatial.

Elle hocha la tête, avec gravité.

– Un titan qui dévore sa propre progéniture. Vous avez dû avoir de sérieuses difficultés à lui trouver des équipages qualifiés.

Les perles du chapelet du Grec glissaient à nouveau entre ses doigts.

– Quand serai-je autorisé à aller constater l'importance des dégâts subis par le *Roi des Étoiles* et son chargement, inspecteur ?

– Je vais vous répondre du mieux que je le puis, monsieur Pavlakis. Dès que nous aurons terminé cette enquête. Je vous demande de bien vouloir aller m'attendre à côté... par cette porte, sur votre gauche.

Le panneau glissa à nouveau, révélant le couloir d'acier. Avec méfiance et en baissant les yeux au-dessus de sa moustache, Pavlakis y pénétra sans rien dire.

Lorsque la porte secrète fut close, Proboda fit entrer le passager suivant.

– Mlle Nancybeth Mokoroa, Port Hespérus, sans activité professionnelle.

La jeune femme entra en bouillant de rage, foudroya le policier du regard, puis ricana en pivotant vers le vidéocom. Alors que la porte de la coursive se refermait, l'emprisonnant à l'intérieur du réduit, Proboda ajouta :

– Et voici l'inspecteur Troy.

– Mademoiselle Mokoroa, vous avez intenté l'année

dernière une action en justice contre M. Vincent Darlington. Vous demandiez l'annulation du contrat de compagnonnage de trois ans qui vous liait à cet homme, en invoquant comme motif l'incompatibilité sexuelle. M. Darlington savait-il que vous étiez déjà devenue *de facto* la compagne de Mme Sondra Sylvester ?

Nancybeth fixa en silence l'image visible sur la vidéoplaque, le visage figé en un masque de mépris acquis grâce à des années de pratique…

… et que Sparta interpréta comme un paravent servant à dissimuler sa confusion. Elle décida d'attendre.

– Nous sommes amies, fit la jeune femme d'une voix rauque.

– Voilà qui est fort sympathique. M. Darlington savait-il que vos rapports avec Mme Sylvester étaient également d'ordre sexuel ?

– Nous sommes amies, c'est tout !

Elle se tourna vers le policier corpulent qui se tenait près d'elle à l'intérieur de la petite pièce.

– Que diable espérez-vous prouver ? À quoi riment ces questions ?

– Entendu, changeons de sujet. Si vous voulez bien…

– Je réclame un avocat ! hurla Nancybeth qui venait d'estimer l'attaque préférable à la défense. Ici, immédiatement. Je connais mes droits.

– … répondre à une seule autre question, termina posément Sparta.

– Plus un mot ! Plus un mot, sale flic ! C'est une détention arbitraire, une perquisition illégale…

Les deux policiers se regardèrent. Perquisition ?

– Une atteinte à la dignité humaine. Une accusation diffamatoire. Un acte prémédité qui…

Ce fut avec un semblant de sourire que Sparta lui demanda :

– Attendez d'avoir entendu ma question avant de déposer une plainte officielle, d'accord ?

– Afin que nous n'ayons pas à vous arrêter au préalable, ajouta Proboda.

Nancybeth étouffa sa colère, prenant conscience d'être parvenue à des conclusions hâtives. Ils n'avaient pas encore procédé à son arrestation. Peut-être même n'était-il pas dans leurs intentions de l'écrouer.

– Qu'est-ce que vous voulez savoir ?

– Pensez-vous que l'une de ces deux personnes... Sylvester ou Darlington... pourrait aller jusqu'à commettre un meurtre par amour pour vous ?

La surprise de Nancybeth fut telle qu'elle éclata de rire.

– À en juger par la façon dont ils parlent l'un de l'autre, tous les deux en seraient capables.

Proboda se pencha vers elle.

– L'inspecteur ne vous a pas...

Mais Sparta le fit taire d'un regard.

– C'est bon. Je vous remercie, vous pouvez disposer. Prenez cette porte, sur votre droite.

– Droite ? répéta Proboda.

Sparta hocha rapidement la tête.

Nancybeth était méfiante.

– Où mène-t-elle ?

– Dehors, répondit Proboda. Vers les paniers de fruits et les déguisements. Vous êtes libre.

La jeune femme parcourut à nouveau la pièce du regard. Elle ouvrait de grands yeux et ses narines dilatées paraissaient frissonner. Puis elle bondit vers l'ouverture, tel un chat sauvage voyant s'ouvrir la porte de sa cage. Proboda se tourna vers le vidéo-com, visiblement irrité.

– Pourquoi pas elle ? J'ai l'impression qu'elle nous cache beaucoup de choses.

– Ce qu'elle dissimule est sans rapport avec le *Roi des Étoiles,* Viktor. Cela concerne probablement certains épisodes de son passé. Qui est le suivant ?

– Mme Sylvester. Écoutez, j'espère que vous la traiterez avec plus de tact que...

– Nous poursuivrons cet interrogatoire à ma manière, rétorqua Sparta.

Et ce fut en grommelant que Proboda alla ouvrir la porte de la coursive.

– Mme Sondra Sylvester, Port Hespérus, directrice principale de l'Ishtar Mining Corporation.

Sa voix était aussi déférente que celle d'un majordome.

La femme se propulsa avec grâce dans la petite pièce moquettée, le corps moulé par des vêtements en soie naturelle.

– Viktor ? Est-il bien nécessaire de tout reprendre depuis le début ?

– Madame Sylvester, j'aimerais vous présenter l'inspecteur Troy, fit-il sur un ton d'excuse.

– Je présume que vous êtes impatiente d'aller vous occuper de vos affaires, madame Sylvester, déclara Sparta. Je serai donc brève.

– Mon travail peut attendre, mais pas le déchargement des robots qui se trouvent toujours à bord de ce cargo.

Sparta baissa les yeux vers le terminal factice, puis les releva vers ceux de Sylvester. Les deux femmes s'étudièrent par systèmes électroniques interposés.

– Vous n'aviez encore jamais confié de fret aux Pavlakis Lines, et cependant vous n'avez pas ménagé vos efforts pour persuader le Bureau du Contrôle spatial et les assureurs de déroger à la clause imposant que l'équipage soit composé de trois membres.

– Je crois en avoir exposé les raisons à l'inspecteur Proboda il y a seulement quelques instants. Six robots mineurs se trouvent à bord du *Roi des Étoiles* et je dois les rentabiliser le plus rapidement possible.

– En ce cas, vous avez eu beaucoup de chance.

La voix posée de Sparta ne trahissait aucunement sa tension.

– Il s'en est fallu de peu que vous ne les perdiez.

– J'en doute. Cette probabilité est encore plus infime que celle de la collision d'une météorite et d'un vaisseau spatial. Un fait qui ne dépend d'ailleurs pas du nombre de personnes composant son équipage.

– Auriez-vous expédié vos robots... assurés pour approximativement neuf cent millions de dollars, je crois... à bord d'un cargo en pilotage automatique ?

Sylvester sourit. Il s'agissait d'une question adroite aux nombreux sous-entendus économiques et politiques. Qu'elle eût été posée par un simple inspecteur de police la surprenait.

– Vous savez parfaitement qu'il n'existe *aucun* vaisseau interplanétaire sans équipage, inspecteur – en raison de certaines mesures attribuables au Bureau spatial et à bien d'autres groupes de pression et d'intérêts. Je n'ai pas pour habitude de perdre mon temps en donnant mon point de vue sur des sujets purement hypothétiques.

– Où avez-vous passé les trois dernières semaines de votre séjour sur Terre, madame Sylvester ?

Cette question n'avait par contre rien d'hypothétique, et la femme dut visiblement faire un effort pour dissimuler son étonnement.

– J'ai pris des vacances dans le sud de la France.

– Vous avez loué une villa sur l'île du Levant. Mlle Nancybeth Mokoroa y a séjourné seule, hormis le premier et le dernier jour, ainsi que lors des deux visites que vous lui avez rendues. Où étiez-vous, le reste du temps ?

Sylvester lança un regard à Proboda, qui l'esquiva. L'interrogatoire superficiel de cet homme ne l'avait pas préparée à devoir répondre à de telles questions.

– J'étais... J'ai réglé des affaires personnelles.

– Aux États-Unis ? En Angleterre ?

Sondra Sylvester ne répondit pas. Et si son expression resta neutre, elle ne parvint à ce résultat qu'au prix d'évidentes difficultés.

– Merci, madame Sylvester, fit sèchement Sparta. C'est cette porte, sur votre gauche.

Et Sparta nota que Proboda tardait à ouvrir l'accès au couloir d'acier, sans doute dans le but d'atténuer l'effet de surprise que provoquait son apparition.

– Je dois vous demander de patienter quelques instants. Pas plus de cinq ou six minutes.

Si la femme parvint à conserver sa sérénité apparente en franchissant le seuil du passage, elle ne put dissimuler totalement son appréhension.

Proboda fit rapidement entrer le suspect suivant.

– Monsieur Blake Redfield, Londres, mandataire de M. Vincent Darlington, directeur du Muséum Hespérien.

À l'instant où Proboda ouvrait la porte du couloir, Sparta tendit les doigts vers l'objectif du moniteur afin de modifier son réglage. Redfield entra dans la petite pièce d'un pas décidé, visiblement détendu. Si la coupe de son costume anglais coûteux était classique, la forme des revers et la longueur de ses cheveux auburn traduisaient sa jeunesse.

– Inspecteur Troy, du Bureau spatial, dit Proboda en désignant le vidéocom d'un mouvement de la tête.

Il ne remarqua pas que l'image manquait désormais de netteté.

Blake se tourna vers l'écran en esquissant le sourire propre aux personnes bien éduquées. S'il reconnut Sparta, il ne se trahit pas. Mais la jeune femme le savait aussi fort qu'elle au jeu de la dissimulation. S'il avait des choses à cacher, il parviendrait à ses fins mieux que les autres.

Elle l'étudia attentivement, bien que l'acuité de sa vision macroscopique fût réduite par le manque de résolution de la vidéoplaque et qu'elle ne pût humer sa présence chimique. Deux années s'étaient écoulées depuis leur dernière rencontre, et s'il n'avait guère vieilli, il paraissait avoir acquis de l'assurance. Il émanait de lui quelque chose d'indéfinissable qu'elle remarquait pour la première fois. Alors qu'il flottait en apesanteur dans la pièce insonorisée, elle n'entendait que sa respiration paisible. Il attendait qu'elle prît la parole la première.

Lorsque Sparta parla finalement, le graphique de sa voix privée de toute intonation eût été par lui-même suspect.

– Je crois que vous avez agi en tant que mandataire de M. Darlington pour l'achat des *Sept Piliers de la sagesse,* monsieur Redfield ?

– C'est parfaitement exact.

Par contraste, la voix du jeune homme était chaleureuse et animée, et sa représentation visuelle eût signifié : « Si tu ne me révèles rien, tu n'apprendras rien de moi. »

– Quelle est la raison de votre voyage ?

– Veiller à ce que M. Darlington reçoive en main propre le livre précieux que vous venez de mentionner.

Sparta fit une pause. Cette réponse semblait absurde, délibérément provocatrice, et elle ne pouvait s'abstenir de relever le défi.

– Si vous projetiez de lui remettre personnellement cet objet, pourquoi l'avez-vous confié à un transporteur ? N'eût-il pas été plus logique de l'emporter avec vous ?

– Qui vous dit que je ne l'ai pas fait ? répondit Redfield.

Il souriait, sachant pertinemment qu'elle s'était assurée de sa présence à bord du cargo.

– Je l'ai vu dans la cale du *Roi des Étoiles,* monsieur Redfield.

– Voilà qui me rassure. Me serait-il possible de le voir également ?

Le cœur de Sparta battit plus rapidement, et

avec plus de force. À un niveau situé en deçà du seuil de sa conscience, elle se savait confrontée à une situation imprévue. Elle jugea préférable de ne pas fournir à son interlocuteur la moindre information supplémentaire.

– Nous nous reverrons bientôt, monsieur Redfield. Par cette porte sur votre droite, s'il vous plaît. Désolée de vous avoir fait attendre.

Alors qu'il sortait, elle nota qu'il arborait un large sourire. Et elle sut qu'il lui était adressé.

– C'est bon, Viktor, fit-elle d'une voix où perçait une certaine impatience. Il s'agissait de la dernière brebis.

– La dernière quoi ?

– Brebis. À présent qu'elles sont toutes dans l'enclos, il ne nous reste plus qu'à trouver la bonne.

*

La pièce minuscule dans laquelle Farnsworth, Pavlakis et Sylvester s'étaient retrouvés après avoir franchi une chicane du passage était un autre cube d'acier nu, et aussi dépouillé que la cellule d'un sous-marin. Nulle issue n'était visible, le chemin du retour ayant été clos par des panneaux coulissants. Une vidéoplaque éteinte occupait la totalité du plafond.

La conversation tendue des occupants de cette geôle était sur le point de dégénérer en une violente dispute quand l'écran s'alluma brusquement. Une image en gros plan du buste de l'inspecteur Ellen Troy, à présent trois fois plus grand que nature, y apparut.

– Je vous ai promis que l'attente serait brève, et j'ai tenu parole, annonça ce visage d'icône.

Qui fut remplacé par l'image d'une plaque de métal convexe.

– Le panneau de coque portant la référence L-43

du pont des systèmes de survie du *Roi des Étoiles* a été perforé.

Le coin supérieur droit emplit tout l'écran, révélant un trou noir dans la peinture blanche.

Puis ils virent l'autre côté, concave et noirci.

– Nous trouvons à l'intérieur toutes les caractéristiques de l'impact d'un projectile très rapide, tel qu'une météorite...

Un nouvel effet de zoom fit apparaître un cratère qui semblait aussi vaste que celui de l'Etna.

– ... et dont la perforation a été colmatée par une projection de mousse.

Ils virent un monticule de substance jaunâtre sur le point de la plaque où s'était trouvée l'excroissance conique – un cliché que Sparta avait pris avant de décoller la couche de plastique protectrice.

Elle continua de commenter les vues sur un ton didactique, presque professoral.

– Les dommages importants subis par le *Roi des Étoiles* sont attribuables à une explosion qui a détruit les deux réservoirs principaux d'oxygène et une cellule d'alimentation, dit-elle alors qu'apparaissait l'intérieur du pont dévasté.

Sparta fit une pause, pour leur laisser le temps d'étudier l'étendue des dégâts.

– Il convient cependant de noter que ni la perforation du panneau de la coque ni l'explosion ne sont attribuables à une météorite.

Leurs visages aux expressions solennelles étaient baignés par la clarté blafarde de l'écran. Si cette révélation les surprenait, seule la prolongation du silence pouvait l'indiquer.

Nouveau gros plan; une micrographie, cette fois.

– Les importants cristaux de forme irrégulière présents sur le pourtour de la cavité indiquent la lenteur de la fusion et du refroidissement du métal. Une brusque libération d'énergic donnerait de petits cristaux réguliers. On peut en déduire que la plaque a été perforée à l'aide d'une torche plasmatique.

Une autre micrographie.

– Cette vue permet de constater que l'opercule de plastique durci se divise en deux strates distinctes. La strate inférieure, très mince, ne porte pas la moindre trace des turbulences d'un courant d'air supersonique s'échappant par le trou – vous pouvez remarquer une exfoliation absolument lisse, ici.

Un diagramme d'ordinateur.

– Comme le démontre cette spectrographie, la catalyse de la première couche de plastique s'est produite voilà plus de deux mois. En d'autres termes, ce trou a été fait et scellé par une fine pellicule de plastique avant l'appareillage du *Roi des Étoiles* pour Vénus. Notez en outre que la couche en question a été soufflée vers l'extérieur. L'onde de choc d'une explosion s'étant produite à l'intérieur du vaisseau a dégagé l'ouverture, permettant à l'air de s'échapper dans l'espace avant que les dispositifs de sécurité ne colmatent la fuite.

D'autres diagrammes et graphiques.

– Cette déflagration a été provoquée par une charge de fulminate d'or et un détonateur à acétylène placés dans le boîtier de la cellule d'alimentation – ces spectrographies révèlent la nature de l'explosif utilisé. Il est probable que le contact électrique a été déclenché par le moniteur de la cellule, à l'aide d'un signal prédéterminé programmé dans le système informatique du vaisseau.

Le visage à l'expression sévère de Sparta réapparut, fortement contrasté dans la cellule d'acier nue.

– Qui a saboté le *Roi des Étoiles* ? Dans quel but ? Quiconque croit connaître la réponse à ces questions est invité à exprimer ses hypothèses, ou encore à contacter l'antenne locale du Bureau du Contrôle spatial. Je précise enfin que le cargo restera sous scellés jusqu'à la fin de l'enquête.

Un rai de lumière transperça la pièce et sa blancheur effaça partiellement l'écran. Au fond de ce réduit une double porte venait de s'ouvrir sur une des coursives animées du cœur de la station.

Sparta avait entre-temps abaissé un interrupteur pour substituer un enregistrement vidéo de son visage à l'image retransmise en direct. L'endroit où elle se trouvait, guère plus grand qu'un placard et encombré de consoles, occupait un interstice séparant deux passages. La jeune femme était bien plus proche des suspects que ces derniers ne pouvaient le supposer. À présent qu'ils ne la voyaient plus, elle pivota vers Proboda qui se dressait près d'elle.

– Viktor, vous m'avez jugée impertinente avec Mme Sylvester. Alors, suivez-la. Si elle se rend à son bureau ou si elle approche du cargo, contactez-moi immédiatement. Où qu'elle aille, appelez-moi à intervalles de cinq minutes. Elle sort déjà – hâtez-vous !

Sparta releva l'interrupteur et réapparut en direct sur la vidéoplaque. Farnsworth et Pavlakis étaient toujours présents, et si l'armateur posait en hésitant un pied à l'extérieur de la petite pièce, l'assureur se rapprochait de l'écran d'un pas décidé.

– Je trouve tout cela plutôt bizarre, déclara-t-il au plafond du réduit. Je parle du fait que vous nous ayez révélé vos preuves sans lancer la moindre accusation.

– Nous nous trouvons à bord d'une station spatiale, monsieur Farnsworth. Notre isolement est encore plus grand que dans une petite bourgade du Kansas.

– Et si le coupable ne se trouvait pas parmi nous ?

– En ce cas, il n'aurait rien pu apprendre.

Cet homme était audacieux, pour oser lui dire qu'elle avait commis une erreur tout en la sachant informée de son passé.

– Espérez-vous que vos révélations resteront un

secret plus de quelques minutes ? Même la Terre sera bientôt au courant.

– Auriez-vous des renseignements à me fournir, monsieur Farnsworth ?

L'assureur désigna du pouce Pavlakis qui s'attardait en arrière-plan et dont la silhouette se découpait sur la coursive extérieure brillamment éclairée.

– Ce type. Sa famille s'est rendue coupable d'un grand nombre d'escroqueries aux assurances. Nous n'avons jamais pu réunir la moindre preuve contre eux, mais si ce Grec n'est pas votre homme, il le connaît.

Sparta trouvait Farnsworth extrêmement insolent, même si elle l'avait déjà jugé innocent.

– Et quelle serait votre réaction, si je vous déclarais que je soupçonne Sylvester ? s'enquit-elle.

Parfait. Voilà qui lui avait fait perdre une partie de son assurance…

Mais il prit cette suggestion au sérieux.

– Par jalousie, voulez-vous dire ?… fit-il, comme s'il n'y avait pas déjà pensé. Darlington lui souffle un livre qu'elle convoite, alors elle fait en sorte qu'il ne… et caetera ?

– Et caetera.

– Une théorie singulière… marmonna l'homme.

– Ce n'est pas une *théorie*.

Le visage de la femme, trois fois plus grand que le sien, se pencha vers lui.

– Vraiment ?

– Absolument pas.

– Vous m'en avez assez dit, en ce cas. Pardonnez-moi…

Brusquement impatient de contacter ses employeurs, il se propulsa maladroitement vers la porte.

Pavlakis avait disparu.

L'auricom tinta dans l'oreille droite de Sparta.

– Parlez.

– Ici, Proboda. Mme Sylvester s'est rendue directement à l'Ishtar Mining Corporation. Je me trouve actuellement devant les Portes d'Isthar.

Le siège de la compagnie minière était situé à près de deux kilomètres, à l'autre extrémité de la station spatiale, là où ses hublots et ses antennes surplombaient les nuages embrasés de Vénus.

– Voilà qui semble l'éliminer également. Venez me rejoindre le plus rapidement possible.

– Quelles sont vos intentions, à présent ? demanda Proboda avec irritation.

Elle l'avait à nouveau envoyé sur une mauvaise piste.

– Attendre. Notre liste de suspects est très courte, Viktor. Je pense que nous allons assister à une confession ou à un acte de désespoir dans très peu de temps. Dix ou quinze min...

Elle perçut autant qu'elle entendit la détonation assourdie. Toutes les lumières s'éteignirent simultanément, et dans les ténèbres le gémissement lugubre des sirènes grimpa rapidement dans les aigus pour se changer en plainte désespérée. Les haut-parleurs encastrés dans les cloisons s'adressèrent à toutes les personnes proches, répétant en anglais, arabe, russe et japonais : *Évacuation immédiate de la section centrale numéro un. Perte de pression importante enregistrée dans la section centrale numéro un. Évacuation immédiate de la section centrale numéro un...*

La voix de Proboda jaillit de l'auricom de Sparta, assez forte pour l'assourdir.

– Vous n'avez rien ? Que s'est-il passé, là-bas ? Troy ?

Mais il ne reçut aucune réponse.

18

Dans une station spatiale, toutes les fonctions se rapportant à la sécurité des personnes sont assurées par des doubles systèmes totalement indépendants. Un inconnu qui connaissait fort bien Port Hespérus était parvenu à isoler l'ensemble de la section tribord du moyeu en coupant le câblage d'alimentation principal du réacteur nucléaire ainsi que les circuits des panneaux solaires auxiliaires, à l'instant précis où une explosion détruisait l'écoutille d'un des sas du secteur de sécurité...

Tant que les batteries de secours n'auraient pas pris la relève, la totalité de cette zone resterait plongée dans les ténèbres.

Pas pour Sparta, cependant. Elle accorda son cortex visuel sur les infrarouges et se fraya rapidement un chemin au sein d'un étrange univers hanté par des formes rougeoyantes, un environnement qui évoquait la maquette géante d'un organisme complexe, illuminée par des néons rouges. Les systèmes d'éclairage désormais éteints irradiaient toujours leur chaleur. Dans les parois, les câbles avaient été rougis par la résistance opposée au passage du courant électrique et les cloisons elles-mêmes étaient portées à une légère incandescence par l'énergie calorique qu'elles avaient emmagasinée.

Si la consommation de la plupart des appareils micro-miniaturisés de la station était minime, leur grand nombre nimbait tous les communicateurs et terminaux d'un halo rougeoyant. Sur les écrans et les vidéoplaques subsistaient des représentations luminescentes des signes alphanumériques, des graphiques ou des visages qui y étaient apparus lors de la coupure de courant. Tous les points ayant été en contact avec des mains et des pieds au cours de la dernière heure irradiaient la chaleur déposée. Si des rats avaient vécu dans les cloisons, Sparta n'eût pas manqué de les voir.

Dans les salles et les coursives, les systèmes d'éclairage de secours furent alimentés par des batteries et leur clarté crue emplit les passages bondés d'ombres stroboscopiques denses. Les personnes qui se propulsaient rapidement dans cet univers violemment contrasté évoquaient des bancs de calmars. Ils fuyaient vers la partie centrale du moyeu – pour la plupart en silence, exception faite des cris de frayeur de quelques non-résidents auxquels répondaient aussitôt des ordres lancés posément par les membres des services de sécurité qui prenaient en charge ces visiteurs terrifiés et les guidaient avec douceur et fermeté vers le salut.

La peur d'une dépressurisation était la principale cause d'anxiété, dans l'espace, mais les habitants de Port Hespérus avaient participé à un tel nombre d'exercices d'évacuation qu'ils assimilaient presque cet accident à un incident banal. Les plus anciens savaient que, compte tenu du volume d'air présent dans cette section du moyeu, huit heures seraient nécessaires pour que la pression pût chuter de sa valeur actuelle à celle de l'atmosphère raréfiée des sommets de la Cordillère des Andes. Ils étaient en outre conscients que les équipes de maintenance auraient achevé leur travail bien avant l'expiration de ce délai.

Sparta prenait soin de rester dans le noir et d'éviter les couloirs et la foule. Elle nageait au sein du rougeoiement terne de puits et de boyaux qui n'étaient habituellement empruntés que par le personnel des services d'entretien et certaines marchandises. Elle passait devant les conduites et les câbles des tunnels d'aération, se dirigeant vers le sas où l'explosion venait de se produire. Elle allait à contre-courant de la marée de fuyards mais était accompagnée par le flux d'air. Elle n'eut besoin de tendre l'oreille qu'un bref instant pour localiser la destination de l'atmosphère, car cette dernière gémissait en s'échappant dans le vide et changeait tout le moyeu en un énorme tuyau d'orgue.

La brise, tout d'abord modérée, devenait de plus en plus vive. À une vingtaine de mètres de l'ouverture le souffle acquérait la violence d'un ouragan, et si elle avait franchi cette frontière imaginaire Sparta eût été aspirée et projetée dans le vide. Mais elle n'aurait pas à se rapprocher outre mesure de la zone dangereuse.

L'écoutille détruite était celle du sas de sécurité Q3, et le but de ce deuxième acte de sabotage paraissait évident. Une personne souhaitait éloigner les gens du *Roi des Étoiles* en rendant ses abords dangereux. Quelqu'un de bien plus habile que Sparta ne l'avait supposé. Elle venait donc d'emprunter des passages secondaires de la station spatiale afin de pouvoir atteindre le cargo pendant que le coupable se trouvait encore à son bord.

Alors qu'elle approchait du sas en suivant un dernier conduit de ventilation, il lui vint à l'esprit que cette diversion ne répondait pas qu'à des critères de simple habileté. Elle avait provoqué plus de peur que de mal – seuls des gardes étaient présents à proximité immédiate du lieu de l'explosion, et compte tenu du fait qu'ils portaient des scaphandres, leur vie n'eût pas été en danger même s'ils avaient été aspirés dans le vide de la cale d'appontage. Devait-elle en conclure qu'elle se trouvait en présence d'un gentil méchant ?

Une telle définition ne pouvait s'appliquer à la personne qui avait fait sauter les réserves d'oxygène du *Roi des Étoiles*. Mais peut-être n'était-ce qu'apparent, le sous-produit fortuit d'un plan uniquement fondé sur des considérations purement pragmatiques.

Sparta donna un coup de pied à la grille de l'extrémité du conduit de ventilation et la vit s'éloigner, emportée par le vent. Depuis l'abri de cette cavité, elle étudia la scène de désolation. Il n'y avait plus personne, à proximité du sas de sécurité. Si les gardes ne s'étaient pas trouvés au mauvais endroit, au mauvais moment, et n'avaient donc pas été aspirés dans le vide, ils devaient avoir reçu l'ordre d'évacuer les lieux. Des instructions que le coupable de ce sabotage avait probablement prévues, espérées.

Et si ses suppositions étaient correctes, l'individu en question se trouvait toujours à bord du cargo dont il avait laissé le sas ouvert... faute de disposer du temps nécessaire pour enfiler une combinaison spatiale... et il en ressortirait dans quelques instants.

Mais Sparta serait là pour l'empêcher de battre en retraite. Elle s'extirpa de la conduite. En s'agrippant aux parois afin de ne pas être aspirée par le vide, elle avança d'une prise à l'autre jusqu'au tube de débarquement du *Roi des Étoiles*. Elle progressait très lentement, assourdie par les hurlements du vent. Elle atteignit finalement le sas principal du vaisseau.

Une fois à l'intérieur, elle abaissa des interrupteurs et regarda l'écoutille se refermer paresseusement derrière elle. Le silence revint. Les empreintes rougeoyantes laissées sur les commandes et les barreaux de l'échelle appartenaient à une seule personne.

Sparta et le coupable de cet acte de sabotage se trouvaient à présent réunis à bord du cargo. Elle se pencha vers une des marques et inspira profondément. Elle compara cette signature chimique à celles des individus qu'elle avait approchés récemment, mais en vain. Si le mélange épicé d'acides aminés titilla des souvenirs, ces derniers restèrent malgré tout inaccessibles...

Selon une hypothèse, Sondra Sylvester avait gagné la cale pour voler *les Sept Piliers de la sagesse*; mais deux minutes plus tôt cette femme se trouvait à deux kilomètres de là. Selon une autre théorie...

celle qui avait sa préférence..., Nikos Pavlakis était sur la passerelle de commandement et réglait les systèmes de pilotage automatique. Lorsque le vaisseau aurait appareillé et se serait éloigné en direction du soleil, les preuves de ses agissements et de ceux de ses associés auraient dispararu à jamais. Mais, sans complices, Pavlakis n'aurait pas eu le temps d'organiser cette diversion.

Sparta traversa précautionneusement le pont-magasin, fit une pause, puis descendit vers la passerelle de commandement. La faible clarté des voyants et des cadrans du pupitre de pilotage dessinait un kaléidoscope dans les ténèbres. Elle fit une autre halte, pour *tendre l'oreille*...

Un mouvement dans le lointain : un bruissement attribuable au frottement d'un gant ou d'une semelle contre le métal. Elle localisa son point d'origine. Sa proie se trouvait dans la cale A et ne figurait pas sur sa liste de suspects.

Si le coupable n'était pas Sylvester, il pouvait par contre s'agir d'un individu travaillant pour le compte de cette femme. Pas Nancybeth, dont l'esprit était celui d'un enfant en bas âge. Elle eût été incapable de se concentrer sur autre chose que ses besoins et ses désirs pendant plus d'une minute. Faute d'avoir pu avertir des complices, étant donné que tous les messages en provenance de l'*Hélios* avaient été enregistrés, elle avait pu charger un des passagers de ce vaisseau de ligne d'agir à sa place. Sparta se reprocha de ne pas y avoir pensé plus tôt...

Elle se glissa dans la coursive du pont des systèmes de survie en gardant tous ses sens en alerte. Elle entra dans le sas dont la porte était restée entrebâillée et son visage se trouva finalement à quelques centimètres de l'accès à la cale A, dont l'écoutille était ouverte. Elle pénétra dans le sas le plus silencieusement possible, se propulsant du bout des doigts.

– N'ayez pas peur de moi, dit-il.

Sa voix, toujours aussi chaleureuse, paraissait à présent plus décidée. Son point d'origine était en outre extrêmement proche.

– Je devais impérativement vérifier quelque chose.

Elle trouva son calme extraordinaire. L'enregistrement de l'empreinte vocale de ses paroles n'eût pas permis d'y déceler autre chose que de la sincérité.

Elle s'immobilisa, le souffle court, afin de réfléchir à la situation. Elle l'entendait, le sentait, savait approximativement où il se trouvait, mais elle n'avait pas d'arme et il n'apparaissait pas dans son champ de vision.

– Inutile de vous montrer, ajouta-t-il. Je ne sais pas exactement où vous êtes, en fait, mais je présume que vous m'entendez et je souhaite vous fournir quelques explications.

Plusieurs secondes s'écoulèrent, alors qu'elle se rapprochait lentement de l'écoutille interne. La noirceur de la cale était profonde, à l'exception du halo nimbant tout ce que l'intrus venait de toucher.

La disposition de ces taches rougeâtres indiquait quelles avaient été ses intentions. Elle voyait un gouffre de ténèbres, à l'emplacement précédemment occupé par le conteneur de polystyrène.

– Qui ne dit rien consent, et j'en déduis que vous acceptez de m'écouter, fit-il.

Elle l'avait localisé, à présent, mais avec moins de précision qu'elle ne l'eût souhaité. Il se tapissait juste au-delà du sas. Les bruissements... attribuables au frottement de ses mains ou de sa hanche contre la paroi de la cale... provenaient d'un point situé à un mètre d'elle. Elle devait l'inciter à parler, le distraire pendant trente secondes – et ensuite elle saurait dans quelle direction bondir...

– Il fallait absolument que je voie ce livre avant que vous n'autorisiez son nouveau propriétaire à en prendre possession. Vous disiez qu'il se trouvait à bord du *Roi des Étoiles,* mais je devais m'assurer que nous nous référions au même ouvrage. Je suis expert en la matière, pas vous.

Elle se rapprocha de quelques centimètres en contrôlant ses inspirations et ses expirations, afin qu'il ne pût pour sa part les entendre. Elle était à présent si près de lui que son haleine apparaissait sous forme de nuages de chaleur qui palpitaient doucement dans les ténèbres, juste au-delà de l'écoutille.

À cinquante centimètres de Sparta, au cœur de l'obscurité, il entreprit de lui expliquer les raisons de ses actes.

– Une personne ayant à sa disposition beaucoup de temps et d'argent pourrait faire reproduire un livre du début du XXe siècle. Elle devrait en premier lieu trouver des artisans capables d'utiliser une linotype – des personnes acceptant de taper sur le clavier d'une telle machine un texte de trois cent mille mots, selon les méthodes du passé, une ligne après l'autre. La création des lignes-blocs prendrait des mois, hormis si les matrices originelles existaient toujours et étaient disponibles. Il faudrait ensuite se procurer du papier bible d'époque – ou en fabriquer avec ses filigranes et le vieillir artificiellement. Puis viendrait le stade de la reliure en pleine peau, la préparation de l'étui marbré… tout cela nécessiterait un travail et une habileté impensables !

Sa passion pour ce qu'il décrivait, ce vieux livre singulier, semblait lui avoir fait momentanément oublier la présence de Sparta.

Elle hésita, puis s'adressa à lui en un murmure.

– Je vous écoute. (Pas de réponse. Peut-être avait-il été surpris de l'entendre si près de lui.) Vous auriez pu attendre la levée des scellés. Pourquoi était-il si important de le voir maintenant ?

– Parce que l'original est peut-être toujours à bord.

Avait-il espéré le trouver le premier, ou improvisait-il une justification compliquée parce qu'elle venait justement de le surprendre avec cet ouvrage inestimable en sa possession ?

– Après s'être rendue à Washington, trois semaines avant d'embarquer sur l'*Hélios,* Sondra Sylvester a regagné Londres, déclara-t-elle. De France, elle a en outre effectué plusieurs voyages en Angleterre. Savez-vous pourquoi ?

– Elle est allée à Oxford. Pour faire fabriquer un livre.

La voix de l'homme devenait plus décidée, catégorique.

– Celui que j'ai actuellement dans les mains.

Un volet claqua dans l'esprit de Sparta, une muraille descendit, une décision fut prise. Elle agrippa le pourtour de l'écoutille et se propulsa avec force dans la cale. Elle se redressa contre les casiers métalliques situés en face du sas et se tourna vers l'homme. Il n'était qu'une tache rougeâtre luminescente, au cœur des ténèbres. Dans sa main se trouvait... un livre...

... seulement un livre.

– Puis-je faire la lumière, à présent ? s'enquit-il.

– Allez-y.

Il leva la main pour presser une touche placée près de l'écoutille. Une clarté verdâtre illumina la cale et Sparta régla sa vision sur le spectre visible. Pendant un moment, Blake garda les yeux rivés sur son visage. Il paraissait penaud, gêné par le remue-ménage qu'il avait provoqué.

Elle eut alors une étrange pensée. Elle le trouvait assez séduisant, avec ses cheveux roux en bataille et son costume froissé.

Il leva le volume.

– Une très belle contrefaçon. L'œil est parfait. Le papier également – on s'en sert toujours pour imprimer les bibles. Quant à la reliure, elle est extraordinaire. Une analyse chimique démontrera qu'il est neuf, mais celui qui n'a jamais vu l'original devra en lire de nombreuses pages avant d'avoir le moindre soupçon.

Elle l'étudiait, l'écoutait. Ce jeune homme avait beaucoup changé.

– Qu'est-ce qui révèle la supercherie, en ce cas ?

– Diverses équipes ont dû travailler simultanément, dans plusieurs imprimeries, pour taper le texte sur les claviers des linotypes. Trois cent mille mots. Certains typographes ont été moins attentifs que les autres.

– Des erreurs ?

– Quelques coquilles. Étonnamment peu nombreuses, d'ailleurs. (Il sourit.) Mais le temps leur a manqué pour procéder à une relecture attentive des épreuves.

Elle comprit à quoi il voulait en venir.

– Darlington ne l'aurait probablement jamais lu, quoi qu'il en soit.

– D'après ce que je sais de cet homme, il ne l'aurait même jamais ouvert. Hormis à la page de titre, peut-être.

– Et pourquoi pensez-vous que l'original est à bord ?

– Pour la simple raison que je l'ai personnellement apporté par navette et que j'étais présent lorsqu'il a été placé dans ce casier, seulement quelques heures avant que le *Roi des Étoiles* ne quitte l'orbite terrestre. À moins qu'on n'ait procédé à la substitution entre-temps, ce dont je doute, il doit encore se trouver ici.

– Est-ce la boîte d'origine ? s'enquit-elle en désignant le conteneur de polystyrène qui flottait près de Blake.

– J'en suis certain. Je savais que le verrou n'était pas à toute épreuve, pas pour un individu déterminé et ayant du temps devant lui et l'ordinateur de bord à sa disposition... Je pensais savoir ce que préparait Sylvester, voyez-vous, mais je n'aurais jamais cru qu'elle agirait si rapidement. C'est en apprenant cette collision avec une météorite que je me suis remémoré ses efforts pour permettre au *Roi des Étoiles* d'appareiller dans les délais prévus. Puis j'ai été informé que l'enquête avait été confiée à l'inspecteur Ellen Troy.

Comment l'avait-il su ? Elle décida d'attendre pour approfondir la question. Elle pourrait l'interroger à loisir, après son arrestation.

– Entendu, monsieur Redfield. Remettez-moi cette contrefaçon remarquable, la pièce à conviction numéro un, dit-elle avant d'ajouter avec gravité : Je vous remercie pour votre aide, et sachez que j'interviendrai en votre faveur, lors du procès. Avec un peu de chance, vous pourrez obtenir que cette affaire soit transférée auprès d'une juridiction différente.

– Je regrette sincèrement d'avoir dû faire sauter une écoutille de la station, mais sachez que je n'ai pas fait cela uniquement pour m'assurer de l'authenticité de cet ouvrage.

Il ne semblait pas disposé à lui remettre la pièce à conviction.

– Un vendeur avisé m'a dit autrefois qu'une marchandise, quelle que soit sa nature, vaut exactement le prix que l'acheteur est prêt à débourser pour l'obtenir. En fonction de ces normes, l'original des *Sept Piliers de la sagesse* vaut un million et demi de livres. Ce faux a pu coûter les deux tiers de cette somme à Sondra Sylvester. En travail, matières premières et pots-de-vin.

Si Sparta lui trouvait une voix agréable, elle l'estimait un peu trop prolixe.

– Cet objet, s'il vous plaît.

Il la fixait toujours.

– Je savais que si quelqu'un devait me surprendre

pendant que je me trouverais à bord de ce cargo, ce ne pourrait être que vous. En fait, je dois préciser que je vous attendais.

À nouveau, un détail venait d'échapper à Sparta. À nouveau, son cœur s'emballait. Elle avait pourtant bien connu Blake Redfield, autrefois, autant qu'un enfant peut en connaître un autre. Pourquoi était-il devenu un mystère pour elle ?

– Sparta, fit-il posément, je n'ai jamais cru ce qu'ils nous ont raconté pour expliquer ta disparition, la mort de tes parents, l'arrêt du programme. Je t'ai reconnue à l'instant où je t'ai vue, à Manhattan. Mais tu ne semblais pas souhaiter qu'on te sache toujours en vie. Alors…

Le fracas du métal déchiqueté interrompit brusquement sa phrase et glaça la chaleur présente dans sa voix.

En se glissant vers lui, avant de découvrir son identité, elle avait remarqué que l'écoutille de l'autre cale était ouverte mais n'en avait pas fait cas.

– Suis-moi, cria-t-elle en plongeant dans le sas.

L'onde brûlante qui remontait la coursive dessécha son visage. Le sas de la cale C était une fournaise. Elle fit claquer le panneau et tourna le volant.

– Vite, Blake !

Il se propulsa vers elle, tenant toujours la copie des *Sept Piliers de la sagesse*.

– Monte, vite ! Il faut sortir d'ici très rapidement, le pressa-t-elle.

Blake franchissait l'écoutille d'accès quand le panneau subit un impact violent. Le jeune homme fut projeté sur le côté de l'échelle. Sparta le poussa vers le haut et sauta derrière lui, un instant avant qu'un appendice bardé de dents en diamants ne traversât l'acier du capot de fermeture comme une chaîne de tronçonneuse fendant une plaque de contreplaqué. En soulevant des gerbes de shrapnels, le robot Rolls-Royce s'ouvrit un passage à travers la lourde porte verrouillée.

La machine, qui avait été chargée par l'extérieur de la soute, était non seulement trop grosse pour ce sas, mais également pour la coursive. Cependant, devoir démanteler le vaisseau afin de poursuivre sa progression ne ralentissait pas son ardeur.

Blake s'éleva jusqu'à la passerelle de commandement puis au pont-magasin, en direction du sas principal, se hissant et se dirigeant d'une seule main alors que l'autre serrait toujours le livre. Sparta le suivait, et elle ne s'arrêta que le temps de faire claquer l'écoutille inférieure derrière elle.

Ayant atteint le sommet du module de l'équipage, Blake percuta la porte du sas principal et tendit la main afin de commander son ouverture...

... pour la retirer aussitôt, comme s'il s'était ébouillanté.

Sparta s'immobilisa près de lui.

– Vas-y, vas-y ! lui cria-t-elle avant de comprendre.

Elle venait de voir le voyant rouge lumineux : « VIDE. DANGER. »

– Ils ont dû isoler la zone de sécurité, fit-elle. La laisser sans pressurisation.

– Les combinaisons spatiales... contre la paroi, près de toi.

Le robot dévastait tout sur son passage, broyant et déchiquetant le métal et le plastique. Le monstre mécanique risquait à tout instant d'éventrer la coque, les condamnant à une mort par décompression dans le vide.

– Pas le temps, rétorqua-t-elle. Notre seul espoir est de le rendre inoffensif.

– Quoi ?

– Pas ici. Nous sommes coincés.

Elle plongea vers la passerelle. Il l'imita en progressant à tâtons. En raison de l'obscurité profonde,

Blake ne pouvait voir que le léger halo des voyants et cadrans de la console de pilotage, mais rien n'échappait à la vision de Sparta. Elle découvrait à travers le pont d'acier un rougeoiement évoquant celui d'une naine blanche.

– Et oublie ton foutu bouquin ! hurla-t-elle.

Mais il continua de serrer contre lui l'ouvrage magnifique, comme si ce dernier était aussi précieux que sa vie. Le robot atteignit la passerelle de commandement en même temps que lui, une créature de cauchemar précédée par l'éclat aveuglant de ses radiateurs. Il venait d'élargir l'ouverture de la coursive à coups de trompe et la forêt de ses sondes apparut au-dessus de la cavité, suivie une milliseconde plus tard par sa tête de samouraï casqué qui pivota par à-coups. Les facettes de ses yeux composés reflétèrent les lumières multicolores du poste de pilotage.

L'intensité de l'onde de chaleur irradiée par ses radiateurs était telle qu'ils durent battre en retraite.

Les yeux miroitants de la machine se portèrent sur la jeune femme, puis les moteurs de ses jambes s'emballèrent en gémissant et elle bondit... cinq tonnes et demie privées de poids, avec ses godets à minerai tendus... vers l'angle supérieur de la cabine où Sparta se recroquevillait. La masse de la jeune femme étant moindre que celle du robot, sa capacité d'accélération était plus grande. Lorsqu'il percuta le plafond de la passerelle, elle rebondissait déjà sur le sol.

– L'extincteur ! cria Blake.

Et, pendant une demi-seconde, Sparta crut qu'il cédait à la panique, qu'il perdait la tête. Comment pouvait-il espérer éteindre ainsi un réacteur nucléaire ? Mais avant que l'autre moitié de la seconde se fût écoulée, elle comprit que la chaleur venait de lui donner une inspiration.

Que le robot mineur n'eût pas été conçu pour

travailler en apesanteur leur fournissait en outre un léger avantage. Un atout venant s'ajouter à celui dont Sparta avait pris conscience alors qu'elle bondissait pour esquiver sa prise. La machine se comportait comme si elle avait un compte personnel à régler avec *elle*. Pour le monstre de métal, il eût été plus simple de forer un trou dans la coque du vaisseau et de la laisser mourir, ivre d'hypoxie. Mais il semblait vouloir la démembrer, la déchiqueter. Il désirait assister et participer à sa lente agonie.

Quelqu'un regardait par ses yeux, contrôlait tous ses mouvements…

… jusqu'au moment où Blake se propulsa avec adresse, braqua l'extincteur vers la tête de la machine et pressa le levier, recouvrant de mousse épaisse ses systèmes oculaires à facettes…

– *Aaaahh !*

Le cri du jeune homme fut aigu, et rapidement étouffé. Le robot avait pivoté à l'instant où il passait, et un de ses radiateurs n'était passé qu'à quelques centimètres de son bras. *Les Sept Piliers de la sagesse* venaient de s'embraser. Il braqua frénétiquement l'extincteur vers le livre, puis sur les flammèches qui s'élevaient de sa veste.

L'énorme monstre de métal semblait devenu fou. Il se tordait en projetant ses pinces de tous côtés. Il avait perdu son point d'appui et ne voyait plus rien, tel un scarabée retourné. Mais il ne tarderait guère à trouver une prise, et la personne qui le dirigeait à distance, désormais contrainte de se contenter d'une mort expéditive, devrait faire abstraction de son désir de vengeance et charger la machine de briser les hublots du *Roi des Étoiles*.

Pour l'instant, le robot fou dominait la passerelle de commandement, bloquant ses issues. Même s'il ne parvenait pas à se redresser, sa chaleur finirait par les tuer en les incendiant, en faisant fondre la cabine autour d'eux.

Sparta comprit quelle était l'unique solution. Il lui faudrait pour cela se rendre totalement vulnérable. Et si elle pensa qu'elle avait bien des raisons de se méfier de Blake Redfield, son bon sens dut lui rétorquer : *Tu verras plus tard, chaque chose en son temps.*

Elle se plongea en transe. Le flot de données... la cascade d'instructions frénétiques et haineuses qui parvenaient au robot... satura son esprit. Elle leva les bras et les incurva en forme d'antenne. Son ventre était en feu. Elle émit son propre message.

La créature métallique eut un soubresaut spasmodique et se figea.

Sparta la tenait comme un chat, par la peau du cou, la serrant dans son esprit au lieu de son poing – mais il lui fallait pour cela utiliser toute sa capacité de concentration. Elle ne parvenait à couvrir le puissant signal de l'émetteur qu'en raison de la faible distance la séparant de la machine, et elle avait conscience que les batteries dissimulées sous ses poumons se déchargeraient en moins d'une minute.

– Blake ! lança-t-elle d'une voix creuse. Retire le bloc d'alimentation.

Les ondes qu'elle émettait s'affaiblirent et la créature fut secouée d'un violent soubresaut.

Le jeune homme continuait de la fixer, bouche bée. Sparta flottait dans les airs, telle une prêtresse minoenne pratiquant un exercice de lévitation dans un temple baigné d'une clarté cuivrée, les bras levés pour accorder une bénédiction impie. Elle parvint encore à murmurer d'une voix rauque :

– Dans son ventre. Retire-le.

Blake réagit finalement et plongea entre les pattes et les griffes oscillantes du monstre de métal paralysé. La chaleur émanant de ses radiateurs calcinait le plafond, dont le revêtement de plastique commençait à fondre en libérant d'épais nuages de fumée âcre. L'homme chercha la trappe à tâtons... Sparta eût voulu lui expliquer comment procéder mais n'osait plus ouvrir la bouche… et un instant plus tard il découvrit ce qu'il cherchait… pour se retrouver dans une impasse.

Il consacra d'interminables secondes à étudier le bloc d'alimentation.

Sa conception était un modèle de sécurité et de simplicité. Ce robot ne sortait-il pas des usines Rolls-Royce, après tout ? Le jeune homme referma ses doigts sur les poignées chromées, cala ses pieds contre le corps de la machine, et tira.

Le bloc d'alimentation glissa. Les éléments télescopiques du blindage se déployèrent pour isoler la matière fissile au fur et à mesure qu'il la retirait. L'énorme créature se retrouva éviscérée, sans vie. Ses radiateurs se mirent à refroidir…

… pas assez rapidement pour empêcher le plafond de s'embraser, cependant.

– Merde ! J'espère qu'il y a un autre extincteur, ici, cria-t-il.

C'était le cas. Sparta l'arracha à son support mural, bondit devant Blake et aspergea de mousse le revêtement enflammé. Elle vida l'appareil, puis le jeta.

Ils se regardèrent, les nerfs tendus, le corps roussi et noir de suie, les poumons saturés de fumée. Puis le jeune homme parvint à sourire. Elle prit sur elle pour l'imiter.

– Enfilons ces scaphandres avant de suffoquer.

Blake mit celui de McNeil, Sparta celui de Wycherly. Alors qu'elle transférait un peu de son oxygène dans le réservoir vide de l'autre combinaison spatiale, elle fit une pause. Elle venait d'avoir une inspiration.

– Blake… si c'est Sylvester qui a volé l'original, ou plutôt qui a chargé un tiers de le subtiliser, je crois savoir où il se trouve.

– Elle a fait embarquer un conteneur d'autres livres, mais j'ai déjà regardé…

– Moi aussi. Ce n'est qu'unc simple supposition, note bien. N'en tiens pas compte, si je me trompe.

Elle tordit les gants démesurés de sa combinaison spatiale et les retira.

– Que fais-tu ?

– J'aurai bientôt besoin de mes doigts.

Elle se propulsa vers la passerelle de commandement, se glissa entre les pattes et les griffes du robot inerte, et atteignit l'accès des commandes principales. Elle ouvrit la trappe et tendit la main à l'intérieur du léviathan de métal.

Blake l'observait depuis les hauteurs de la cabine, presque dissimulé par les ténèbres.

– Que fais-tu ?

Il y avait un bon moment qu'elle s'affairait ainsi.

– Je dois remettre le bloc d'alimentation en place. Mais rassure-toi, j'ai lobotomisé ce monstre.

Il ne dit rien, faute d'avoir trouvé un commentaire ne se rapportant pas à sa santé mentale.

Finalement, la tête du robot trembla et ses pinces cliquetèrent, mais ses mouvements étaient aussi léthargiques que ceux d'un rhinocéros anesthésié. Flottant dans l'ample scaphandre de Wycherly, Sparta se glissa à nouveau entre les bras de la créature et tendit la main à l'intérieur de la trappe. Des moteurs gémirent et les plaques ventrales se replièrent les unes sur les autres. Finalement, les entrailles métalliques du compartiment de traitement du minerai furent mises à nu. La machine semblait s'être éviscérée.

Sparta se hissa sur la carapace du robot éventré et regarda à l'intérieur. Et là, calé entre deux grosses vis sans fin, au sein d'un fouillis de tubes et de grilles, elle vit un livre fragile et magnifique douillettement niché dans son étui marbré.

19

Les lumières revinrent bientôt et des spécialistes en scaphandres gagnèrent rapidement le secteur de sécurité dépressurisé pour remplacer l'écoutille détruite. Une demi-heure après le début de l'alerte, de l'air emplissait à nouveau le moyeu et la situation était redevenue normale.

Un peu plus tôt, alors que l'atmosphère fuyait encore par le sas Q3, des policiers en combinaison spatiale avaient fait irruption dans le *Roi des Étoiles*, étourdisseur au poing. Il s'agissait d'hommes expérimentés, accoutumés à devoir affronter la folie éthylique et homicide, ainsi que les autres troubles mentaux susceptibles d'affecter les résidents d'un microcosme isolé dans l'espace, mais l'importance des dégâts les sidéra.

Ils n'avaient en outre jamais eu l'occasion de voir de près les robots mineurs chargés de parcourir Vénus et de récolter le minerai qui permettait de régler leurs salaires. De trouver un de ces énormes monstres éviscéré et paralysé au milieu des décombres de la passerelle du *Roi des Étoiles* fut pour eux une expérience terrifiante. Ils s'avancèrent vers lui avec autant de circonspection que des plongeurs approchant d'un grand requin blanc assoupi.

À l'exception du robot, qui devait s'avérer hors d'état de nuire, le vaisseau était désert. Ce fut seulement bien plus tard qu'ils notèrent la disparition de deux combinaisons spatiales dans le pont-magasin.

*

Sparta et Blake se dépouillèrent de leurs scaphandres cinq minutes après les avoir enfilés et repartirent le long des conduits de ventilation obscurs. Si la jeune femme avait stocké un millier de schémas techniques dans son esprit et connaissait le chemin du retour bien mieux que son compagnon, ce dernier avait cependant projeté cette attaque contre le *Roi des Étoiles* avant même de quitter la Terre et pris soin de mémoriser les principales caractéristiques de Port Hespérus alors qu'il se trouvait encore sur cette planète.

– Trois pains de plastic de quinze grammes sur l'écoutille du sas, avec un détonateur à retardement, expliqua-t-il. Une autre charge sur les câbles d'alimentation auxiliaires, également avec un retardateur. Je me suis personnellement chargé de couper les circuits principaux, car je voulais être certain de ne pas provoquer des dommages irréparables. Deux ouvriers de la centrale auront une bonne gueule de bois due à des vapeurs d'éther…

– Du C-4 ? Pas du fulminate d'or et des détonateurs à acétylène ?

Ils discutaient tout en se poursuivant à l'intérieur de ce labyrinthe ténébreux.

– Qui utiliserait des produits de ce genre ? Ils sont bien trop dangereux.

– Un individu qui se soucierait peu des vies humaines et qui souhaiterait donner l'impression qu'une cellule d'alimentation a explosé.

– Le *Roi des Étoiles* aurait donc été saboté ?

– Tu es sans doute la dernière personne de tout le système solaire à l'apprendre. En supposant que tu ne sois pas également l'auteur de ce crime, bien sûr.

Il eut un rire.

– Blake, tu dois me raconter le reste de ton histoire si tu veux que je puisse te croire.

– On va faire une pause, décida-t-il.

En suivant un collecteur encombré de conduites et de câbles, ils avaient atteint la zone médiane du moyeu. Ils se trouvaient dans une sous-station, cernés de pompes et de transformateurs. La pénombre était striée par les bandes de lumière qui traversaient une grille située en contrebas et rampaient lentement sur toutes les cloisons en suivant la rotation de l'énorme structure. Entre les barres d'acier apparaissaient la sphère centrale avec sa ceinture d'arbres, ses jardins et les promenades jumelles du centre social de Port Hespérus.

– Ce n'est pas dans le cadre du projet SPARTA que j'ai reçu une formation d'artificier, Linda...

– Ne m'appelle plus comme ça, jamais.

Sa mise en garde coléreuse fut répercutée par les parois métalliques.

– Trop tard. Ils connaissent ta véritable identité.

– Vraiment ? Eh bien, je sais également qui ils sont.

Sa voix la trahissait, car son épuisement permettait à la peur de refaire surface.

– Ce que j'ignore par contre, c'est *où* ils sont.

– L'un d'eux se trouve ici, à Port Hespérus. Il te cherche. C'est d'ailleurs une des raisons pour lesquelles j'ai organisé ce feu d'artifice – afin de pouvoir te parler sans témoins. Avant qu'il ne te découvre.

– De qui s'agit-il ?

– Désolé, mais je ne le sais pas. Tu devrais être mieux placée que moi pour l'identifier.

Elle soupira.

– Merde ! Et si tu commençais par le début ?

Il prit une inspiration profonde, ferma les yeux, et expira lentement. Lorsque ses yeux sombres se rouvrirent, ils reflétèrent la lumière qui s'élevait du sol.

– Le projet SPARTA a été annulé un an après ton départ. Nous devions être une douzaine. Je parle de ceux de mon âge, entre seize et dix-sept ans – Ron, Khalid, Sara, Louis, Rosaria...

– Je conserve d'excellents souvenirs de cette époque, l'interrompit-elle.

– C'était le printemps, quand des types bizarres appartenant à une organisation gouvernementale sont venus nous rendre visite. Il s'agissait en fait de recruteurs qui cherchaient des volontaires pour un « programme d'entraînement complémentaire »; de beaux parleurs qui insistaient lourdement sur le côté secret de la chose. Nous avons eu la nette impression que *tu* travaillais avec eux. Et tu étais notre idole...

– Votre bouc émissaire, tu veux dire.

– Oui, parfois.

Ce souvenir le fit sourire.

– Pour en revenir à nos moutons, nous nous sommes laissé embobiner. Moi, en tout cas. J'ai signé, ce qui a donné lieu à une violente altercation avec mon père et ma mère, mais mes parents ont fini par céder et j'ai participé à un stage avec quelques autres. Il se déroulait dans l'est de l'Arizona, dans les hauteurs du Mogollon Rim. Nous avons dû y rester trois semaines. Comme ils nous savaient en parfaite condition physique, ils sont immédiatement passés aux choses sérieuses : survie; codes secrets; familiarisation avec les explosifs et les méthodes pour tuer sans bruit. J'ai rapidement pris conscience que c'était superficiel, un jeu d'enfant, un simple test devant leur permettre de sélectionner les plus doués d'entre nous. Ceux qui correspondaient à un certain profil psychologique.

– Qui ont-ils choisi ? Toi, et qui d'autre ?

– Personne. Un après-midi, ton père est arrivé accompagné par des agents en civil. Des types du FBI, je présume. Je ne l'avais jamais vu en colère à ce point, et il n'a pas ménagé les gros bras qui dirigeaient ce camp. Il ne nous a pas dit grand-chose, à nous les mômes, mais nous avons tous compris que son cœur était brisé. Une heure plus tard, nous regagnions Phoenix. C'était la fin des vacances.

Blake fit une pause.

– Ensuite, je n'ai plus jamais revu ton père. Et ta mère non plus.

– Ils sont morts. Officiellement, ils étaient à bord d'un hélico qui s'est écrasé dans le Maryland.

– Oui. Es-tu allée à leurs funérailles ?

– C'est possible. Cela s'est passé au cours de l'année dont je ne garde aucun souvenir.

– Je n'ai rencontré personne y ayant assisté. Nous avons appris cela... je parle de l'accident... un mois après notre retour dans nos foyers. Le projet SPARTA venait d'être annulé. L'automne suivant, on nous a dispersés dans des collèges privés – et nous nous sommes retrouvés entourés de gens que nous assimilions à des arriérés mentaux. Il nous restait un grand nombre de choses à apprendre. Et nul n'a jamais su ce que tu étais devenue.

– Ce que j'étais devenue ?

Blake la fixa et son regard s'adoucit.

– J'ai appris ce que je vais te dire en effectuant de longues recherches, lui dit-il. Tu découvriras dans certains journaux qu'à cette époque le gouvernement effectuait des travaux sur l'implantation de biopuces dans l'organisme des êtres humains. Ce programme n'avait pas été confié au ministère de la Santé ou de la Recherche mais à celui de la Marine, pour la simple raison que ses services comptaient des experts en ce domaine. Le premier sujet d'expérience fut une personne en état de mort clinique, à l'encéphalogramme plat.

– Jolie histoire pour se couvrir !

Si elle rit, sa voix contenait de l'amertume.

– Mais ils ont fait exactement l'inverse.

Il lui laissa le temps d'approfondir le sujet, mais elle n'ajouta rien.

– Si ce cobaye est censé avoir vu son état s'améliorer de façon spectaculaire au cours de la première phase de l'expérience, son psychisme a été gravement perturbé et il a ensuite fallu le placer sous soins permanents. Dans un établissement psychiatrique privé du Colorado.

– Les biopuces n'étaient pas tout, Blake, murmura-t-elle. Ils avaient bien d'autres choses à cacher.

– Je m'en doutais. Ils n'ont d'ailleurs reculé devant rien pour faire disparaître les traces de leurs agissements. Il y a quatre ans de cela, un incendie s'est déclaré dans cet asile. Douze personnes ont péri dans les flammes et la piste s'est envolée en fumée.

– J'avais déjà reconstitué tout ce que tu viens de me dire, fit-elle avec impatience.

– Si nous ne nous étions pas rencontrés par hasard à Manhattan, j'aurais renoncé. Comment leur as-tu échappé ?

– Le médecin chargé de me surveiller devait être tiraillé par sa conscience. Il a utilisé des implants pour cicatriser les lésions cérébrales qu'on m'avait infligées. J'ai commencé à me remémorer...

Elle se tourna vers Blake et, sans réfléchir, saisit son bras qu'elle serra avec force.

– Que s'est-il passé, pendant cette année dont je ne garde aucun souvenir ? Quels étaient leurs buts véritables ? Qu'ai-je pu faire, pour les inciter à me priver de mon esprit ?

– Peut-être as-tu appris quelque chose de compromettant sur leur compte.

Elle allait parler, mais hésita. Le ton de la voix du jeune homme lui indiquait qu'il risquait de ne pas aimer ce qu'elle avait à lui dire. Elle le lâcha, et demanda posément :

– Et ce serait quoi, selon toi ?

– Que SPARTA était bien différent de ce que prétendaient ton père et ta mère. Il s'agissait seulement du sommet de l'iceberg, un très vieil iceberg.

Il l'étudia pendant que la station poursuivait sa rotation dans l'espace et que les rais de lumière traversant la grille découpaient son visage en lanières.

– Cela se rapporte à une certaine théorie. Des idées pour lesquelles des hommes et des femmes ont été brûlés vifs. D'autres individus qui partageaient cet idéal ont été considérés comme de grands philosophes. Ceux qui ont pu accéder au pouvoir sont devenus des monstres. Plus j'étudie ce sujet, plus je découvre que ses origines sont lointaines. Au XIIIe siècle, ces gens étaient connus en tant qu'Adeptes du Libre Esprit, ou *prophètes* – mais, quel que soit le nom qu'on leur donne, ils n'ont pas disparu. Le but qu'ils se proposent d'atteindre n'est autre que la divinité, la perfection dans cette vie, la création d'une race de surhommes.

L'esprit de Sparta était en effervescence : des images dansaient dans la semi-pénombre mais s'effaçaient avant qu'elle pût les élever jusqu'au niveau de la conscience. Cette vibration singulière s'imposait à sa vision ordinaire. Du bout des doigts, elle exerça une pression sur ses paupières closes.

– Mon père et ma mère étaient des psychologues, des scientifiques, murmura-t-elle.

– Le bien et le mal sont indissociables.

Il attendit patiemment qu'elle eût rouvert les yeux.

– L'homme qui se trouvait à la tête de l'I.M. s'appelait Laird, ajouta-t-il. Il s'est toujours efforcé de rester dans l'ombre, de ne pas divulguer quel était son rôle dans le cadre de ce projet.

– Son nom ne m'est pas inconnu.

– Laird était un ami de tes parents depuis des années, des décennies. Il les avait rencontrés avant même qu'ils n'émigrent. Peut-être savait-il des choses qui auraient pu leur attirer des ennuis.

– Non, non. Il les a probablement séduits en leur faisant croire qu'il existait un moyen d'atteindre très facilement la perfection.

– Viendrais-tu de te remémorer un fait nouveau ?

Elle regardait de tous côtés avec une nervosité évidente.

– Tu m'as beaucoup aidée, Blake. Mais il est grand temps de nous remettre au travail.

– Laird a changé de nom, et peut-être d'aspect, mais je crois qu'il est toujours très influent auprès des instances gouvernementales.

– Je m'occuperai plus tard de cet homme.

– S'il était parvenu à te contrôler, il aurait pu obtenir tout ce qu'il désirait. Peut-être même serait-il devenu président.

– Mais il n'a pu m'imposer ses volontés, ni me rendre parfaite.

– Il doit souhaiter faire disparaître la preuve de son échec.

– J'en ai conscience, mais c'est *mon* problème.

– J'ai décidé que ce serait également le mien.

– Désolée, mais je ne peux pas t'autoriser à participer à ce match, fit-elle d'une voix à nouveau décidée. Reprenons plutôt la partie que nous avons commencée. Pour l'instant, on joue aux gendarmes et aux voleurs.

*

– Inspecteur Ellen Troy, du Bureau du Contrôle spatial.

L'expression de Vincent Darlington passa de la répugnance à l'incrédulité.

– Qu'est-ce que… ?

Puis elle se stabilisa sur le respect de l'autorité et il ouvrit à contrecœur les portes du Muséum Hespérien.

Sparta rempocha son insigne. Elle portait toujours sa tenue civile négligée et se sentait pour l'instant plus proche de son identité d'emprunt que de celle d'une policière.

– Je crois que vous connaissez déjà M. Blake Redfield ?

– Monsieur Redfield ? Oh ! Entrez, tous les deux.

Et veuillez excuser ce désordre épouvantable. Je comptais donner une petite réception…

Les lieux évoquaient une chapelle mortuaire. Des draps blancs recouvraient de longues tables disposées le long des murs. Des toiles représentant des scènes pieuses occupaient des cadres tarabiscotés. La clarté traversant les vitraux de la coupole colorait toute chose.

– Eh bien !

En hésitant, Darlington tendit une main potelée à Blake.

– Je… Je suis ravi de vous rencontrer finalement en personne.

Blake serra vigoureusement la main tendue, pendant que Darlington étudiait la manche calcinée de sa veste, visiblement choqué par sa tenue.

– Je vous prie d'excuser mon apparence, mais le hasard a voulu que je me trouve à proximité du sas où s'est produite cette dépressurisation et je n'ai pas eu le loisir de passer me changer à mon hôtel.

– Mon Dieu, c'était *terrifiant !* Que s'est-il passé, au juste ? Voilà bien le genre d'incident qui fait regretter de ne plus être sur Terre.

– L'enquête suit son cours, déclara Sparta. J'ai cependant décidé d'autoriser le débarquement de votre bien. Je crois qu'il sera plus en sécurité auprès de vous.

Blake tenait sous son bras un objet enveloppé de plastique blanc.

– Voici votre livre, monsieur, dit-il en tendant le paquet.

Il retira l'emballage pour révéler le papier marbré immaculé de l'étui.

Les yeux de Darlington s'écarquillèrent derrière ses épaisses lunettes rondes et une moue de ravissement plissa sa bouche. Il prit silencieusement l'ouvrage, le regarda un moment, puis le porta cérémonieusement vers la vitrine installée à l'extrémité de la salle.

Il posa le livre sur l'abattant de verre puis le fit glisser hors de son étui. Les tranches dorées des pages miroitèrent sous l'étrange clarté tombant de la coupole.

Il caressa le cuir avec autant de douceur que s'il s'était agi de la peau d'un animal vivant, retournant l'objet précieux dans ses mains pour admirer sa reliure parfaite. Puis il le reposa avec respect et l'ouvrit – sur le titre.

Il revint vers eux et Blake regarda Sparta, qui ne put s'empêcher de sourire.

– L'avez-vous expédié *ainsi* ? s'enquit brusquement Darlington. Ce livre magnifique aurait pu... se salir.

– Nous conservons son conteneur comme pièce à conviction, répliqua Sparta. J'ai contacté M. Redfield afin qu'il garantisse son authenticité.

– Je tenais en outre à vous le remettre en main propre, monsieur Darlington.

– Oui, vraiment. Parfait !

L'homme eut un sourire joyeux, avant de parcourir la salle du regard. Il venait d'avoir une inspiration.

– La réception ! Il n'est pas trop tard, après tout ! Je vais convoquer tout le monde, *immédiatement*.

Il se tourna vers son bureau, fit deux pas, et se remémora *les Sept Piliers de la sagesse*. Penaud, il revint vers la vitrine.

Il batailla avec les serrures magnétiques, posa précautionneusement l'ouvrage sur les coussins de velours de la châsse, et redescendit l'abattant de verre.

Après avoir verrouillé le présentoir, il regarda Sparta qui approuva ces mesures de protection d'un hochement de tête.

– Nous allons vous laisser, à présent. Je vous demande seulement de garder ce livre à notre disposition, au cas où il serait considéré comme une pièce à conviction.

– Ici, inspecteur ! Il ne sortira pas de cette salle !

L'homme caressa la vitrine avec fierté, avant de se précipiter vers une des tables et de retirer le linceul qui la couvrait d'un geste plein de panache, révélant des monticules de crevettes roses craquelées. Sa joie était telle qu'il faillit battre des mains.

Blake et Sparta se dirigèrent vers la sortie.

– Oh ! Au fait, vous devriez venir à cette réception, leur cria Darlington alors que les portes s'écartaient déjà. Tous les deux !... Dès que vous aurez eu l'opportunité de faire un brin de toilette, naturellement.

Devant le musée, la promenade était couverte de passants. Ils se trouvaient en face des jardins de Vancouver et ils traversèrent rapidement la chaussée métallique puis suivirent un chemin qui serpentait entre des rochers granitiques couverts de fougères, en direction de l'isolement qu'offraient des pins noueux et des totems. Dès qu'ils furent seuls, Blake déclara :

– Si tu ne veux pas que je t'accompagne, je crois que je vais accepter l'invitation de Darlington. Je meurs de faim.

Elle hocha la tête.

– Je constate que tu es un dissimulateur aussi accompli que moi. « Le hasard a voulu que je me trouve à proximité... »

– C'est un euphémisme, non ? Faire en sorte que son interlocuteur se méprenne sur le sens de ses propos s'appelle mentir, un point c'est tout.

– Mon travail l'exige, mais quelle justification pourrais-tu me fournir ?

Alors qu'elle se détournait, il saisit son coude avec douceur.

– Protège tes arrières. J'ignore quelles capacités ils ont décuplées en toi, mais ils semblent avoir oublié l'instinct de survie.

Elle récupéra le paquet qu'ils avaient caché dans la sous-station, puis pressa l'interrupteur de son auricom, dont elle avait interrompu les tintements insistants une demi-heure plus tôt.

– Où étiez-vous *passée* ?

Le mélange de panique et d'inquiétude de Proboda était presque attendrissant.

– J'ai sous-estimé notre adversaire, Viktor. Après cette explosion, je me suis rendue jusqu'au *Roi des Étoiles* dans l'espoir de…

– Vous êtes montée *à bord* ?

Il avait crié, si fort qu'elle retira l'auricom de son oreille.

– Bon sang, Viktor… J'espérais prendre le coupable sur le fait, reprit-elle en remettant avec méfiance l'appareil en place. J'ai malheureusement trouvé un gros robot sur mon chemin.

– Mon Dieu, Ellen, savez-vous ce qui s'est passé dans ce vaisseau ?

– Évidemment, puisque j'y étais. À présent, rendez-vous immédiatement au siège de l'Ishtar Mining Corporation.

– Le capitaine Antreen est folle de rage. Elle exige que vous vous présentiez immédiatement à son bureau.

– Pas le temps. Annoncez-lui que je ferai un rapport circonstancié dès que possible.

– Je ne peux pas… je veux dire, de ma propre initiative…

– Viktor, si vous ne venez pas me rejoindre je devrai m'occuper seule de Sondra Sylvester. Et j'avoue être bien trop lasse pour pouvoir encore faire preuve de tact et de politesse.

Elle coupa la liaison et fut atterrée de constater qu'elle tremblait de fatigue. Il ne lui restait qu'à espérer que son épuisement n'était pas trop grand pour lui permettre de mener à bien la tâche délicate qui l'attendait.

*

Sur le plan économique, Port Hespérus dépendait totalement de ses deux principales compagnies minières. Si les rapports entre l'Ishtar et le Dragon Bleu étaient cordiaux, ces entreprises se livraient une âpre concurrence symbolisée par l'emplacement qu'occupaient leurs sièges sociaux. Ils se situaient aux extrémités opposées de l'axe transversal qui saillait du moyeu de la station, du côté de la planète. Vues de l'extérieur, leurs installations étaient hérissées d'antennes chargées d'émettre et de capter des données télémétriques codées. Seuls des espions avaient vu l'intérieur de leurs navettes à minerai blindées et des complexes de fonderie et de raffinage se trouvant sur d'autres satellites en orbite à plusieurs kilomètres de là.

Après avoir levé son insigne devant le vidécom de l'entrée, Sparta fut autorisée à franchir les lourds battants incrustés de motifs en bronze que la plupart des gens appelaient les Portes d'Ishtar et qui s'ouvraient sur un long couloir en hélice menant de l'apesanteur du moyeu à un milieu comparable au milieu terrestre. Si nul garde n'était visible, Sparta se savait étroitement surveillée.

À l'extrémité de ce passage tapissé de cuir sombre, elle se retrouva dans une pièce somptueuse lambrissée de panneaux d'acajou sculpté et au sol couvert de tapis chinois et persans. Nulle autre issue n'était visible, et au centre de la salle plongée dans la pénombre un projecteur illuminait la statuette d'or d'une ancienne déesse babylonienne : Ishtar, une interprétation moderne due à Fricca, un artiste en renom de la Grande Ceinture.

Sparta fit une pause et étudia l'œuvre d'art avec sa vision macroscopique. Le travail était sidérant. Il s'agissait d'une figurine petite par la taille mais grande par sa puissance d'évocation, souple et noueuse comme une étude en cire de Rodin. Autour du socle étaient gravés, en lettres censées rappeler l'écriture cunéiforme, les vers d'un hymne datant de l'aube des temps : *Ishtar, la déesse du soir, voilà qui je suis. Ishtar, la déesse du matin, voilà qui je suis. Dans ma toute-puissance, les cieux je dévaste, la terre je détruis. Dans ma toute-puissance, les monts et les montagnes je balaie à l'envi.*

– En quoi puis-je vous être utile ?

La question venait d'être formulée sur un ton plus dédaigneux que serviable par une jeune femme qui s'était matérialisée silencieusement hors des ombres.

Sparta se tourna vers elle.

– Inspecteur Troy, du Bureau du Contrôle spatial.

La réceptionniste portait une longue robe pourpre en tissu rappelant du velours chiffonné. Sparta n'avait que trop conscience d'avoir les cheveux roussis et les joues maculées de suie, de porter un pantalon déchiré et taché.

– Veuillez informer Mme Sylvester (elle se racla la gorge) que je suis venue m'entretenir avec elle.

– Êtes-vous attendue, inspecteur ?

Impersonnelle et distante, visiblement peu disposée à coopérer.

Son nom était gravé sur une minuscule broche en or massif agrafée sous son cou; un bijou qui eût été invisible pour des yeux ordinaires. Pas pour ceux de Sparta, cependant.

Parmi les talents d'un bon policier, celui de pouvoir exprimer plusieurs choses à la fois figure en bonne place. Certaines déclarations au demeurant très simples peuvent en effet contenir un grand nombre de sous-entendus (si vous n'obéissez pas séance tenante, je vous fourre en prison), et s'adresser à son interlocuteur en l'appelant par son prénom a fréquemment pour résultat de lui faire perdre une partie de son assurance.

– Je requiers votre coopération totale, Barbara.

La fille sursauta et figea l'image apparaissant sur la vidéoplaque de l'émetteur-récepteur niché dans sa main.

– Je viens voir Sondra Sylvester à titre officiel, ajouta Sparta. Pour une affaire urgente concernant *les Septs Piliers de la sagesse.*

La réceptionniste tapa un code à trois chiffres sur le clavier de son appareil puis y susurra quelques paroles. Un instant plus tard, une voix chaude et feutrée emplissait la pièce.

– Conduisez immédiatement l'inspecteur Troy à mon bureau.

La jeune femme perdit de sa morgue.

– Veuillez me suivre, s'il vous plaît, murmura-t-elle.

Sparta lui emboîta le pas et franchit la porte qui venait de s'ouvrir silencieusement dans une des cloisons. Le couloir sinueux débouchait sur un autre passage, où l'attendaient des scènes eschériennes. Au-dessus et de part et d'autre de Sparta, des parois incurvées de verre fumé surplombaient des postes de contrôle bondés de douzaines d'opérateurs en faction devant des écrans et des vidéoplaques de teinte verte ou orangée. Des corridors semblables à celui où elle se trouvait s'entrecroisaient aux niveaux inférieurs et supérieurs, et d'autres salles apparaissaient au-delà de vastes baies lointaines. Sur la plupart des terminaux Sparta voyait des graphiques ou des colonnes de nombres, mais sur certains écrans défilaient des images vidéo d'un étrange monde-aquarium.

Sur l'hémisphère illuminé et dans les ténèbres régnant au-delà de la ligne délimitant la face nocturne de Vénus, des robots étaient dirigés à distance par des signaux que relayaient des satellites géostationnaires et prospectaient, creusaient, concassaient et stockaient le minerai. Les scènes visibles sur ces écrans étaient celles d'un enfer.

Puis les deux femmes laissèrent ces salles derrière elles et Sparta franchit une porte sur les talons de la réceptionniste, avant de parcourir un autre couloir et de pénétrer finalement dans une pièce si luxueuse qu'elle eut sur le seuil un mouvement d'hésitation.

Un bureau de calcédoine polie était installé devant une paroi incurvée de bronze à la texture grossière. Une lumière rougeâtre éclairait parcimonieusement ce mur, illuminant des statues dans leurs niches, des œuvres magnifiques des plus grands artistes du système solaire : un moulage de l'Ishtar de Fricca que flanquaient Ininni, Astarté, Cybèle, Marianne, Aphrodite et Laksmi. Une autre cloison était occupée par d'innombrables étagères où s'alignaient des livres aux reliures de cuir frappées d'or et d'argent. Dans le ciel crépusculaire de la planète, au-delà des panneaux filtrants des fenêtres, roulaient des nuages sulfureux.

Mais il se dégageait paradoxalement de cette pièce une impression de profond désespoir. Il s'agissait d'une prison dont le luxe statique ne pouvait compenser l'absence de liberté.

– Vous pouvez nous laisser, Barbara.

Sparta se tourna vers la femme qui était apparue derrière elle. Sylvester portait toujours la même robe de soie sombre que lors de son débarquement de l'*Hélios*. La réceptionniste avait disparu. Toutes ces personnes possédaient la faculté surnaturelle de se déplacer sans bruit, et Sparta regretta que Proboda ne fût pas encore arrivé.

– Vous êtes plus petite que je ne me l'imaginais, inspecteur Troy.

– Les vidéoplaques ont fréquemment un tel effet.

– Effet que vous aviez escompté, je présume.

Sur ces mots, Sylvester traversa la pièce moquettée pour aller s'asseoir à son bureau de pierre.

– En temps normal, je vous inviterais à vous installer confortablement, mais je suis malheureusement très occupée pour l'instant. Êtes-vous venue m'annoncer que je puis prendre possession de mon chargement ?

– Non.

– Que pourrais-je vous dire sur *les Sept Piliers de la sagesse* ?

Sparta prit conscience d'être trop lasse pour pouvoir user de subtilité et fut même étonnée par le caractère brutal de sa question :

– Combien avez-vous déboursé pour sa copie ? Autant que vous étiez disposée à payer pour l'original ?

Sylvester eut un rire, un aboiement de surprise.

– C'est une question adroite, mais à laquelle il n'existe aucune réponse.

Contrairement à Sparta, Sylvester ne savait pas mentir. Elle devait veiller à se contrôler constamment et ce qui passait à première vue pour de la froideur était en fait le fruit d'un patient entraînement à refréner un caractère emporté.

– Vous avez quitté la villa de l'île du Levant le lendemain de votre arrivée et pris un magnéplane de Toulon à Paris, puis un ramjet pour Washington où vous avez passé une journée complète à la Bibliothèque du Congrès, afin d'enregistrer sur microprocesseur l'ensemble du texte du seul exemplaire accessible au public de l'édition d'Oxford des *Sept Piliers de la sagesse*. Ensuite vous avez gagné Londres, où une libraire nommée Hermione Scrutton... une femme dont les références en matière de fraude littéraire seraient probablement considérées comme excellentes dans certains milieux... vous a mise en rapport avec des personnes d'Oxford; une ville où l'art de l'imprimerie est vénéré et ses anciens outils préservés, où même les fontes du passé sont exhibées tels des trésors dans les musées et où les vieilles techniques sont à l'occasion encore mises en pratique. Avec l'aide de plusieurs imprimeurs et d'un relieur, des gens que l'amour de leur métier a pu inciter à commettre un faux simplement afin de démontrer de quoi ils étaient capables... même si les sommes importantes que vous leur avez versées ont pu contribuer à susciter leur enthousiasme..., vous avez fait faire une copie presque parfaite des *Sept Piliers de la sagesse*. Il vous a été encore plus facile de soudoyer un membre de l'équipage du *Roi des Étoiles*, un individu aux goûts de luxe notoires, afin qu'il cherche la combinaison d'un des conteneurs de la cargaison, vole le livre qui s'y trouvait, et le remplace par cette contrefaçon.

Alors que Sylvester écoutait réciter la liste de ses agissements, ses joues s'empourprèrent.

– C'est une histoire abracadabrante, inspecteur. Je me demande vraiment ce que je pourrais répondre à un tel ramassis d'inepties.

– Une simple confirmation suffira.

– Je ne suis pas une personne qui cède à l'intimidation, sachez-le. Je dois vous prier de me laisser, à présent. Je n'ai plus de temps à vous consacrer.

– J'avoue avoir fait preuve de négligence, lors de ma première perquisition du cargo. Sachant qu'un de vos robots avait été testé, j'ai cru que cela expliquait certaines traces de radioactivité résiduelles. Je n'ai pas pris la peine d'examiner son bloc d'alimentation...

– Sortez, lança sèchement Sylvester.

– ... mais il arrive parfois que l'ignorance soit préférable à des connaissances incomplètes. Si je m'étais donné la peine d'étudier cette machine, j'aurais découvert que McNeil avait réinséré le bloc d'alimentation pour pouvoir commander l'ouverture de son abdomen. Cette négligence a failli coûter la vie à deux personnes. Blake Redfield et moi-même n'avons que de justesse échappé à la mort que vous nous réserviez.

– Ce que vous dites est complètement absurde...

En deux enjambées rapides, Sparta se rapprocha du bureau et posa sur le plateau de pierre polie l'objet enveloppé de plastique qu'elle avait jusqu'alors gardé sous son bras.

– Voilà ce qui reste de votre livre, madame Sylvester.

La femme se figea, le regard rivé sur le paquet. Ses hésitations étaient si évidentes, si pénibles, que Sparta pouvait percevoir son appréhension et sa souffrance.

– Mentir ne vous servirait à rien, hormis à gagner un peu de temps, ajouta Sparta. Il est possible que je me trompe sur certains points de détail, mais je consulterai vos fichiers financiers et j'interrogerai toutes les personnes impliquées dans cette affaire. McNeil, pour commencer. Les révélations et les témoignages seront nombreux. Et je dispose également de ce livre.

Il était posé sur le plateau de calcédoine, un bloc rectangulaire enveloppé de plastique.

– Difficile à reconnaître, compte tenu de son état actuel, dit sèchement Sparta.

La peur rétrospective déclenchée par l'attaque dont elle et Blake avaient fait l'objet se changeait finalement en colère et chassait de son esprit l'empathie qui avait jusqu'alors faussé son jugement.

– Auriez-vous l'amabilité de me dire s'il s'agit de l'original ou de sa copie ?

Sylvester soupira. En tremblant, elle tendit la main vers le plastique, le ramena vers elle... Un bloc de feuilles calcinées dans l'enveloppe friable de son étui.

– C'est trop cruel, murmura-t-elle.

Sur ces mots, elle se redressa dans son fauteuil et agrippa le rebord du bureau. Elle le serra avec tant de force que ses jointures blanchirent.

– Comment pourrais-je le savoir ?

Sparta s'empara du volume et ouvrit ses pages.

– « Ceux qui rêvent de jour sont des gens dangereux », lut-elle, « car ils peuvent faire des songes les yeux ouverts, rendre cela réalisable. » Ce « songe » devrait être au singulier.

Elle retourna le livre détruit, se pencha sur le bureau et le poussa vers Sylvester.

– Blake Redfield m'a informée que le texte contenait plusieurs coquilles similaires. Voici le faux. L'original a été rendu à son propriétaire.

– Darlington ?

– C'est ex...

En raison de sa profonde lassitude et de son désir de vengeance contre la femme qui avait tenté de la tuer, ses sens n'étaient pas en éveil... Sa réaction, lorsqu'elle vit un pistolet noir apparaître dans la main de son interlocutrice, fut d'une lenteur affligeante.

20

De retour au *Hilton Hespérus*, Blake Redfield ne s'attarda dans sa chambre avec vue sur Vénus que le temps de se rendre présentable. Puis, en chemise blanche, cravate brune et costume sombre de coupe élégante, il regagna le Muséum Hespérien pour y faire une entrée moins pitoyable que la fois précédente.

Les aventures qu'il venait de vivre l'avaient laissé étrangement indécis, troublé. Le fait d'apercevoir Linda dans une rue de Manhattan avait engendré en lui une curiosité qui était devenue insatiable.

Ses recherches sur la disparition mystérieuse de son amie d'enfance lui permettaient de développer sa passion de collectionneur, car il n'était nulle part aussi à son aise que dans les vieilles librairies et au milieu des piles de livres et des fichiers des bibliothèques, que les informations cherchées soient transcrites sous forme binaire ou écrites sur des feuilles de papier ou de plastique. Il s'était ainsi acheminé en trébuchant sur la piste interminable et soigneusement camouflée de ce culte international ténébreux qu'il n'avait que récemment pu rattacher aux *prophètes* du Libre Esprit. Ses capacités de déduction et son don pour échafauder des hypothèses lui avaient permis d'en apprendre bien plus qu'il ne l'aurait cru de prime abord.

Bien avant cela, d'autres passions plus violentes avaient été éveillées, celles qu'il avait entretenues en jouant à l'agent secret avec ses semblables dans les montagnes de l'Arizona. Lorsqu'ils se barbouillaient de cirage, rampaient furtivement dans les sous-bois, se visaient avec des armes projetant des capsules de peinture rouge, manipulaient des explosifs, etc.

Il avait repris cette formation, mais à titre personnel. Désormais, il ne jouait plus avec des projectiles pleins de peinture.

Suivre la piste de Linda... Ellen, ainsi qu'elle se faisait à présent appeler... s'avérait cependant moins agréable qu'il ne l'avait escompté. Lors de leurs retrouvailles... une surprise orchestrée par ses soins..., il s'était attendu à être accueilli à bras ouverts. Au lieu de cela, la jeune femme avait paru tourmentée par des soucis qu'elle ne souhaitait pas lui faire partager, écrasée par des strates de problèmes, coincée dans un enchevêtrement de possibilités. On dénombrait tant de crimes et d'adversaires impitoyables qui poursuivaient dans l'ombre un ballet invisible, tant de loyautés conflictuelles et de recoins à surveiller. Elle était devenue très habile pour dissimuler ses pensées et ses sentiments; trop habile, sans doute.

Il se demandait à présent dans quelle mesure ses

révélations dramatiques l'avaient surprise. Elle connaissait inexplicablement des choses dont il n'avait pratiquement pas conscience.

*

Enivré par son triomphe mondain, Vincent Darlington accueillit Blake avec exubérance et le guida sous la coupole de la fausse cathédrale. Dans une station spatiale, de telles réceptions étaient des foyers d'intrigues, le cadre de rapports changeants et incestueux, un jeu où les apparences tenaient une place prépondérante. Aigrettes et trapèzes scintillants dansaient sur des crânes à la chevelure… lorsqu'ils n'étaient pas complètement rasés… modelée pour représenter des motifs extravagants : éventails, roues, pains de sucre, ziggourats et tire-bouchons. Ces structures capillaires surmontaient des visages au teint naturel ou artificiel mis en relief par des taches de couleur et, pour certains hommes, par des favoris excentriques. Dans la salle comble, tous les invités semblaient vouloir se regrouper au même endroit, près du buffet. Il existait des gens qui appréciaient de toute évidence les goûts de Darlington en matière de champagne et de hors-d'œuvre, faute de les partager dans le domaine artistique.

Blake reconnut quelques-uns de ses récents compagnons de voyage et fut extrêmement surpris de voir en ce lieu Nancybeth, la compagne de Sondra Sylvester. La jeune femme se matérialisa devant lui alors qu'il tentait de se rapprocher de la vitrine abritant *les Sept Piliers de la sagesse*. Elle était resplendissante, avec ses cuissardes de plastique vert et sa minijupe blanche en cuir véritable dont les franges pendaient d'une ceinture de chanvre écru. La nudité de son buste était légèrement voilée par des mailles d'aluminium anodisé de la même nuance violette que ses yeux.

– Dites : « Ah », lui murmura-t-elle en redressant le menton et en faisant une moue.

Et lorsqu'il entrouvrit ses lèvres pour lui demander la raison de cette étrange requête, elle y glissa une chose de couleur rosâtre qui éclata sous ses dents.

– Vous sembliez affamé, expliqua-t-elle.

Il mastiqua longuement la bouchée, parvint à déglutir avec difficulté, et répondit :

– Je l'étais.

– Je ne parle pas seulement de votre ventre, Blakey, mais également de vos yeux.

Elle baissa la voix de quelques décibels afin de le contraindre à se pencher vers elle pour l'entendre. Les boucles d'oreilles circulaires de la jeune femme, des miroirs de quinze centimètres de diamètre, se balancèrent tels des pendules et menacèrent de l'hypnotiser.

– Tout au long de cette traversée, j'ai senti que vous me dévoriez du regard.

– Cette expérience a dû être extrêmement éprouvante, déclara-t-il, plus fort qu'il n'en avait eu l'intention.

Les têtes des personnes se trouvant à proximité se tournèrent vers eux.

Nancybeth eut un mouvement de recul.

– Idiot ! Ne comprenez-vous pas ce que je vous dis ?

– Si, et croyez bien que je le regrette.

Il tira avantage du repli momentané de Nancybeth pour effectuer une percée de quelques centimètres en direction de son but.

– Avez-vous vu le livre ? Estimez-vous que Darlington lui a donné des funérailles décentes, dans ce mausolée ?

– Que voulez-vous dire ?

Elle avait demandé cela avec suspicion et son menton se trouvait à présent près de l'épaule de Blake. Le risque qu'elle fût repoussée en poupe par la foule se précisait.

– Vince a très bon goût. La dorure des tranches est parfaitement assortie au plafond.

– C'est exactement ce que je voulais dire.

Il venait finalement d'atteindre la châsse pour découvrir que la relique était presque entièrement dissimulée par les assiettes et les verres que les invités se trouvant à proximité avaient posés sur la vitre supérieure. Écœuré, Blake se détourna, toujours accompagné de Nancybeth.

– Je suis surpris de vous voir sans Mme Sylvester.

Si l'esprit de la jeune femme manquait indubitablement de finesse, elle possédait un sixième sens lui permettant de percevoir les désirs de ses interlocuteurs.

– Vince ne lui adresse pas la parole. Il m'a invitée il y a des siècles – parce qu'il pensait qu'elle m'accompagnerait. Il partait du principe que comme elle m'exhiberait devant lui, il exhiberait pour sa part ce livre devant elle.

Blake sourit.

– Vous m'êtes très sympathique, Nancybeth. Vous dites ce que vous pensez.

– Je pense et j'exprime une certaine chose, mais je me heurte à une fin de non-recevoir.

– Désolé. Je dois avouer que c'est une autre personne que je souhaite rencontrer.

Les yeux de Nancybeth se changèrent en glace. Elle haussa les épaules et lui tourna le dos.

Il s'avança au sein de la foule, en dévisageant les convives. Après avoir placé dans une assiette des amuse-gueule divers, il s'écarta des invités et se retrouva seul dans une pièce latérale évoquant une chapelle, le transept de la nef à la coupole grotesque de ce musée-cathédrale. Dans cette petite salle étaient exposés des objets très différents de la pacotille abominable que Darlington avait mise en montre sur l'avant-scène. À l'intérieur des vitrines, Blake reconnut les fossiles vénusiens ayant permis à cette galerie d'art pitoyable et contestable de devenir célèbre dans tout le système solaire.

Il voyait des choses rouges et grises, poussiéreuses et fragmentées, à la morphologie ambiguë. S'il ignorait tout de la paléontologie, il savait malgré tout que les experts reconnaissaient en cela les restes de créatures ayant creusé et rampé, ou encore volé et glissé sur Vénus au cours de la période où ce monde avait été un paradis d'eau et d'oxygène, des millions d'années plus tôt, avant que la rétroaction positive catastrophique de l'effet de serre ne métamorphosât cette planète en un enfer de marais d'acide à la pression atmosphérique écrasante.

Ces fossiles étaient plus évocateurs que descriptifs, cependant. En dépit des nombreux ouvrages leur ayant été consacrés, nul n'avait pu apporter la moindre précision sur les créatures ayant laissé ces empreintes, si ce n'est qu'elles appartenaient à la catégorie des êtres vivants.

Blake songeait tristement au grand nombre d'individus qui, comme Vincent Darlington, possédaient des choses dont ils ignoraient la valeur... valeur vénale exceptée..., lorsque ses sombres méditations furent brusquement interrompues.

Le hurlement d'une femme couvrit le babil des voix des personnes présentes dans la salle adjacente. Un homme l'imita et des détonations se firent entendre avant d'être couvertes par des crépitements et des tintements interminables.

Pendant un bref instant tout resta ensuite silencieux, puis les invités se mirent à crier, hurler et se battre pour gagner la sortie. En esquivant des fuyards paniqués, Blake se retrouva quelques secondes plus tard dans une salle vide qui servait de cadre à une scène sanglante.

Sondra Sylvester se débattait pour se dégager des griffes de Percy Farnsworth et de Nancybeth. Sa lourde robe de soie avait été lacérée par les éclats de verre, et le sang qui coulait de son cuir chevelu ruisselait sur son visage livide. Elle levait son bras droit au-dessus de sa tête, serrant dans son poing un pistolet que sa compagne tentait de saisir en lui hurlant :

– Non, Syl, arrête, arrête...

Entre-temps, Farnsworth avait pris Sylvester par la taille et tentait de la faire tomber. Le cuir chevelu et les épaules de cet homme et de Nancybeth étaient également couverts d'entailles. L'index de la femme se crispa sur la détente et une huitième balle alla traverser les vitraux de la coupole, déclenchant une nouvelle pluie de fragments.

Puis Sylvester lâcha son arme, dont le chargeur était vide. Elle se laissa aller presque lascivement dans les bras des autres, qui durent brusquement la soutenir.

Blake les aida à la porter sur le côté de la salle, là où le sol n'était pas jonché d'éclats de verre. Tant de sang coulait dans les yeux de Sylvester qu'elle ne devait rien voir... la moindre blessure du cuir chevelu, même superficielle, saigne abondamment..., mais rien n'était venu réduire sa vision lorsqu'elle avait tiré les premières munitions de son arme illégale sur Vincent Darlington.

L'homme gisait sur le dos, au milieu d'une mare vermeille qui ne cessait de s'élargir. Ses yeux grands ouverts fixaient sans les voir les cimes des arbres de la surface opposée de la sphère centrale, au-delà de la coupole brisée, et son corps était saupoudré de minuscules éclats de verre.

Derrière lui, en sécurité dans la châsse couverte d'assiettes sales et de flûtes à champagne vides, reposait l'objet de la passion de Sylvester.

*

Sparta se retrouvait captive d'un kaléidoscope dont les éléments colorés se déplaçaient par à-coups pour dessiner de nouveaux motifs symétriques qui se répétaient à l'infini jusqu'aux limites de son champ de vision, et bien au-delà. Le lent tourbillon de couleurs semblait l'aspirer dans le néant. Une détonation sifflante qui résonnait à l'intérieur de son esprit ponctuait chaque révolution. La scène était étourdissante et très nette…

… et un élément de sa conscience se tenait à l'écart, pour admirer à loisir ce spectacle. Cette partie de son être se remémorait un dessin vu dans le cabinet de consultation d'un oculiste : celui d'une voiture filant à toute allure sur une longue ligne droite traversant un désert et qui passait devant un panneau indicateur sur lequel on pouvait lire : « Point de fuite à quinze kilomètres. »

Ce souvenir déclencha ses rires, qui la réveillèrent.

Ses yeux bleus s'ouvrirent sur ceux encore plus bleus de Viktor Proboda, dont le visage se trouvait à quelques centimètres du sien.

– Comment vous sentez-vous ?

Ses sourcils blonds étaient agités par des tics d'inquiétude.

– Comme quelqu'un qui vient de recevoir un objet contondant sur le crâne. De quoi riais-je, déjà ?

Elle s'assit, avec son aide. L'élancement aigu qui s'éleva du maxillaire inférieur raviva l'ancien souvenir d'un abcès à une dent de sagesse, alors qu'elle avait approximativement quatorze ans. Elle toucha sa joue, précautionneusement.

– Oww ! Je suppose que je dois être belle !

– Je ne crois pas que la mâchoire soit brisée.

– Formidable ! Vous voyez toujours le bon côté des choses, n'est-ce pas ?

Il l'aida à se lever.

– Il faut vous conduire à la clinique. Un traumatisme doit…

– Une minute. N'avez-vous pas croisé votre amie Sondra Sylvester, en venant ici ?

Proboda paraissait visiblement mal à l'aise.

– Si, dans le moyeu, juste au-delà des Portes d'Ishtar. J'ai compris que quelque chose clochait en notant son expression. Elle m'a regardé mais n'a même pas paru me reconnaître. J'ai pensé au robot mineur qui vous avait attaquée à bord du *Roi des Étoiles* et j'en ai déduit que c'était la raison de votre venue ici. J'ai alors jugé plus urgent de vous chercher.

– Merci... Bon sang !

Elle porta la main à son oreille droite, mais l'auricom ne s'y trouvait plus.

– Elle l'a fait tomber. Viktor, contactez le QG et réclamez l'envoi d'une équipe d'intervention au Muséum Hespérien, au pas de course. Appelez également Darlington et essayez de l'avertir. Je crois que cette femme a l'intention de le tuer.

Estimant préférable de ne pas demander d'explications, il se brancha aussitôt sur le canal d'urgence. Mais à peine eut-il mentionné le nom du musée que le régulateur l'interrompit.

Il écouta un instant, la mâchoire pendante, puis coupa la liaison et regarda Sparta.

– Trop tard.

– Il est mort ?

Hochement de tête.

– Elle a criblé son corps de quatre projectiles de calibre.32. Quand son amie et Farnsworth l'ont saisie, elle a vidé le reste du chargeur dans la coupole de verre. Nous pouvons nous estimer heureux qu'aucun promeneur se trouvant de l'autre côté de la sphère centrale n'ait été touché.

Il voyait à nouveau le bon côté des choses.

Elle le prit par le bras pour le presser de partir et le réconforter. Ce flic corpulent était peiné pour Sylvester, cette personne qu'il admirait tant, et non pour Darlington, qu'il assimilait à une sangsue.

– Venez, dit-elle.

Une femme de grande taille venait d'apparaître sur le seuil de la pièce : Kara Antreen, dont l'aspect sévère et austère détonnait dans ce cadre luxueux.

– Viktor, je vous charge de l'enquête sur l'homicide de Vincent Darlington.

Proboda s'immobilisa, perplexe.

– Mais... nous avons à notre disposition une foule de témoins.

– Voilà qui devrait vous permettre de classer rapidement cette affaire.

– Et... Et en ce qui concerne le *Roi des Étoiles* ?...

– Vous êtes dessaisi du dossier, lui répondit sèchement Antreen.

Elle fixa Sparta, semblant la mettre au défi de protester.

– Ce sont deux enquêtes différentes, désormais.

Sparta hésita un instant, avant de hocher la tête.

– C'est exact, Viktor. Votre aide m'a été précieuse, et je vous en remercie.

Le visage du policier s'allongea encore.

– J'estime en outre pouvoir terminer ce travail avec l'assistance du capitaine, ajouta Sparta.

Proboda avait été impressionné par l'efficacité de l'inspecteur Ellen Troy et s'était suffisamment laissé aller pour lui permettre de s'en rendre compte. Il avait même pris sa défense contre son supérieur hiérarchique. Et elle venait à présent de bondir sur la première opportunité de le dessaisir de l'affaire.

– Comme vous voudrez, grommela-t-il.

Il sortit en passant devant Antreen sans adresser un seul regard à Sparta.

Restées seules, elles s'observèrent en silence. Antreen avait fière allure, dans son ensemble de laine gris. Sparta était pour sa part épuisée et mal en point, mais sur ses gardes. Elle ne se sentait plus désavantagée. Elle avait seulement besoin de repos.

– Vous avez de façon répétée et avec ingéniosité

réussi à m'éviter, inspecteur Troy, déclara Antreen. Pourquoi ce brusque revirement d'attitude ?

– Je ne crois pas que ce soit le lieu idéal pour en discuter, capitaine, répondit Sparta en désignant du menton les micros et les caméras qui devaient être dissimulés dans la pièce. Les sociétés de ce genre font leur possible pour protéger leurs secrets, et les juges pourraient assimiler cela à une atteinte aux droits des prévenus.

– Oui, certainement, répondit Antreen en laissant ses paupières se clore à demi.

Il vint à l'esprit de Sparta que son interlocutrice avait un don pour la dissimulation. Elle ne s'était pas trahie en apprenant que ses projets venaient d'être découverts.

– Nous regagnons le quartier général, en ce cas ? ajouta-t-elle.

Sparta sortit d'un pas décidé et Antreen la suivit. Elles venaient de s'engager dans le couloir transparent en hélice qui surplombait les salles de contrôle quand Sparta fit une pause contre la rambarde.

– Quelque chose ne va pas ?

– Non, rassurez-vous. Je n'ai pas eu le loisir d'étudier cette scène, en arrivant. J'avais trop à faire. Pour quelqu'un qui n'a jamais quitté la Terre, c'est un spectacle assez impressionnant.

– Je vous crois aisément.

À dix mètres de hauteur, derrière la paroi de verre incurvée, elles baissèrent les yeux sur les hommes et les femmes installés devant les consoles. Certains étaient attentifs à leur travail, d'autres se reposaient et bavardaient oisivement en buvant du café et en fumant des cigarettes, tout en regardant sur des écrans géants les robots qui creusaient et vidaient les entrailles de la planète.

Antreen avait glissé sa main droite dans la poche de sa veste. Elle se pencha vers Sparta, un mouvement qu'un Arabe ou un Japonais n'eût sans doute pas remarqué mais suffisant pour rendre une Euro-Américaine nerveuse.

Sparta se tourna vers elle, apparemment détendue mais sur ses gardes.

– Nous pouvons parler librement, ici, murmura-t-elle. Ils n'ont ni yeux ni oreilles, dans cette zone.

– Vous en êtes certaine ?

– J'ai vérifié ce passage, en venant. Alors, cessons de jouer la comédie, d'accord ?

– Quoi ?

L'exclamation d'Antreen traduisait un sentiment d'outrage, et non de culpabilité. Sparta avait décidément affaire à forte partie.

– Vous avez dû recevoir les dossiers que j'ai réclamés à Terre Central, n'est-ce pas ?

Elle jouait à l'inspecteur du quartier général peu disposé à ménager la brigade locale.

– Oui, évidemment.

La femme venait de dissimuler ce qu'elle éprouvait derrière un masque de colère, mais Sparta lui rit au visage.

– Vous ne savez même pas de quoi je parle.

Brusquement soupçonneuse, Antreen garda le silence.

Sparta l'aiguillonna sans ménagement.

– Le dossier des Pavlakis Lines. Je vous serais obligée de bien vouloir réveiller les membres de votre équipe, si ça ne vous ennuie pas trop.

Mais, derrière le rictus méprisant de son visage contusionné et maculé de suie, Sparta devait mener un véritable combat pour empêcher sa conscience de se fragmenter à nouveau. Les bouts de verre colorés du kaléidoscope reprenaient leur ronde aux limites de son champ de vision.

– Si vous aviez pris connaissance des rapports, vous sauriez que c'est Dimitrios qui a voulu se venger du jeune Pavlakis. Eh oui, le mobile est un désir de revanche. Parce que ce gosse a mis un terme à une période de quarante années de fraudes aux assurances organisées par Dimitrios et son père. Mais il a fait le jeu de ses adversaires en engageant Wycherly pour veiller sur ses intérêts. Cet homme était plongé jusqu'au cou dans leurs affaires douteuses et avait désespérément besoin d'argent. En outre, il se savait déjà condamné. Vous comprenez ?

– Nous savons tout cela, rétorqua sèchement Antreen.

À nouveau de la colère, à laquelle se superposaient de la suffisance et du soulagement, car les propos de Sparta ne se rapportaient qu'à leur travail.

– Nous avons reçu la déposition de Dimitrios et de la veuve de Wycherly. Pavlakis est venu nous voir, peu avant l'explosion. Il disait s'être douté depuis le début que Dimitrios avait organisé un accident bidon.

– Vraiment ?

Sparta eut un sourire, que son visage enflé et noirci changea en grimace.

– Alors, que faites-vous ici ?

– J'étais venue afin de...

Mais à présent Antreen ne pouvait plus feindre l'indifférence.

– ... vous en informer.

– Et nous voici face à face. Il vous en a fallu, du temps, pour me rencontrer sans témoins.

– Vous *savez* !

Antreen regarda rapidement de tous côtés. Si elles n'étaient pas seules, un conduit de verre sans micros espions les séparait des contrôleurs. Lorsqu'elle aurait achevé sa besogne, personne ne pourrait fournir un témoignage recevable.

Nul ne serait à même d'infirmer sa version des faits.

Elle sortit sa main de sa poche, pour découvrir qu'elle avait commis une erreur en se rapprochant à ce point de Sparta, qui releva brusquement son bras droit et saisit son poignet. Une microseconde plus tard, Antreen titubait. Sparta la tira latéralement par son bras captif, mettant sa résistance à profit. Surprise, Antreen voulut se déplacer afin de recouvrer son équilibre, mais sa jambe heurta la cuisse de Sparta. Elle plongea, et ses projets furent contrecarrés. Elle roula sur le dos, mais Sparta ne lâcha pas son poignet, et ce fut avec lourdeur qu'elle chut sur l'épaisse moquette.

Si Sparta avait été un peu plus forte, un peu plus corpulente, un peu moins lasse... si elle avait été parfaite..., sans doute aurait-elle pu empêcher ce qui se produisit ensuite. Mais Antreen était rapide et musclée, et elle avait également suivi un entraînement intensif. En prenant appui sur ses longues jambes et son bras libre, elle roula et fit basculer son adversaire en travers de son corps. Sparta profita de ce mouvement pour accentuer la clé qu'elle portait à son bras. Dans un autre demi-tour, cependant, elle se verrait contrainte de lâcher prise et son adversaire se trouverait alors à califourchon sur elle.

Puis Antreen hurla en sentant la pointe pénétrer dans sa colonne vertébrale.

La souffrance alla crescendo, mais telle ne fut pas la raison de son cri. Elle exprimait ainsi l'horreur de ce qui lui arrivait, ce qui allait lui arriver – ce qui surviendrait rapidement, mais trop lentement malgré tout.

Sparta retira aussitôt le cylindre qui saillait du dos de son adversaire, et ce fut seulement à cet instant qu'elle vit de quelle arme il s'agissait. Et qu'elle sut qu'il était déjà trop tard...

... car l'aiguille télescopique s'était déployée et se glissait tel un ver filiforme dans la moelle épinière d'Antreen, à la recherche de son cerveau. Bien que ne pouvant plus sentir l'approche rapide de la mort mentale, celle-ci hurlait toujours.

Sparta jeta le cylindre de la seringue hypodermique vide sur le tapis et s'assit, jambes allongées, s'appuyant sur ses bras tendus en arrière, prenant des inspirations profondes. Des bruits de bottes résonnèrent dans le passage et des policiers apparurent, étourdisseur au poing. Ils parvinrent à s'arrêter en bon ordre et ceux du premier rang s'agenouillèrent. Les gueules d'une demi-douzaine de pistolets furent braquées sur Sparta.

Antreen continuait de se débattre, allongée sur le dos. Elle pleurait, à présent, versant des larmes de regrets sur sa conscience qui s'amenuisait.

Viktor Proboda s'ouvrit un chemin au milieu des hommes de la patrouille et alla s'agenouiller près d'elle. Il tendit ses grosses mains dans sa direction puis hésita, n'osant pas la toucher.

– Vous ne pouvez rien pour elle, Viktor, murmura Sparta. Elle ne souffre pas.

– Que lui arrive-t-il ?

– Elle oublie. Elle oublie tout cela. Dans quelques secondes, elle cessera de pleurer pour la simple raison qu'elle aura également oublié les raisons de ses pleurs.

Proboda regarda Antreen, son beau visage encadré de cheveux gris encore déformé en masque de Méduse, mais où la terreur commençait à s'estomper et les larmes à se tarir.

– Nous ne pouvons rien pour elle ?

Sparta secoua la tête.

– Pas pour l'instant. Plus tard, peut-être. S'ils y sont disposés, ce dont je doute.

– *Ils ?*

Elle écarta sa question d'un geste de la main.

– Pas maintenant, Viktor.

Proboda décida d'attendre. L'inspecteur Troy disait beaucoup de choses qui le dépassaient, lorsqu'il les entendait pour la première fois. Il se redressa et hurla en direction du plafond :

– Où est cette foutue civière ? Grouillez-vous, bon sang !

Il enjamba Antreen et vint vers Sparta, pour lui tendre la main. Elle la prit et il la releva.

– La plupart des employés de cette compagnie vous observaient. Ils nous ont contactés immédiatement.

– J'avais dit à Antreen qu'on ne trouvait ici aucun système de surveillance. Elle était tellement impatiente de m'éliminer qu'elle m'a crue. Elle a connu le sort qu'elle me réservait...

– Comment saviez-vous qu'on nous avertirait ?

– Je...

Elle jugea préférable de ne rien dire.

– Une simple supposition, qui s'est heureusement révélée exacte.

Les policiers s'écartèrent pour laisser passer la civière. Alors que deux brancardiers s'agenouillaient à côté d'Antreen, cette dernière déclara d'une voix posée :

– La conscience est tout.

– Mes parents sont-ils toujours en vie ? voulut savoir Sparta.

– Les secrets des adeptes ne peuvent être dévoilés aux profanes.

– Mon père et ma mère étaient-ils des initiés ? Et Laird ?

– Je ne suis pas autorisée à vous le dire.

– Je me souviens de vous, à présent.

– Êtes-vous habilitée à savoir ces choses ?

– Je me remémore votre maison, dans le Maryland. Et l'écureuil qui se laissait glisser le long d'un fil.

– Et moi, devrais-je me souvenir de vous ?

– Je me rappelle également tout ce que vous m'avez fait.

– Devrais-je me souvenir de vous ?

– Le mot Sparta a-t-il une signification particulière pour vous ?

L'incertitude plissa le front d'Antreen.

– Est-ce… un nom ?

Sparta sentit sa gorge se serrer alors que des larmes humidifiaient ses yeux.

– Adieu, femme grise. Vous avez retrouvé votre innocence.

*

Blake Redfield attendait dans la coursive en apesanteur, à l'extérieur des Portes d'Ishtar, mêlé à la foule des badauds et des journalistes qui avaient emboîté le pas aux policiers en bouillant d'impatience et d'espoir. Sparta franchit la bande jaune délimitant la zone interdite d'accès et le chercha du regard.

Sur son visage, elle lut de la surprise, puis de l'inquiétude. Elle décida de le laisser étudier à loisir ses meurtrissures.

– J'ai surveillé mes arrières, comme tu me l'avais conseillé.

Elle tenta de contraindre ses lèvres enflées à sourire.

– Et c'est alors qu'elle m'a eue par-devant.

Il lui tendit la main, et elle la prit. Ce contact permettait d'ignorer plus facilement le feu roulant des questions des journalistes, les insultes de ceux qui semblaient prêts à tout pour la contraindre à dire quelque chose. Mais lorsque Kara Antreen sortit sur la civière flottante, les enregistreurs photogrammes se tournèrent vers elle et tous s'engouffrèrent dans son sillage, tels des requins derrière un de leurs congénères blessé. Sparta et Blake s'attardèrent un moment…

– On prend un raccourci ?…

… Et quelques secondes plus tard ils avaient disparu.

Ils filaient dans les tunnels et les conduites obscures, en direction de la sphère centrale, se suivant de près.

– Savais-tu qu'il s'agissait d'Antreen depuis le début ? demanda Blake.

– Non, mais lorsque je l'ai vue, cela a aiguillonné ma mémoire. Quelque chose de profondément enfoui et que je ne pouvais amener au niveau du conscient me murmurait de rester loin de cette femme. Cette tentative d'assassinat était la seconde. C'est elle qui a utilisé le robot contre nous, à bord du cargo.

– Je soupçonnais Sylvester.

– Moi également. Le ressentiment est l'ennemi de la raison, et ma colère était telle qu'elle embrumait mes pensées. Sondra Sylvester tenait à ce livre plus qu'à toute autre chose, encore plus qu'à Nancybeth et même qu'à sa revanche contre Darlington. Elle n'aurait jamais couru le risque d'abîmer l'original, même si elle avait écouté nos propos et appris qu'elle était démasquée. C'est *Antreen* qui a placé des micros dans le vaisseau et suivi notre conversation.

Ils poursuivirent leur progression en silence, jusqu'au moment où ils atteignirent leur poste d'observation secret surplombant les jardins de la sphère centrale et se posèrent sur le sol. Seuls dans cette cage de lumières dansantes, ils éprouvèrent brusquement, inexplicablement, de la timidité.

Sparta dut prendre sur elle pour poursuivre ses explications.

– Antreen est montée à bord du *Roi des Étoiles* et a inséré le bloc d'alimentation dans le robot, pendant que je tenais ma petite conférence sur le sabotage du *Roi des Étoiles* et tendais un piège à des personnes innocentes de cet acte.

Elle eut un rire empreint de lassitude.

– L'opportunité qu'elle cherchait s'est présentée avant qu'elle ne soit prête. Elle ne s'attendait certainement pas à avoir affaire à *toi*. En constatant que la machine avait échoué, elle a dû estimer qu'il serait extrêmement difficile de m'éliminer; sans courir de risques, tout au moins. Elle a alors décidé d'effacer à nouveau mes souvenirs. Cela ne s'était-il pas avéré efficace, la fois précédente ? Elle comptait s'occuper de toi ensuite.

– As-tu appris du nouveau, sur tes parents ? Au sujet du reste de leur groupe ?

Sparta secoua la tête.

– Et il est trop tard à présent, fit-elle tristement. Antreen ne pourrait plus rien nous dire, même si elle le souhaitait.

Cette fois, ce fut Sparta qui tendit le bras en direction de Blake, avec tendresse.

Il referma sa main sur la sienne puis leva l'autre pour redresser son menton.

– J'en déduis que nous devrons agir seuls. Tous les deux. Les retrouver. Si tu veux bien m'autoriser à rester auprès de toi, évidemment.

Son odeur épicée était tout particulièrement agréable lorsqu'il ne se trouvait qu'à quelques centimètres.

– J'aurais dû te le demander il y a longtemps.

Elle se pencha vers lui, privée de poids, et laissa ses lèvres meurtries se poser sur sa bouche.

ÉPILOGUE

Au cours de leur entrevue suivante, McNeil accepta de révéler les faits qu'il avait passés sous silence sans trop d'hésitations. Il venait de quitter la clinique et de louer une chambre dans le quartier des équipages en transit mais passait la majeure partie de son temps dans un restaurant français situé sur la promenade, en face des peupliers de Samarkand. Le chant de synthèse de nombreux pipits leur parvenait du feuillage des arbres proches.

– Je savais que vous finiriez par revenir me voir, dit-il. Voulez-vous un verre de cet excellent Saint-Émilion ?

Elle déclina son offre, lui dit ce qu'elle avait appris, et lui demanda de compléter son récit.

– Si je coopère, quel sera le verdict, selon vous ?

– Eh bien, étant donné que le livre a été récupéré par Darlington…

– N'oubliez pas que vous aurez du mal à prouver quoi que ce soit, si mon avocat parvient à me garder loin de la barre, dit-il avec désinvolture.

– Vous devrez quoi qu'il en soit répondre du vol de ces bouteilles de vin.

– Le propriétaire de tous les biens en question n'est malheureusement plus de ce monde.

Sparta contint son envie de rire, consciente que cela n'eût pas servi la cause de la justice. Elle hocha tristement la tête.

– McNeil, vous moisirez dans une cellule pendant une période pouvant aller de quatre à six mois.

– Dommage. Ce sera presque aussi long qu'une traversée jusqu'à la Grande Ceinture, une ligne sur laquelle j'ai toujours essayé de ne pas être affecté.

– J'en prendrai peut-être un verre, après tout, dit-elle.

Il la servit et elle but une gorgée de bordeaux avant de remercier l'homme, qui redevint sérieux.

– Il existe un détail dont vous avez peut-être négligé de tenir compte, inspecteur. Il s'agit d'un livre *magnifique*, pas d'un objet comme les autres. Il méritait d'être possédé par une personne capable d'apprécier son contenu autant que sa reliure.

– Laisseriez-vous entendre que vous n'étiez pas uniquement motivé par l'appât du gain ?

– Je ne vous ai jamais menti, inspecteur. J'admire Mme Sylvester et je regrette sincèrement qu'elle ait couru à sa perte.

– Je vous crois, McNeil. Je n'ai d'ailleurs mis à aucun instant votre parole en doute.

*

Si le technicien n'avait pas besoin de son aide, ce n'était pas le cas de Redfield. Le dossier concernant la crise de démence inexplicable de Kara Antreen ne serait probablement pas clos avant des mois, sinon des années. Ce fut avec des tiraillements de conscience éphémères que Sparta l'accusa de péchés dont elle était innocente. Blake ne fut à aucun moment suspecté d'avoir fait sauter une écoutille de la station, coupé l'alimentation en électricité du moyeu, agressé deux paisibles ouvriers, pénétré par effraction dans des locaux gouvernementaux et s'être rendu coupable de vol de biens publics. Il disparut dans l'ombre de Sparta...

*

Viktor Proboda avait gagné la cale d'appontage avec un bouquet de marguerites d'automne hydroponiques, afin d'assister à leur départ. Accompagnés par une escorte de journalistes, Blake et Sparta allaient embarquer à bord de l'*Hélios* et faire ainsi le premier pas d'un long retour vers la Terre.

– Ce fut un plaisir, Viktor. S'il existe une justice, peu de temps s'écoulera avant que...

Son auricom tinta doucement.

– Une seconde.

Elle inclina la tête et écouta la voix haletante du régulateur.

– Inspecteur Troy ! Inspecteur Troy ! De nouveaux ordres viennent de nous parvenir de Terre Central ! Votre voyage est annulé et vous devez vous présenter immédiatement au QG.

– Que s'est-il passé ?

Elle leva les yeux pour voir une escouade d'hommes en uniforme qui plongeaient vers elle : l'escorte chargée de l'accompagner au quartier général.

Quelques secondes plus tard, lorsqu'elle trouva le temps de répondre aux questions de Redfield et de Proboda, elle put seulement dire :

– Je te rejoindrai plus tard, Blake. Je n'ai pas le droit de t'apprendre de quoi il retourne et, si je te le disais malgré tout, il est probable que tu refuserais de me croire.

*

Malgré les nombreux scandales qui avaient tenu les habitants de Port Hespérus en haleine au cours des dernières semaines... ainsi que les funérailles, les dépositions, les auditions et les jugements..., l'activité de la station spatiale ne s'était pas interrompue ni même ralentie. Cinq des énormes nouveaux robots de l'Ishtar Mining Corporation avaient été immédiatement envoyés sur Vénus après la levée des scellés du *Roi des Étoiles*. Quant au sixième, il était allé les rejoindre lorsque les équipes des services d'investigation scientifique avaient terminé de prélever la dernière molécule de preuve se trouvant sur son blindage et à bord du vaisseau qu'il avait dévasté.

Ces robots furent alors envoyés explorer un plan synclinal prometteur sur le glacis de l'immense plateau de Laksmi; une zone qui n'avait fait l'objet que de quelques relevés superficiels effectués par des appareils de surface. Au sein des échantillons de minerai réunis au cours de ces expéditions se trouvait un étrange fragment exhibé au Muséum Hespérien – un fossile, parmi la douzaine découverte à ce jour.

On s'attendait en conséquence à découvrir un ou deux autres vestiges d'un lointain passé lorsque les forages sérieux auraient débuté dans cette région, et les opérateurs de Port Hespérus avaient reçu pour consigne d'ouvrir l'œil en surveillant leurs écrans, en prévision d'une telle éventualité.

À la surface de Vénus, l'atmosphère est si dense et la clarté du soleil si diffuse que diriger un de ces robots incandescents est comparable à guider un nodule mineur au fond d'un océan terrestre. Il n'était pas toujours facile pour un opérateur d'identifier ce qui apparaissait sur ses vidéoplaques. On y voyait un monde en forme de bol, avec des horizons proches qui s'affaissaient brusquement sur les côtés, et de toutes parts des roches nues irradiant un halo orangé. On aurait cru observer un paysage désertique terrestre à travers le fond d'un épais cendrier ou d'un verre. Faire grimper un énorme robot vers le haut d'un étroit défilé puis sous un surplomb, afin de récolter des échantillons de minerai à quelques mètres d'intervalle, s'avérait une tâche épuisante qui mettait de surcroît le sens de l'orientation à rude épreuve.

C'est pourquoi il serait injuste de mettre en cause la vigilance de l'opérateur qui ne réagit pas immédiatement quand la trompe foreuse de son RMLV Rolls-Royce traversa la paroi rocheuse et pénétra dans une cavité qui n'était pas, contrairement aux apparences, d'origine naturelle. Les formes brusquement illuminées par l'éclat des radiateurs chauffés à blanc étaient si bizarres que l'homme perdit quelques instants avant de prendre les mesures qui s'imposaient... un temps de réaction prolongé par le délai de transmission du signal de contrôle... pour empêcher la destruction des innombrables lignes d'inscriptions gravées dans la roche et des représentations d'êtres décharnés monstrueux qui apparurent soudain sur son écran.

POINT DE RUPTURE

POSTFACE
par Arthur C. CLARKE

Contrairement à certains auteurs, je n'ai guère travaillé en collaboration avec d'autres personnes dans le domaine de la science-fiction et tous mes romans me sont entièrement attribuables. Il convient cependant de citer quelques exceptions importantes. Dans les années 60, j'ai collaboré avec le metteur en scène Stanley Kubrick pour la réalisation du film de S.-F. le plus réaliste jamais tourné, un petit projet ambitieux intitulé *2001 : l'Odyssée de l'Espace*[1]. Plus de quinze ans plus tard, j'ai rencontré Peter Hyams, le metteur en scène hollywoodien qui a produit et dirigé l'adaptation spectaculaire de ma suite : *2010*[1].

Collaborer à ces deux films fut une expérience enrichissante aux résultats à la fois surprenants et agréables. Et voici que je participe à nouveau à un travail d'équipe passionnant ayant pour origine ma nouvelle *Breaking Strain*.

Cette petite histoire (quel terme affreux !) fut écrite au cours de l'été 1948, alors que je préparais tardivement ma licence au King's College de Londres. Mon agent littéraire, Scott Meredith, âgé d'une vingtaine d'années à l'époque, la vendit rapidement à *Thrilling Wonder Stories*, mais sans doute sera-t-elle plus facile à trouver dans mon premier recueil de nouvelles : *Expedition to Earth* (1954).

1. Parus aux éditions J'ai lu, nos 349 et 1721.

Peu après la parution de *Breaking Strain*, un critique perspicacc fit remarquer que je semblais aspirer à devenir le Kipling de l'Espace. Même si je n'en avais pas eu conscience, il s'agissait indubitablement d'une louable ambition – d'autant plus que je n'aurais alors jamais imaginé que l'Ère spatiale débuterait seulement neuf années plus tard.

Et si l'on m'autorise à poursuivre plus avant cette comparaison immodeste, je dirai que Kipling s'est quant à lui essayé avec maestria à devenir le Clarke de l'Âge de l'Aéroplane. Pour en obtenir la preuve, il suffit de lire « With the Night Mail » et « As Easy as ABC », ABC étant les initiales de l'Aerial Board of Control (Bureau du Contrôle Aérien), un organisme dont nous aurions grandement besoin, en cette époque de détournements d'avions et d'attentats perpétrés dans les aéroports.

Oh oui ! *Breaking Strain.* Cette histoire a naturellement vieilli, mais moins que je ne m'y serais attendu après une quarantaine d'années. Quoi qu'il en soit, c'est d'un intérêt secondaire; la situation qui y est décrite a pu se produire d'innombrables fois dans le passé et se reproduira... par des méthodes de plus en plus évoluées... aussi longtemps que subsistera l'espèce humaine.

En fait, on trouve dans ce récit d'importantes similitudes avec l'accident dramatique d'Apollo 13, en 1970.

Je n'ai pas retiré du mur la première page du résumé de cette mission, sur lequel l'Administrator de la NASA, Tom Paine, a écrit : « Exactement comme tu l'avais prédit, Arthur. »

Mais la planète Vénus a, hélas, disparu : mon ami Brian Aldiss a parfaitement exprimé notre sentiment de perte dans le titre de son anthologie *Farewell, Fantastic Venus*... (Adieu, fantastique Vénus...).

Ou sont passés ses grands fleuves et ses mers, habitat de monstres gigantesques qui pouvaient lancer des défis dignes d'être relevés par des héros de la trempe d'Edgard Rice Burroughs ? (Oui, E.R.B. s'est rendu à plusieurs reprises sur ce monde, lorsqu'il commençait à se lasser de Mars.) Tout cela a été emporté par un vent de vapeurs d'acide sulfurique de cinq cents degrés centigrades...

Tout n'est pas perdu, cependant. S'il est probable que nul être humain ne foulera le sol de cette planète tant qu'il restera tel qu'il est de nos jours, dans quelques siècles... ou millénaires... l'humanité parviendra peut-être à la remodeler pour la rendre plus conforme à nos désirs.

La belle Étoile du Soir redeviendra alors la sœur jumelle de la Terre qu'elle était autrefois et les lointains successeurs du *Roi des Étoiles* effectueront des navettes le long des voies spatiales qui séparent ces deux mondes.

Paul Preuss, qui sait parfaitement tout cela, a habilement actualisé mon vieux récit en y introduisant des éléments auxquels je n'aurais jamais songé à l'époque (bien que je sois sidéré de constater que *les Sept Piliers de la sagesse* figuraient déjà dans le texte originel; lorsque j'ai lu la nouvelle version, j'ai cru qu'il s'agissait d'un fruit de son imagination). Si je ne puis que déplorer la force d'attraction universelle des histoires criminelles, je présume qu'un individu malhonnête tentera de faire souscrire une assurance sur la vie la veille du jour où l'Univers s'effondrera dans le Trou Noir final.

Combiner les genres du crime et de la science-fiction représente en outre un défi intéressant à relever, d'autant plus que certains experts ont jugé cela irréalisable. (Ma seule contribution en ce domaine est « Trouble with Time » et, bien que cela me répugne, je dois reconnaître qu'Isaac Machin-Chose y est très bien parvenu dans sa série des *Cavernes d'Acier*[1].

À présent, c'est au tour de Paul. Et je crois sincèrement qu'il a réalisé un travail admirable.

Arthur C. CLARKE
Colombo, Sri Lanka

1. Paru aux éditions J'ai lu, nº 404.

PLANCHES TECHNIQUES D.A.O

Dans les pages suivantes sont regroupés les plans – effectués en D.A.O. par Darrel Anderson – de quelques réalisations techniques décrites dans *Base Vénus*.

Pages 334 à 337 : *Roi des Étoiles* : Cargo interplanétaire :

– 2 vues en perspective; blindage antiradiations et vue en coupe du module de l'équipage; propulseurs principaux; réservoirs de carburant.

Pages 338 à 340 : *Port Hespérus* : Station orbitale de Vénus :

– 2 vues en perspective et en coupe; composants du moyeu.

Pages 341 à 343 : *Robot mineur* : Machine conçue pour analyser et exploiter les gisements de la surface de Vénus :

– Vue d'ensemble; 2 vues latérales complètes; éléments de forage; vues de dessus et de face.

Page 344 : *Affichage visuel* : Analyse géologique de la surface de Vénus telle qu'elle est vue par les robots mineurs.

Pages 345 à 348 : *Sparta* : Schéma des implants nerveux :

– Composants des divers systèmes : oculaire, auditif, olfactif, tactile.

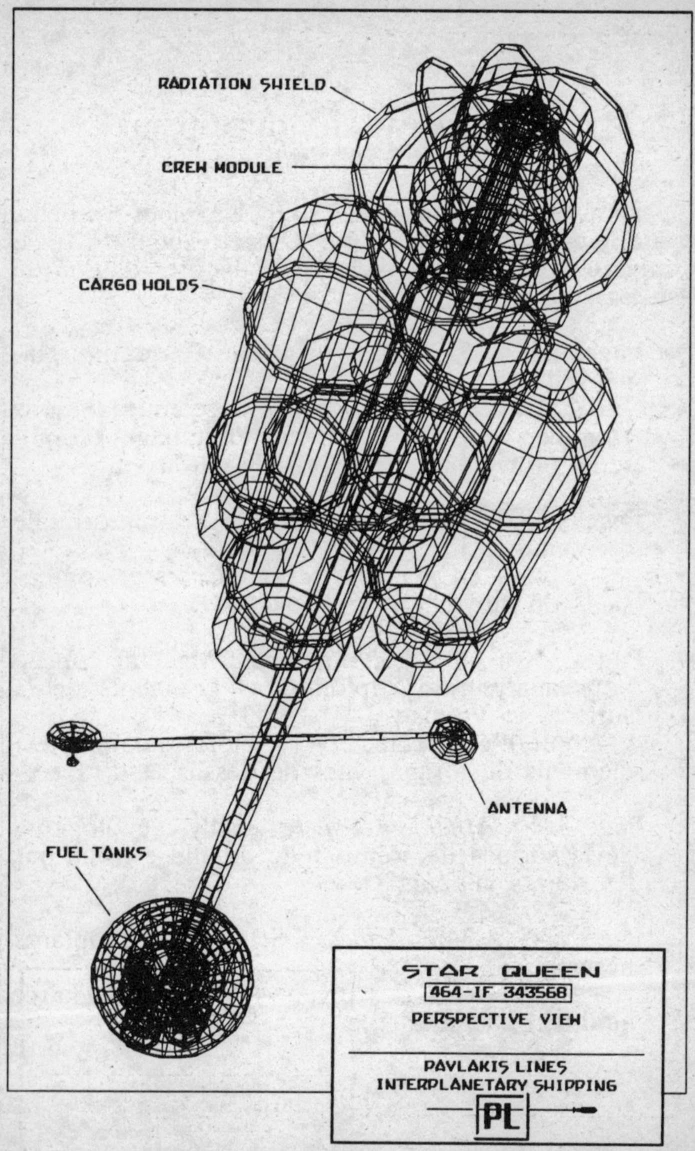
RADIATION SHIELD
CREW MODULE
CARGO HOLDS
ANTENNA
FUEL TANKS
STAR QUEEN
464-IF 343568
PERSPECTIVE VIEW
PAVLAKIS LINES
INTERPLANETARY SHIPPING
PL

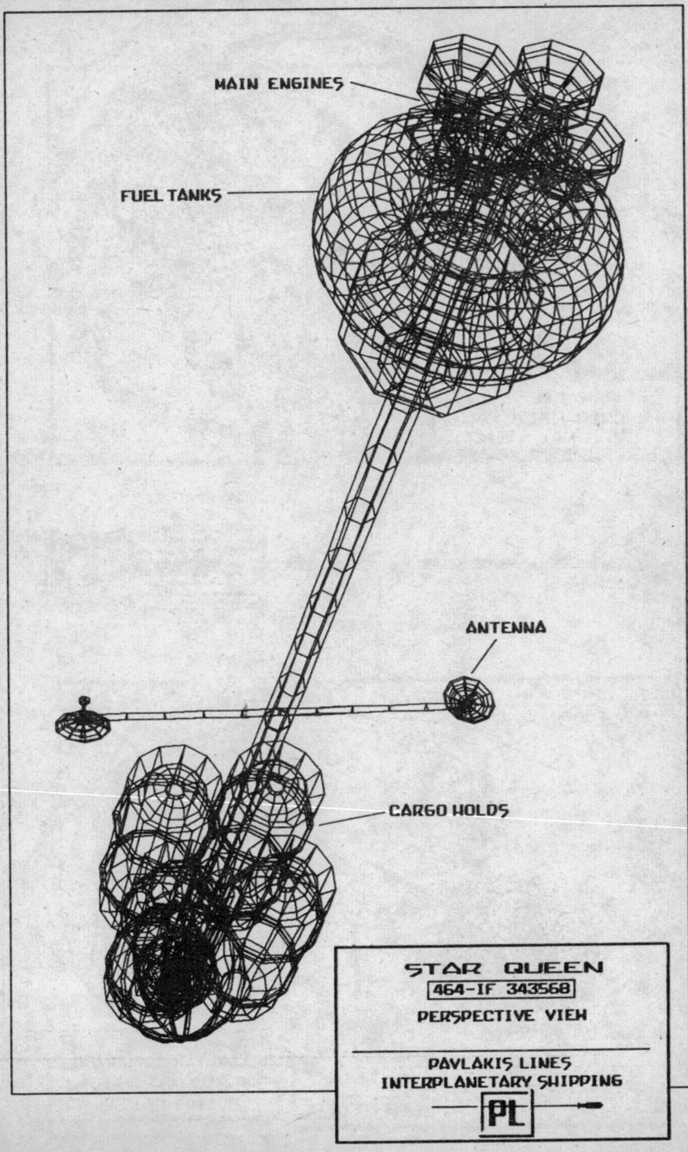
MAIN ENGINES
FUEL TANKS
ANTENNA
CARGO HOLDS
STAR QUEEN
464-IF 343568
PERSPECTIVE VIEW
PAVLAKIS LINES
INTERPLANETARY SHIPPING
PL

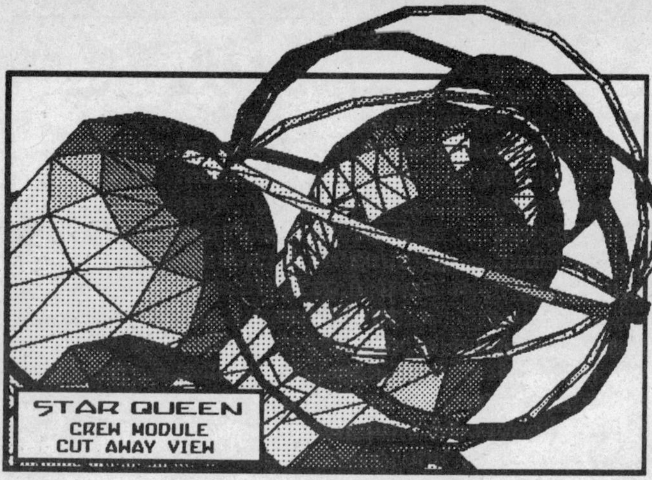
STAR QUEEN
CREW MODULE
CUT AWAY VIEW

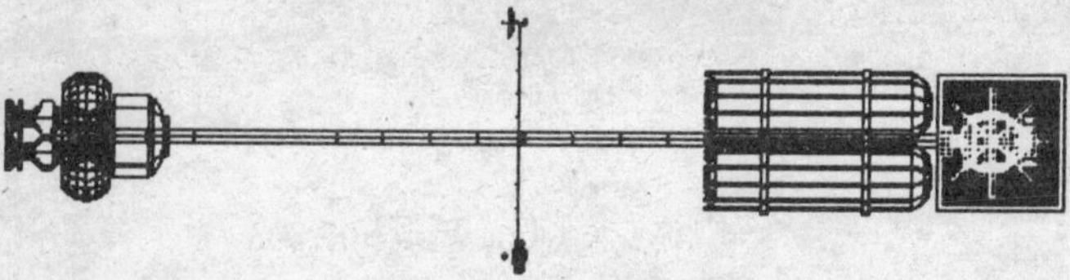

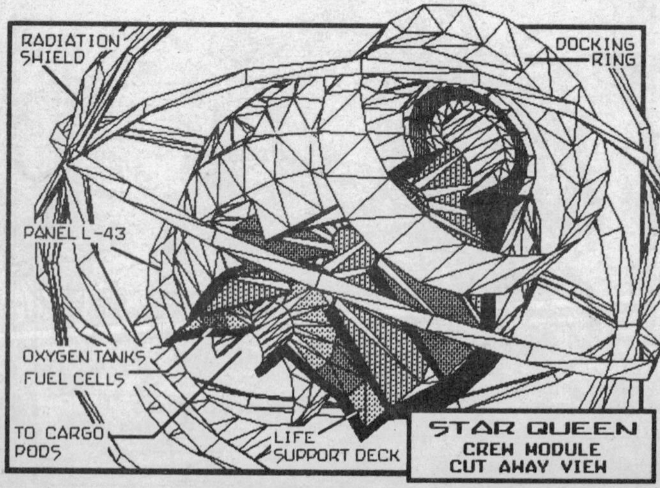
RADIATION SHIELD
DOCKING RING
PANEL L-43
OXYGEN TANKS
FUEL CELLS
TO CARGO PODS
LIFE SUPPORT DECK
STAR QUEEN
CREW MODULE
CUT AWAY VIEW

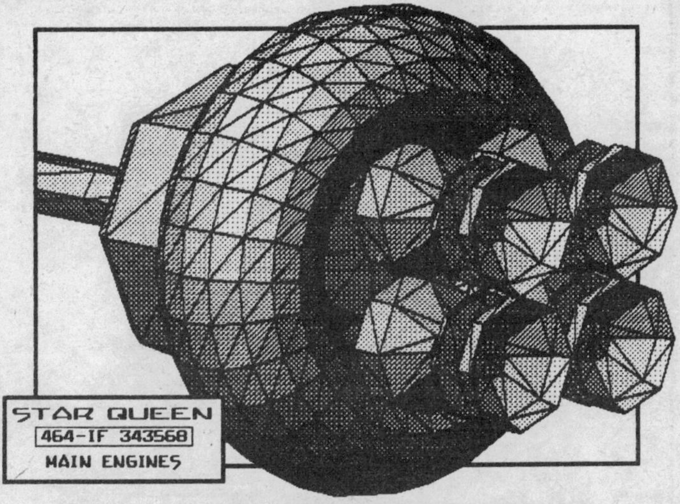
STAR QUEEN
464-IF 343568
MAIN ENGINES

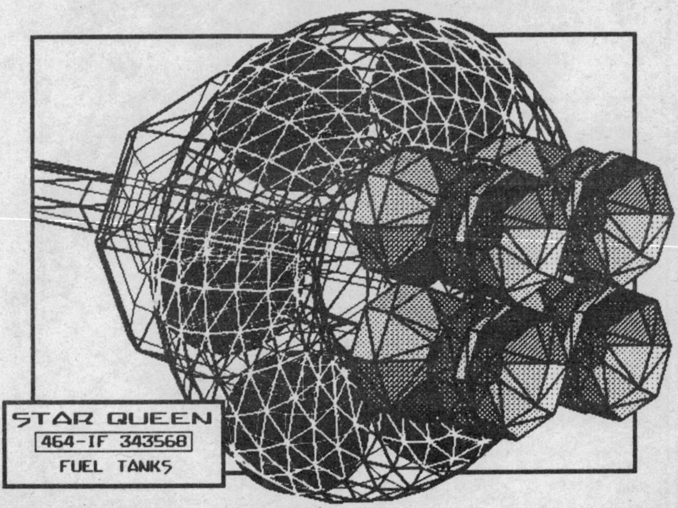
STAR QUEEN
464-IF 343568
FUEL TANKS

PORT HESPERUS

90° CUT-AWAY PERSPECTIVE VIEW.

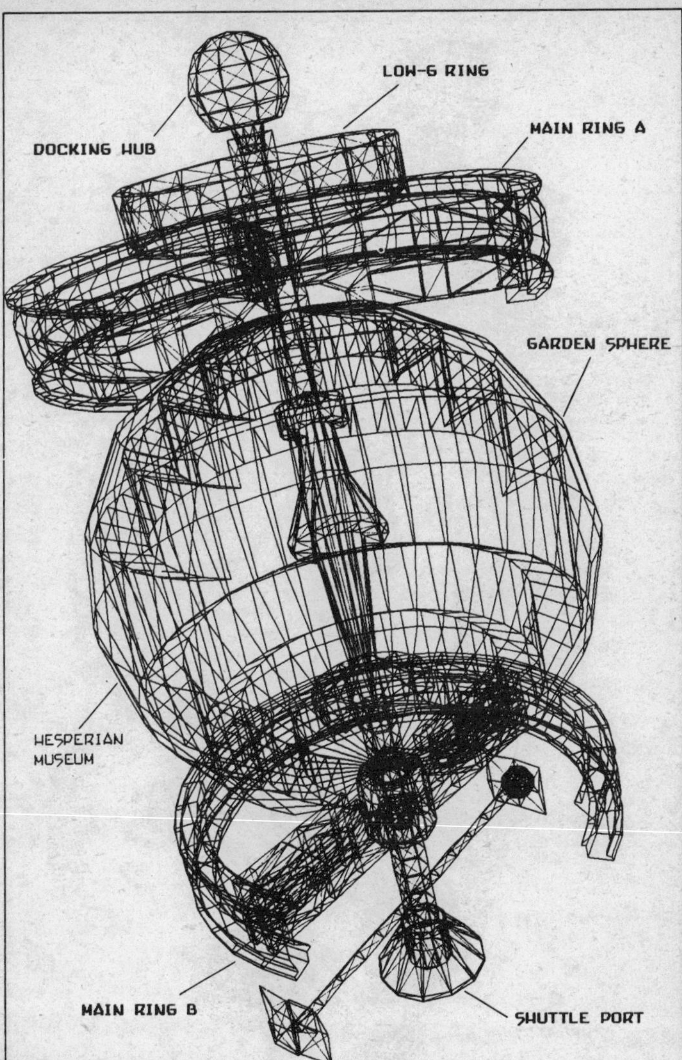

PORT HESPERUS

90° CUT-AWAY PERSPECTIVE VIEW.

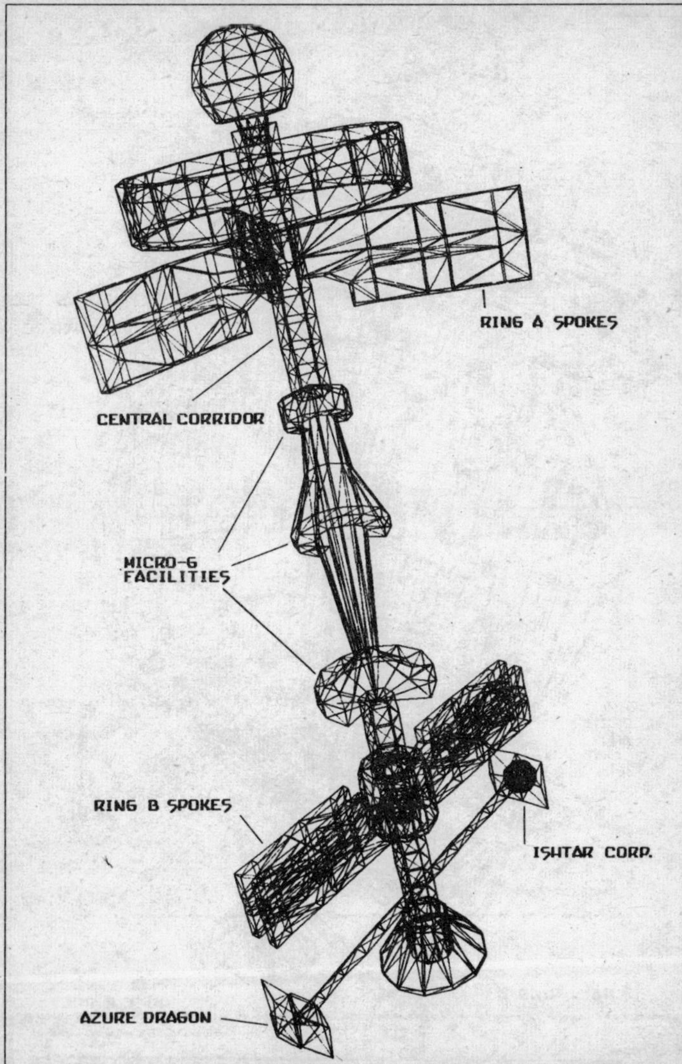

PORT HESPERUS

90° CUT-AWAY PERSPECTIVE VIEW. AXIAL COMPONENTS

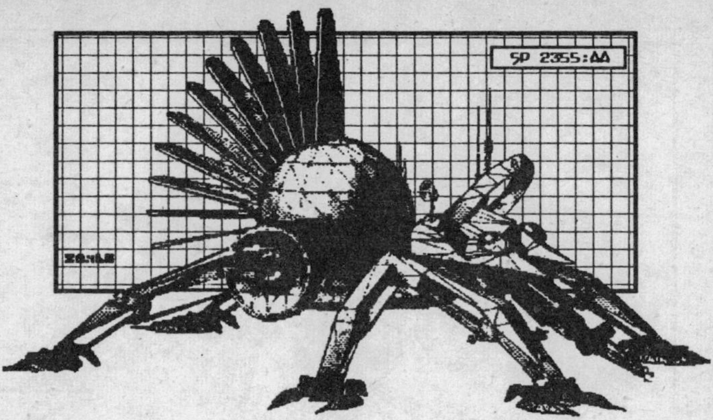

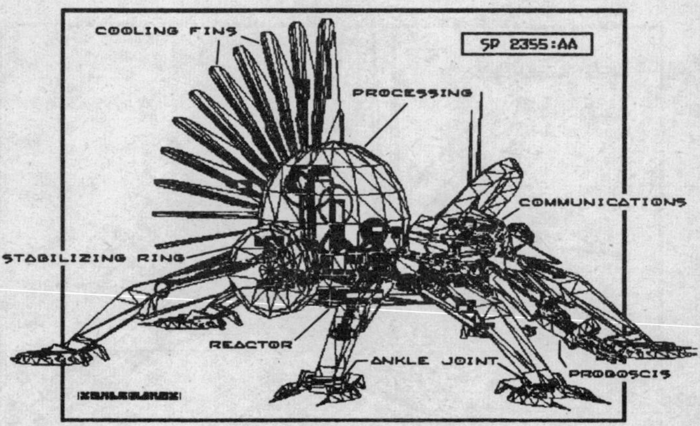

RRC
CUSTOM
ROBOTICS
DIVISION

SP 2355:AA
MINING ROBOT

I.A. PAT. PEND. 237-22
238-22
244-22
245-23

CLIENT: ISHTAR CORPORATION

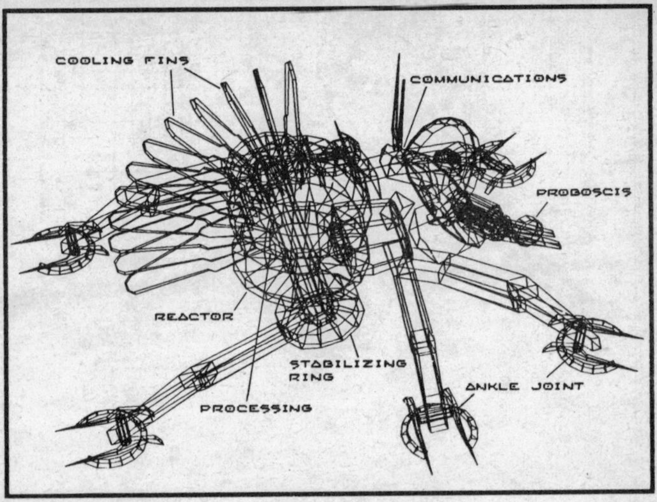

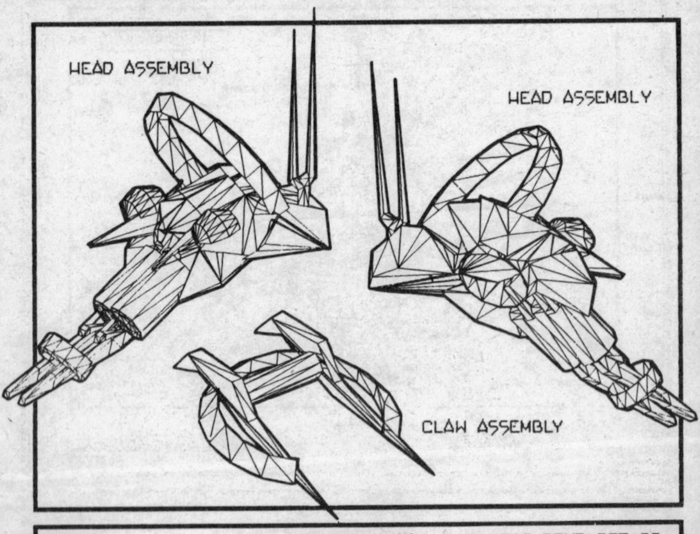

RRC
CUSTOM
ROBOTICS
DIVISION

SP 2355:AA
MINING ROBOT

I.A. PAT. PEND. 237-22
238-22
244-22
245-23

CLIENT: ISHTAR CORPORATION

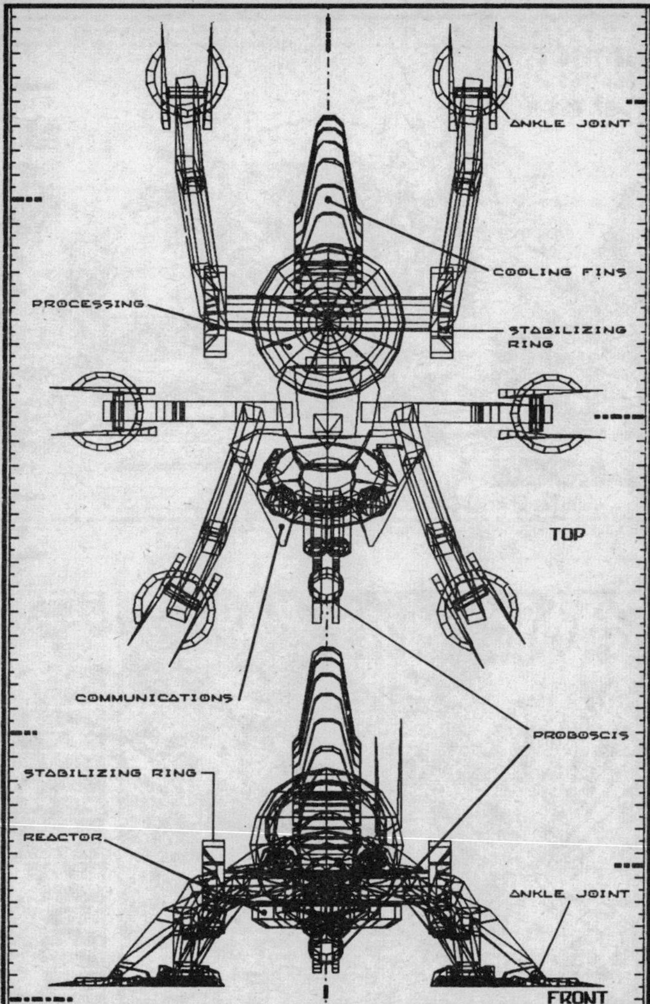

RRC
CUSTOM
ROBOTICS
DIVISION

SP 2355:AA
MINING ROBOT

I.A. PAT. PEND. 237-22
238-22
244-22
245-23

CLIENT: ISHTAR CORPORATION

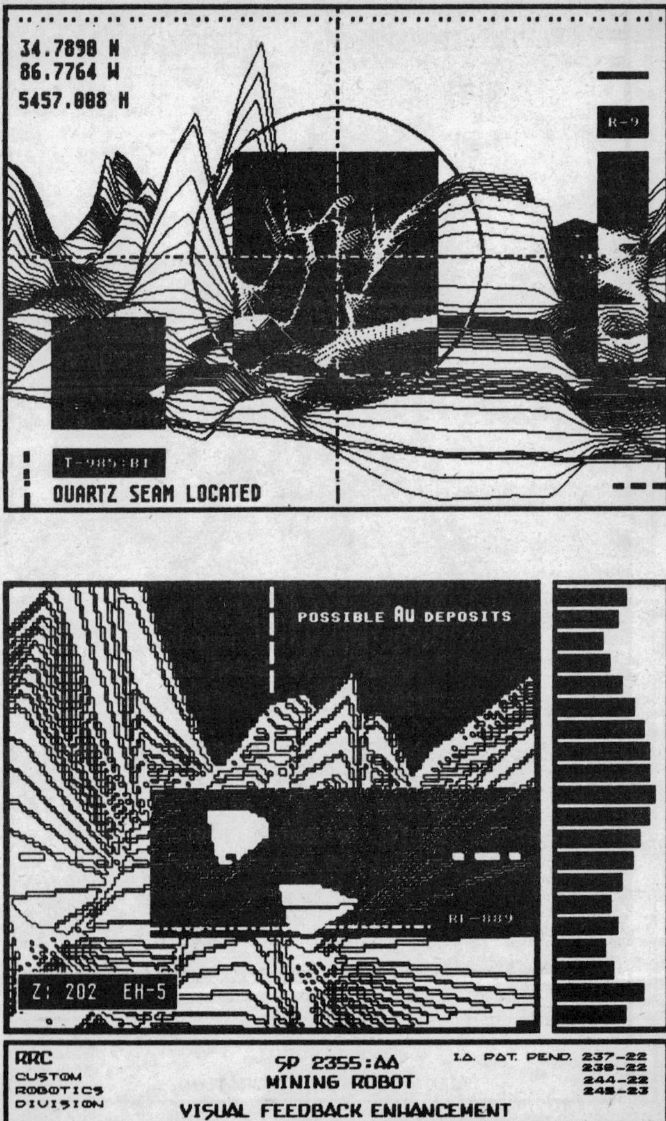
34.7898 N
86.7764 W
5457.088 M
R-9
T-985:B1
QUARTZ SEAM LOCATED
POSSIBLE AU DEPOSITS
RI-889
Z: 202 EH-5
RRC
CUSTOM
ROBOTICS
DIVISION
SP 2355:AA
MINING ROBOT
VISUAL FEEDBACK ENHANCEMENT
I.A. PAT. PEND. 237-22
238-22
244-22
245-23

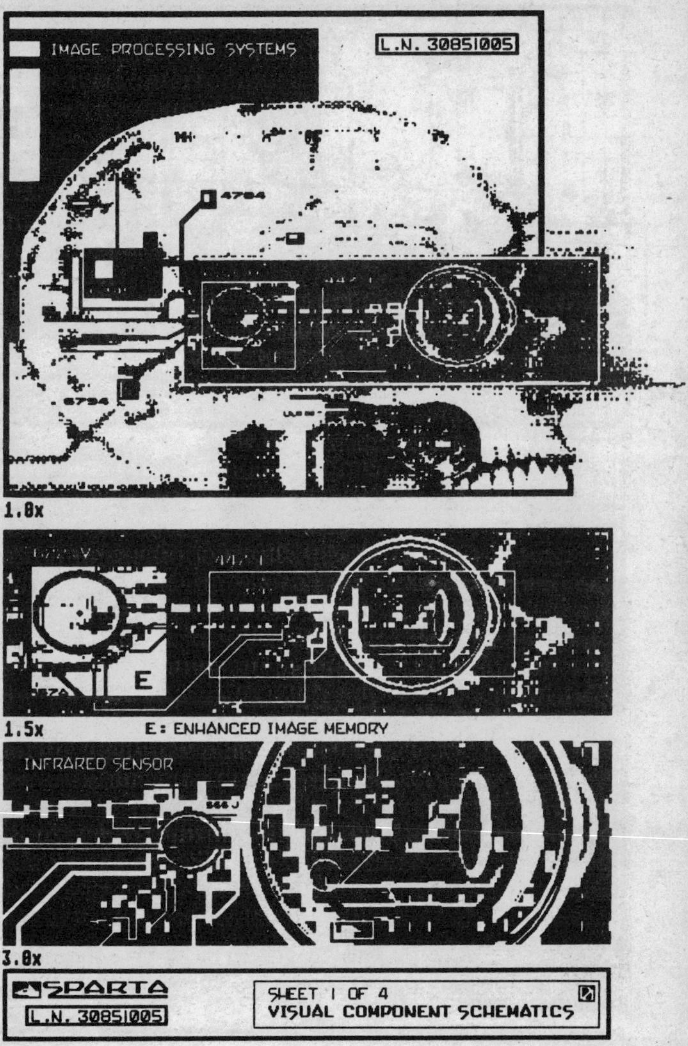
IMAGE PROCESSING SYSTEMS
L.N. 30851005
4794
6794
1.0x
E
1.5x
E: ENHANCED IMAGE MEMORY
INFRARED SENSOR
3.0x
SPARTA
L.N. 30851005
SHEET 1 OF 4
VISUAL COMPONENT SCHEMATICS

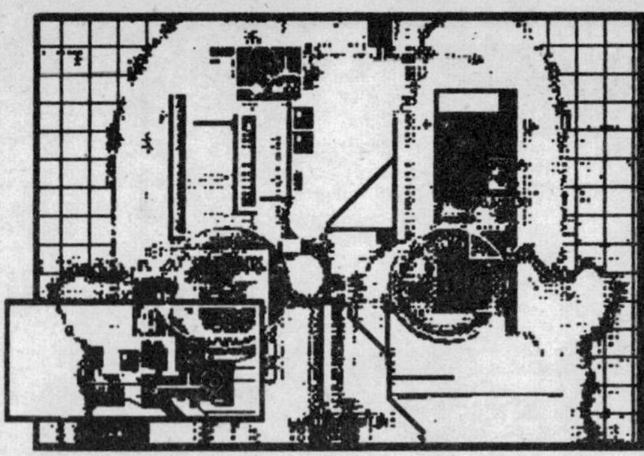

1.0x

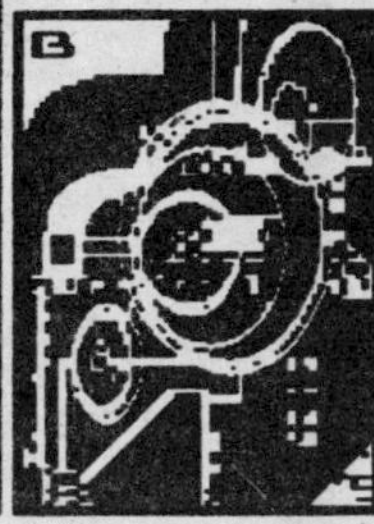

9.0x
B: HAMMER/ANVIL/
STIRRUP ASSEMBLY

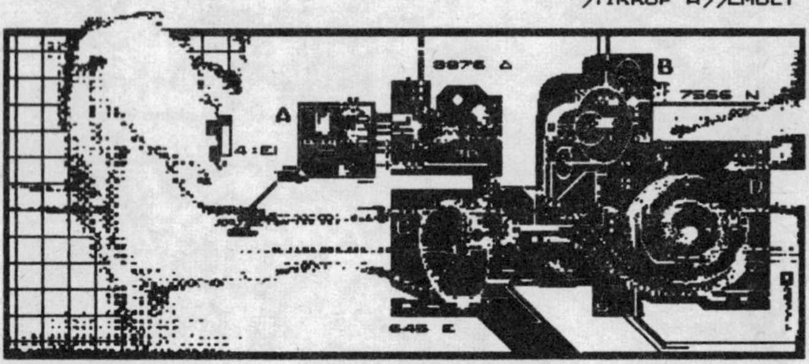

4.5x

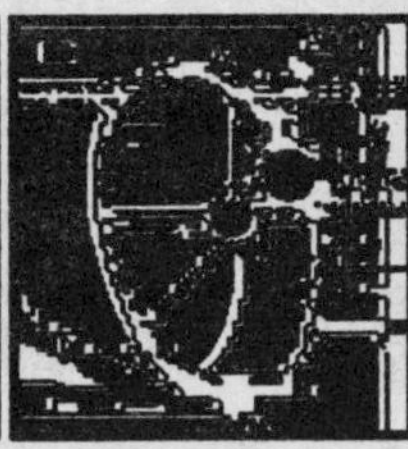

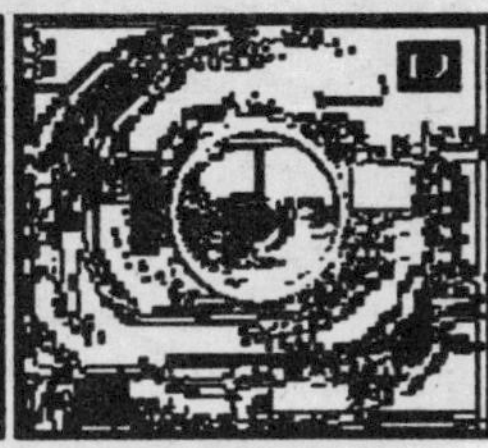

12.5x A: HIGH FREQUENCY SENSOR

C: EAR DRUM

D: SEMICIRCULAR CANAL

SPARTA
L.N. 30851005

SHEET 2 OF 4
INNER EAR SCHEMATICS

2.5x

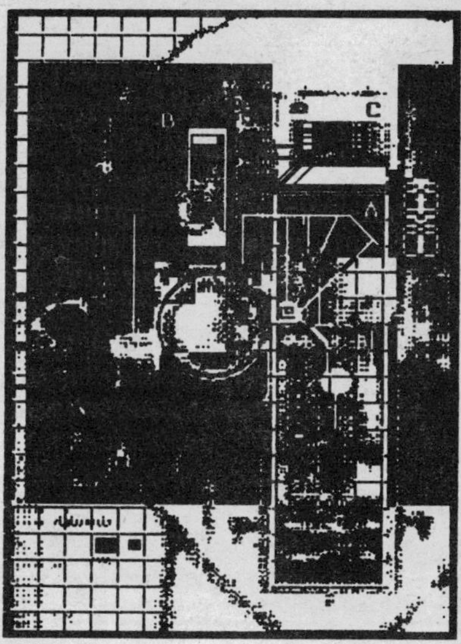

1.0x

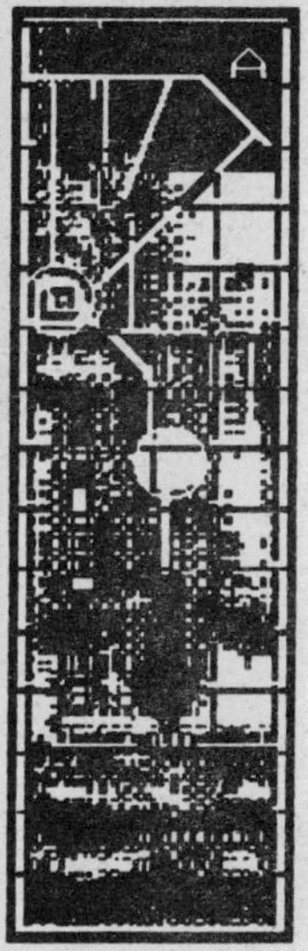

1.5x

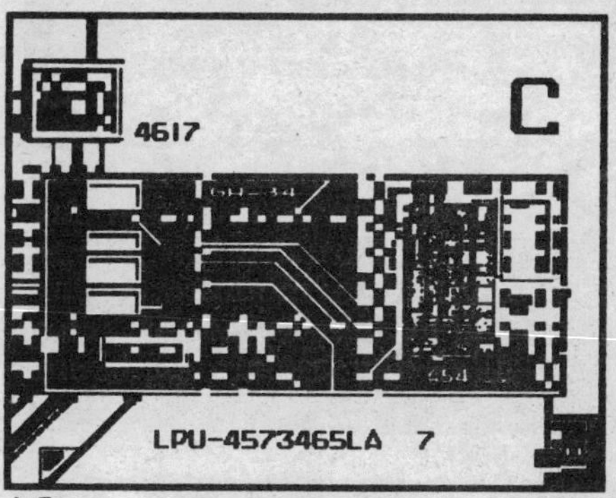

4.5x

A: PRIMARY SHORT TERM MEMORY

B: OLFACTORY DATA PROCESSING

C: FOREBRAIN/PROCESSOR INTERFACE

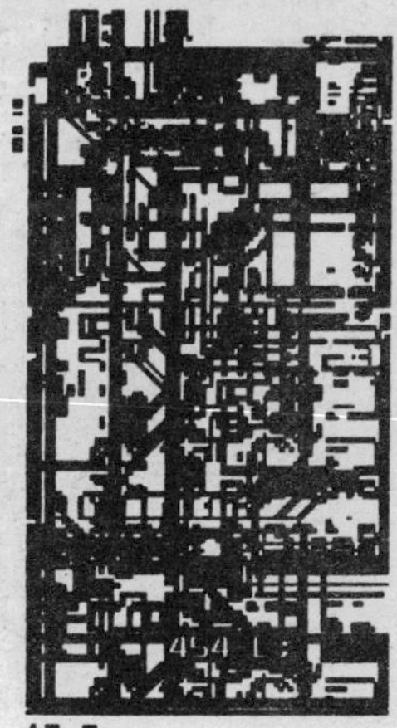

13.5x

SPARTA

L.N. 30851005

SHEET 3 OF 4

OLFACTORY SYSTEMS SCHEMATICS

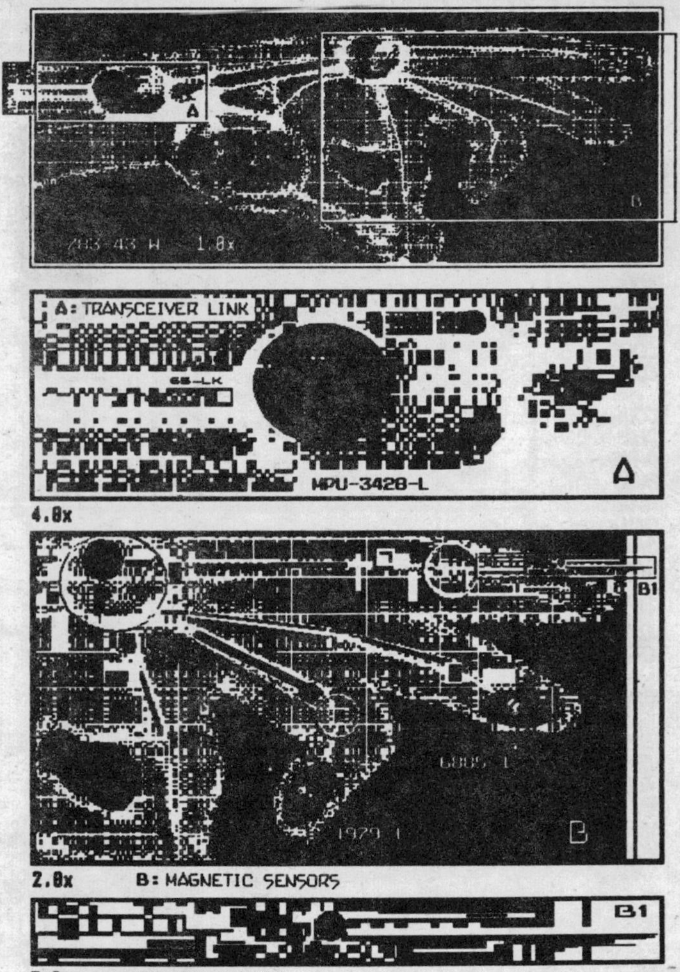

SPARTA

L.N. 30851005

SHEET 4 OF 4
TACTILE SYSTEMS SCHEMATICS
ELECTROMAGNETIC/INTERFACE

POLAR

Cette collection présente tous les genres du roman criminel : le policier classique avec des auteurs tels que Ellery Queen, Boileau-Narcejac, le roman noir avec Raymond Chandler, Ed McBain et les œuvres de suspense illustrées par Stephen King ou Tony Kenrick.
C'est un panaroma complet du roman criminel qui est ainsi proposé aux lecteurs de J'ai lu.

BARKER Clive	**Le jeu de la damnation** 2655/**6**
BAXT George	**Du sang dans les années folles** 2952/**4** Inédit
BOILEAU-NARCEJAC	**Les victimes** 1429/**2**
	Maldonne 1598/**2**
BOURGEAU Art	**Sanglants désirs** 2815/**3** Inédit
BROWN Fredric	**La nuit du Jabberwock** 625/**3**
CHANDLER Raymond	**Playback** 2370/**3**
COGAN Mick	**Black Rain** 2661/**3** Inédit
CONSTANTINE K.C.	**Meurtres à Rocksburg Station** 2858/**3**
	L'homme qui aimait se regarder 3073/**4**
COUSIN Philippe	**Le Pacte Pretorius** 2436/**4**
DEMOUZON Alain	**Paquebot** 2651/**3**
DePALMA Brian	**Pulsions** 1198/**3**
FARRIS John	**L'intrus** 2640/**3**
FRANCIS Dick	**Ecran de fumée** 2630/**3**
GALLAGHER Stephen	**Du fond des eaux** 3050/**6** Inédit
GARBO Norman	**L'Apôtre** 2921/**7**
GARDNER Erle Stanley	**Les doigts de flamme** 2431/**3**
	L'évêque bègue 2571/**3**
	Le perroquet faux témoin 2608/**3**
JUST Ward	**Le dernier ambassadeur** 2671/**5**
KENRICK Tony	**Shanghaï surprise** 2106/**3**
	Les néons de Hong-kong 2706/**5** Inédit
KING Stephen	**Running Man** 2694/**3**
	Chantier 2974/**6**
LEE Stan	**Puzzle** 2761/**5**
LEPAGE Frédéric	**La fin du 7e jour** 2562/**5**
McBAIN Ed	**Manhattan blues** 2594/**3**
	Le chat botté 2891/**4** Inédit
MCDONALD Gregory	**Fletch père et fils** 2717/**3** Inédit
MOSS Robert	**Un carnaval d'espions** 2634/**7** Inédit
NAHA Ed	**Dead-Bang** 2635/**3** Inédit
	Robocop 2310/**3** Inédit
	Robocop 2 2931/**3** Inédit
NICOLAS Philippe	**Le printemps d'Alex Zadkine** 3096/**5**
OSBORN David	**Le sang à la tête** 2799/**3**
PARKER Jefferson	**Little Saigon** 2861/**6** Inédit
PEARSON Ridley	**Le sang de l'albatros** 2782/**5** Inédit
	Courants meurtriers 2939/**6** Inédit
PÉRISSET Maurice	**Les maîtresses du jeu** 2570/**4**
	Le banc des veuves 2666/**3**
	Les noces de haine 2759/**4**
QUEEN Ellery	**La ville maudite** 1445/**3**
	Et le huitième jour 1560/**3**

	La Décade prodigieuse 1646/**3**
	Face à face 2779/**3**
	Le mystère des frères siamois 2905/**4**
	Le cas de l'inspecteur Queen 3023/**3**
	La mort à cheval 3130/**3**
SADOUL Jacques	**L'Héritage Greenwood** 1529/**3**
	L'inconnue de Las Vegas 1753/**3**
	Trois morts au soleil 2323/**3**
	Le mort et l'astrologue 2797/**3**
	Doctor Jazz 3008/**3**
SLADE Michael	**Chasseur de têtes** 2738/**5**
SPILLANE Mickey	**En quatrième vitesse** 1798/**3**
STRASSER Todd	**Pink Cadillac** 2598/**2** Inédit
THOMAS Louis	**Sueurs froides (Crimes parfaits et imparfaits)** 2438/**3**
TORRES Edwin	**Contre-enquête** 2933/**3** Inédit
VION Marc	**Panique au Pellerin** 2834/**3**
WILTSE David	**Le cinquième ange** 2876/**4**

Science-fiction

Depuis 1970, cette collection est leader du genre en France. Elle a publié la plupart des grands classiques (Asimov, Van Vogt, Clarke, Dick, Vance, Simak), mais elle a aussi révélé de nombreux jeunes auteurs qui seront les écrivains de premier plan de demain (Tim Powers, David Brin, Greg Bear, Kim Stanley Robinson, etc.). La S-F est reconnue aujourd'hui comme littérature à part entière, étudiée dans les écoles et les universités. Elle est véritablement la littérature de notre temps.

ANDERSON Poul	**La patrouille du temps** 1409/**3**
ASIMOV Isaac	**Les cavernes d'acier** 404/**4**
	Les robots 453/**3**
	Face aux feux du soleil 468/**3**
	Tyrann 484/**3**
	Un défilé de robots 542/**3**
	Cailloux dans le ciel 552/**3**
	La voie martienne 870/**3**
	Les robots de l'aube 1602/**3** & 1603/**3** Inédit
	Le voyage fantastique 1635/**3**
	Les robots et l'empire 1996/**4** & 1997/**4** Inédit
	Espace vital 2055/**3**
	Asimov parallèle 2277/**4** Inédit
	Le robot qui rêvait 2388/**6** Inédit
	La cité des robots 2573/**6** Inédit
	Cyborg (La cité des robots 2) 2875/**6**
	Refuge (La cité des robots 3) 2975/**6**
	Le renégat (Robots et extra-terrestres) 3094/**6**
BALLARD J.G.	**La forêt de cristal** 2652/**3**
	Le monde englouti 2667/**3**
	Salut l'Amérique ! 2704/**3**
	La plage ultime 2859/**3**
	La région du désastre 2953/**3** Inédit
BESSIERE Richard	**Les 7 anneaux de Rhéa** 2848/**2**

BLAYLOCK James	**Le dernier denier** 2860/**5** Inédit
	Homunculus 3052/**4**
BOGDANOFF Igor et Grishka	**La machine fantôme** 1921/**3**
BRIN David	**Marée stellaire** 1981/**5** Inédit
	Le facteur 2261/**5** Inédit
CANAL Richard	**Swap-Swap** 2836/**3** Inédit
CARD Orson Scott	**Abyss** 2657/**4** Inédit
CARROLL Jonathan	**Le pays du fou rire** 2450/**4** Inédit
	Ombres complices 2718/**3** Inédit
CHERRYH C.J.	**Chasseurs de monde** 1280/**4**
	Les adieux du soleil 1354/**3**
	Les Seigneurs de l'hydre 1420/**4**
	Chanur 1475/**4**
	L'Opéra de l'espace 1563/**3**
	L'épopée de Chanur 2104/**3**
	La vengeance de Chanur 2289/**4**
	Le retour de Chanur 2609/**7**
	Les légions de l'enfer 2814/**5** Inédit
	Cyteen 2935/**6** & 2936/**6** Inédit
CLARKE Arthur C.	**2001 : l'odyssée de l'espace** 349/**2**
	2010 : odyssée deux 1721/**3**
	2061 : odyssée trois 3075/**3**
	Terre, planète impériale 904/**4**
	Rendez-vous avec Rama 1047/**3**
	Les fontaines du paradis 1304/**3**
	Base Vénus :
	- Point de rupture 2668/**4** Inédit
	- Maelström 2679/**4** Inédit
	- Cache-cache 3006/**4** Inédit
CURVAL Philippe	**Le ressac de l'espace** 595/**3**
	La face cachée du désir 3024/**3**
DICK Philip K.	**Loterie solaire** 547/**2**
	Dr Bloodmoney 563/**4**
	Le maître du Haut Château 567/**4**
	Les clans de la lune alphane 879/**3**
	Les machines à illusions 1067/**3**
	L'homme doré 1291/**3**
	Le dieu venu du Centaure 1379/**3**
	Le message de Frolix 8 1708/**3**
	Blade Runner 1768/**3**
	Coulez mes larmes, dit le policier 2451/**3**
DONALDSON Stephen R.	**Thomas l'Incrédule - L'éternité rompue** 2406/**6** Inédit
FARMER Philip José	**Les amants étrangers** 537/**3**
	L'univers à l'envers 581/**2**
	Des rapports étranges 712/**3**
	La nuit de la lumière 885/**3**
	Le soleil obscur 1257/**4**
	Le Fleuve de l'éternité :
	- Le monde du Fleuve 1575/**3**
	- Le bateau fabuleux 1589/**4**
	- Le noir dessein 2074/**6**
	- Le labyrinthe magique 2088/**6**
	- Les dieux du Fleuve 2536/**6**

2668

Impression Brodard et Taupin
à La Flèche (Sarthe) le 28 octobre 1991
6634E-5 Dépôt légal octobre 1991
ISBN 2-277-22668-8
1er dépôt légal dans la collection : sept. 1989
Imprimé en France
Editions J'ai lu
27, rue Cassette, 75006 Paris
diffusion France et étranger : Flammarion